W0314413

La Revanche des Ténèbres

Pour mon père qui nous a initiés au pouvoir des histoires

GLASSTOWN
ENTERTAINMENT

Photographie de couverture : © Magdalena Żyźniewska /
Trevillion Images

Ouvrage publié originellement par Little, Brown and Company,
une maison d'édition du groupe Hachette Book Group (New York, États-Unis)
sous le titre *Ravage the dark*

18, rue Barbès – 92128 Montrouge
ISBN : 979-1-0363-1129-1
Dépôt légal : novembre 2022

TARA SIM

LA REVANCHE DES TÉNÈBRES

Traduit de l'anglais (États-Unis)

Anath Riveline

bayard

Quand les dieux auront péri
Et que la lumière sera partie,
Nous ravagerons les ténèbres
Où les étoiles ont versé leur sang funèbre.

Poème kharien

1

Un marin n'a besoin que de deux choses : un bateau et un but.

De voile et de navigation, Le guide du débutant

Amaya fut la première à voir les corps. Sur le pont du *Marionnette*, le navire militaire à bord duquel ils avaient quitté Moray pour longer les côtes nord-est de l'Empire de Pluie, elle avait regardé la jungle verdoyante céder graduellement la place à la prairie, puis à des montagnes escarpées. Au fil des jours le temps s'était rafraîchi.

Cafard était venu à Moray sur le *Marionnette*, afin de découvrir la cause de la fièvre des cendres. Et de retrouver Amaya. Ses deux missions réussies, il rentrait à présent dans l'Empire de Pluie, rapporter à ses officiers que les fausses pièces étaient recouvertes d'une substance chimique responsable de la maladie.

Ils avaient passé un peu plus d'une semaine en mer, en route vers Baleine, le port principal de Chalier, un des nombreux territoires annexés par l'Empire de Pluie. C'est là que Cafard avait été enrôlé dans leur marine.

Si l'on en croyait la carte, ils devaient accoster dans la soirée.

Mais, tandis qu'Amaya, les mains sur le bastingage, admirait le coucher du soleil qui embrasait la mer, elle remarqua une petite île aux contours irréguliers, une excroissance rocheuse pareille à un croc.

Et, pendus au bout de cordes usées, quatre corps boursouflés se balançaient à différents stades de décomposition.

Amaya pinça les lèvres. Cette vision d'horreur au milieu des flots constituait un violent avertissement, un mauvais présage impossible à ignorer.

C'est à sa mère qu'elle devait ces frayeurs superstitieuses. *Prie les saints des étoiles pour qu'ils t'accordent leur pardon et leur miséricorde*, répétait-elle à Amaya. *La vue de la mort n'apporte que le malheur.*

Amaya ne se fatiguait pas à prier. Le malheur la trouverait de toute façon.

Cafard s'approcha d'elle et, les sourcils froncés, appuya ses bras sur le plat-bord. Les corps oscillaient dans la brise marine, mais heureusement, le vent ne soufflait pas dans leur direction.

– Toi aussi, tu les découvres ? demanda la jeune fille.

Cafard secoua la tête. La lumière de la fin de journée baignait d'or ses cheveux bruns et embrassait sa peau tannée d'un éclat étincelant.

– C'est la première chose que j'ai vue quand on m'a amené à Baleine. Les gens d'ici l'appellent le Banc des Pécheurs. Les corps sont différents à chaque fois, bien sûr.

– Je suppose qu'ils méritaient leur sort ?

Cafard afficha un sourire de travers.

– Seuls les pires criminels sont exécutés ici. Pirates, violeurs, meurtriers. Chalier préfère annoncer directement la couleur : respectez les lois, ou vous finirez dans l'estomac d'une mouette.

Amaya regarda un morceau de chair pourrie se détacher d'un des corps et tomber dans la mer.

– Même les mouettes n'en veulent pas.

Cafard lui décocha le même regard qu'il lui adressait sur le *Saumâtre*, le navire de créancier sur lequel ils avaient vécu pendant sept ans, quand elle agaçait le capitaine Zharo, qu'elle tentait de voler des biscuits dans le garde-manger ou qu'elle se portait volontaire pour les plongées les plus périlleuses.

– On ne finira pas comme eux, si c'est ce que tu redoutes, promit-il alors que leur bateau longeait le Banc des Pêcheurs.

L'eau claquait sur la coque, évoquant à Amaya l'agitation dans ses propres entrailles.

– Je te protégerai.

– Ça ne change rien à ce qui s'est passé, murmura-t-elle.

Tout en parlant, elle contemplait la bague en jade qui lui entourait si parfaitement le doigt.

– Je suis complice dans le drame qui frappe Moray.

Elle avait commis l'erreur de se fier aux mauvaises personnes. L'erreur de faire entrer des fausses pièces dans la ville, d'entamer sa destruction de l'intérieur.

– Tu n'es complice de rien du tout. Vivre à Moray t'a rendue trop mélodramatique.

– Merci, Cafard, répondit Amaya d'une voix morne. Tu sais me remonter le moral, toi.

En riant, il se dégagea le front, mais le vent remit ses mèches à la même place.

– D'accord, excuse-moi. Et arrête de m'appeler Cafard. C'est Rémy, mon vrai nom.

– Entendu.

Quand un enfant embarquait sur le *Saumâtre* après avoir été vendu par ses parents, le capitaine Zharo remplaçait systématiquement son nom par celui d'une bête, afin qu'il se sente aussi vulnérable qu'un insecte insignifiant. Amaya était Anguille et Rémy, Cafard. Il n'était pas facile de retrouver ses habitudes, de reconquérir sa personnalité après ce cruel travail de sape.

Heureusement, le capitaine Zharo était mort à présent. Amaya l'avait vu de ses propres yeux. Même si ce n'était pas elle qui l'avait tué, elle tirait une certaine satisfaction d'avoir assisté à la conclusion du pire chapitre de sa vie.

Amaya s'apprêtait à demander à Rémy quand ils accosteraient lorsqu'ils furent interrompus.

Une main sur le front pour empêcher les rayons du soleil de l'éblouir, Cayo remontait des cabines. Il croisa le regard d'Amaya.

Elle inspira, sa poitrine envahie du cocktail désormais habituel de honte et de culpabilité. Malgré la promiscuité du navire, elle avait tenté de le laisser tranquille, afin qu'il puisse s'occuper de sa sœur et discuter avec les autres, jusqu'au moment où il serait prêt pour l'affronter.

Mais il ne s'était toujours pas manifesté. Et elle était trop lâche pour faire le premier pas.

Ils n'échangeaient que de rares regards et quelques phrases courtes, pratiques et dénuées d'émotion. Tous les mots qu'elle retenait en elle lui pesaient lourd. Elle aurait tant voulu lui redire qu'elle était désolée de l'avoir dupé, désolée d'avoir contribué à la distribution des fausses pièces. Mais lui non plus n'était pas innocent.

Cayo plissa légèrement ses yeux noirs. Il se tourna alors vers le bastingage, comme si elle n'existait pas.

– Ça fait mal, commenta Rémy. Un point pour Cayo.

Amaya se retint de le frapper à un endroit sensible.

Les mains fermement agrippées au bastingage, Cayo observait l'eau. La lumière du soleil couchant faisait ressortir ses pommettes et son nez, et la brise jouait avec ses cheveux noirs. Quand il aperçut le Banc des Pécheurs, il parut sidéré.

– Mais quelle horreur ! s'exclama-t-il en direction de Rémy, comme si Amaya n'était pas là. C'est normal ?

– Demandez aux gars de Moray. Eux, ils pendaient leurs voleurs et leurs sans-terre sur les murailles de la ville, répliqua Rémy.

– C'était il y a très longtemps, se défendit Cayo en s'appuyant sur le bastingage, les bras croisés. Je ne ferai pas monter ma sœur sur le pont avant qu'on ait passé ce spectacle affreux.

– Comment va-t-elle ? demanda Amaya.

La jeune sœur de Cayo, atteinte d'une forme sévère de la fièvre des cendres, restait enfermée dans sa cabine. Elle était sortie à quelques rares occasions seulement, pour respirer un peu d'air frais. En grand frère protecteur, Cayo avait constamment veillé sur elle.

Sa mâchoire se serra et sa gorge se noua.

– Bien, lâcha-t-il au bout d'un moment, sans poser les yeux sur Amaya.

– Un autre point, murmura Rémy à son amie.

Cette fois, elle le frappa.

Liesl les rejoignit alors sur le pont. Un peu plus âgée qu'Amaya et originaire de l'Empire de Pluie, elle avait la peau sombre et les cheveux châtain foncé. Même si elle préférait envelopper ses formes généreuses dans des robes, elle supportait de mauvaise grâce un pantalon et une tunique.

– On se sent tellement engoncée dans un pantalon, s'était-elle plainte, le deuxième jour du voyage en mer. Sérieusement, ça devrait être interdit !

– Alors que mettraient les hommes ? avait demandé Rémy.

– J'ai entendu parler d'une colonie au nord où ils portent des jupes en tissu épais. Il faudrait lancer la mode.

Les rayons du soleil se reflétaient dans les lunettes de Liesl, dont le joli visage rond était déformé par une grimace. Le vent ébouriffait ses cheveux bouclés, qu'elle attachait à l'arrière de sa tête.

– On ne pend pas seulement les meurtriers ici, commenta-t-elle. Mais aussi les dissidents et les révolutionnaires.

Amaya ne s'étonna pas de la pointe d'amertume dans sa voix. Liesl était une sans-terre, comme on appelait ceux qu'on avait contraints à l'exil.

Quand Liesl avait informé Rémy de son statut, il l'avait tout de suite rassurée. Elle ne devait pas s'en soucier.

– Bien sûr que si. Je n'ai pas de papiers. Je suis une criminelle recherchée.

– Tu vois ça ? avait demandé Rémy en brandissant une enveloppe dont le sceau avait été cassé. Une lettre officielle d'habilitation rédigée par la marine. Ils me l'ont donnée avant mon départ, conscients que je reviendrais avec des fausses pièces. Ce qui signifie que les inspecteurs du port ne m'arrêteront pas.

– C'est une bonne nouvelle pour les contrefaçons, avait rétorqué Liesl. Mais qu'en est-il des humains que tu amènes avec toi ?

– Les officiers m'ont autorisé à amener toutes les personnes en lien avec l'incident. Et donc, toi aussi.

Liesl avait paru sceptique et, maintenant qu'ils approchaient du port, une crainte évidente se lisait encore sur ses traits. Et pourtant une détermination tranquille l'habitait, comme si elle attendait ce moment depuis très longtemps.

Amaya ne connaissait pas l'histoire de Liesl. Tout ce qu'elle savait d'elle, c'est qu'elle avait rejoint Boon et son gang pour faire annuler sa condamnation. Comme toujours, Amaya bouillonna intérieurement en repensant à l'escroc.

– Vous l'avez tué ? avait-elle exigé de savoir, entre le clair de lune et l'eau noire. C'est vous qui avez tué mon père ?

Le regard de Boon lui avait suffi pour comprendre. La blessure dans son esprit s'était ouverte davantage, laissant déferler des torrents de sang.

– En un sens. On peut le dire.

À ce souvenir, Amaya serra les dents. La douleur dans sa mâchoire l'aida à supporter la furie qui se déchaînait en elle. Boon s'était sauvé et ils se retrouvaient à poursuivre un miracle improbable. Si Baleine pouvait réellement offrir un remède à Soria, ou une piste vers celui à qui Mercado envoyait les fausses pièces, alors cela en valait la peine. Pourtant, cela semblait insuffisant.

– C'est ton pays natal, n'est-ce pas ? demanda Rémy à Liesl, arrachant Amaya à ses pensées.

– Oui. C'est ici que j'ai grandi. Au milieu des émeutes, de la propagande et des scandales. Chalier a été une des dernières nations à tomber aux mains de l'Empire de Pluie. Nous avons résisté aussi longtemps que possible, mais…

Quand elle tourna la tête vers le Banc des Pécheurs, son expression se rembrunit.

– Parfois, il est plus sage de mettre un genou à terre que de perdre la tête, conclut-elle.

La ride sur le front d'Amaya se creusa encore. *Je préférerais perdre la tête.*

– Doit-on s'attendre à des conflits ? demanda Cayo.

Liesl secoua la tête.

– La plupart des dissidents ont été neutralisés. Soit ils se cachent, soit ils ont été exilés, soit…

Elle fit un signe de la tête vers l'île.

– La marine de l'Empire de Pluie a pris les rênes. Ils contrôlent pratiquement toute la côte et les autorités locales se chargent du reste.

– Je suis désolé, lança Rémy en lissant sa veste de matelot, bleue à liseré blanc, cousue dans le tissu le plus riche qu'il eût jamais porté. Je viens d'une partie de l'Empire de Soleil qui a aussi été envahie. Mais notre pleutre de Premier ministre s'est rendu avant même qu'on puisse résister.

– Je comprends que tu aies trouvé refuge dans leurs rangs. Je ne t'en veux pas, assura Liesl. Dans ce monde, on ne peut que survivre. On n'a pas d'autre choix.

Amaya passa le pouce sur le couteau tatoué sur son poignet. *Survivre.*

– La lettre de Rémy vous permettra peut-être de passer les contrôles sur le port, affirma Cayo. Mais vous êtes une sans-terre. Vous avez été exilée de votre pays. De tout l'empire. Ce sera difficile de rester dans la ville, non ?

– Peut-être, mais j'ai changé depuis ma condamnation, répondit Liesl. Même si je figure encore sur leurs archives, ce dont je doute, ils doivent chercher en priorité leurs plus vieux ennemis. Et ce n'est pas si simple de m'attraper.

– Ils ont déjà réussi une fois, remarqua Amaya.

– Parce que j'ai manqué de vigilance, répliqua Liesl. Mais ça ne se reproduira pas. J'ai appris de mes erreurs.

Amaya fronça les sourcils, tandis qu'à côté d'elle, Rémy se redressait.

– Il faut qu'on se prépare à accoster, lança-t-il. Cayo, aidez-moi avec ces voiles.

Cayo plissa les yeux, étonné qu'on attende quelque chose de lui, ou offusqué de se voir donner des ordres. Rémy esquissa une petite révérence moqueuse.

– Excusez-moi, je voulais dire : s'il vous plaît, Lord Mercado, pourriez-vous m'aider avec ces voiles ?

Bougon, Cayo s'éloigna du bastingage, prêt à protester, mais Amaya fut plus rapide que lui.

– Je m'en charge, proposa-t-elle. Cayo, allez… allez aider Soria à se préparer.

Leurs regards se croisèrent rapidement. À peine plus qu'un éclair, pareil à un reflet de lumière sur un miroir ou à l'éclat d'une pierre précieuse. Un instant de clarté, d'espoir, vite éteint et effacé.

Cayo hocha la tête avant de descendre vers les cabines. Amaya poussa un soupir et prêta main-forte à Rémy.

Ils étaient à la poursuite d'un miracle, mais le plus miraculeux serait pour elle de réparer toutes ses erreurs.

2

> Un cœur affamé ne pourra jamais donner d'affection si les cœurs autour de lui meurent de faim.
>
> *Proverbe réhanais*

Cayo avait les bras en feu, il saignait du nez et sa sœur agonisait.

La douleur aux bras s'expliquait facilement : pendant tout le voyage, il avait aidé Avi, un sans-terre, sur le bateau. Enfant, Cayo avait rêvé de voler un des navires de son père pour visiter le monde entier. Il n'avait pas imaginé les efforts physiques que cela exigeait et maintenant tous ses muscles manifestaient leur mécontentement.

Pourtant, il s'était accroché à ce rêve avec toute la fougue et l'entêtement de ses jeunes années. Découvrir des grottes, des profondeurs cachées, des trésors légendaires…

En grandissant, Cayo avait compris que le monde n'était pas rempli de merveilles, mais d'horreurs.

Le métier de marchand ne lui convenait pas, et celui de marin, pas davantage. Peut-être que rien ne lui convenait.

C'était sûrement pour cela qu'il avait tenté de combler son manque de capacités par de l'alcool et de mauvaises décisions.

– Cayo, tu saignes.

Les mots de Soria le rappelèrent au présent. Quelques gouttes de sang coulaient sur le drap. En jurant, Cayo chercha son mouchoir avant de se souvenir qu'il l'avait donné à sa sœur.

Elle le lui rendit en silence, tandis qu'il penchait la tête en avant pour arrêter l'écoulement. Les yeux fermés, au comble de l'exaspération, il pressa le mouchoir contre son nez. Sur le pont, c'était l'agitation générale dans un concert d'ordres beuglés à tue-tête.

– C'est sûrement parce qu'il fait bien plus sec ici qu'à Moray, commenta Soria.

Il l'avait remarqué, lui aussi. L'humidité de Moray avait fait place à un air sec et froid. Même la mer semblait plus sombre.

Cayo déglutit et un goût de cuivre lui envahit la bouche. Quand il sentit qu'il ne saignait plus, il rangea le mouchoir sali dans sa poche.

– Désolé, je vais t'en trouver un autre.

Soria sourit pour le rassurer. Aucune importance. Elle tenta de parler, mais fut prise d'une quinte de toux. Comme toujours, le son désormais familier retentit comme une sirène dans la petite cabine, s'extrayant de la poitrine de Soria au prix de secousses et de tremblements douloureux.

Cayo lui tint la main jusqu'à ce que la crise passe. Il ne pouvait rien faire de plus. Avec une infinie tristesse, il observa la tache grise derrière l'oreille de sa sœur. Elle s'étendait jusqu'à sa nuque et descendait sur sa gorge telle une poigne jalouse.

À force de l'étrangler, elle allait finir par lui retirer son dernier souffle de vie.

Il repoussa l'idée avec rage, jusque dans un coin de son esprit, celui qu'il réservait à Amaya et à son père.

Il approcha ensuite un verre d'eau des lèvres sèches et gercées de Soria. Elle déployait de douloureux efforts pour avaler, gorgée par gorgée. Ses longs cheveux noirs et soyeux, qu'elle avait laissés pousser et dont elle avait fièrement pris soin avec de l'huile de coco et de la poudre de sidr, étaient à présent ébouriffés et trempés de sueur. Cayo décida de lui couvrir la tête pour lui éviter de prendre froid.

– Je suis désolée, lança Soria tout bas, alors qu'il l'aidait à s'asseoir au bord du lit et que son corps tremblait sous son propre poids.

– Tu n'as aucune raison de t'excuser, répliqua-t-il, plus sévère qu'il ne l'aurait souhaité. Ça ne me dérange pas, Soria. Tu n'es pas un fardeau.

Il répondait à une crainte qu'elle lui avait formulée au cours de cette semaine en mer. Elle avait alors sangloté de frustration, incapable de faire la moindre tâche seule, obligée de constamment solliciter de l'aide. Elle s'en voulait tant d'avoir eu la faiblesse de caresser les pièces d'or de sa dot. Toutes fausses et forgées par son père.

– J'ai envie de m'occuper de toi, assura-t-il en la tenant par une épaule pour la soutenir autant que pour donner plus de force à ses paroles. J'ai envie de te soigner. Si tu recommences tes bêtises, je n'hésiterai pas à te couper les cheveux.

Sidérée, elle toucha ses longues boucles.

– Tu ne ferais pas une chose pareille.

– Oh que si ! Allez, on va t'habiller maintenant.

Il l'aida à enfiler une robe simple en laine et une paire de chaussures en cuir. Il lui couvrit les épaules avec une cape et rabattit la capuche sur sa tête pour la protéger du vent. Avant de sortir de la cabine, il s'assura qu'ils ne laissaient rien derrière eux.

Mais il avait quitté Moray sans emporter un seul bagage. Il n'avait plus rien.

Rien que Soria, qui tremblait déjà de froid dans ses bras, tandis qu'il la portait pour remonter à l'air libre.

Sur le pont, le petit équipage s'affairait : Avi, dont le seul but dans la vie semblait être de lui imposer des corvées ; Liesl, la jeune femme qui en savait bien plus qu'elle ne le laissait voir ; et Deadshot, la tireuse d'élite originaire de Lede et de l'Empire de Soleil, qui ne s'adoucissait que lorsqu'elle s'adressait à Liesl, son amante. Il y avait aussi Rémy, un ancien esclave du navire de créancier de son père et le plus vieil ami d'Amaya.

Et Amaya, bien sûr. Pas la comtesse Yamaa, comme la connaissait Cayo à Moray, mais une inconnue qui les avait emballés dans une bulle de mensonges et de tromperies.

Cayo resta planté sur place, confus et désœuvré, au milieu de l'ébullition, alors que le bateau entrait au port. Rémy agitait un petit drapeau bleu à la proue, et sur les docks on lui répondit de la même façon.

Avec Deadshot, Amaya déroulait l'ancre et Cayo ne put s'empêcher de contempler ses mouvements puissants et assurés, ses bras agiles, ses cheveux flottant dans l'air. Son regard attira l'attention de la jeune femme, qui se tourna dans sa direction, déclenchant en lui une onde fulgurante de désir.

Il s'écarta aussitôt. Soria le remarqua et soupira.

– Je comprends, dit-elle d'une voix éraillée par ses quintes de toux. Pour moi aussi, ça a été difficile de lui pardonner.

– C'est la cause de nos ennuis.

– C'est *père*, la cause de nos ennuis, corrigea Soria en se tortillant dans les bras de son frère.

Son visage se durcit au souvenir de ce que son frère lui avait raconté sur Kamon Mercado et de ce qu'il avait fait à la ville de Moray. Ce qu'il leur avait fait, à eux. Il était même prêt à laisser mourir sa fille.

– Elle nous a menti. Elle a distribué les fausses pièces. Mais tu sais aussi bien que moi qu'elle n'était pas le cerveau de cette entreprise. Elle en est la victime autant que nous. Et elle souffre. Elle a fait ce qu'elle estimait essentiel pour sa famille. Tu aurais fait pareil.

Cayo tenta de ne pas penser à la façon dont il avait rampé devant le Roi Racaille pour payer les médicaments de sa sœur.

– Ça n'a rien à voir. Et comment es-tu au courant de tout ça ?

– Je lui ai parlé, répondit Soria sur un ton léger.

– Tu… quoi ? Quand ?

– Quelle importance ? Je l'aime bien. Et il est évident que toi aussi.

– Je ne l'aime pas, c'est faux, se défendit Cayo en s'efforçant de ne pas regarder dans sa direction. Avant, peut-être, mais elle n'est pas celle que je pensais. Je ne sais pas qui elle est.

– Alors tu devrais peut-être faire l'effort de le découvrir.

Cayo fronça les sourcils, mais ne put répondre, interrompu par un cri.

Ils avaient officiellement accosté à Chalier. L'Empire de Pluie.

L'ennemi de Moray.

Rémy salua l'officier du port, monté à bord pour inspecter le navire. Liesl, sur la défensive, se crispa comme si elle se retenait de croiser les bras. Un filet de sueur coula sur sa tempe et Deadshot s'approcha d'elle pour la réconforter.

Rémy sortit le message de ses supérieurs et le tendit à l'officier, qui le parcourut rapidement, avant d'examiner un long moment Soria, toujours dans les bras de son frère.

– *Li gres ?* demanda-t-il à Rémy, qui répondit dans la langue de l'Empire de Pluie.

Avec ses quelques notions de solène, Cayo parvint à distinguer les mots « malade », « ordres » et « hôpital ».

L'inspecteur secoua la tête. Rémy se lança dans une explication que Cayo ne réussit pas à suivre. Liesl se raidit. Deadshot lui attrapa le coude comme pour l'empêcher de sauter par-dessus bord.

L'officier s'approcha alors de Cayo et Soria. Le jeune marchand s'efforça de ne pas broncher quand l'employé du port épingla un carré de tissu jaune sur la cape de Soria.

– C'est pour prévenir les gens qu'elle est infectée, expliqua Rémy. Ils renforcent les quarantaines sur les malades, mais nous, ils nous laissent circuler, parce que je suis dans la marine.

– Le jaune ne me va pas, ironisa Soria.

L'officier tendit à Rémy un parchemin. Sûrement un laissez-passer des autorités portuaires. On les autorisa à débarquer et Liesl soupira de soulagement.

– Au moins, ça sert à quelque chose, se réjouit Rémy en tapotant son uniforme.

– Prends pas la grosse tête, répliqua Amaya. Elle est déjà assez volumineuse.

– Ma tête a une forme parfaite. Des artistes du monde entier viennent pour l'étudier.

Cayo tenta de détourner son attention de leur complicité en contemplant Baleine. En ce début de soirée, les rayons dorés du soleil illuminaient le velours bleu et gris du ciel. Cayo avait l'habitude des odeurs des ports : les embruns, le bois mouillé, la vie marine en décomposition, mais ici, elles étaient encore plus fortes. La puanteur lui semblait particulièrement agressive.

– Qu'est-ce qui se passe ici ? demanda Soria en se pinçant le nez.

Quand ils s'éloignèrent des quais, ils eurent la réponse : un immense marché aux poissons occupait l'intégralité de la place qui menait au port. Ils n'en croyaient pas leurs yeux. Des chalands, pressés de se procurer le repas du soir, se ruaient sur les pêcheurs qui rentraient à peine d'une longue journée en mer avec leur marchandise. Dans des caisses et des fûts remplis de glace étaient exposés, en rangées ordonnées, tous les poissons possibles, ainsi que des huîtres et des crabes. Cayo jeta un coup d'œil dans un tonneau où des homards faisaient claquer leurs pinces.

Les marchés aux poissons ne manquaient pas à Moray, mais il n'en existait aucun d'aussi grand. C'étaient principalement des bateaux de créanciers qui y vendaient le poisson en vrac.

À cette pensée, Cayo se tourna vers Amaya. Elle regardait d'un œil mauvais les marchandises autour d'elle, serrant les poings comme si elle voulait attraper quelque chose. Ou peut-être se rappelait-elle la sensation du couteau avec lequel elle éventrait les poissons.

Une fois qu'ils eurent dépassé le marché, le vent se leva, charriant un air plus frais. Soria grelotta.

– L'hôpital militaire n'est pas loin, déclara Rémy par-dessus son épaule. Restez tout près de moi et… évitez de scruter.

Cayo ne demanda pas d'explication. Ils descendirent une rue pavée bordée de boutiques, avec des lampes accrochées au-dessus des portes pour éclairer d'une lumière ambrée les pancartes aux noms des magasins. Ils longèrent un vendeur de vin, un tailleur et un apothicaire aux vitrines bien approvisionnées pour attirer les clients. Sur l'un des panneaux, Cayo ne vit qu'un symbole pour tout nom : une étoile dans un cercle. Curieux, il examina les sachets d'herbes pendus dans la vitrine, les bocaux de sable noir et les morceaux de granit, sans comprendre de quelle sorte de magasin il s'agissait.

– Oh, lâcha brusquement Soria, choquée.

Cayo suivit son regard et sentit son estomac se retourner. Quelques personnes étaient vautrées au pied d'une boutique, avec des vêtements en loques et des capuches rabattues pour cacher leurs visages. Elles faisaient la manche, des chapeaux ou des bols sur les genoux, devant des passants méfiants qui s'écartaient ostensiblement d'eux.

Leurs mains étaient tachées de gris.

Sentant leur regard, un des mendiants leva la tête. Il avait le visage complètement gris, et un de ses yeux était recouvert de nervures noires et argentées. On aurait dit que son corps se décomposait déjà, que sa peau pourrissait sur lui.

Soria se blottit contre la poitrine de Cayo. Rémy secoua la tête.

– Je vous avais prévenus, grommela-t-il.

– Je ne pensais pas que ce serait à ce point, se défendit Cayo. Je n'ai jamais vu de cas aussi extrêmes de fièvre des cendres à Moray.

– Ils ont imposé une quarantaine plus stricte, là-bas, confirma Rémy. C'est ainsi qu'ils ont isolé le prince pendant ses derniers jours. Mais, maintenant que l'on connaît le lien entre les fausses pièces et la maladie, je ne sais pas si ça a une utilité.

– Vous pensez pourtant qu'on peut trouver de l'aide ici.

– Plus qu'à Moray en tout cas, c'est sûr. Ça ne semble pas très prometteur, mais les traitements expérimentaux sur lesquels travaillent les alchimistes ici sont bien plus efficaces que tout ce qui est proposé à Moray.

Après une hésitation, Rémy posa une main sur l'épaule de Cayo.

– Votre sœur sera bien soignée.

Cayo ne lui faisait pas encore totalement confiance, mais il espérait qu'il disait vrai.

Après une autre minute de marche, Rémy les conduisit dans une allée qui menait sur un grand bâtiment blanc en pierre. Un écusson était dessiné au-dessus des doubles-portes : une baïonnette et un sabre d'abordage croisés à l'intérieur d'un cercle d'étoiles. Le symbole militaire de l'Empire de Pluie.

Tout au long de l'étroite ruelle, des encensoirs dégageaient une fumée douceâtre dans l'air. Déjà essoufflé de porter Soria, Cayo se mit à tousser en inspirant l'odeur de baies fermentées mélangées à des herbes amères.

– À quoi ça sert ? demanda Avi en donnant une tape à un encensoir, qui se balança sur son crochet en fer.

– C'est juste préventif, commença Rémy. Les médecins pensent que l'encens peut empêcher la fièvre de se répandre. J'ignore si c'est vraiment efficace, mais en tout cas ça rassure.

Il se tourna vers Cayo.

– Il va falloir que vous utilisiez un faux nom de famille, votre sœur et vous. Prononcer « Mercado » ici est bien trop risqué.

Cayo et Soria échangèrent un regard.

– Lin, proposa Cayo. Le nom de jeune fille de notre mère.

– Parfait. Allons-y.

Cayo se remplit les poumons de l'odeur écœurante avant de suivre Rémy à l'intérieur.

Seule Amaya leur emboîta le pas, une expression indéchiffrable sur le visage. Prêt à lui demander de rester dehors avec ses camarades, Cayo se ravisa. Il ne pouvait pas lui dire qu'il ne voulait pas d'elle. Cela aurait été mentir, se trahir lui-même.

L'hôpital était bondé. En entrant, Cayo fut assailli par la chaleur étouffante des corps fiévreux agglutinés là. Malgré le parfum de l'encens encore dans ses narines, la puanteur de la transpiration mêlée au parfum de lessive et à une odeur d'urine le prit à la gorge.

En plus des douzaines de lits contre les murs, des couchettes et des paillasses formaient des rangées désordonnées au milieu de la salle. Des infirmières déambulaient dans ce labyrinthe pour s'occuper des soldats et des membres du personnel contaminés, évoquant à Cayo les jardiniers du manoir de Mercado qui arrosaient les parterres de fleurs. Ébranlé par le concert insupportable de toux, gémissements et pleurs, il serra Soria plus fort contre lui.

Était-ce ici qu'il devrait laisser sa sœur ?

– Rappelez-moi pourquoi nous ne pouvons pas aller dans un hôpital normal ?

– C'est encore pire dans les hôpitaux civils, répondit Rémy froidement. Ce qui explique le nombre de malades dans la rue.

– C'est affreux, murmura Amaya derrière Cayo.

À côté d'elle, une infirmière nourrissait à la cuillère un homme dont la peau était couverte d'une immense plaque grise. La pauvre femme semblait épuisée, comme si elle n'avait pas dormi depuis plusieurs nuits. Sa blouse bleue était froissée et tachée.

– La maladie s'est diffusée tellement vite. Comment est-ce possible ?

– On est dans une ville, et une ville portuaire en plus, répliqua Rémy simplement, mais Cayo perçut l'inquiétude dans ses yeux. C'est un raz-de-marée.

– Officier Aldano, salua une voix riche et douce. Heureuse de vous revoir.

C'était une grande femme noire magnifique aux cheveux tressés. De petits cercles blancs étaient tatoués sous ses yeux et sur ses phalanges. Elle portait une blouse identique à celles des infirmières, mais sur la sienne était épinglé un écusson pareil au symbole qu'ils avaient vu dehors, au-dessus des portes.

Rémy posa respectueusement la main sur son torse.

– Mère Hilas. Vous avez l'air en pleine forme.

La femme leva un épais sourcil noir.

– J'ai dormi deux heures en deux jours et je n'ai pas eu le temps de me laver. Je ne ressemble à rien.

Amaya se retint d'éclater de rire.

Rémy cacha son embarras derrière un sourire dentifrice.

– Malheureusement, je dois quand même vous demander un service.

Mère Hilas soupira en voyant Cayo et Soria.

– Et votre mission ? demanda-t-elle. Quand on nous a annoncé que vous partiez à Moray, vous nous avez promis des résultats.

– Et vous les aurez. Je vais faire mon rapport à mes supérieurs, mais avant cela je dois m'assurer qu'elle est bien installée, expliqua Rémy en désignant Soria. Je vous présente les Lin. Ils sont frère et sœur. Ils viennent de Moray pour obtenir de l'aide.

Il serra les mains en signe de prière.

– Je ne voudrais pas qu'ils aient fait tout ce voyage pour rien.

Le visage fermé, mère Hilas échangea quelques mots en lede avec Rémy. Et, dans un nouveau soupir, elle s'adressa à Cayo :

– Depuis combien de temps votre sœur est-elle malade ?

– Deux mois environ, je pense, répondit le jeune marchand d'une voix rauque. Je lui ai administré le traitement donné à Moray, mais il ne fait qu'atténuer les symptômes, il ne guérit pas la maladie.

– Évidemment, confirma mère Hilas. Il n'existe pas de remède. Pas pour l'instant, en tout cas.

Elle décocha à Rémy un regard insistant.

– Mes recherches vont porter leurs fruits, promit-il.

– Si vous pouviez dire vrai, conclut-elle en tournant les talons. Suivez-moi.

Ils montèrent un escalier vers une aile plus calme et plus sombre. Elle leur ouvrit la porte d'une toute petite chambre.

Tenant toujours Soria somnolente dans ses bras, Cayo examina l'endroit. Une fenêtre donnait sur la rue et un des deux lits placés dans les coins de la pièce était occupé par un garçon de son âge. Son menton et ses lèvres étaient entièrement gris.

– Nous réservons ces chambres aux familles des militaires, expliqua mère Hilas, tout bas pour ne pas réveiller le jeune homme. Nous pouvons accueillir votre sœur ici et prendre soin d'elle, mais il va falloir que vous nous payiez d'avance.

– Et si je la fais passer pour un membre de ma famille ? proposa Rémy.

– Même les militaires payent. Il faut bien que l'hôpital puisse fonctionner. Je vais chercher l'administrateur pour discuter des frais.

Cayo s'approcha du lit sous la fenêtre et y posa délicatement Soria. Ses bras lui faisaient mal après l'avoir portée dans toute la ville. Elle avait les yeux fermés, mais, quand il lui écarta les cheveux sur le front, ses paupières s'entrouvrirent.

– Où sommes-nous ? bredouilla-t-elle, ensommeillée.

– En sécurité. On va s'occuper de toi ici, en attendant qu'un remède soit mis au point.

Soria s'efforça de retenir une quinte de toux.

– Mais… toi ?

Il prit ses mains dans les siennes pour les réchauffer.

– Tout ira bien. Nous trouverons une solution.

Il sentit une présence à ses côtés et leva la tête. Les bras croisés, Amaya s'efforçait de sourire à Soria.

– Ça ira, ici ? demanda-t-elle. Je sais que ce n'est pas idéal…

Cayo fronça les sourcils, mais Soria lâcha un petit rire faible.

– Ce sera toujours mieux que le bateau.

– Le navire, corrigea Amaya avec un regard complice, faisant manifestement référence à une plaisanterie entre elles.

Mère Hilas revint avec un homme mince aux cheveux roux et au menton pointu.

– Je déteste aborder des sujets délicats, mais comment comptez-vous payer ? chuchota Rémy.

Cayo sortit de sa poche la montre que son père lui avait offerte dans ce qui lui semblait une autre vie.

Il s'avança vers l'administrateur, qui lui adressa un sourire chaleureux.

– Bonjour, monsieur Lin. Mère Hilas m'a expliqué votre situation. Nous sommes heureux d'accueillir votre sœur, mais nous aurons besoin que vous nous payiez à l'avance pour couvrir les dépenses à venir.

Cayo lui tendit la montre.

– Est-ce suffisant ?

L'administrateur ouvrit de grands yeux, impressionné par la finesse de l'ouvrage. Au moins, Kamon Mercado s'y connaissait en belles choses.

– C'est très bien, accepta l'homme.

– Vous pouvez venir voir votre sœur pendant la journée, mais nous limitons les visites à une durée de deux heures, annonça mère Hilas. Nous n'avons pas réussi à déterminer si la fièvre se transmet d'une personne à une autre, c'est donc autant pour votre protection que pour celle de la patiente.

Cayo voulut protester, mais se ravisa en voyant le visage sévère de mère Hilas. Il hocha tête et reprit la main de Soria.

– Que lui as-tu donné ? demanda-t-elle dans un souffle.

Il se souvint du jour où son père lui avait offert ce cadeau. Cayo avait senti son cœur se soulever, heureux d'avoir enfin trouvé un moyen de rendre son père fier de lui.

Comme il s'était trompé !

– Rien d'important, répondit-il.

3

La culpabilité… sa morsure féroce et démente… comment ne s'est-elle pas plantée en vous comme les crocs d'un loup, comme le rappel amer des erreurs de nos aïeux ?

Courrier échangé entre les factions du coup d'État chihan, après la chute du trône réhanais

Cayo avait demandé à rester la nuit avec Soria pour s'assurer qu'elle était bien installée, mais mère Hilas s'y était fermement opposée. De retour dans la rue, les yeux rivés sur les pavés, il serrait et desserrait les poings, perdu dans ses pensées.

Amaya résista à l'envie de se boucher le nez en passant à côté des encensoirs. Sa mère allumait toujours des bâtons d'encens pour les grands jours, ou la pleine lune, ou simplement quand elle voulait que ses prières soient entendues. Des volutes de fumée embaumaient la maison d'une odeur de jasmin et de bois. Amaya finissait toujours par sentir son nez la picoter et s'en plaignait.

Mais à présent ce parfum lui manquait. Elle aurait tout donné pour revivre ce qu'elle considérait autrefois comme un désagrément.

Liesl, Avi et Deadshot les attendaient au bout de la ruelle. Et ils n'étaient pas seuls. Un grand gars dégingandé de l'âge de Liesl était appuyé contre le mur, les bras croisés, dans une position tellement décontractée qu'elle ne pouvait être que travaillée.

Quand il les aperçut, son visage se fendit d'un large sourire, qui laissa entrevoir une dent ébréchée. Il avait la même peau marron clair que Liesl et des cheveux noirs et bouclés. Les guenilles qu'il portait sur le dos étaient recousues à la va-vite et ses bottes tellement usées que ses orteils n'allaient sûrement pas tarder à en sortir.

– C'est ta bande de petits génies, n'est-ce pas ? lança le garçon d'une voix traînante avec un accent étrange.

Il se redressa de toute sa hauteur, si bien qu'Amaya dut lever la tête pour le regarder. Cayo fit de même, clairement exaspéré d'avoir à faire cet effort.

– Bon, mais je suis pas ravi de voir un marin.

– C'est qui ? demanda Rémy, sur ses gardes.

– Jasper, répondit Liesl en décochant au nouveau venu un regard menaçant. C'est un ami… en quelque sorte.

Jasper posa une main sur sa poitrine.

– *En quelque sorte ?* C'est très blessant.

– C'est moi qui vais te blesser si tu n'arrêtes pas ton numéro.

– Ce n'est pas un numéro du tout. Ce que vous voyez,

c'est du Jasper pur et dur, un mélange à parts égales de charme et d'espièglerie.

Il prit la pose, gonflant ses lèvres de façon excessive.

– Je vais le tuer, avertit Deadshot, une main déjà sur un de ses pistolets.

– Non, s'il vous plaît. Les blessures par balles, c'est immonde. Les cicatrices, en revanche...

– Jasper ! le coupa Liesl d'une voix plus cinglante qu'un fouet.

En soupirant, il leva les mains. À gauche, il n'avait qu'un moignon, caché dans sa manche fermée.

– Très bien, je ne vais pas gâcher mon potentiel de séduction avec vous. Vous cherchez une planque, c'est bien ça ? J'ai ce qu'il vous faut.

– Attendez, lâcha Rémy en avançant d'un pas. Je pensais vous trouver des chambres à la caserne.

– Avec mon passé, c'est trop risqué, protesta Liesl. Tu le sais aussi bien que moi.

– Alors tu préfères demander de l'aide à ce qui me paraît être un bel escroc ?

– Je vous en prie ! s'offusqua Jasper, boudeur.

– Nous deux, ça remonte, garantit Liesl. Crois-moi, il ne paye pas de mine, mais il n'y a pas plus fiable.

– Si tu le dis, grommela Rémy. Et ça remonte à quand, vous deux ?

– À la révolution, dit-elle en adressant un petit rictus à Jasper, qui l'imita aussitôt. On a traversé de sacrées épreuves ensemble.

En percevant la pointe de douleur dans sa voix, Deadshot posa une main sur l'épaule de la jeune femme.

Rémy ne semblait pas convaincu.

– On a de meilleures chances de résoudre le problème des contrefaçons si on reste ensemble.

– On restera ensemble. Et en plus, on pourra profiter des ressources de Jasper, affirma Liesl en jetant un coup d'œil vers la poche de Rémy. Montre-lui.

Rémy hésita, mais, comme Liesl insistait, il sortit un mouchoir qu'il ouvrit délicatement pour révéler ce qui en apparence ressemblait à un sena en or. À côté se trouvait un disque noir, la même pièce, mais dont l'eau avait retiré le revêtement doré.

– Les produits chimiques qui ont permis cette transformation sont responsables de la fièvre des cendres, expliqua Rémy. Après avoir examiné les comptes de Mercado, nous avons découvert qu'il détournait de l'argent vers un investisseur étranger, ici, dans l'Empire de Pluie. Malheureusement, on ignore qui, pour l'instant. Nous n'avons qu'une liste de « bénéficiaires ».

Jasper, qui jusque-là examinait les pièces avec attention, leva brusquement la tête.

– Vous avez dit « Mercado » ?

Rémy plissa les yeux. Cayo se raidit.

– Ce nom vous parle ?

– Il m'est arrivé de l'entendre pendant mes missions clandestines. Surtout autour des bureaux de change. Si c'est ce genre de bénéficiaires que vous cherchez, ils sont probablement ici, à Baleine.

– Comment le sais-tu ? demanda Liesl, étonnée.

– J'ai des amis qui ont des contacts dans le quartier des finances.

Il passa une main dans ses cheveux bouclés, s'appuyant sur une hanche.

– Ils voient tout le temps des transferts importants d'argent vers et depuis Moray. Et figurez-vous, un virement mensuel est effectué sur le compte d'un certain K. Mercado.

– Pardon ? s'étonna Cayo. Vous voulez dire que mon p… que Mercado recevait aussi de l'argent ?

– Il faut croire. On peut en tout cas en retrouver la source à Baleine.

Rémy cherchait toujours à se faire une opinion sur Jasper.

– On peut vraiment lui faire confiance ? Et si c'était un piège ?

– On est armés, remarqua Avi. Et, au cas où tu l'aurais oublié, on est des escrocs, nous aussi.

Rémy ouvrit la bouche, mais la referma aussitôt après avoir jeté un regard à Amaya.

– Oui, j'avais oublié, finit-il par articuler.

– Vous êtes donc en bonne compagnie, commenta Jasper en entourant de son bras les épaules de Cayo, qui sursauta. Même si je préfère me définir comme un expert en méfaits.

Rémy se frotta le visage.

– D'accord. Mais je vous accompagne pour voir où vous logerez.

– Pas d'uniforme où je vous amène ! La règle est très stricte. Même pour un gars aussi mignon que vous, ajouta Jasper en adressant un clin d'œil à Rémy.

– Il vient avec nous, intervint Amaya. Il ne dira rien. S'il parle, je lui apprendrai à se taire.

– Amaya ! s'offusqua Rémy, alors que Jasper éclata de rire.

– Je l'aime bien, elle, déclara-t-il, son bras toujours autour des épaules de Cayo. T'es une vraie dure, une méchante, et j'adore. Ça me file les pétoches.

– On y va ? s'impatienta Liesl en relevant ses lunettes sur son nez. Ma partenaire a l'index qui la démange.

Deadshot caressa son pistolet pour illustrer le commentaire.

– Venez donc, petits génies.

Jasper libéra enfin Cayo pour guider la troupe. Amaya comprit tout de suite le regard que Liesl lui lança, son léger froncement de sourcils.

Tu as parlé comme Boon, lui avait-elle dit en silence.

***

Jasper les mena jusqu'à une rue sombre bordée d'immeubles. Amaya avait déjà eu à Moray un aperçu de l'architecture de l'Empire de Pluie, mais c'était encore autre chose de se retrouver dans une ville étrangère à la physionomie entièrement différente. Alors qu'à Moray on utilisait du bois, du calcaire et de l'or, ici on construisait en fer, marbre et briques.

Jasper compta les bâtiments et ouvrit la porte du troisième sur la gauche.

– Celui-ci doit avoir un étage libre.

– Ils sont à vous ? demanda Rémy.

En guise de réponse, Jasper éclata de rire, comme s'il n'avait jamais rien entendu de plus drôle. La ride entre les yeux de Rémy se creusa.

– Nous avons besoin de toute l'aide qu'on peut trouver, lui rappela Amaya.

– J'aurais pu vous aider, moi, s'indigna Rémy.

– Bien sûr. C'est ce que tu fais. Mais tu sais qu'on ne peut pas séjourner dans la caserne. On est pour la plupart des sans-terre.

L'idée d'être au milieu d'un régiment entier de soldats lui donna froid dans le dos.

En haut d'un escalier vermoulu, ils entrèrent dans un appartement à peine meublé et traversé par des courants d'air. Il était composé d'un salon et de deux chambres, avec deux petits lits chacune. Dans la pièce principale, quelques chaises en mauvais état entouraient une table, et un vieux poêle était poussé contre le mur.

– Ce n'est pas immense, mais vous ne trouverez pas mieux aussi rapidement, déclara Jasper en direction de Liesl.

– Merci, Jas. Qu'est-ce qu'on te doit ?

– Rien, répondit le jeune homme en reculant d'un pas.

Souriant, il se frotta la lèvre supérieure avec le pouce.

– J'ai toujours une dette envers toi, tu n'as pas oublié ? Considérons qu'on est quittes.

– Tu ne veux plus rien me devoir, c'est ça ?

Il forma un pistolet avec ses doigts pour faire mine de lui tirer dessus.

– Bien vu. Surtout que les intérêts s'accumulaient. Flippant.

Liesl le raccompagna jusqu'à la porte et ils échangèrent quelques mots tout bas, tandis que les autres inspectaient l'endroit. Amaya songea avec nostalgie à sa chambre dans son domaine de Moray. Elle avait vécu pendant sept ans sur un bateau, dormant sur un hamac avec une douzaine d'autres enfants, dans l'humidité et l'insalubrité, mais, étrangement, il avait suffi de quelques mois dans le luxe pour la ramollir.

Elle scruta Cayo. Comment pourrait-il supporter la situation, lui qui n'avait jamais manqué de rien et avait vécu dans un manoir les dix-huit années de sa vie ? À sa grande surprise, il ne fronçait pas le nez de dégoût et ne semblait pas pressé de se laver les mains. Il fixait juste d'un regard vide la table en bois, comme si son grain le fascinait.

Quand Liesl revint, Deadshot croisa les bras.

– C'est quoi, cette histoire de dette ?

Liesl tira une chaise pour s'asseoir.

– Nous faisions tous les deux partie d'une coalition, ici, à Baleine. Il s'est attiré des ennuis et je l'ai sorti d'affaire.

Amaya posa les mains sur la table, qui craqua sous son poids.

– Une coalition ? Pour quoi ?

– À ton avis ? Déloger l'Empire de Pluie de Chalier. Notre nation a repoussé leurs armées aussi longtemps qu'elle a pu, résistant à la conquête totale. Mais à la fin…

Elle fit un geste de la main vers la fenêtre crasseuse qui donnait sur la rue.

– Nous avons été cueillis comme une grappe de raisin et avalés tout crus. Maintenant, on doit obéir aux militaires et respecter les lois des forces gouvernementales de l'empire. Il y a eu des émeutes dans les rues. Des exécutions.

Amaya repensa aux corps sur le Banc des Pécheurs.

– C'était il y a dix ans à peine, commenta Avi. Et pourtant tout a l'air de rouler étonnamment bien.

– Les citoyens de Chalier ne se laissent pas soumettre si facilement, contredit Liesl. Baleine n'a pas le choix, à cause de la base navale qui s'y est installée, mais il reste des poches de révoltes civiles dans tout le pays. Malheureusement, il se peut que la fièvre ait réduit leurs rangs.

– À propos, il faut que j'aille faire mon rapport, intervint Rémy. Je reviens demain vous raconter ce que disent mes officiers.

– Je t'accompagne, proposa Amaya, sans vraiment savoir pourquoi.

Elle voulait peut-être s'éloigner un peu des autres, ou peut-être avait-elle besoin de se dégourdir les jambes et de découvrir davantage la ville, pour retrouver les sensations de la terre ferme après son voyage en mer. En tous les cas, Rémy acquiesça et ils sortirent ensemble.

Ils marchèrent d'abord en silence, contemplant simplement les rues baignées du clair de lune et de la lumière des torches. Les passants remontaient leurs cols et baissaient leurs chapeaux pour se protéger du vent. Peu habituée au froid, Amaya frissonnait. Elle devrait se procurer un manteau.

– Je n'ai pas encore exploré la ville, lança Rémy. Mais il paraît que Baleine a les plus belles boutiques de luxe de tout Chalier. Il y a un quartier entier de magasins chics. Et il y a aussi un quartier qui ressemble au quartier du vice de Moray, mais plus petit et moins… intense.

– Tu as visité le quartier du vice ? demanda Amaya, étonnée.

– Il a bien fallu. Les inspecteurs m'ont demandé de suivre toutes les pistes possibles.

– Étrange façon de dire que tu as joué.

– Je déteste les jeux de hasard. Pourquoi prendre le risque de perdre de l'argent avec lequel tu pourrais te payer de quoi manger ? Mais la majorité des pièces fausses venait du quartier du vice, alors il a fallu que j'y enquête.

Amaya se rembrunit. Elle fourra les mains dans ses poches en repensant à tous les coffres remplis d'or dans son domaine de Moray. Uniquement des contrefaçons.

Données par Boon, qui savait exactement de quoi il s'agissait. Il s'était servi d'elle pour les répandre en abondance.

Et c'était ce qu'elle avait fait ! Grand ciel, elle était tombée droit dans son piège, aveuglée par l'idée de vengeance. Elle ne l'avait même pas soupçonné une minute, alors qu'il connaissait le nom de son père. Cela aurait pourtant dû lui mettre la puce à l'oreille.

– Eh ! lança Rémy en lui donnant un petit coup de coude. Tu n'es pas responsable de ces contrefaçons. Tu ne savais pas.

– J'aurais dû chercher à savoir comment il avait autant d'argent. Je me disais… qu'il l'avait volé.

– C'est ce que je dis, tu ne savais pas. En plus, ce n'est pas juste Boon qui fabriquait les fausses pièces, mais Mercado aussi. Et son bénéficiaire est impliqué, lui aussi.

Ils entrèrent dans le quartier commerçant dont Jasper leur avait parlé. Amaya remarqua davantage de silhouettes encapuchonnées, mal en point, assises par terre ou appuyées contre les façades des immeubles. Un malade s'approcha d'une femme qui sortait d'un magasin. Cette dernière fila aussitôt, pour s'éloigner le plus possible de lui.

– Trouver ce bénéficiaire mettra fin à la circulation des fausses pièces, selon toi ? demanda Amaya.

– C'est l'idée. Même si je ne sais pas encore comment on va y parvenir… Moray est déjà secrètement perdue. D'un jour à l'autre, le scandale des contrefaçons sera révélé et la ville deviendra dépendante des empires.

– Et Réhan ?

– Moray s'en est libérée depuis longtemps. Je ne pense pas que Réhan voudra s'engager dans une guerre potentielle, d'autant plus que le pays est coincé entre deux puissances navales et que son armée se concentre principalement sur le contrôle des frontières.

Le regard d'Amaya se posa alors sur une vitrine derrière laquelle trois mannequins sans tête avaient été placés dans diverses positions. Elles portaient toutes une robe, mais celle du milieu attira particulièrement l'attention de la jeune femme.

En velours bleu foncé, la robe avait des manches qui ne recouvraient pas les épaules et étaient cousues de pierres précieuses scintillantes sur toute la longueur du bras. Le buste était orné de la même façon, ainsi que la jupe volumineuse, sur laquelle de minuscules joyaux dessinaient une étoile.

Elle posa la main sur la vitrine, se demandant si, vêtue de la sorte, elle inspirerait respect et obéissance.

– Ça te manque, de ne plus être une comtesse ? lui demanda Rémy.

Amaya fut surprise de constater qu'une partie d'elle le regrettait en effet. Pas pour les belles toilettes ni les réceptions somptueuses, mais pour le pouvoir qu'une robe, un sourire et un peu de maquillage lui avaient conféré.

– Ça n'a jamais vraiment été moi, répliqua Amaya, retirant la main de la vitre. Mais la comtesse a accompli des choses. Et elle était bien habillée.

– Si j'ai une promotion, je te l'achèterai.

– C'est ça, oui, glousa-t-elle.

Elle lui prit la main, heureuse de l'avoir auprès d'elle, malgré la situation.

Rémy avait trouvé son chemin, mais Amaya, elle, se sentait toujours perdue. Elle n'avait en elle que colère et amertume. Plus elle se laissait submerger par le sentiment assassin de trahison, plus le couteau sur sa hanche semblait lourd.

Ils devaient mettre la main sur le bénéficiaire, mais elle avait sa propre mission : trouver Boon et lui faire avouer ses crimes. Apprendre la vérité sur ce qui était arrivé à son père.

Et le lui faire payer.

4

> Le magicien voulait atteindre les étoiles. Il demanda aux nuages de lui apporter un char, mais ils filèrent sans lui répondre. Il demanda à la mer un hippocampe, mais ses vagues le repoussèrent. Et enfin, la montagne lui chuchota la solution, et c'est ainsi que le magicien trouva les marches de tourmaline taillées dans la falaise, qui montaient vers le ciel.
>
> *Neralia des nuages, conte des îles de Lede*

Cayo se réveilla dans un lit inconnu et tenta de ne pas paniquer.

Il avait connu la même sensation le premier matin sur le *Marionnette* : battements de cœur, souffle court. Les mouvements du bateau lui avaient donné la nausée, et les murs en bois l'impression qu'il était enfermé dans un cercueil.

Il n'avait jamais éprouvé un tel malaise, même les matins de gueule de bois, après une nuit au quartier du vice. Il lui était arrivé de se réveiller sur des tables, les jambes et les bras emmêlés avec d'autres corps, voire sur un tas d'ordures, et pourtant il suffisait maintenant d'un simple lit différent pour qu'il se mette dans tous ses états.

Cela n'avait rien à voir avec les nouveaux murs ou le matelas, si confortable comparé avec la dureté de la couche sur le bateau. L'odeur de moisi de l'appartement, les craquements du plafond sous les pas des voisins le submergeaient, envahissaient ses sens.

Cayo se redressa et vit Avi endormi dans le second lit, de l'autre côté de la chambre, les draps remontés jusqu'au menton et ses cheveux noirs ébouriffés.

– Voilà comment ça va se passer, avait lancé Avi, la veille. Tu vas te tourner vers le mur pendant que je retire mon pansement, ce qui va me faire le plus grand bien. Tu bouges pas avant que je te le dise. Après, tu peux faire ce que tu veux, te balader à poil dans la pièce si ça te tente.

Cayo avait obéi sans rien dire, pendant qu'Avi s'était changé.

– Je n'ai aucune intention de me mettre nu face à vous, croyez-moi.

– Merci aux dieux pour ce miracle.

La chambre n'ayant pas de fenêtre, Cayo dut chercher son pantalon à tâtons. Ses chaussures à la main, il sortit dans la pièce principale le plus discrètement possible pour ne réveiller personne.

Mais il trouva Amaya, assise à la table, une tasse en céramique fumante. Surprise, elle leva la tête et Cayo ne put s'empêcher de croiser son regard. Un filet de lumière dorée filtrait par la fenêtre, dessinant des rayures sur le visage de la jeune femme et sur la table.

– Oh, lâcha-t-elle.

Un faible son, mais chargé de plus de sens que toute une phrase.

– Que faites-vous debout si tôt ?

Cayo se racla la gorge et entreprit d'enfiler ses chaussettes, trouvant péniblement son équilibre sur une jambe.

– Je voudrais aller voir comment Soria se porte, si sa première nuit à l'hôpital s'est bien passée.

– À cette heure ?

Elle tourna la tête vers la fenêtre, les rayons du soleil lui caressant la joue droite et donnant à ses yeux marron une couleur de cannelle.

– Je doute que mère Hilas vous laisse entrer. Et vous devriez vous asseoir pour faire ça.

Cayo avait manifestement du mal à mettre ses chaussures debout. Seulement, s'installer en face d'Amaya lui semblait trop risqué.

Tu devrais peut-être faire l'effort de le découvrir, lui avait lancé Soria quand il s'était plaint de ne pas savoir qui était Amaya.

En soupirant, il abdiqua et s'assit en face d'elle pour lacer ses chaussures.

– Qu'est-ce que vous faites là si tôt ?

– Je bois du thé, répondit-elle en décochant un regard mauvais à sa tasse. Ou, du moins, ce qu'ils appellent du thé ici.

– Comment vous en êtes-vous procuré ?

Elle désigna l'étagère au-dessus du poêle, sur laquelle attendaient quelques boîtes et bocaux couverts de poussière.

– J'en ai trouvé là. Mais il est moisi et a un goût de terre.

Elle entoura la tasse de ses deux mains.

– Enfin, c'est mieux que rien.

Cayo aurait pu tuer pour voir Narin, le majordome de sa famille, lui apporter un bon vrai plateau de thé. Il aurait tout donné pour humer sa douce vapeur aromatique et pourquoi pas tremper un biscuit dedans. Il se retint d'en parler à Amaya, se rappelant qu'elle n'était plus la comtesse. Elle le jugerait gâté, inadapté à la vie, à ses contraintes et à ses sacrifices.

Et le pire, c'est qu'elle aurait raison.

Il glissa le pied dans sa deuxième chaussure. Amaya l'observait, son regard étonnamment fixe et calme.

– Je ne pense pas que l'hôpital sera déjà ouvert pour les visites. Autant utiliser efficacement le temps que nous avons devant nous.

– Comme partager un thé rance ?

– Par exemple, acquiesça Amaya. Je peux même vous apprendre à le préparer.

Cayo rougit. Il n'allait tout de même pas avouer qu'il ne savait pas. C'était impossible. Mais, compatissante, Amaya se leva sans attendre sa réponse. Elle prit une autre tasse ébréchée pour y verser l'eau d'une vieille bouilloire.

– La prochaine fois, vous vous servirez tout seul, lança-t-elle en posant la tasse devant lui. Vous avez beaucoup de basses tâches à apprendre, Lord Mercado.

Cayo fronça les sourcils. Comment se permettait-elle de lui parler aussi froidement, alors que c'était elle qui l'avait trahi ?

– Ne m'appelez pas comme ça, protesta-t-il. Et ne me traitez pas comme si j'étais… un imbécile de dandy.

– Je sais que vous ne l'êtes pas.

Elle s'assit, le visage de nouveau sérieux.

– Mais votre vie a été bouleversée et je sais ce que vous devez ressentir.

Elle entoura de nouveau sa tasse avec ses deux mains.

– Posez vos questions.

Cayo inspira profondément, avant de boire une gorgée de thé. Il fit la grimace, révulsé par le goût de boue. L'image de leur goûter au salon de thé Laelia à Moray lui traversa l'esprit. Une rencontre sous le signe de l'élégance et de la décadence. À présent, ils partageaient un thé moisi autour d'une table bancale.

– Je n'en ai qu'une, dit-il au bout d'un moment. Qui êtes-vous ?

Elle ne s'y était pas attendue. Elle recula sur sa chaise et le filet de lumière s'effaça de son visage, tel un masque qu'on retire.

– Je ne suis pas sûre d'avoir une bonne réponse pour vous, avoua-t-elle. Puisque je m'efforce encore de le découvrir, moi-même.

– Essayez.

Elle s'exécuta. Elle lui parla de son enfance à Moray, de sa mère réhanaise et de son père kharien, et de l'emprunt que ce dernier avait contracté auprès de Kamon Mercado et qu'il n'avait pas pu rembourser. Elle lui raconta comment son père s'était fait tuer parce qu'il rassemblait des informations pour faire chanter Mercado. Comment sa mère avait cherché à lui faire quitter la ville avant que Mercado se serve d'elle pour ouvrir le caveau familial, où son père avait rangé les documents compromettants. Et comment elle avait été vendue au *Saumâtre*, à la place.

Cayo l'écouta en silence décrire ces sept années de sa vie. À cette époque, elle n'était pas Amaya, mais Anguille, une Bestiole, une enfant vendue à un navire de créancier pour payer les dettes de sa famille. Elle y avait rencontré Rémy et les autres enfants qu'elle avait ensuite libérés, et avait dû supporter la cruauté du capitaine Zharo.

– Mais vous ne l'avez pas tué, dit Cayo, l'interrompant pour la première fois.

Le visage d'Amaya se durcit. Cayo en frémit, se demandant si c'était Anguille qu'il avait soudain devant lui.

– J'aurais bien voulu, répondit-elle. J'allais le faire. Mais Liesl m'a devancée. Elle a dit que je n'étais pas prête à savoir ce que ça faisait de tuer un homme.

Ses mains bougeaient nerveusement sur la table, où elle prenait et reposait sa tasse.

– Il maltraitait des enfants, Cayo.

– Je sais, concéda le jeune marchand en baissant la tête.

Il devait le reconnaître, il était content que cette ordure soit morte. L'idée de ce Zharo posant les mains sur un enfant et, encore pire, sur Amaya, lui faisait bouillir le sang.

– Mais j'ai déjà tué, avoua Amaya. J'ai poignardé Melchor, l'homme qui m'a vendue au *Saumâtre*. Je pensais que je me sentirais mieux après.

Elle se tut un moment avant de reprendre :

– D'une certaine façon, ça m'a aidée. Mais ce n'était pas suffisant.

Cayo contempla le tatouage de couteau sur son poignet.

– Vous avez l'habitude de poignarder des gens ?

– Pourquoi ? Vous avez peur de figurer sur ma liste ?

– J'y figure ?

Amaya l'étudia, et le silence entre eux permit à Cayo de sentir de nouveau son cœur battre.

– Plus maintenant, répondit-elle enfin.

À son tour, Cayo entoura sa tasse de ses mains, la chaleur lui mordant la peau.

– Mais mon père s'y trouve encore.

– Oui. Il a ruiné ma famille.

– Il a ruiné sa propre famille, répliqua Cayo, les yeux rivés sur son reflet dans le liquide couleur écorce. Et ensuite il a prétendu que tout était ma faute. Pourtant… c'est toujours mon père. Si vous essayez de le tuer, je ferai tout pour vous en empêcher.

Amaya poussa un soupir, comme si elle s'y était attendue.

– La situation a changé. Je n'obéis plus aux ordres de Boon.

Le nom le fit grimacer.

– Mais je ne sais pas encore ce que je ferai si je croise la route de Kamon Mercado.

Il la comprenait. À vrai dire, lui non plus ne savait pas ce qu'il ferait.

– Ai-je répondu à votre question ?

Anguille. Comtesse Yamaa. Amaya. Trois filles en une. Elle était toutes les trois. Il le percevait dans sa façon de se tenir, de le regarder, d'interagir avec le monde autour d'elle.

– Oui, dit-il en reculant sa chaise. Mais je n'ai pas encore décidé quoi en penser. Quoi penser… de vous.

Venait-il de la blesser ? Était-ce ce qu'il avait lu sur ses traits, ou l'avait-il imaginé ? Il se tourna vers la porte sans attendre de le découvrir. Il ignorait ce qu'il ferait de la réponse, mais savait qu'il ne pouvait se faire confiance s'il restait un instant de plus en sa présence.

***

Le soleil brillait déjà plus haut dans le ciel, au moment où Cayo sortit dans la rue, entre les façades abîmées des immeubles. Le quartier semblait principalement résidentiel, et plutôt pauvre. Il déboucha sur une avenue bien plus large où les gens se pressaient vers leur travail : un garçon armé de son balai hérisson ; une femme portant un grand panier d'oranges ; un homme qui ouvrait une boutique de chapeaux.

Un vieil homme était installé sur une chaise basse à un coin de rue, à côté d'une pile de journaux attachés avec de la ficelle. Il déclamait des phrases étranges. Cayo finit par comprendre qu'il s'agissait des gros titres du jour.

– Le prince de Moray, mort de la fièvre des cendres ! hurlait-il d'abord en solène, puis en réhanais et enfin en circíran, la langue parlée dans l'Empire de Soleil. L'ancienne colonie en deuil ! La fièvre se propage, des cas découverts à Rhinar et Gregan ! L'empereur réticent à déclarer l'état d'urgence !

Cayo sentit sa poitrine se serrer jusqu'à ce qu'il s'éloigne de ces cris. Les dernières nouvelles vociférées dans son oreille lui donnaient l'impression que la situation était encore plus désespérée. Il se perdit dans une foule de plus en plus dense, passa sous des arches et suivit des panneaux de signalisation. Le solène qu'il entendait partout lui donnait le mal du pays.

Il avait tellement l'habitude des rues bien rangées de Moray qu'il n'arrivait pas à se repérer dans les méandres de Baleine. La panique commençait à le gagner et il pestait tout bas. Il tenta même de demander son chemin, dépoussiérant son solène du mieux possible, mais on lui répondit trop vite pour qu'il comprenne.

Il finit par reconnaître l'odeur de l'encens, qu'il suivit jusqu'à l'hôpital.

Assise dans son lit, Soria se coiffait. Sa peau était douce et rose, comme si elle venait de prendre un bain. Le garçon avec lequel elle partageait la chambre dormait.

– Te voilà ! se réjouit-elle.

Une étincelle s'était allumée dans ses yeux, plus clairs que la veille.

– Eh oui.

Il s'assit sur la chaise, à son chevet.

– Comment te traitent-ils ici ? Tu as passé une bonne nuit ?

– Tout s'est très bien passé.

Il se tourna au moment où mère Hilas entrait dans la chambre, Rémy sur les talons.

– Ma sœur a-t-elle moins toussé ? Le thé, normalement, aide…

– Je comprends votre empressement, jeune homme, mais laissez-nous faire notre travail, l'interrompit-elle, avec cependant un large sourire aux lèvres. Nous avons de bonnes nouvelles.

– J'ai donné mon rapport à mes supérieurs hier soir, enchaîna Rémy. Je suis venu annoncer à mère Hilas que nos scientifiques travaillent avec les alchimistes pour mettre au point un médicament capable d'enrayer la fièvre.

– Ce n'est pas un remède garanti, continua mère Hilas, en croisant tour à tour le regard de Soria puis celui de Cayo. Mais c'est tout ce dont nous disposons pour l'instant. Nous pouvons faire profiter votre sœur du traitement expérimental, si vous le souhaitez.

Cayo consulta sa sœur. Même s'il avait très envie d'accepter, c'était à elle de décider. Elle se mordit la lèvre.

– Oui, j'aimerais que vous m'inscriviez.

– Très bien. Malheureusement… c'est un traitement coûteux. Pour vous procurer les soins nécessaires, il nous faudrait un autre versement, monsieur Lin.

Cayo eut brusquement la bouche sèche. Il se revit à Moray, dans le bureau du Roi Racaille, l'implorant de lui donner de l'argent pour les médicaments de sa sœur. Décidé à tout faire pour la sauver.

Mais le Roi Racaille ne régnait pas ici. Il faudrait qu'il obtienne la somme nécessaire d'une autre façon.

Pour la première fois de sa vie, Cayo Mercado devrait trouver un travail.

5

Quand Farceur ment, les fruits ont un meilleur goût.

Expression de Khari

– Un traitement expérimental ? répéta Amaya. Sans risque ?

Rémy haussa les épaules. Tout le monde était assis autour de la table, à l'exception de Cayo, toujours à l'hôpital auprès de Soria.

– Le moins possible, j'imagine. Je n'ai aucune idée de comment ça fonctionne. Tout ce que je fais, c'est suivre les ordres.

– Tu as dit que la substance qui couvrait les disques était chimique, intervint Liesl. Est-ce qu'ils ont réussi à déterminer sa composition ? Et si elle est responsable de la fièvre ?

– Pour eux, c'en est la cause, oui. Et vous ne devinerez jamais ce qu'ils ont découvert, lança Rémy en s'avançant, les mains sur la table. Le plaquage doré sur les pièces est issu d'une créature marine, le cône de mer.

– Ces espèces de pétoncles ?

– Exactement. Tu te souviens ? Je t'ai dit que j'avais pris des journaux dans le caveau de ton père avant que Mercado les brûle. Il y avait des articles sur les cônes de mer et leur habitat. Je n'ai compris leur importance que lorsque les scientifiques ont fait part de leurs résultats. Quand les cônes de mer meurent, ils commencent à se décomposer en dégageant une substance qui ressemble à s'y méprendre à de l'or. Seulement, à ce moment, ils deviennent *très* venimeux. Visiblement, la substance libérée transmet une maladie que les cônes portent en eux.

Amaya se rappela avoir entendu parler d'un empoisonnement collectif suite à un repas où avaient été servis des cônes avariés. Elle se rappela également que les rochers autour de l'atoll où Boon l'avait retrouvée regorgeaient de cônes de mer.

– Un contact prolongé avec le revêtement provoque la fièvre, mais ils ne savent pas encore si les malades sont contagieux, expliqua Rémy avant de s'asseoir. Cayo court peut-être des risques en s'approchant de Soria, mais c'est surtout pour toi que je m'inquiète, Amaya. Tu as passé beaucoup de temps à proximité de l'or de Boon.

Ce qu'il ne savait pas, c'est qu'elle examinait régulièrement son corps, à l'affût de taches grises. Pour l'instant, elle n'avait rien vu.

– Je pense que je suis hors de danger. Les symptômes se seraient déjà manifestés.

– Tu n'en as aucun, confirma Liesl. Et nous trois non plus. Heureusement qu'on rangeait les coffres sous le domaine. Mais il va falloir rester prudents.

Amaya avait demandé à Cicada, une des Bestioles plus âgées, de se servir des fausses pièces pour renvoyer les enfants auprès de leurs parents. Elle grimaça, inquiète à l'idée qu'elle ait pu aggraver encore la situation et signer l'arrêt de mort de son ami.

Mais elle ne savait rien à ce moment-là. Elle voulait juste que ses anciens camarades d'infortune rentrent chez eux et tirent un trait sur ce pan de leur existence. Elle se demanda si Scarabée, ou plutôt Fera, avait réussi à retrouver une vie de famille normale avec ses parents qui l'avaient vendue.

– Maintenant qu'on sait ce qui provoque la fièvre, on espère que nos alchimistes trouveront un traitement efficace.

– Vous pensez que Boon savait que cette substance pouvait causer cette maladie ? demanda Deadshot.

– Il ne m'en a jamais parlé, en tout cas, répondit Avi sur un ton grave. Il aurait pu au moins nous dire que c'étaient des contrefaçons.

– Il voulait les distribuer parmi les riches de Moray, déclara Liesl. Pour leur faire payer ce qu'il avait subi par leur faute. Je suppose qu'il ne s'attendait pas à ce que Mercado et le Roi Racaille écoulent cet argent dans les casinos. Je ne pense pas qu'ils se doutaient du lien entre les fausses pièces et la fièvre, sinon, ils n'en auraient pas stocké autant. À cause d'eux, les pièces sont arrivées dans les mains des plus pauvres, qui ont moins de ressources pour se soigner.

Malgré ses efforts pour se contrôler, la même colère et la même culpabilité qui étouffaient Amaya filtraient dans sa voix. Deadshot lui prit la main pour la réconforter. Amaya, elle, n'avait personne pour lui apporter un tel soutien.

Heureusement, quand elle leva la tête, Rémy la regardait avec un air compréhensif. *Ce n'est pas ta faute*, lut-elle dans ses yeux. Elle laissa échapper un profond soupir, reconnaissante, mais rien ne pourrait soulager ses scrupules.

– La plupart des fausses pièces circulaient déjà à Moray et dans l'Empire de Pluie avant que l'or de Boon apparaisse, précisa Rémy. Il n'a sûrement pas arrangé les choses, mais ce n'est pas le seul responsable. Il faut trouver le bénéficiaire de Mercado et l'enfermer.

– Et il faut aussi trouver le moyen de retirer les fausses pièces de la circulation, ajouta Amaya.

– Elles vont ruiner plusieurs pays, confirma Avi. Avec les tensions qui règnent entre les empires en ce moment, on court au désastre et c'est rien de le dire.

Il se leva et s'étira, faisant craquer ses articulations.

– Allez, je vous laisse à vos intrigues, amusez-vous bien. Moi, je passe à l'action. Je vais commencer par une visite de la ville. Si on doit rester ici un moment, il vaut mieux savoir où se cacher.

– J'ai aussi une course à faire, lança Liesl. J'aimerais bien que tu m'accompagnes, Amaya.

Celle-ci s'efforça de ne rien laisser transparaître de sa surprise. En général, Liesl se débrouillait seule ou avec Deadshot. Elle n'avait jamais partagé avec Amaya ses projets à Moray, se contentant de lui assurer que tout se passerait bien. Cela voulait-il dire que la jeune femme commençait à la considérer comme son égale, une partenaire fiable ?

Amaya réprima un sourire enthousiaste.

– D'accord, bien sûr.

– Avi, je viens avec toi, proposa Deadshot. Connaître les lieux ne sera sûrement pas du luxe.

Alors que Liesl embrassait Deadshot pour lui dire au revoir, Rémy entraîna Amaya de côté.

– Je n'ai pas parlé de toi à mes supérieurs, grommela-t-il. Ils étaient tellement satisfaits du dossier que je leur ai présenté qu'ils n'ont pas demandé plus d'informations, pour l'instant. Pas besoin de leur dire que tu es ici. Tu ne seras pas interrogée.

Elle sentit soudain un poids dont elle n'avait pas eu conscience quitter ses épaules.

– Merci, Rémy.

– À vrai dire, ça les a étonnés que je parvienne à revenir avec des preuves. Je suis parti en éclaireur, mais, maintenant qu'ils en savent plus, ils enverront d'autres militaires pour mener l'enquête.

– Tu ne vas pas devoir y retourner, n'est-ce pas ? demanda-t-elle, inquiète à l'idée d'être de nouveau séparée de lui si vite après leurs retrouvailles.

– Non, je suis dégagé des missions à l'étranger pour au moins un mois. Alors j'ai proposé mes services pour les efforts sanitaires, ici.

– Je pensais que tu en avais terminé avec ça ?

– Ils ont encore besoin de soldats pour administrer les traitements, veiller à ce que les civils ne créent pas d'émeutes, ce genre de choses. Mais ce n'est pas de ça que je voulais te parler.

Il lui tendit une enveloppe épaisse.

– Ce sont les papiers que j'ai pris dans le caveau de ton père, quand Mercado le vidait. On a gardé les originaux comme pièces à conviction, mais j'en ai demandé une copie. Je me disais que tu voudrais les avoir.

Lentement, elle sortit les documents : lettres et notes, l'une d'entre elles entièrement noircie d'équations et de nombres. Amaya sentit son cœur se serrer quand ses yeux se posèrent sur l'écriture de son père.

– Au dos d'un compte rendu sur Mercado et ses affaires, il y a un paragraphe qui ressemble plus à un extrait de journal intime. Il parle de toi, alors j'ai pensé que tu aimerais le lire.

Rémy le lui indiqua.

Quand je pense à Rin et Amaya, c'est comme si tout le reste se noyait dans l'océan. Même si certains diraient que je suis chez moi à Khari, je sais que je suis chez moi avec elles, où qu'elles soient. C'est rassurant. Cela m'aide à travailler et m'empêche de me perdre dans des lieux si sombres que même les étoiles ne les atteignent plus. Rin veillera à ce qu'on s'occupe bien d'Amaya, à ce que son héritage survive. Ma femme et ma fille détiennent mes plus grands trésors.

Amaya relut le passage, le cœur lourd, débordant de regrets. Quand la douleur devint insupportable, elle rangea les feuilles dans l'enveloppe.

– Merci, Rémy, murmura-t-elle.

Ma femme et ma fille détiennent mes plus grands trésors. Mais Rin et Arun Chandra étaient morts, laissant à Amaya pour seul héritage des souvenirs et de la nostalgie.

***

Liesl et Amaya marchaient en silence dans des rues de plus en plus larges, où circulaient des charrettes et des calèches tirées par des chevaux. Des affiches offraient une récompense de six-mille solstas pour un borgne barbu d'une trentaine d'années. De son séjour de quelques mois à Viariche, Amaya avait appris que le solsta valait un peu plus que le sena.

– On devrait peut-être devenir des chasseurs de prime, suggéra-t-elle. On pourrait devenir riches.

– Ce ne serait pas compliqué : il suffirait de se rendre, ironisa Liesl en jetant un vague coup d'œil aux affiches. En tout cas, ça flatte mon ego.

– Pourquoi ?

– Parce que ma tête à moi, elle était mise à prix pour dix-mille solstas, répondit-elle avec un petit sourire. Et c'est précisément la raison de notre balade.

Amaya suivit sagement Liesl, fascinée par les ondulations de la jupe bleue de la jeune femme, parfaitement à l'aise dans son ancienne ville.

Elles arrivèrent enfin devant un petit bâtiment entouré d'un balcon en fer. Au-dessus de la porte était accrochée une grande pancarte rectangulaire écrite en solène.

– Qu'est-ce que ça veut dire ? demanda Amaya, qui ne connaissait de la langue que « bonjour », « au revoir » et quelques insultes.

– Mot à mot, ça donne « Le temple de la beauté », répondit Liesl, amusée par le regard perdu d'Amaya. Allez, entre, il doit attendre.

Une fois à l'intérieur, Amaya comprit immédiatement. De dehors, l'endroit semblait modeste, mais les rideaux mauve foncé et les canapés luxueux rendaient le lieu somptueux. D'épais tapis recouvraient le sol et un chandelier scintillait au plafond. L'air était saturé de fumée et d'une légère odeur d'alcool.

Des personnes magnifiques, aux physiques les plus variés, déambulaient dans le salon. Elles portaient des vêtements moulants, transparents ou pratiquement inexistants.

– Oh, lâcha Amaya, stupéfaite.

– Pour info, j'ai proposé qu'on se rencontre chez un caviste, mais il a pensé que ce serait plus discret ici.

– C'est pas le mot que j'emploierais.

Une fille attira l'attention d'Amaya en se caressant la clavicule avant de descendre un doigt entre ses seins.

– Et « subtil » non plus.

La pièce n'était pas bondée, mais assez remplie pour que règne un murmure constant. Une femme d'une quarantaine d'années, à la peau tannée par une vie sur les océans, sourit à une Réhanaise en robe de soie qui s'asseyait sur ses genoux. Un jeune homme au visage parsemé de taches de rousseur rougit, gêné par les regards langoureux d'une femme noire à sa gauche, et d'un homme au teint plus clair sur sa droite.

Assis sur une chaise pourpre dans un coin de la pièce, Jasper tentait de séduire une jeune femme qui jouait les récalcitrantes. Battant des cils, elle ouvrit un éventail pour cacher la moitié de son visage.

– Je pense qu'elle essaie de te dire « non, merci », lança Liesl en prenant place à côté de lui. Selon moi, je suis plus son genre.

– Tu m'as pas dit que ta partenaire avait la gâchette facile ?

– Pourquoi tu penses que je l'ai pas amenée aujourd'hui ?

Jasper rit. Considérant qu'ils lui faisaient perdre son temps, la femme à l'éventail se tourna vers le jeune homme écarlate.

– La méchante ne va pas s'asseoir ?

En grimaçant, Amaya s'assit sur le fauteuil en face d'eux.

– Si vous continuez à m'appeler ainsi, je vais me mettre à vous appeler le barbant.

– Tu vois ? C'est méchant, dit Jasper en se penchant en avant, les coudes sur les genoux.

Sa manche gauche était boutonnée autour de son moignon.

– Je t'ai apporté ce que tu as demandé, mais ça va te coûter cher, Li.

– Je sais. Laisse-moi y jeter un coup d'œil pour décider si ça en vaut le prix.

Ils se turent et attendirent que leur voisin, un jeune homme mince et pédant, s'éloigne. Quand celui-ci comprit qu'aucun des trois ne solliciterait ses services, il partit en boudant. Jasper sortit alors une liasse de papiers de la poche intérieure de sa veste. Liesl feuilleta les documents avant d'en tendre un à Amaya. Ils étaient écrits en réhanais.

– C'est... une fausse pièce d'identité, remarqua tout de suite la jeune fille.

– Il va falloir qu'on fasse très attention, à Baleine, confirma Liesl. C'est une ville portuaire, la sécurité est renforcée. Depuis qu'on a été conquis par l'Empire de Pluie, il arrive que la police procède à des contrôles à l'improviste. On ne peut pas circuler sans pièce d'identité.

– Si on t'arrête et que tu n'en as pas..., continua Jasper en haussant les épaules. Disons juste que nos prisons sont assez pleines en ce moment.

– Et il vaut mieux que nos vrais noms ne ressortent pas, lança Liesl en direction d'Amaya. Mercado t'a sûrement dénoncée à Moray, quand il a compris qui tu étais. On ne peut pas prendre de risque.

Amaya relut le papier. Elle s'appelait «Yara Sakan», et était originaire de Khari.

– Mémorise toutes ces informations, au cas où tu te ferais arrêter.

Liesl rangea soigneusement les documents dans son réticule.

– Et retiens aussi les noms des autres. En public, appelle-moi Vivienne.

– Vivi, reprit Jasper. Ça sonne bien.

– Jasper, c'est votre vrai nom ? demanda Amaya.

Pour toute réponse, il lui adressa un clin d'œil.

– Merci, Jas, dit Liesl en lui donnant une pièce d'or.

Amaya vit qu'il ne s'agissait pas d'une contrefaçon. Ils avaient un peu d'argent sur eux, mais combien de temps pourraient-ils tenir ?

– Vous savez…, lança Jasper en mordant dans la pièce avant de la faire rouler sur ses doigts. Ce genre de service vaut le double, en général.

– Tu as encore les intérêts à me rembourser, n'oublie pas.

– Ah, les intérêts. C'est comme ça qu'on se fait avoir.

Liesl se leva pour partir. Quand Amaya l'imita, une jeune femme vêtue de gaze et de plumes lui décocha un sourire coquin. Amaya rougit et détourna le regard. Après sept ans sur un bateau, elle avait perdu toute pudeur, mais l'idée d'utiliser son corps pour certaines activités n'éveillait en elle aucun désir. Elle était capable d'en ressentir

– la nuit où elle avait embrassé Cayo sous la pluie, par exemple –, mais il lui semblait qu'elle mettait beaucoup plus de temps que la majorité des gens à se mettre en condition.

Elle était trop embarrassée pour remarquer que Liesl s'était immobilisée. Lorsqu'elle la percuta, elle vit que son amie ouvrait grands ses yeux bleus et que le sang avait quitté son visage.

– Li… euh, Vivienne ? lâcha Amaya en posant une main sur le bras de la jeune fille. Ça va ?

Un homme était entré dans la salle et parlait au propriétaire. Élégamment vêtu d'un costume sur mesure dans le style de l'Empire de Pluie, d'un pantalon parfaitement repassé et d'un manteau croisé avec deux rangées de boutons étincelants, il avait une trentaine d'années, une peau marron clair et des mèches grises dans ses cheveux noirs.

– Oh, non !

Jasper bondit et fit pivoter Liesl pour l'obliger à se rasseoir.

– La méchante, assieds-toi aussi et cache-la.

Amaya obéit, trop effrayée pour lui reprocher d'avoir de nouveau utilisé ce surnom. Le cœur battant, elle se pencha vers Liesl, afin de bloquer la vue à l'inconnu. Elle ignorait pourquoi son amie avait si peur, mais l'expression sur son visage lui avait glacé le sang.

Enfin, Jasper reprit sa respiration.

– Il est monté à l'étage.

Amaya posa une main sur l'épaule de Liesl, qui tremblait, les lèvres serrées en une fine ligne pâle.

– C'était qui ?

Jasper fixait encore les escaliers. Une vive colère brûlait dans ses yeux et la raideur de ses membres indiquait qu'il hésitait à suivre le nouveau pour l'achever.

– André Basque, répondit Jasper. Un politicien de Chalier qui n'est resté à son poste que grâce à son soutien à l'Empire de Pluie.

Il tourna la tête comme pour cracher, mais se ravisa.

– C'est lui qui a arrêté Liesl et Adrienne.

– Adrienne ?

– Sa sœur.

La main d'Amaya se resserra sur l'épaule de Liesl. Une sœur ? Liesl ne lui en avait jamais parlé. À vrai dire, elle ne lui avait rien raconté de sa vie d'avant.

Mais Amaya était bien placée pour savoir que revenir dans sa ville natale était une porte ouverte sur tous les fantômes du passé, sur les souvenirs qu'on aurait préféré laisser enfouis.

– C'est lui qui t'a condamnée à être une sans-terre, lança Amaya.

Liesl acquiesça.

– Je suis désolée.

Est-ce que cela voulait dire que sa sœur avait connu la même punition ?

– Sortons d'ici, dit Liesl en se levant, faussement sereine. Avant qu'il finisse, et ça risque d'être rapide.

– Je reste, annonça Jasper, qui avait repéré un jeune homme avec un pantalon en bas des hanches.

Jasper lança sa pièce d'or et le garçon lui adressa un clin d'œil.

– Je surveille Basque.

– C'est ça, oui, ironisa Liesl, sur un ton empreint d'une légèreté feinte.

Quand elle passa à côté de l'escalier, elle jeta un regard vers l'étage qui donna des frissons à Amaya. La menace dans les yeux de Liesl la priva soudain d'oxygène.

Quoi qu'il se soit passé entre André Basque et elle, c'était loin d'être réglé.

6

> Ceux qui ont de l'argent dictent des règles et des lois pour leurs semblables, ne se souciant guère de détruire la vie de ceux qui n'ont que de la poussière au fond de leurs coffres.
>
> *Pamphlet politique paru dans l'Empire de Pluie*

Allongé sur le dos, les yeux rivés au plafond, Cayo entendit la porte de l'appartement s'ouvrir. Suivit ensuite une voix chantante qu'il reconnut tout de suite comme étant celle de Jasper.

En soupirant, il se tourna sur le côté. Il ne voulait pas se mêler aux autres, maintenant qu'il était enfin un peu seul. Il avait besoin de réfléchir à un moyen de trouver assez d'argent pour le traitement de Soria.

Il n'avait encore jamais eu de travail qui rapportait un salaire. Les tâches qu'il avait accomplies pour son père – surveiller les cargaisons dans le port – constituaient une obligation, le moyen de retrouver ses bonnes grâces.

Et pour le Roi Racaille… il ne l'avait pas vraiment fait pour gagner sa vie. Surtout que la majorité de ses gains allaient dans les poches de son employeur. C'était au mieux un hobby, parce qu'il en avait eu les moyens.

Et ensuite…

Cayo pensa à Sébastien, son partenaire de jeu à Moray qui avait souvent travaillé à la même table que lui. Contrairement à ses autres amis, Seb n'appartenait pas à une famille aisée, par conséquent, ce qu'il gagnait au casino lui servait de revenus. C'était Seb qui avait découvert le trafic de fausses pièces, c'était lui que le Roi Racaille avait puni en lui arrachant les yeux.

Cayo serra les poings en repensant au jour où ils s'étaient dit adieu, au contact de la joue de Seb sur ses lèvres. Sébastien était parti à Soliere, à plus de deux-cents miles au nord-ouest de Chalier. Comment allait-il ? Est-ce que Moray lui manquait ? Est-ce qu'il lui manquait, lui ? Et leur ancienne vie ?

La porte de sa chambre s'ouvrit et Avi passa la tête dans l'embrasure.

– Tu viens ?

– Non.

– On a besoin de toi ! On a du vin.

De mauvaise grâce, il le suivit dans le salon, pieds nus et vêtu d'une simple chemise et d'un pantalon. Autrefois, il n'aurait pas supporté qu'on le voie décoiffé ou avec des habits froissés. Mais il ne pouvait plus se permettre de penser à de beaux manteaux ni à des bottes luisantes. C'était terminé.

Du passé.

Deux bouteilles rouges attendaient sur la table, poussiéreuses et sans étiquettes. Jasper sourit à Cayo et désigna le vin.

– Je suis venu avec des cadeaux.

– On ne va pas te les rembourser, avertit Liesl.

Jasper cala son auriculaire dans son oreille et l'agita vigoureusement.

– Désolé, la définition de cadeau aurait-elle changé au cours des dernières secondes ? Dois-je tout réapprendre sur ce monde terrible et magnifique ?

– C'est pour quelle occasion ? demanda Amaya, appuyée sur le mur, les bras croisés.

Inquiète, elle ne quittait pas Liesl du regard.

– L'occasion, répéta Jasper en débouchant une des bouteilles, c'est que j'ai trouvé une piste pour vous.

Deadshot s'avança sur son siège.

– Pour retrouver le bénéficiaire ?

– Exactement.

Cayo se pinça les lèvres. Quand les autres l'avaient interrogé sur ce mystérieux personnage, il leur avait dit la vérité : « Mon père me mêlait rarement à ses affaires. Il me laissait juste me charger de l'inventaire. Ce bénéficiaire, il n'en a jamais parlé à personne et en tout cas, pas à moi. »

– C'est quand tu veux, lança Avi, tandis que Jasper versait le liquide âcre dans une des tasses ébréchées.

– Je n'ai pas énormément d'informations, alors laissez-moi soigner la présentation, se défendit Jasper. Vous me devez bien ça !

– Bien sûr, répliqua Liesl sans enthousiasme.

– D'accord, d'accord. Je vous ai déjà dit que j'avais entendu parler de ce bénéficiaire en rapport avec les bureaux de change, n'est-ce pas ? Eh bien, j'ai demandé à un ami qui travaille dans le quartier des finances d'effectuer quelques recherches. Figurez-vous qu'un de ces bureaux se trouve sur Heliope Avenue. C'est un bon point de départ pour examiner les archives, non ?

– On aurait une chance de découvrir l'adresse du bénéficiaire, comprit Amaya.

– Une très bonne chance, même, ajouta Jasper en lui tendant le vin.

Amaya prit la tasse et Cayo contempla ses doigts calleux encercler la céramique. La bague en jade de sa mère luisait sur son annulaire. Elle affichait un léger sourire, comme si la piste de Jasper lui redonnait un but. Elle croisa alors le regard de Cayo, le sourire toujours dessiné sur ses lèvres.

Cayo en oublia comment respirer. Il se tenait au bord d'un précipice des possibles, et, au lieu de craindre la chute, il en savoura l'idée. Dégringoler dans le vide, rassuré que quelqu'un tombe avec lui.

Alors, il se rappela ce qu'il avait ressenti sur le bateau en apprenant qu'elle était une inconnue, une menteuse. Quand il se détourna, le sourire d'Amaya s'effaça. Il en eut le souffle coupé.

Après tout, tomber n'était pas si facile.

Dévoré par la gêne et la frustration, il remarqua à peine qu'on lui mettait une tasse dans les mains.

– Oh, je ne…, commença-t-il en inspectant le liquide rouge qui dégageait une odeur de vinaigre.

Il sentit sa bouche s'assécher. Il se serait volontiers noyé dans l'alcool.

– Je ne devrais pas.

En général, il ne se contentait pas d'une seule bouteille par nuit dans le quartier du vice. Il connaissait bien le moment où il passait de la sobriété à l'ivresse, cette descente irréelle dans un état d'agréable abêtissement. Le monde devenait plus doux, et il y circulait sans peur de se faire poignarder par des couteaux tranchants, parce qu'il savait qu'il ne ressentirait aucune douleur.

Il voyait désormais combien cette descente était terrifiante. Cayo se força donc à tendre sa tasse à Avi.

– Comme tu veux, lança Jasper. On en aura plus pour nous.

Les autres commencèrent alors à chercher des moyens de trouver le bénéficiaire en sirotant leur vin et grimaçant à cause de son goût affreux. Cayo voulut retourner dans sa chambre, mais se ravisa.

C'était pratiquement sans espoir, et pourtant il fallait qu'il tente sa chance.

Il s'approcha prudemment de Jasper, qui s'appuyait sur la table et écoutait la conversation. Quand ce dernier le remarqua, il battit des cils dans sa direction.

– Tu viens me séduire ? demanda-t-il. Je t'attendais.

– Quoi ? Non !

Cayo croisa les bras, se rappelant qu'il devait avant tout penser à Soria. C'est pour elle qu'il agissait.

– Je me demandais si… si vous saviez où je pourrais trouver un travail.

Tout le monde se tut immédiatement. Cayo rougit sous les regards et se ratatina, comme s'il voulait disparaître.

– *Toi*, tu veux un boulot ? s'étonna Avi.

– Sinon, je ne pourrai pas payer le traitement de Soria, grommela Cayo. À part voler, je ne vois rien d'autre. Et je ne suis pas un voleur.

– Moi, si, déclara Jasper en s'illuminant. Je t'initie ?

– Ne l'entraîne pas dans ton mode de vie, intervint Liesl. On est déjà sur la corde raide.

– Bon, d'accord. Vous n'êtes vraiment pas marrants !

Jasper toisa Cayo de la tête aux pieds.

– Tu as des talents particuliers ? Des compétences ? Tu t'y connais dans quoi ?

– Les cartes, répondit Cayo. Et les tours avec des pièces.

– Oh ! s'exclama Jasper en claquant des doigts. Alors tu devrais faire un petit saut au quartier du casino. Je suis sûr qu'ils cherchent de jeunes croupiers séduisants.

Cayo sentit le sol trembler sous ses pieds. Il avait entendu parler du quartier du jeu, mais la seule pensée de remettre les pieds dans ce monde…

Il avait essayé de prendre ses distances avec cette ancienne version de lui-même, le Cayo Mercado qui se fichait des conséquences de ses actes. Le Cayo Mercado qui avait goûté au délice de gagner et y avait pris tellement de plaisir que c'était devenu une drogue, s'immisçant petit à petit dans son cerveau et dans son corps.

Il s'était juré de ne jamais replonger. Il l'avait promis à Soria.

Le mot monta dans sa gorge, glissa sur sa langue, aussi âpre que l'odeur du vin, mais Amaya le prononça avant lui :

– Non.

La pièce plongea dans le silence. Cayo la dévisagea, sourcils froncés.

– Excusez-moi ? demanda-t-il d'une petite voix.

– J'ai dit non, répéta-t-elle, ses yeux noirs rivés sur lui. Vous savez ce que cela vous ferait. Ce que cela vous a déjà fait. Si vous retournez à cette vie, vous vous y perdrez une nouvelle fois. Et on se retrouvera dans une situation encore plus désespérée qu'elle ne l'est déjà. On n'aura plus aucune chance de retrouver Boon ou le bénéficiaire.

– Oh, alors, tout ce que vous cherchez, c'est soulager votre culpabilité.

Le petit froncement de sourcils chez Amaya lui prouva qu'il avait vu juste.

– Pas du tout. Je pense à nous tous. Vous êtes le seul à ne pas le comprendre. Vous êtes trop occupé à vous apitoyer sur votre sort et à vous concentrer sur vos propres problèmes pour voir que les gens meurent dans la rue !

Sa voix monta dans les aigus. Elle recula, stupéfaite par la puissance de sa propre rage.

Cayo blêmit.

– Ma sœur est en train de mourir.

Amaya poussa un soupir et se frotta le visage pour se calmer.

– Je ne voulais pas… Je suis désolée. Ce que vous faites pour elle… c'est admirable. Vraiment.

Elle laissa pendre ses bras le long de son corps, la colère dans ses yeux remplacée par une fatigue que Cayo n'y avait jamais lue.

– Mais, si vous voulez vraiment aider Soria, vous ne pouvez pas retourner à cette vie. Et vous le savez.

Il serra la mâchoire, tâchant d'ignorer les regards que s'échangeaient les autres.

– Je le sais, oui, confirma-t-il. Et c'est pour ça que j'avais l'intention de refuser.

Elle ne lui parut pas convaincue, ce qui déclencha chez lui une fureur impossible à contenir.

– C'est tellement difficile de croire que j'aie pu changer ? Quelle opinion vous faites-vous de moi ? Je ne suis rien d'autre pour vous que le produit de ma classe sociale, incapable de penser et d'agir par lui-même ?

Mais pouvait-il réellement lui reprocher son scepticisme ? Il s'était senti tiraillé, il avait été tenté d'accepter. Un faux pas, et il replongeait.

– Non, je…, lâcha Amaya, soudain plus pâle qu'un linge.

Il détourna le regard. Un silence de mort régnait dans la pièce. Personne n'osait bouger. Amaya finit par aller dans la chambre qu'elle partageait avec Liesl et Deadshot.

Jasper se dandina quand la porte se referma. Il se racla la gorge.

– Bon, dit-il tout bas, comme s'il craignait qu'Amaya revienne. Dans ce cas, je connais un endroit qui embauche en permanence.

***

Le lendemain, Cayo contempla avec horreur les cageots de poissons morts alignés devant lui.

– Vous n'êtes pas sérieux ? demanda-t-il en se tournant vers Jasper. Le marché aux poissons ?

– Quoi, t'aimes pas le poisson ? demanda Jasper, le nez caché dans son écharpe.

– Ce n'est pas ça, c'est juste…

Cayo passa une main dans ses cheveux, la panique luisant dans ses yeux.

– Je fais quoi avec ?

Jasper l'étudia au-dessus de son écharpe.

– T'as jamais travaillé de toute ta vie, hein ?

Il fit signe à Cayo de le suivre.

– Personne te demande de faire quoi que ce soit avec le poisson. Juste les balader et pourquoi pas les vendre. On te demande pas de jongler avec.

– Pourquoi je ne pourrais pas plutôt faire, je ne sais pas, moi, un métier qualifié ? Je sais lire, écrire, je sais compter…

Cayo n'arrivait pas à dompter sa nervosité en approchant d'un des stands sur les docks. Le soleil venait à peine d'apparaître dans le ciel, croissant orange sur l'horizon qui striait l'eau sombre et colorait les voiles repliées et les bastingages. L'odeur de poisson et de sel imprégnait l'air frais du matin, et les mouettes affamées criaient à tue-tête.

Il observa longuement les bateaux, tenté d'embarquer sur l'un d'eux pour s'enfuir avec Soria le plus loin possible. N'importe où, du moment qu'il puisse repartir à zéro. C'était un rêve qu'il avait nourri toute son enfance. Une folie.

Le marchand vers lequel le dirigeait Jasper était un grand chauve au tablier couvert de sang. Cayo n'avait jamais vu autant de muscles sur un être humain et n'aurait pas cru un tel physique possible. Il se frotta les bras, embarrassé.

– Victor ! le salua Jasper avant de lui poser une question en solène.

Le colosse grommela quelques mots en réponse. Jasper rit et secoua Cayo par l'épaule, revenant au réhanais.

– Il lui faut une niche, à ce petit corniaud, expliqua Jasper. Si j'ai bien compris, ton dernier garçon de courses est tombé à l'eau et s'est noyé. Il t'en faut un autre, non ?

– Il s'est noyé ? répéta Cayo, crispé.

Victor l'observa sous toutes les coutures. Il parlait un réhanais approximatif.

– Tu veux travail ?

Cayo hocha la tête.

– Tu commences aujourd'hui. Je vois ce que tu fais. Si toi bon, deux nieras par jour.

Le niera valait un quart de solsta, se rappela Cayo. Sa panique ne fit qu'augmenter. Gagnerait-il suffisamment pour le traitement ?

– Merveilleux ! s'exclama Jasper en tapant Cayo dans le dos, si fort que ses dents s'entrechoquèrent. Content d'avoir pu t'aider. Amuse-toi bien.

– Attendez…

Mais Jasper s'éloignait déjà, au prétexte qu'il était pressé. Ce type semblait toujours débordé. Est-ce qu'il dormait seulement ?

– Ton nom ? ronchonna Victor.

Cayo hésita, une main sur la fausse pièce d'identité dans sa poche.

– Cayo Lin.

Ils avaient déjà donné son prénom à l'hôpital et Liesl ne lui faisait pas assez confiance pour lui demander de mémoriser un nouvel alias.

– Réhan ?

– Moray.

Victor haussa les épaules, visiblement pas intéressé par cette précision. Il indiqua à Cayo un grand cageot en bois incliné pour mieux présenter la marchandise.

– Les clients bientôt là. Glace, et poisson.

– D'accord.

Cayo attendit d'autres consignes, mais Victor n'ajouta rien de plus.

– Oh. Bon, d'accord. De la glace.

Il lança des regards désespérés autour de lui et sentit le feu monter à ses joues malgré le vent froid qui ébouriffait ses cheveux. Alors que Victor consultait son livre de comptes, Cayo fit le tour du stand. Il ne trouva aucun seau avec de la glace. Il fallait s'y attendre : première tâche du premier travail rémunéré de sa vie et il échouait déjà.

Un bruit attira son attention vers sa droite. Une fille, légèrement plus jeune que lui, était penchée sur son stand à elle. Des couettes noires pendaient de chaque côté de son visage brun saupoudré de taches de rousseur. Elle croisa son regard et lui fit un signe de la tête vers l'autre bout du quai, où s'étendait le marché à perte de vue. Cayo repéra une rangée d'hommes et de femmes équipés de seaux, en train de faire la queue devant un gros tonneau.

Cayo la remercia et rejoignit la file, au moment où un groupe de marins apparut sur le port. La fatigue qui se lisait sur leurs traits indiquait qu'ils rentraient d'un long voyage. Ils portaient tous, épinglé sur leurs manteaux, un morceau de tissu vert qui ne faisait clairement pas partie de leur uniforme. *Ils contrôlent ceux qui entrent dans la ville*, comprit Cayo, se rappelant que Soria avait reçu un carré jaune, la marque de la maladie.

Quand son tour arriva, Cayo plongea le seau dans les glaçons, ce qui lui frigorifia les mains et trempa le bout de ses manches. Il pesta. Pourquoi devait-il faire si froid à Baleine ? La chaleur de Moray lui manquait, ainsi que les brises parfumées et l'humidité de l'air.

Il retourna à son stand et versa la glace dans le cageot. Deux pêcheurs apportaient leurs filets pleins de poisson. Cayo regardait son patron les payer quand celui-ci lui décocha un regard noir.

– Allez, le pressa-t-il en montrant les filets. Tu mets.

Cayo désigna la glace.

– Ici ?

Victor leva les mains, à bout de patience, et Cayo se précipita vers le premier filet.

– D'accord, d'accord !

Il ouvrit le filet, luttant pour retenir son haut-le-cœur. Il ne reconnut pas ces poissons aux écailles gris bleu qui miroitaient dans le soleil levant. Ils auraient été plutôt beaux s'ils n'avaient pas été empilés les uns sur les autres en un tas obscène.

S'armant de courage, Cayo se pencha pour en attraper un… qui il lui échappa comme une savonnette.

– Vite ! gronda Victor.

Cayo regarda par-dessus son épaule. Les clients commençaient à arriver.

Inspirant profondément, il attrapa le poisson par la queue, cette fois. Il le plaça soigneusement sur les glaçons, un peu intimidé par l'œil jaune et accusateur de l'animal. Victor claqua dans ses mains pour qu'il continue. Cayo s'efforça d'accélérer, mais les poissons glissaient sur la glace. Victor lui hurla dessus en lui montrant comment les positionner. Malheureusement pour Cayo qui n'en pouvait déjà plus, deux poissons remuaient encore. Victor lui apprit à les tuer en frappant leurs têtes sur les pavés.

– Dieux et leurs étoiles, pesta Cayo en les posant à côté des autres. Je suis désolé.

Les poissons morts lui rendirent son regard, gueules ouvertes comme s'ils n'en revenaient pas de la trahison qu'il venait de commettre.

Quand il fut venu à bout de sa tâche, il grelottait et aurait tout donné pour une bonne tasse de thé. Il s'assit sur un petit tabouret derrière le stand, tandis que Victor vendait ses poissons et que le soleil montait dans le ciel. La fille du stand voisin lui décocha un sourire.

– Tu vas t'y faire.

Alors que Cayo pensait avoir terminé son travail pour la journée, Victor lui jeta un papier sur lequel était notée une adresse.

– Livraison. Là, lança le marchand en lui indiquant un sac. Restaurant. Besoin de poissons. Va !

– Je… ne sais pas où…

Mais Victor s'adressait déjà à un nouveau client, affichant un sourire qui transformait son visage de montagne aride en colline rayonnante. Cayo laissa échapper un soupir et passa le sac par-dessus son épaule.

La journée allait être longue.

***

Cayo se perdit mille fois, mais finit par livrer la marchandise à un cuisinier exaspéré, avant de retourner au marché. Victor ne se retint pas de dire à Cayo combien il était mécontent du temps que la course lui avait pris, mais à la fin de l'après-midi, quand tout le poisson fut vendu et que la glace ne ressemblait plus qu'à une mare rose, il lui donna les deux nieras promis.

– Pas bon, mais apprend, conclut-il. Reviens demain.

Cayo s'éloigna lentement, les yeux fixés sur les pièces dans sa main. Il les avait gagnées. Pas en jouant ni en dupant, mais par ses efforts et son travail physique.

Il éprouva un bien-être inconnu. Cela faisait si longtemps qu'il ne s'était pas senti fier de lui qu'au début, il ne reconnut pas l'émotion. Mais au bout d'un moment, il se permit de sourire et de se féliciter pour cet exploit. Et il se réjouit d'apporter à l'administrateur de l'hôpital le premier versement pour le traitement de Soria.

Tout allait peut-être s'arranger enfin.

– Eh ! regardez-moi qui va là ?

Cayo se figea sur place. Il s'était engagé dans une petite allée qui devait le mener à l'hôpital, mais la lumière du début de soirée formait des poches d'ombres d'où jaillirent trois silhouettes, deux garçons et une fille. Leurs habits étaient en loques et leurs visages couverts de poussière.

– Il est joli, lui, commenta la fille en reniflant, comme si elle avait un rhume. Dommage qu'on puisse pas vendre les belles gueules.

– Moi, je connais un gars que ça intéresserait, répliqua le plus grand des garçons.

Cayo recula et serra le poing autour des nieras. Il chercha dans sa mémoire ce qu'il devait faire dans une situation pareille : jeter son portefeuille et partir en courant.

Mais il n'avait pas de portefeuille et même plus de montre non plus. Il n'avait sur lui que les pièces entre ses doigts et il n'avait pas l'intention de s'en défaire.

– Laissez-moi tranquille, lança-t-il, détestant le tremblement de sa voix.

– Mmh, nan, rétorqua la fille en s'approchant.

Ils tenaient tous les trois des couteaux dans leurs mains crasseuses et leurs sourires identiques révélaient leurs dents jaunes.

– Et si tu nous donnais ton argent pour qu'on te laisse la vie ?

Il leva les poings, malgré tout ce qu'on lui avait appris en cas de rencontre avec des voleurs. Cet argent, il l'avait gagné. Il en avait besoin pour Soria.

– Allez embêter quelqu'un d'autre, lâcha-t-il alors que le trio l'encerclait comme des vautours. C'est tout ce que j'ai.

– Quel comédien, celui-là ! Quel drame ! gronda le garçon. Vous croyez qu'il va pleurer ?

– Je suis sûr d'arriver à le faire chouiner, répondit le plus petit.

Avant même que Cayo puisse esquisser un mouvement de fuite, ils lui sautèrent dessus. Il tomba sous leurs coups, les mains sur la tête pour se protéger le visage. La fille le plaqua au sol et éclata de rire et le garçon le plus grand faillit lui casser les doigts en voulant lui faire desserrer le poing.

Les pièces cliquetèrent sur les pavés.

– Non ! hurla Cayo, mais un des garçons lui enfonça le talon dans la poitrine, ce qui lui coupa la respiration.

L'autre l'attrapa par les cheveux et lui frappa la tête contre le sol. La douleur explosa dans son crâne et le monde se mit à tourner autour de lui.

– Tu vois ? Je l'ai fait pleurer.

– Pff, je voulais des vraies larmes.

Cayo roula en boule sur le côté, sans pouvoir ni tousser ni respirer. Il gardait les yeux fermés, les dents serrées. Un moment indéfini passa, durant lequel il se demanda s'il était passé de vie à trépas, avant de décider enfin que seule sa dignité était morte.

Il se mit à quatre pattes, ses membres en feu, ses côtes plus douloureuses encore.

Il inspecta ses mains en sang, ses habits déchirés.

Heureusement que je vais dans un hôpital.

L'idée était tellement absurde qu'il lâcha un petit rire hystérique, le front posé sur les pavés. Au moins, Amaya n'avait pas assisté à son humiliation.

Il entendit une voix murmurer en solène tandis qu'on le relevait. C'était un homme d'une quarantaine d'années, les traits déformés par l'inquiétude. Il répéta sa question et Cayo crut comprendre qu'il lui demandait s'il allait bien. Il se tint le ventre dans les mains et regarda autour de lui, conscient que les voleurs avaient dû filer depuis longtemps.

– Non, répondit-il. Je ne vais pas bien du tout.

Les choses ne pouvaient pas continuer ainsi. Il ne pouvait pas rester pour toujours le maillon faible de la chaîne.

Il était temps qu'il demande leur aide à Amaya et aux autres.

7

Un coup de tonnerre retentit dans le grenier, et Lady Trianh faillit s'évanouir, affolée par le bruit insistant et la voix douceâtre qui l'appelait : « Ouvre la porte et je te libérerai. Je te donnerai ce que tu désires. » Mais Lady Trianh resta plantée sur place, une main sur la poignée, la terreur dans le cœur et l'incertitude dans les yeux.

La bête d'en dessous, roman d'horreur réhanais

À l'âge de sept ans, Amaya s'était retrouvée coincée en haut du mât sur le navire de son père.

C'était sa faute, bien sûr. Son père lui avait recommandé de ne pas y monter s'il n'était pas là pour la surveiller.

– C'est dangereux, un bateau, lui avait-il dit. Pour tout le monde, et même pour les petites filles.

Il utilisait ce navire pour ses affaires, une longue embarcation étroite avec des voiles qui évoquaient à Amaya les ailerons d'un requin. Il lui avait demandé de le baptiser pour lui et Amaya avait choisi *Papaye*, parce que c'était le nom qu'elle avait donné à la poupée offerte par sa mère. Il le sortait régulièrement en mer pour la pêche à la perle, avec sa petite équipe de plongeurs.

Mais, ce jour-là, ils n'étaient que tous les deux. Il lui avait promis un pique-nique au large, la semaine précédente, et Amaya avait boudé et ronchonné jusqu'à ce qu'il éclate de rire et respecte son engagement.

– Comment pourrais-je refuser quoi que ce soit à ce joli minois ? avait-il dit en lui entourant les joues de ses larges mains calleuses et en lui secouant gentiment la tête. Qu'est-ce qu'on va emporter pour notre pique-nique ?

– Des ravioles ! s'était-elle exclamée. Et un gâteau !

– Elle tient de son père, cette petite.

– Ça, pour la gourmandise, elle te ressemble, avait commenté sa mère, qui cousait, assise dans un coin de la cuisine.

Amaya avait donc emballé des ravioles aux champignons et aux poireaux et une part de gâteau au citron. Fascinée, elle avait regardé Arun détacher le bateau du quai et hisser les voiles. Son père travaillait avec force et assurance. Ses larges épaules tiraient sur sa chemise et les rayons du soleil teintaient ses cheveux noirs de reflets bruns et rouges. Sa mère le qualifiait souvent de séduisant démon, capable de charmer n'importe qui avec son sourire ravageur.

– Un jour, tu m'apprendras à naviguer ? avait demandé Amaya.

– Et si on commençait aujourd'hui ? Viens, je vais te montrer comment on utilise une boussole. Se repérer est essentiel.

Mais Amaya s'était vite lassée de la leçon et avait préféré jouer. Son père s'était assoupi sous le soleil, bercé par le balancement du bateau, les voiles repliées et l'ancre fixée.

C'est le moment qu'Amaya avait choisi pour se lancer le défi de grimper tout en haut du mât.

– Je ne peux pas redescendre, avait-elle pleurniché.

Au pied du mât, Arun avait tenté sans succès de cacher son effroi.

– Tout va bien, *Thikha*. Je suis là. Saute et je te rattraperai.

– Non ! avait-elle rétorqué en serrant le mât plus fort encore. Je vais m'écraser sur le pont !

– Mais non. Je te le promets.

Il tendait ses bras musclés, lui faisant signe de sauter.

– Je te rattraperai.

– Mais…

– Fais-moi confiance.

Elle savait qu'elle pouvait compter sur lui. Évidemment. Alors elle inspira profondément et se laissa tomber du mât, droit dans les bras de son père.

Il n'avait eu aucun mal à la rattraper, reculant simplement de quelques pas avant de la tenir fermement contre lui.

– Ne me fais plus jamais peur comme ça, l'avait-il grondée, mais sans aucune colère, juste un profond soulagement.

Il lui avait embrassé le front alors qu'elle s'accrochait à lui, envahie d'un sentiment de protection et de sécurité.

– Et surtout, n'en parle pas à ta mère.

Amaya aimait penser à son père comme quelqu'un de fort, de courageux et de savant. La conviction qu'il ne lâcherait jamais sa main la rassurait. Cela l'aidait à effacer les souvenirs de ce qui lui était arrivé l'année suivante, quand le créancier était venu la chercher. Quand la vie de son père avait été arrachée par l'homme à qui il devait une somme impossible, et qu'Amaya avait cessé de se sentir en sécurité.

Qu'elle avait cessé de faire confiance.

***

– Tu en es sûre ? demanda Rémy tout bas.

– Non, murmura Amaya. Mais, si je reste ne serait-ce qu'une minute de plus dans cet appartement, je vais étrangler quelqu'un.

– J'ai trois essais pour deviner qui ? interrogea Rémy avec un sourire entendu.

Elle lui avait raconté sa dispute avec Cayo, la veille. Depuis, ils s'évitaient.

Elle n'était pas juste embarrassée par son accès de colère. Elle avait été sincèrement furieuse, toutes les émotions négatives qui s'étaient accumulées en elle au cours des dernières semaines avaient jailli comme une balle fuse d'un pistolet. Cayo avait prétendu qu'il n'aurait jamais envisagé de recommencer à jouer, mais elle l'avait clairement vu hésiter. Il avait caressé l'idée de replonger dans ce qui avait entraîné sa propre ruine.

Cayo venait d'une famille fortunée. Il avait toujours tout reçu sur un plateau d'argent. Le rôle de la comtesse Yamaa avait donné à Amaya un aperçu de la façon dont les riches vivaient. Ils n'avaient pas à se soucier de leur prochain repas, ni de se payer une nouvelle paire de chaussures.

Elle avait décelé cette insouciance en Cayo quand ils étaient à Moray, mais elle avait vu en lui bien plus qu'un garçon forgé par cette société. Elle avait vu un jeune homme inquiet pour sa famille, qui ferait tout pour la protéger. Un garçon qui voulait réparer ses torts, même si cela devait lui coûter tout ce qu'il avait.

Il avait accepté d'envoyer son père en prison. Cette décision-là, surtout, lui montrait qui était vraiment Cayo Mercado.

Mais il avait tellement plus de ressources en lui. Saurait-il seulement les découvrir ?

Amaya expira, son souffle se dessinant dans l'air froid de la nuit. Rémy lui avait apporté une veste plus chaude, mais un vent glacé s'engouffrait par le col et les manches.

– Je ne peux pas être responsable de lui. J'ai d'autres projets plus importants.

Rémy contempla la rue. Perchés sur un toit au-dessus de Heliope Avenue, ils attendaient que les derniers employés sortent du bureau de change. Rémy portait des vêtements noirs, sa veste de marin était restée soigneusement rangée à la caserne. Amaya passait régulièrement les doigts sur les couteaux qu'elle cachait dans ses habits.

Les couteaux que lui avait donnés Boon, pour la récompenser d'avoir appris à se battre avec.

– Veille à en avoir toujours un sur toi, lui avait-il dit, la voix teintée d'une pointe de mystère.

Il ne s'inquiétait pas pour sa sécurité, elle l'avait compris maintenant. Il se faisait simplement du souci pour sa mission. Mais elle l'avait écouté et suivait encore à la lettre tous ses conseils.

Autrefois, elle avait considéré ce présent comme un trésor, un honneur, même. Ensuite, cette ordure l'avait trahie.

Mais ce n'était pas une raison pour qu'elle se sépare d'aussi belles armes.

Enfin, quand le croissant de lune apparut dans le ciel, les portes du bureau s'ouvrirent et les derniers employés sortirent dans la rue. Ils fermèrent à clé, avant de rentrer chez eux sous les lampadaires.

Rémy et Amaya se dépêchèrent de descendre la façade de l'immeuble, reconnaissants aux architectes de Chalier pour leurs balcons.

– Je n'arrive pas à croire que tu aies réussi à me convaincre de te suivre, grommela Rémy alors qu'elle crochetait la serrure de derrière.

Désireuse d'exploiter au plus vite la piste de Jasper, elle avait repéré les lieux plus tôt dans la journée, faisant mine d'être perdue.

– Et si on se fait attraper ?

– T'es vraiment le gamin avec qui j'ai grandi ? Tu as oublié comment tu volais dans le garde-manger du *Saumâtre* ? Ou comment tu mangeais les huîtres qu'on avait pêchées avant de les apporter à Zharo ?

– C'est différent, murmura-t-il. Et c'était surtout ta spécialité, à toi. Je faisais juste le guet.

– Alors reprends ton rôle. Surveille la rue.

Amaya se glissa à l'intérieur, plissant les yeux le temps de s'adapter à l'obscurité du bureau après le clair de lune. Accroupie, elle chercha un système de sécurité et arrêta Rémy quand il voulut avancer.

– Attends, dit-elle en lui montrant un fil pratiquement invisible à hauteur de poitrine. Ça doit déclencher une alarme.

En jurant, Rémy s'agenouilla à côté d'elle.

– Incroyable comme t'es douée pour ça.

– Être une voleuse, c'est peut-être mon destin. Je devrais probablement rejoindre la bande de Jasper.

– Je sais que tu plaisantes, mais t'entendre parler comme ça me donne la chair de poule.

Amaya rampa de l'autre côté du fil avant de se redresser. Ils se trouvaient dans une sorte de placard à fournitures, rempli de sacs en toile vides, de ramettes de papier et de stylos. Ils passèrent ensuite dans une pièce plus grande occupée par des bureaux en bois. Des rayons de lune filtraient par les fenêtres.

– C'est ici qu'ils reçoivent leurs clients, chuchota Rémy. Toutes les pièces et les billets qui passent par là finissent dans leurs coffres.

– Et où sont les coffres, d'après toi ?

Rémy désigna une lourde porte barricadée.

– Derrière cette porte, je dirais.

Elle était fermée par une douzaine de cadenas qu'Amaya parvint à crocheter grâce à une bonne dose de patience et malgré des crampes aux doigts. Elle remercia silencieusement Liesl de lui avoir enseigné ses astuces. Un air bien plus froid accueillit Amaya : des marches descendaient vers les caves.

– Dans un mythe kharien, il est question de monstres qui cachent leurs trésors sous terre, lança-t-elle. La légende dit qu'ils transforment ceux qui les dérangent en statues d'or, qu'ils ajoutent à leur collection.

– Moi, je les décevrais pas. Je ferais une statue magnifique.

Amaya lui indiqua un câble en bas de l'escalier. Ils l'évitèrent soigneusement. Avec l'aide d'un silex et d'un de ses couteaux, Amaya alluma une torche suspendue au mur. La petite flamme vacillante éclaira des rangées de portes métalliques qui fermaient les coffres.

Le premier contenait de la monnaie de Khari, billets colorés et pièces en argent, ainsi que des bijoux frappés à l'effigie de leurs dieux. Dans le deuxième s'amassait une collection étonnante des différentes monnaies de l'Empire de Soleil, en cuivre, agate ou même en bois, provenant des différentes régions.

– Ça y est ! se réjouit Rémy quand il ouvrit la porte suivante.

Des rangées de boîtes remplies d'argent réhanais occupaient tout l'espace.

Amaya n'avait d'yeux que pour les senas en or. Elle posa trois pièces sur le sol. Rémy versa dessus de l'alcool et le coffre s'emplit d'une forte odeur de médicament. Assis l'un à côté de l'autre, ils attendirent. Les effluves d'alcool donnèrent à Amaya le tournis et la nausée.

Aucune des pièces ne se transforma en disque noir.

– Quoi ? s'étonna Amaya en s'emparant d'un des senas. Mais je pensais…

Les sourcils froncés, Rémy ouvrit le coffre suivant et y trouva des solstas et des nieras, la monnaie de l'Empire de Pluie. Quand ils réitérèrent le test, Amaya crut que son cœur allait s'arrêter de battre. L'alcool avait retiré le revêtement des solstas.

– Bon sang, jura Rémy alors que le liquide rongeait petit à petit les pièces.

– C'est Mercado qui les a envoyées ? demanda Amaya tout bas. Ou tu penses que c'est Boon… ?

– Aucune idée, répondit Rémy, d'une voix abattue. Mais je suis sûr que le bénéficiaire y est pour quelque chose.

– On ne peut pas les laisser ici, s'affola Amaya. Et si on les prenait ?

– On en a déjà parlé, répliqua Rémy, soucieux, en passant une main dans ses cheveux. Retirer les pièces de la circulation entraînerait une catastrophe économique.

Moray est déjà au bord de la faillite. Ce qui veut dire que la ville passerait sous le joug de l'Empire de Pluie, maintenant que le prince est mort. Et si l'Empire de Pluie connaît le même désastre…

– L'Empire de Soleil l'attaquera, termina Amaya pour lui. Si la fièvre les épargne, bien sûr. Bon sang ! On risque… une nouvelle guerre.

– Une chose à la fois.

À contrecœur, elle reposa les pièces dans le coffre, sauf les disques noirs. La torche se consuma et ils remontèrent l'escalier jusqu'à une double-porte à l'étage. Amaya crocheta la serrure et ils se retrouvèrent face à des étagères croulant sous des dossiers.

– Mmh, super, ironisa Rémy en inspectant les lieux. Moi qui espérais que ce serait facile…

Ils travaillèrent sans bruit et le plus rapidement possible, étudiant les dossiers les uns après les autres. Amaya tenta de trouver le mot « bénéficiaire » partout – Liesl le lui avait noté en solène pour qu'elle le mémorise –, mais tous les noms finissaient par se confondre. Elle n'y voyait plus rien.

– J'ai trouvé quelque chose, annonça Rémy, une heure plus tard. Des archives qui datent d'il y a un an, avec le nom de Mercado. Il utilisait ces bureaux pour échanger son argent, mais il a dû arrêter et aller ailleurs pour brouiller les pistes.

– Qu'est-ce qui est écrit ?

Rémy lut en silence pour lui-même.

– Pas d'adresse, mince. Oh !

– Attends...

Il continua sa lecture et Amaya croisa les bras, à bout de patience. Elle était sur le point de lui crier d'accélérer quand il leva enfin les yeux vers elle, totalement perdu.

– Ça n'a pas de sens, murmura-t-il. D'après ces archives, de l'argent a été envoyé à Moray. Nulle part il n'est fait mention de ce qu'aurait pu donner Mercado en échange.

Amaya lui arracha pratiquement le dossier des mains pour le lire elle-même, avant de se souvenir qu'il était écrit en solène.

– Je pensais que Mercado envoyait des fausses pièces.

– On le pensait tous. Quand j'ai vu les pièces dans le coffre, je me suis dit que le bénéficiaire recouvrait les solstas du même revêtement. Mais ce n'était peut-être pas du tout leur arrangement.

Amaya secoua la tête. Ils avaient trop peu d'éléments pour reconstituer le puzzle. Et, surtout, il leur semblait à présent que plus ils en savaient, moins ils comprenaient.

– Mais il y a une information utile, tout de même, déclara Rémy.

– Ah oui ?

– Un nom, dit-il avec un sourire.

Une porte s'ouvrit à l'étage du dessous. Ils échangèrent un regard horrifié.

– On n'a fait sonner aucune alarme, rappela Amaya. On l'aurait entendu.

– En tout cas, il faut qu'on sorte d'ici *maintenant* !

Ils rangèrent les dossiers à leur place et se dirigèrent vers l'escalier. L'homme qui avait fermé le bureau pour la nuit était revenu. Il fouillait dans sa table de travail en grommelant :

– J'aurais juré l'avoir laissée ici. Elle va me tuer si je l'ai perdue.

Il se dirigea vers l'escalier.

Rémy poussa aussitôt Amaya dans la salle des archives, dont il referma la porte tout doucement. Il désigna la fenêtre, mais Amaya ouvrit de grands yeux et secoua la tête.

– On est au premier étage, on ne peut pas sauter de si haut, murmura-t-elle.

– Qui a parlé de sauter ? On va monter sur le toit.

En silence, il ouvrit la fenêtre, grimaçant quand elle grinça. L'escalier craquait sous les pas de l'employé.

– Suis-moi, murmura Rémy.

Il disparut à l'extérieur pour se hisser par-dessus le bord du toit.

Amaya se pencha par la fenêtre, soulagée de sentir sur sa peau l'air frais. Son cœur battait la chamade.

– Amaya !

Elle leva la tête vers Rémy qui lui tendait la main.

– Je ne te laisserai pas tomber, promit-il. Dépêche-toi.

Mais elle était paralysée. Elle ne pouvait que regarder fixement cette main impatiente d'attraper la sienne.

Elle se souvint des bras de son père grands ouverts pour la réceptionner en bas du mât.

Et de la main de Boon qui l'avait aidée à remonter sur l'atoll.

Derrière elle, la porte commençait à s'ouvrir.

La panique l'étrangla. Son esprit s'éteignit complètement et son corps prit le relais. Elle sauta de la fenêtre et s'accrocha au rebord du toit.

L'homme fredonnait tout en sortant les dossiers des étagères et les y remettant, jusqu'à ce qu'il pousse un cri de triomphe.

– Je la retire une minute à peine et ça devient le trésor perdu de Valens.

Soudain, il changea de voix, comme s'il imitait une femme.

– « Retire ton alliance, Belamy, je ne veux pas la voir. » C'est la dernière fois qu'on fait ça ici…

Des pas, et la porte se referma. Le craquement des marches. Le claquement de la porte d'entrée.

Amaya avait déjà les doigts endoloris à force d'avoir crocheté toutes les serrures. Elle commençait à glisser, quand Rémy la retint et la tira jusqu'au toit.

– Amaya, qu'est-ce qui t'a pris ? Pourquoi tu n'as pas attrapé ma main ?

Elle le regarda, incapable de parler. Elle détourna la tête, tandis que le vent soufflait dans ses cheveux noirs.

– Je n'en sais rien, répondit-elle enfin.

Elle ne voulait pas lui avouer qu'elle se sentait brisée et perdue, que, l'espace d'un instant, elle avait imaginé qu'il la lâchait. Comme tant d'autres avant lui.

Il était si facile d'ouvrir la main.

Rémy l'enlaça en soupirant. Elle finit par le serrer contre elle, regrettant l'époque où cela semblait si naturel, où elle posait simplement la tête contre son torse pour qu'il la réconforte.

– Il faut que tu me fasses confiance, Amaya, murmura-t-il. Je sais que nous ne sommes plus les enfants que nous étions, mais ça ne change rien à ce que j'éprouve pour toi. Et au fait que je veux t'aider.

Elle ferma les yeux et s'efforça de ne pas penser à cette journée en mer passée avec son père. À la chaleur de ses bras autour d'elle.

– Je sais. Je suis désolée.

Elle avait fait confiance à Boon. Elle le regrettait tellement.

Rémy se recula, un sourire timide aux lèvres.

– Allez, oublions qu'on a failli se faire prendre, et retenons le plus important.

– Tu as trouvé un nom dans le dossier, c'est ça ?

– Julien Caver. Je ne le connais pas. Mais c'est un début.

Amaya hocha la tête, songeant qu'ils avaient sous eux des montagnes de fausses pièces, aussi dangereuses que des armées de monstres.

***

Quand elle revint dans l'appartement, elle pensait trouver les autres endormis.

Elle ne s'attendait pas à voir Cayo assis à la table, un bras replié sur le ventre comme s'il avait mal.

– Cayo ? appela-t-elle en s'approchant, sourcils froncés.

Il avait le visage tuméfié et ses cheveux en pagaille lui tombaient sur le front. Ses vêtements étaient déchirés et tachés. Il se tenait recroquevillé, anéanti.

– Qu'est-ce qui s'est passé ?

Quand leurs regards se croisèrent, il se redressa en grimaçant.

– Apprenez-moi à me battre.

8

Les mains des aristocrates doivent rester douces et lisses, vierges de toute callosité ou autre marque de travail physique. C'est ainsi qu'on distingue l'élite de la plèbe.

Manuel pour les nobles, vol. 1

Le lendemain, alors qu'il montait sur le toit de leur petit immeuble trapu, après son travail, Cayo regretta sa décision. Amaya avait trouvé une échelle pour accéder à la terrasse en pierre et en mortier, le lieu idéal selon elle pour commencer l'entraînement.

Cayo n'était pas du même avis. Le sol n'était pas couvert d'un revêtement protecteur, ils n'avaient pas d'armes en mousse ou en bois et aucun mur ne cachait son incompétence aux éventuels voisins qui les regarderaient par leurs fenêtres.

Il s'était réveillé en nage, aussi nerveux d'apprendre à se battre que d'avoir Amaya pour professeure. Une partie de lui ne s'était toujours pas remise de la crise de colère de la jeune femme, mais l'appréhension l'emportait sur tout.

Et pourtant, maintenant que le moment était arrivé, après une journée aussi frustrante que la précédente au marché aux poissons, il vit qu'il ne serait pas seul avec elle. Liesl l'attendait, Deadshot à sa droite, Amaya à sa gauche.

– Euh… qu'est-ce qui se passe ?

– Tu pensais vraiment qu'Amaya serait capable de t'enseigner tout ce que tu dois savoir ? demanda Liesl sans tenir compte du regard assassin de la concernée. C'est une novice. C'est moi qui vais prendre en charge les entraînements.

– Et je serai votre adversaire, ajouta Amaya.

Cayo déglutit. Il tenta de lire l'expression de Deadshot, mais, comme toujours, elle était indéchiffrable.

– Et vous ?

Un rictus imperceptible se dessina sur la bouche de Deadshot.

– Je suis là pour veiller à ce qu'elles ne te tuent pas.

– Avant de commencer, j'ai besoin de savoir ce que tu as déjà appris, déclara Liesl en repoussant ses lunettes sur son nez. Et, ensuite, je ferai en sorte que tu oublies tout.

Cayo se dandinait sur ses pieds. Sous le regard de ces femmes, il se sentait affreusement mal à l'aise.

– Je n'ai jamais rien appris, vraiment. Juste comment échapper à des voleurs.

– Très utile, manifestement, ironisa Liesl.

– C'est pour ça que je suis ici, ronchonna-t-il. Si je ne peux pas me protéger moi-même, comment pourrais-je protéger Soria ?

La mâchoire serrée, il tourna la tête.

– Je sais que je ne suis pas doué… ni utile, comme vous autres. Je voudrais que ça change.

Un silence embarrassé les enveloppa. Liesl le rompit en se raclant la gorge.

– Nous ne sommes pas là pour te faire te sentir inférieur, lança-t-elle d'une voix radoucie. Tu l'es, bien sûr, mais tu fais ce qu'il faut pour surmonter ça. C'est admirable, même si ce n'est pas trop tôt. Mieux vaut tard que jamais.

Cayo hocha la tête, reconnaissant. Liesl lui tendit alors un couteau.

– Mettons-nous au travail.

***

Cayo avait craint qu'elles se lancent directement dans un combat acharné, mais il fut déçu quand Liesl commença par lui expliquer les différentes façons de tenir un couteau. La sensation du manche dans sa main lui semblait étrange et plutôt désagréable, comme si le couteau savait aussi bien que lui qu'il n'avait rien à faire là.

– Plus écartés, les pieds, ordonna Liesl. Et le dos plus en arrière. Pas autant. Tu veux tomber ?

Il supporta tout avec patience, s'abstenant de répondre ou de soupirer. Fatigué après sa deuxième journée de travail, il se sentait apathique. Amaya l'observait, assise sur une cheminée, et Deadshot se curait les ongles avec la pointe de son poignard. Il devait s'être écoulé une bonne heure quand Liesl sortit son couteau.

– Très bien. Je vais t'enseigner quelques mouvements.

Elle lui apprit à parer, à sauter en arrière ou sur le côté quand l'ennemi attaquait, à viser les points faibles dans la musculature de l'adversaire. Quand elle lui faisait répéter les gestes, il était lent et maladroit, et Liesl trouvait toujours l'ouverture.

– Poignet... coupé. Artère... sectionnée. Poitrine... transpercée.

– Compris, grommelait-il. Je vais réessayer.

Ils recommencèrent encore plusieurs fois, mais Cayo avait perdu toute coordination. Amaya l'observait toujours, les sourcils légèrement froncés. Le feu lui monta aux joues et ses épaules s'affaissèrent.

Changeant de stratégie, Liesl enseigna à Cayo les bases de l'attaque : comment se ruer sur son adversaire, le frapper, le lacérer. Il se retenait beaucoup trop, par peur de la blesser accidentellement.

– Ne t'en fais pas pour ça, et concentre-toi plutôt sur ce que fait ton corps, lança Liesl.

Mais comment y parvenir en présence d'Amaya qui jugeait ses moindres pas ? Quand il s'avança en visant la taille de Liesl, elle le désarma facilement et le couteau glissa sur le toit.

– Tu n'as rien retenu de ce que je t'ai expliqué sur la façon de le tenir, gronda Liesl. Tu veux vraiment apprendre, ou pas ?

– Bien sûr, mais…

Il passa une main dans ses cheveux.

– Je ne comprends pas ce qui ne marche pas.

– Personne n'y arrive le premier jour. Crois-moi, j'étais aussi frustrée que toi quand j'ai commencé.

– Mais vous, vous aviez du temps. Pas moi.

– C'est pour ça que tu dois être le plus attentif possible.

– Je suis attentif, mais…

– Je vais vous montrer, proposa Amaya.

Elle avait ramassé le couteau. Elle le lui tendit en le tenant par la lame. Il le prit avec un petit hochement de tête reconnaissant.

– Il y a quelques petites astuces qui m'ont aidée quand j'ai commencé, déclara-t-elle. Si vous voulez bien que je vous les enseigne.

Il n'en croyait pas ses oreilles. Elle proposait de reconstruire le pont entre eux, de le rejoindre brique après brique. Mais son regard était fuyant et sa mâchoire crispée.

Il ne lui avait toujours pas pardonné ses mensonges et ses trahisons à Moray. Il était peut-être temps de le faire. S'il voulait être honnête avec lui-même, il ne savait plus ce qu'il ressentait. Tout s'était brouillé, entre colère et impuissance. Il pouvait bien admettre que rien n'était la faute d'Amaya. Les responsables étaient Boon, le Roi Racaille et son père. Surtout son père.

Cayo préféra hocher la tête, redoutant le son de sa voix à cet instant. Amaya se détendit légèrement.

– Je vais regarder votre style, annonça Liesl en s'installant à côté de Deadshot. Et n'oublie pas ce que je t'ai dit sur la prise du couteau.

Cayo baissa les yeux vers sa main pour ajuster ses doigts. Il n'était toujours pas à l'aise.

– Un œuf, murmura Amaya.

– Quoi ?

– Imaginez que vous tenez un œuf. Ne serrez pas trop fort, pour ne pas le casser, mais assez pour ne pas le lâcher.

Il se remémora vaguement une excursion en famille dans la campagne. Sa mère avait insisté pour acheter des œufs dans une ferme. Elle lui en avait mis un dans la main et il avait été émerveillé par sa coquille délicate et légèrement rugueuse. Il changea sa prise.

– Prêt ? demanda Amaya en brandissant son couteau. Maintenant, parez !

Ils répétèrent inlassablement les mêmes mouvements, les mêmes attaques, les mêmes parades. Mais Cayo se sentait bien plus concentré sur Amaya que sur lui-même. Il observait sa façon de se mouvoir, comme les ondulations de la mer, les va-et-vient de la marée. Une assurance évidente se dégageait de son corps, de son visage, de sa façon de manier le couteau comme si elle avait vraiment l'intention de l'utiliser.

Cela déclencha en lui une absence soudaine. L'espace d'un instant, il la vit vêtue d'une somptueuse robe aux motifs fleuris. Son visage était maquillé, ses cheveux noirs soigneusement coiffés en d'élégantes boucles. Elle lui adressait ce petit sourire contenu, ce secret délicieux dissimulé derrière l'arrondi de ses lèvres.

Mais ça, c'était la comtesse Yamaa, la jeune femme qui l'avait attiré comme un radeau ramené sur la côte.

La fille qu'il avait devant lui était Amaya. Ses cheveux noirs s'échappaient de sa tresse, sa bouche était pincée en une ligne fine et sévère. Pas de robe derrière laquelle se cacher. Pas de titre à utiliser comme bouclier. Juste la férocité dans ses yeux et le pouvoir dans son corps.

Et elle était tout aussi belle.

Sa botte lui percuta le torse. Cayo grogna en tombant en arrière et il lâcha de nouveau son couteau.

Amaya se précipita au-dessus de lui, la mine inquiète.

– Les couteaux, ce n'est peut-être pas pour vous, commenta-t-elle en se tournant vers Liesl. Et si on essayait l'épée ?

– Une chose à la fois, objecta Liesl. Entraînons-nous déjà au combat à mains nues, avant que la nuit tombe.

Allongé au sol, Cayo hésita à s'enfuir en roulant par-dessus bord. Mais Amaya le regardait toujours, et il eut l'impression qu'un fil invisible l'obligeait à se relever et à réessayer.

***

La journée de travail du lendemain donna à Cayo un aperçu de ce qu'était l'enfer. Il passa la matinée à maudire Liesl et Amaya pour ses courbatures insoutenables. Quand il se pencha pour ramasser le poisson, il poussa un cri de douleur.

– Quoi ? demanda Victor. Toi malade ?

Cayo tenta de répondre en solène pour que l'homme arrête de maltraiter le réhanais.

– Je ne suis pas malade. Je me suis entraîné.

– À pêcher ? Pourquoi pêcher quand poissons ici ?

– Non, à me... Laissez tomber, peu importe.

Dès qu'il eut fini de ranger le cageot, Victor lui tendit un bout de papier.

– Livraison, grommela le marchand. Client spécial. Pas perdre.

Cayo consulta l'adresse : c'était à côté du quartier commerçant qu'ils avaient traversé, la nuit de leur arrivée à Baleine, mais il lui faudrait sûrement du temps pour trouver la rue, s'il en croyait ses précédentes expériences. Victor désigna un petit sac par terre.

– Vite avant que pourris.

Cayo passa le sac sur son épaule, heureux de pouvoir quitter le marché. Il ne supportait ni le bruit, ni les courants d'air froids, ni les odeurs, même s'il s'y habituait petit à petit.

Était-ce ainsi qu'on faisait ? On trouvait un métier dont on apprenait à s'accommoder et qui devenait une simple routine ?

Avec le ciel dégagé, la foule était plus dense. Des femmes portaient des charlottes et des foulards pour se protéger du soleil, et les hommes, des chapeaux à large bord. À Moray, par ce temps, on sortait les ombrelles en papier.

Il eut à nouveau le mal du pays. Il aurait voulu être assis sur le balcon du manoir Mercado à contempler la mer avec Soria, comme leur mère le faisait autrefois avec eux.

À la recherche de la bonne adresse, Cayo longea les magasins aux façades toutes plus belles et attirantes les unes que les autres. Entourées de pierre ou de bois, certaines avaient de somptueuses vitrines.

Quand Soria serait rétablie, il l'amènerait ici. Ils ne pourraient rien acheter, mais il avait hâte de voir ses yeux s'illuminer en contemplant des robes et des bijoux et en admirant d'adorables figurines d'animaux en céramique.

Il s'éloigna de l'artère principale et trouva enfin la rue qu'il cherchait. Il arriva devant un magasin moins tape-à-l'œil que ceux qu'il venait de quitter. Une étoile à l'intérieur d'un cercle était peinte en or au-dessus de la porte.

Cayo avait déjà vu ce symbole, la première nuit. Quand il avait demandé sa signification, Rémy lui avait répondu que Chalier, et en particulier Baleine, accueillait une population croissante d'alchimistes.

Même si l'alchimie était souvent considérée comme de la magie, il s'agissait en fait plutôt d'une science. À Moray, les gens avaient tendance à se méfier des alchimistes, par superstition et par crainte de se laisser embarquer dans quelque chose qu'ils ne connaissaient pas du tout.

Ils avaient peut-être raison. Après tout, les fausses pièces avaient été fabriquées par des alchimistes.

Quand Cayo poussa la porte, ses sens furent aussitôt pris d'assaut. Toutes les tables et étagères croulaient sous une variété d'accessoires et de fioles, pour la plupart très semblables à des objets de torture. Il vit des poudres, des liquides et des herbes, ainsi que de petits tas d'argile et de charbon. Parmi les symboles peints sur les murs, Cayo reconnut vaguement ceux du cuivre, de l'argent et de l'or. L'endroit sentait le métal mélangé à des relents de terre.

Comme le magasin était vide, Cayo avança d'un pas hésitant vers le comptoir. Sur celui-ci, un dispositif étrange alimentait une petite flamme sous un vase à bec, où de minuscules bulles s'agitaient dans une espèce de liquide mauve.

– Bonjour ? appela Cayo en solène. J'ai une livraison.

Un rideau pendu devant une entrée s'écarta. Un homme d'une quarantaine d'années passa la tête d'un air soupçonneux. La flamme sous le bécher se reflétait dans ses yeux.

– Victor Belar ? demanda l'homme.

– Je suis un de ses employés.

– Une de ses *nièces* ?

– Non, je… Victor m'a envoyé.

Il fallait vraiment qu'il travaille son solène.

L'homme s'approcha en tapant dans ses mains. La poussière rouge qui les recouvrait vola dans les airs. Légèrement plus grand que Cayo, il avait la peau plus claire, des cheveux grisonnants et un menton saillant. Il fit un geste vers le sac et Cayo le lui tendit.

Cayo vérifia le nom sur le papier.

– Vous êtes Francis Florimond ?

– Oui.

Il se pencha sur le sac après avoir retenu sa respiration. Cayo grimaça. Il avait reniflé assez de poissons pour la journée.

– Ils me paraissent frais. Attends, je vais chercher l'argent.

Florimond emporta le sac dans la pièce du fond. Sûrement son atelier, se dit Cayo. Pour patienter, il se promena entre les tables, examinant un rouage sur un tabouret, étudiant un bocal empli d'un liquide argenté. Quand Florimond revint, il leva un sourcil en direction de Cayo.

– Prends garde, c'est du poison, tu sais.

Il parlait en réhanais à présent.

Sans se faire prier, Cayo recula d'un pas.

– Désolé… je suis curieux. Tout ça me fascine. Que font les alchimistes, exactement ?

Surpris par la question, Florimond posa une petite bourse sur le comptoir.

– Ce n'est pas facile à expliquer, mon garçon. Même les rudiments te feraient siffler les oreilles.

– Je sais que vous faites des… manipulations ? Des transformations ?

– C'est une façon assez simple de le présenter, en effet.

Comme Cayo attendait clairement des précisions, Florimond leva les yeux au ciel, mais finit par s'exécuter.

– Tu as les quatre éléments, l'eau, la terre, l'air et le feu, dont tout dérive. Quand tu réorganises leurs propriétés, tu obtiens quelque chose de différent, expliqua-t-il avec un haussement d'épaules, comme s'il venait de formuler une évidence. Autrefois, on considérait l'alchimie plus comme du charlatanisme que comme une science. Les riches buvaient du mercure et de l'or liquide dans l'espoir que cela prolongerait leur vie. Et c'est le résultat contraire qu'ils obtenaient. De nos jours, l'alchimie produit principalement de la poudre à canon et des médicaments.

– Oh, lâcha Cayo en fixant du regard le rideau qui donnait sur l'atelier. Pourquoi vous faut-il des poissons, alors ?

– Tu poses beaucoup de questions, grommela l'homme. Il m'arrive d'utiliser leurs entrailles. Ou de moudre leurs arêtes. Ou juste de les frire pour le dîner. Maintenant, si tu permets, je dois me remettre au travail.

– Est-ce que vous recrutez ? osa demander Cayo, persuadé qu'il serait beaucoup mieux dans un endroit pareil que dans un marché aux poissons.

– Je travaille seul, répondit sèchement Florimond. Et je ne veux surtout pas que Victor vienne ici me hurler que je lui vole ses employés. Ou ses *nièces*.

L'homme disparut dans son arrière-boutique.

En soupirant, Cayo rangea la bourse dans sa poche. Au moins, il avait essayé.

***

Il se précipita à l'hôpital dès la fin de sa journée de travail, tâchant d'oublier la douleur dans ses bras et ses jambes. À bout de souffle, il s'engagea dans la rue aux encens et toussa dans son coude, agressé par leur odeur.

Une infirmière sursauta quand il entra.

– Monsieur…

– Les visites s'arrêtent dans une heure, la devança-t-il.

Elle se pinça les lèvres, agacée, avant de continuer sa ronde.

Il monta lentement l'escalier, maudissant Liesl à chaque pas. Avant d'aller dans la chambre de Soria, il continua tout droit jusqu'au bureau que mère Hilas lui avait indiqué.

– L'administrateur de l'hôpital s'occupe des finances, avait-elle expliqué. Pour payer le traitement de votre sœur, c'est directement à lui que vous devrez vous adresser.

Comme la porte était ouverte, Cayo frappa et entra. Assis sur son fauteuil, l'administrateur lui sourit.

– Monsieur Lin, le salua-t-il. Je suis content de vous revoir. Je suppose que vous êtes venu nous régler ?

Cayo hocha la tête et sortit les deux nieras de sa poche. Il avait couru tout le long du chemin, depuis le marché aux poissons, évitant les raccourcis pour ne pas croiser ses agresseurs de la veille.

Sa poitrine se serra quand il vit l'expression de l'administrateur.

– Ah… Monsieur Lin, je suis sincèrement désolé de vous le dire, mais…

– Ce n'est pas suffisant, termina Cayo pour lui. Je sais, mais je suis tombé sur des voleurs, et…

À quoi bon se justifier ? Cela ne changerait rien au fait qu'il n'avait pas assez d'argent.

– Je suis désolé.

Concentré, l'administrateur roula les pièces dans sa main.

– Voici ce que nous allons faire pour votre sœur. Nous commencerons le traitement demain et nous verrons comment le remède agit. Vous paierez le reste plus tard. Vous nous devrez toujours cinq nieras pour la prochaine dose, bien sûr.

– Je… merci, articula Cayo avec peine, alors que la pression dans sa poitrine se relâchait. Je vous suis vraiment très reconnaissant. Je vous promets de vous apporter le reste.

Quand il s'assit au chevet de Soria, elle dormait. Elle était toute pâle, avec de gros cernes sous les yeux, et sa respiration était saccadée. Elle recevrait au moins la première dose, mais que se passerait-il s'il ne trouvait pas l'argent pour la deuxième ? Ou la suivante ? Selon mère Hilas, il lui en faudrait une tous les deux jours, au moins.

Cayo se frotta le visage ; ses mains sentaient encore le poisson. Il n'arriverait jamais à gagner la somme nécessaire en travaillant pour Victor, mais Jasper pourrait essayer de lui trouver un autre emploi. S'il en cumulait deux, cela suffirait peut-être.

Il repensa à la boutique de l'alchimiste. Il y en avait plusieurs dans la ville. L'un d'eux développait sûrement le traitement contre la fièvre. Florimond utilisait peut-être les entrailles de poisson pour élaborer un remède. Et s'il retournait le voir et le suppliait de le prendre à mi-temps… S'il insistait, l'alchimiste pourrait même l'aider à trouver le médicament qui guérirait sa sœur.

Et si c'était l'inverse ? Amaya et Rémy avaient découvert que les fausses pièces circulaient aussi dans la monnaie de Chalier.

Et si je trouvais un moyen de travailler avec les alchimistes pour découvrir qui crée les contrefaçons ?

Alors qu'il se perdait dans ses pensées, la porte de la chambre s'ouvrit et une femme entra, escortée par une infirmière. La femme s'assit à côté du garçon endormi de l'autre côté de la pièce. Elle lui murmura des mots en solène, tout en lui caressant les cheveux. Cayo détourna le regard pour leur offrir un peu d'intimité.

Soria fut réveillée par leur conversation.

– Oh. Bonjour. Comment…

Elle s'interrompit pour tousser.

– Comment était l'entraînement hier ?

Il en avait parlé à sa sœur quand il lui avait rendu visite. Il s'était attendu à ce qu'elle se moque de lui, mais au contraire elle l'avait encouragé.

– Il était temps, avait-elle déclaré.

– C'était…, commença Cayo, fâché de se rappeler combien il avait été malmené. Disons que ça aurait pu être mieux.

– Elles t'ont écrabouillé ?

– Je ne dirais pas « écrabouillé »…

Elle leva un sourcil, peu convaincue.

– Bon, d'accord, elles m'ont écrabouillé.

Elle rit, ce qui lui provoqua une nouvelle quinte de toux. Il lui versa un peu d'eau.

– Amaya t'apprend comment manier un couteau ? demanda-t-elle après trois gorgées.

– On a laissé tomber les couteaux. Je suis pas très doué pour ça.

– Oh ?

Les coins de ses lèvres gercées se soulevèrent.

– Tu étais peut-être un peu distrait, non ?

Elle poussa un petit cri quand il la pinça à l'endroit où elle était la plus chatouilleuse. L'autre visiteuse leur décocha un regard mauvais et ils étouffèrent leur éclat de rire.

Plus bas, il lui raconta l'entraînement, ainsi que son travail au marché aux poissons. Une étincelle brillait dans les yeux de Soria quand il parlait, comme lorsqu'il avait renoncé à sa vie dans le quartier du vice.

De la fierté.

L'infirmière, de retour, leur annonça que les visites étaient terminées. Il serra la main de Soria et se leva.

– Je reviens demain après le travail, promit-il. Tu me diras comment agit le médicament.

– D'accord.

De l'autre côté de la pièce, l'infirmière murmura à l'oreille de la femme qui ne semblait pas prête à partir.

– Madame Caver, vous pourrez revenir demain. Il a besoin de se reposer, maintenant.

La femme jura et menaça de se plaindre à l'administrateur de la façon dont on la traitait. La pauvre infirmière grimaça, mal à l'aise. Cayo fronça les sourcils, persuadé d'avoir entendu ce nom quelque part.

Quand elle finit par sortir en trombe de la chambre, Cayo la suivit à une bonne distance, et soudain cela lui revint : « Caver » était le nom qu'Amaya et Rémy avaient trouvé en cherchant le bénéficiaire.

Son cœur s'emballa et se rappela le jeune malade au visage couvert d'une tache grise.

Étaient-ils liés ?

Il s'empressa de le raconter aux autres quand il fut arrivé à l'appartement. Les expressions qui s'affichèrent sur leurs visages variaient entre surprise, doute et excitation.

– Félicitations ! lança Liesl en esquissant un sourire plus tranchant qu'un couteau. Tu es peut-être incapable de te battre, mais tu viens probablement de nous mettre sur une nouvelle piste.

9

La guerre est en nous, comme elle est dans la boue rouge remuée, les nuages gris canon et les cris des corbeaux rassasiés. Nous sortons d'un champ de bataille tous les jours de notre vie.

Xin She, philosophe réhanais

– Tu étrangles le pain, avertit Liesl.

Amaya relâcha sa pression sur la miche croustillante qu'elle avait dans les mains. À l'intérieur du tissu dont Liesl l'avait enveloppé, le pain craquait et dégageait un délicieux parfum de levure.

– Désolée.

Elle mettait sa nervosité sur le compte de son malaise dans une foule trop dense qui parlait une langue qu'elle comprenait mal. Malgré la peur d'une mystérieuse épidémie de fièvre, les gens n'hésitaient pas à se réunir au marché. Sous un auvent rouge, Amaya attendait que Liesl choisisse des tomates en les pressant délicatement pour vérifier leur maturité.

Amaya s'étonnait de la nourriture sur les étalages. Elle avait l'habitude des fruits colorés de Moray : taro, noix de coco, goyave. La cuisine, là-bas, mélangeait les spécialités réhanaises et celles de Lede, avec quelques recettes de l'Empire de Pluie. Alors qu'ici, on se concentrait davantage sur le pain, les pommes de terre, le fromage et, bien sûr, le poisson. Amaya se demandait comment on pouvait supporter un régime aussi lourd.

Cela lui rappela l'époque où elle avait vécu à Viariche lors de son entraînement avec Boon et son équipe. Certains soirs, sur le chemin du retour, tout en lui apprenant comment voler et manipuler, Boon dévorait un pain entier.

Ce souvenir la révulsa.

Je te retrouverai, songea-t-elle. *J'utiliserai tout ce que tu m'as enseigné pour te faire souffrir.*

Elle se força à prendre une grande inspiration. Les trois complices n'étaient pas juste venus faire des courses pour leur dîner. Amaya jeta un regard à Avi, appuyé contre un mur, l'air las. Il surveillait de près leur cible, une jeune femme chargée d'un panier qui pendait à son bras. À cet instant, elle s'intéressait à des bouteilles de lait en verre.

– Quelque chose te perturbe, remarqua Liesl, alors qu'elles passaient à un stand qui vendait différents types de sel.

Liesl goûta des granules roses et fit un geste approbateur de la tête.

Amaya recommença à serrer le pain dans ses mains, étrangement réconfortée par sa texture.

– C'est rien.

– Yara…

Elle poussa un soupir, mi-résignée, mi-contrariée d'entendre son faux nom prononcé tout haut.

– Ce n'est rien, vraiment. Je… pensais juste à Boon. Je me demandais comment retrouver sa trace.

Liesl la dévisagea par-dessus ses lunettes.

– Et… ? Tu en es arrivée où dans tes réflexions ?

Amaya ne put cacher sa surprise. Elle s'était attendue à une réprimande, ou même un éclat de rire.

– Pas très loin.

– Tu penses qu'il a quitté Moray ?

– S'il est malin, oui.

– Tu penses qu'il est en contact avec le bénéficiaire ?

– Je…

Amaya jeta un coup d'œil à Liesl, qui s'était manifestement posé les mêmes questions.

– Possible. Probable. Non ?

Liesl acquiesça.

– Ce qui veut dire que Boon est soit en cavale, soit quelque part dans l'Empire de Pluie. Ou les deux.

– Quand comptais-tu m'en parler ?

– Maintenant.

Amaya se mordit la lèvre. Cela la rassurait de ne pas être la seule à vouloir le rattraper ; les autres se sentaient tout aussi blessés qu'elle et ils étaient prêts à passer à l'action. Même Cayo s'y mettait, en leur demandant de l'entraîner.

– Au fait, tu es trop tendre avec Cayo, déclara Amaya. Il a déjà été choyé toute sa vie. Il faut qu'il apprenne plus vite.

Liesl remplit une petite bourse avec le sel et paya le marchand.

– J'y vais peut-être un peu tranquille. Mais les gens comme lui s'effondrent si on les pousse trop fort.

– Il ne s'effondrera pas, répliqua Amaya sans comprendre d'où venait l'acidité dans sa propre voix. Il n'est pas aussi fort qu'il le voudrait, mais il n'est pas faible.

Liesl se fendit d'un sourire qu'Amaya ne sut déchiffrer.

– C'est noté. Je vais passer à la vitesse supérieure. Le pauvre…

– Tu vois ? Tu recommences, lança Amaya en roulant les épaules pour se détendre. Tu avais moins d'états d'âme avec moi.

Liesl s'arrêta devant un étal de choux, une expression illisible sur le visage. Elle prit une inspiration, mais se contenta de pousser un soupir. Au bout d'un moment, elle reprit la parole :

– Tu as raison. Je suppose… je suppose que j'étais plus dure avec toi, parce que tu me rappelais quelqu'un.

– Ta sœur ?

Liesl hocha la tête. Elle s'empara d'un chou, faisant mine de l'étudier, alors que ses yeux s'étaient perdus dans le vague.

– L'armée de l'Empire de Pluie est entrée à Chalier pour la première fois il y a dix ans. Ça a été un vrai bain de sang. Le pays avait résisté aussi longtemps que possible, mais à la fin, il est tombé à cause de la cupidité de certains politiciens corrompus et de la lâcheté des plus riches. On leur avait promis qu'ils garderaient leurs manoirs et leurs titres s'ils offraient le territoire à l'empire.

Liesl s'interrompit pour reprendre son souffle et poser le chou.

– Évidemment, c'est le peuple qui a subi les conséquences de l'invasion. Il s'est battu du mieux qu'il a pu. Il ne voulait pas céder tout ce qu'il avait à un empire auquel il refusait d'appartenir.

Sa mâchoire se crispa.

– Mes parents faisaient partie de la résistance. Lors d'une émeute affreuse, qu'on appelle aujourd'hui le Massacre des destriers, ils ont été tués tous les deux.

Amaya serra le pain contre sa poitrine. Elle s'était doutée que Liesl aussi était orpheline, mais le dire tout haut n'avait pas dû être facile. Elle-même souffrait rien qu'en y pensant.

– Je suis désolée.

– J'ai dû m'occuper seule de ma petite sœur, et il a fallu qu'elle grandisse bien trop vite.

Liesl secoua la tête.

– Elle était une enfant solaire qui respirait la joie de vivre, mais après... Aucune de nous deux n'a plus été pareille. Nous avons suivi la seule voie qui s'offrait à nous pour venger la mort de nos parents : nous avons rejoint la rébellion, afin de reconquérir notre indépendance, continua-t-elle en baissant encore la voix. Même si maintenant, comme tu peux le voir, ça ressemble plus à une coalition clandestine. Trop de nos membres ont été arrêtés ou tués, on ne peut plus prendre le risque de s'exposer.

– Jasper en fait partie, n'est-ce pas ?

– Oui. C'est pour ça qu'il a tellement de contacts, qu'il connaît la ville mieux que n'importe qui. Adrienne et lui étaient devenus inséparables. Il lui a appris à obtenir des informations et elle lui a montré comment décoder des messages. C'était terrifiant de les voir travailler si bien ensemble.

– Vous allez les acheter, mes choux ? s'impatienta le marchand.

Liesl l'insulta en solène avant d'entraîner Amaya plus loin, devant un étal de tissus.

– Elle était avec lui quand il a perdu sa main. Ils ont été arrêtés à bord d'un navire, alors qu'ils avaient pour mission de voler des plans militaires. Le capitaine les a punis en tranchant la main de Jasper. Il aurait continué si je n'étais pas intervenue pour les tirer de là.

– Alors c'est ça, sa dette envers toi, murmura Amaya. Et c'est pour ça qu'il n'aimait pas la couleur de la veste de Rémy.

– Ce que nous faisions a toujours été dangereux, mais la perspective de la vengeance en valait la peine.

Liesl caressa un rouleau de satin.

– Jusqu'à ce qu'on se fasse arrêter.

– Par André Basque ?

Liesl hocha la tête, et reprit son regard de pierre.

– Nous étions en mission pour récupérer la correspondance qui sortait de son bureau, mais Adrienne s'est fait prendre, et je suis revenue sur mes pas pour essayer de la sauver. Tu peux imaginer comment ça a fini. Je pensais qu'ils me pendraient, mais parce que je suis une femme, ils m'ont laissé la vie sauve et m'ont déclarée sans-terre.

– Et ta sœur ?

L'expression sévère de Liesl se décomposa en un si profond désespoir qu'Amaya crut que son cœur allait exploser.

– Ils nous ont séparées, et ils ont refusé de me dire ce qu'ils avaient fait d'elle. Même Jasper n'en sait rien, alors qu'il a mis toute la ville sens dessus dessous pour la retrouver. J'ai essayé moi aussi, mais c'est comme chercher un poisson dans l'océan.

Elle lâcha le tissu et se tourna vers Amaya.

– Mais je n'ai pas abandonné. J'ai juré qui si je revenais ici, si je revoyais Basque, je le forcerais à me dire où elle est. Que j'obtiendrais enfin ma vengeance, pour moi, pour Adrienne et pour mes parents. Maintenant que notre route nous a conduits ici, il faut que j'en profite. Je dois la retrouver.

Les yeux baissés, Amaya suivit Liesl vers le stand suivant. Ce que son amie venait de lui dire résonnait profondément en elle, comme si Liesl était un miroir déformant qui reflétait tout ce pour quoi Amaya en était arrivée là. Elle caressa de son pouce le tatouage de couteau sur son poignet, l'encre moins éclatante qu'autrefois.

Survivre. Se venger. C'étaient les piliers sur lesquels elle s'élevait, les promesses qui lui avaient donné une raison de se battre, une raison de trahir, faire mal et tuer. Mais tout ce qu'elle avait entrepris pour tenir sa promesse l'avait rendue plus vide et plus froide qu'avant. Elle avait détruit des vies, y compris celle de Cayo. Et la sienne.

Quelles destructions allait causer la vengeance de Liesl ?

– C'est pour ça que tu étais contente de rester à Baleine, comprit Amaya, et Liesl hocha la tête. Je t'aiderai à retrouver ta sœur, à condition que tu ne perdes pas de vue notre mission.

Elle soutiendrait Liesl, tout comme Liesl l'avait soutenue. Et, avec un peu de chance, elles provoqueraient moins de dégâts.

Le regard sérieux et sévère, Liesl serra le poignet d'Amaya.

– Merci, murmura-t-elle.

Un sifflement attira leur attention. Non loin, Avi faisait mine de s'intéresser à un souffleur de verre. Il montra discrètement d'un signe de tête la direction où était partie la femme au panier.

– Chaque chose en son temps, grommela Liesl, et les deux amies s'engagèrent sans précipitation dans leur chasse.

Elles suivirent la jeune femme dans un dédale d'allées et de rues, veillant à ne pas faire de bruit ni s'approcher de trop près. La femme arriva enfin devant une belle propriété à la façade en pierre blanche. Sur chaque fenêtre, des géraniums rouges s'épanouissaient dans des pots.

Ce n'était sans doute pas la plus belle maison qu'Amaya ait vue dans sa vie, mais pas la plus laide non plus.

Amaya tourna au coin du bâtiment, tandis que Liesl hâta le pas et fit semblant de trébucher dans ses jupons.

– Bon sang ! Excusez-moi ? Mademoiselle ?

La jeune femme fit volte-face, la porte d'entrée ouverte derrière elle. Elle ouvrit de grands yeux surpris.

– Oui ? Que puis-je pour vous ?

Il était plus facile pour Amaya de comprendre le solène que de le parler. Liesl lui avait donné des leçons, à Viariche, et même Boon y était allé de ses conseils, bien qu'il maîtrisât moyennement la langue. Par acquit de conscience, Liesl avait enseigné à Amaya quelques rudiments.

– Désolée de vous déranger, bredouilla Liesl en ramassant sa jupe. Je pense que je suis perdue. J'attends que mon frère vienne me chercher. Il m'a donné rendez-vous rue Malene, mais je ne l'ai pas encore vu. Vous ne l'auriez pas croisé ?

– Je... ne crois pas, répondit la jeune femme, au comble de la confusion.

– Il travaille pour une famille importante, quelque part ici. Les LeRaine. Ce ne serait pas la résidence LeRaine ?

– Non, c'est la résidence Caver. Les LeRaine sont plus bas dans la rue.

Le visage de Liesl s'éclaira.

– Oh ! Merci ! Sincèrement, je perdrais ma tête si elle n'était pas fixée à mes épaules...

La jeune femme lui adressa un sourire nerveux et disparut à l'intérieur de la maison, verrouillant la porte derrière elle.

Liesl revint auprès d'Amaya et Avi les rejoignit.

– Attendons la tombée de la nuit pour continuer. Avi, tu sais quoi faire ?

Il parut vexé qu'on puisse en douter.

– À ton avis ?

– Alors rapportons nos courses à l'appartement. Deadshot va commencer à tailler les chaises pour en faire des lances si on n'a rien pour le dîner.

***

À minuit, Amaya, Liesl et Deadshot retrouvèrent Avi dans la cave de leur petit immeuble. Un grand gaillard était attaché sur une chaise, un bâillon dans la bouche et un bandeau sur les yeux. Il transpirait à grosses gouttes, dégageant une forte odeur de sel et de peur.

Liesl posa sa lanterne sur un carton poussiéreux et frappa dans ses mains, prête à commencer.

– Julien Caver ?

Avi lui libéra la bouche. La respiration saccadée de l'homme résonna dans la cave sombre, les ombres créées par la lanterne dansant sur son visage.

– Qu'est-ce que vous me voulez ? gronda-t-il. De l'argent ? Je vous en donnerai, mais laissez-moi partir !

– En quelque sorte, confirma Liesl.

Elle parlait sur un ton froid et mesuré qu'Amaya trouva particulièrement intimidant.

– Nous savons que vous distribuez des fausses pièces, monsieur Caver. Ou préféreriez-vous que nous vous appelions le bénéficiaire ?

L'homme tenta de reculer, mais ses liens l'en empêchèrent. Il entrouvrit des lèvres rougies par le bâillon.

– Qu'est-ce que vous racontez ? Qui a bénéficié de quoi ?

Liesl échangea un regard avec Avi, qui s'avança pour gifler leur captif. L'homme poussa un cri, faisant grimacer Amaya.

– On n'aime pas jouer, continua Liesl. Est-ce vrai que vous déposez régulièrement d'importantes quantités d'or dans le bureau de change de Heliope Avenue ?

Caver ne répondit rien. Des gouttes de transpiration coulaient le long de ses tempes et mouillaient le bandeau sur ses yeux.

– Oui, avoua-t-il enfin. Mais ça fait des mois que je n'y suis pas retourné.

– Vous voulez dire que vous avez changé de bureau ? Pour brouiller les pistes ?

– De quoi vous parlez ? Non, je...

Il tremblait désormais.

– Pendant un moment, j'ai été embauché par un type pour aller dans les bureaux de change effectuer des transactions. Une fois par mois, je devais aller quelque part chercher un stock que j'apportais dans un bureau. Ensuite, on me payait un pourcentage sur la transaction.

– Et ça fonctionnait comment exactement ? demanda Liesl.

– On me donnait une adresse une semaine avant le jour du change. J'y allais et l'or m'y attendait. Je l'apportais au bureau de change, le convertissais en monnaie de l'Empire de Pluie ou de Réhan selon ce qu'il y avait dans le sac et j'empochais huit pour cent. Je retournais à l'adresse de départ et laissais sur place la monnaie convertie. Et un jour… les transactions ont cessé. On ne m'a fourni aucune raison. On n'avait juste plus besoin de mes services.

– Mais qui vous a recruté au départ ?

– Je n'en ai aucune idée. Pendant une semaine, j'ai eu l'impression qu'on me suivait. Et, un jour, j'ai reçu une lettre avec cette proposition de travail. J'avais désespérément besoin d'argent, alors j'ai accepté.

Liesl retira ses lunettes et se pinça l'arête du nez. Deadshot faisait les cent pas.

– Donc vous n'êtes pas le bénéficiaire, conclut Liesl d'une voix blanche.

– Je vous l'ai déjà dit, je ne sais pas de quoi vous parlez !

– Et vous ne savez pas qui vous a engagé, continua Liesl en le foudroyant du regard. Et ça vous paraissait parfaitement légal ?

– Vous ne comprenez pas, répliqua Caver d'une voix tremblante. Au début, c'était pour rembourser une dette, mais mon fils, il… il a contracté la fièvre. Le traitement nous coûte tout ce qu'on a. Si mon frère n'était pas dans l'armée, je ne sais même pas comment on aurait pu se permettre de le faire hospitaliser. Tous les hôpitaux dans cette ville sont pris d'assaut par les riches.

Amaya regarda Liesl, qui semblait au comble de la frustration. Ils devaient laisser partir Julien Caver.

Leur piste n'avait abouti nulle part.

– Très bien, conclut Liesl, qui fit un signe à Avi.

– Attendez ! cria Caver en se trémoussant, et Amaya se demanda s'ils avaient l'intention de le tuer. Je connais un autre gars qui a été recruté de la même façon. Mais lui, il ne va pas dans les bureaux de change, il va dans les casinos.

– Les casinos ? répéta Liesl.

– Il reçoit une certaine quantité de solstas, qu'il sème dans toute la ville en jouant. Moi, je pense que c'est de l'argent sale et qu'ils veulent le blanchir. Il est plus difficile à tracer si on le diffuse comme ça.

Amaya serra les poings. S'il avait su à quel point cet argent était sale !

– Son nom ? interrogea Liesl.

Caver hésita, mais la lâcheté l'emporta sur la loyauté.

– Trevan Nicodeme.

– Et il ressemble à quoi ?

– Je... Un type normal, quoi. Il a d'épais favoris. Un peu de ventre. Il se balade partout avec une montre à gousset. Je... C'est à peu près tout...

Liesl fit un signe de tête vers Avi.

– Merci, monsieur Caver.

Avi l'assomma d'un coup de poing et lui remit le bâillon.

– Ramène-le chez lui avant qu'on se rende compte de son absence.

– Les archives du bureau de change indiquaient que Mercado recevait l'or, il ne l'envoyait pas, intervint Amaya. Il utilisait peut-être un autre bureau pour ses dépôts.

– Peut-être, répéta Liesl lentement. Ou alors on rate un lien essentiel.

– On fait quoi maintenant ? demanda Amaya alors qu'Avi chargeait l'homme sur son épaule, grognant sous son poids.

– J'espérais un autre résultat, mais un nom, c'est mieux que rien. On va devoir trouver ce joueur. Il en saura sans doute plus.

Liesl inspira profondément.

– Et, pendant qu'on y travaille, il y a quelqu'un d'autre que je voudrais croiser.

– Basque ? demanda Amaya, une boule dans la gorge.

– Adrienne, corrigea Liesl.

Deadshot lui prit la main en souriant.

– Pendant que nous cherchons celui qui distribue les fausses pièces, on pourra peut-être aussi découvrir où ma sœur est détenue.

10

Si seulement nous étions capables de voir la valeur de chacun, la mort de nos démons, la naissance d'une nouvelle étoile.

Chanson kharienne

Cayo bâilla dans son coude et grimaça de dégoût quand les relents du marché entrèrent dans sa bouche. Le soleil se levait à peine. Victor consultait son registre, tandis que Cayo rangeait la pêche du jour sur la glace, comme tous les matins.

Cela faisait une semaine qu'il avait commencé, mais il trouvait ce travail toujours aussi dur. Il laissait tomber des poissons, se trompait sur la quantité de glace à mettre dans le seau, se perdait en faisant ses livraisons. Victor lui hurlait dessus, frappait dans ses mains pour que Cayo se presse et grommelait férocement en solène. Seulement, Cayo comprenait de mieux en mieux la langue, les rudiments qu'il avait appris lui revenant progressivement. Ainsi, il ne ratait rien des injures de son employeur.

Mais il n'avait pas l'intention de renoncer. À sa dernière visite à l'hôpital, il avait constaté les bienfaits du traitement sur sa sœur. Elle parvenait à rester éveillée plus longtemps, elle toussait moins souvent. Il lui fallait trouver un moyen de rembourser ce qu'il devait pour les médicaments, mais, s'il réussissait à payer régulièrement, elle guérirait peut-être…

En plus, c'était désormais une question d'honneur. La veille, quand il était rentré à l'appartement, il avait vu Deadshot donner à Avi quelques pièces.

– Que lui devez-vous ? avait-il demandé.

– On a parié que tu ne tiendrais pas une semaine dans le marché aux poissons, avait répondu Avi. Moi, je croyais en toi, mais pas elle.

Sourire gêné de Deadshot.

– Va prendre un bain avant l'entraînement, lui avait lancé Liesl sans même lever les yeux du journal qu'elle lisait. Tu pues, c'est une infection.

Amaya, qui sirotait une tasse de thé, l'avait examiné de la tête aux pieds.

– Alors ? Ça fait quoi de travailler toute la journée avec des poissons ?

Jolie pique. Cayo avait voulu répliquer, mais s'était ravisé et avait préféré grommeler dans sa barbe et filer dans sa chambre.

À présent, un poisson dans la main, les yeux rivés sur le ventre pâle de l'animal, il imaginait Amaya trancher sa chair pour en retirer les entrailles et répéter ce geste pendant des heures. Tous les jours. Pendant sept ans.

Sur le bateau de son père à lui.

– Toi où ? hurla Victor en tapant dans les mains.

Cayo sursauta.

– Bouge !

Il baissa la tête et continua à ranger les poissons sur la glace. Les clients commençaient à arriver : la première vague avant l'accalmie du milieu de la matinée, quand Victor l'envoyait faire les livraisons.

Une fois les cageots installés, Cayo se redressa et s'étira le dos. Entre ses heures de travail, ses entraînements et ses visites à l'hôpital pour voir Soria, il était épuisé. Chaque nuit, il s'endormait avant même que sa tête touche l'oreiller. Il ne se souvenait pas d'avoir jamais été aussi fatigué.

Il se réfugia derrière le stand, sur son tabouret habituel, les coudes sur les genoux. Victor s'occupait des clients, qui ne faisaient pas confiance au mauvais solène de Cayo pour conclure une vente. Cela lui convenait parfaitement et il en profitait pour observer les gens.

Il avait remarqué que de plus en plus de visiteurs entraient au port avec le carré vert piqué sur leurs vêtements. Il se demandait ce qui arrivait à ceux qui n'avaient pas passé le contrôle, si les préventoriums étaient pleins et si les infectés étaient renvoyés d'où ils venaient.

Victor poussa un juron. Cayo imagina tout de suite que cela lui était destiné, mais le marchand en avait manifestement contre une dame qui choisissait des anguilles sur le stand. Grande et élancée, elle portait une jolie robe rose qui s'évasait au-dessus des hanches. Ses boucles brunes étaient attachées sous un chapeau à large bord, et ses mains couvertes de dentelle blanche.

Cayo ne voyait pas le problème. Il avait croisé des centaines de femmes comme elle à Moray, en balade sous une ombrelle de style réhanais. Mais la marchande d'à côté lui adressait également un regard noir.

– Qu'est-ce qui se passe ? lui demanda Cayo.

Il voulait un prétexte pour pratiquer son solène.

– Comment le saurais-je ? répliqua la femme.

– Tout le monde… a l'air… je sais pas… de la viser.

Les autres marchands lui faisaient de grands sourires par devant, mais dès qu'elle s'éloignait une grimace de haine s'affichait sur leurs traits.

– Pas besoin de connaître son nom pour savoir que c'est une aristocrate, continua la fille en croisant les bras. Une belle traîtresse pleine aux as.

– Je ne comprends pas. Pourquoi est-elle une traîtresse ?

– Chalier a été intégré dans l'Empire de Pluie à cause de gens comme elle, expliqua-t-elle en crachant. Ils ont pu garder leur précieuse fortune, pendant que les militaires nous envahissaient, nous frappaient et nous soumettaient.

Cayo se mordit l'intérieur de la joue en pensant à Moray. Maintenant que le prince était mort, qu'adviendrait-il de sa patrie ? Serait-elle engloutie par l'Empire de Pluie à cause de la lâcheté et de la cupidité des plus riches ? Son père serait-il au premier rang de ce mouvement ?

Et l'Empire de Soleil, qui avait toujours voulu s'offrir Moray et ses routes de commerce ?

– Ce n'est tout de même pas uniquement la faute des riches, rétorqua Cayo. C'est l'empire qui vous a volé vos terres.

– L'empire a pris nos terres, oui, mais les nobles nous prennent tout constamment, riposta-t-elle, d'une voix plus hargneuse encore. Mon amie a attrapé la fièvre des cendres il y a quelques mois. Elle a essayé de trouver une place dans un hôpital, mais ils étaient déjà tous pleins de malades de la classe supérieure. Les nobles ont soudoyé les autorités pour que les chambres leur soient réservées. Alors, on s'est occupées d'elle du mieux qu'on a pu.

Une larme roula sur sa joue parsemée de taches de rousseur.

– Elle a été chassée de son appartement. Elle ne pouvait plus payer le loyer, trop malade pour travailler. Elle est morte dans la rue, avant qu'on puisse la retrouver.

Cayo détourna le regard.

– Je suis… désolé.

Il déglutit avec peine.

– Ma sœur aussi est infectée.

Elle lui adressa un regard compatissant, qu'il ne méritait pas.

– Alors, tu comprends sûrement notre haine.

En effet, il la comprenait. Il l'éprouvait, lui aussi, en pensant à l'injustice qu'ils subissaient. Les membres les plus vulnérables de la société saisissaient parfaitement le message : vos vies n'ont aucune valeur ; si vous ne pouvez pas vous payer le traitement, il ne vous reste plus qu'à mourir.

Mais, quand la dame en rose s'était adressée à Victor et lui avait poliment désigné de son doigt ganté le poisson qu'elle voulait, Cayo n'avait pas pu s'empêcher de regretter l'époque où il ne fréquentait que des femmes comme elle. Une époque où il ne savait rien des différences entre classes, où il pouvait se fondre dans la foule et se faire passer pour un homme du peuple l'espace d'une nuit.

Il se demanda alors ce qu'Amaya en penserait. Il grimaça, honteux. Elle le voyait comme un privilégié. Au début, cela l'avait mis en colère et vexé, mais elle avait raison. Il avait été partie intégrante du problème. Et il l'était sûrement encore.

Il aurait beau essayer de se racheter jusqu'à la fin de sa vie, il ne pourrait réparer les dégâts qu'il avait causés. L'argent, les dettes… c'est ce qui fait tourner le monde, et les riches sont ravis qu'il en soit ainsi.

Le sourire hypocrite de Victor s'effaça dès que la femme se fut éloignée. Il déchira une feuille de son registre et la tendit à Cayo.

– Toi, c'est là.

Quand Cayo lut l'adresse, il retrouva son énergie : Victor l'envoyait chez Florimond.

Et si je lui redemandais de m'engager à mi-temps ? songea-t-il, enthousiaste.

Ce serait l'occasion de gagner plus d'argent pour le traitement de Soria ainsi qu'un moyen de découvrir ce que faisait l'alchimiste. Et pourquoi pas de l'aider à trouver un remède. Plein d'espoir, il souleva le sac et se mit en route, le soleil lui réchauffant le dos.

Il longea une villa devant laquelle une femme époussetait ses tapis et se figea à l'endroit où la rue débouchait sur l'artère principale.

Un poste de garde avait été établi et des soldats en veste bleu marine bordée de blanc contrôlaient les passants qui attendaient en file.

Cayo se plaqua contre le mur, son cœur battant la chamade.

Il avait oublié ses faux papiers dans l'appartement. Liesl allait le tuer.

S'il ne finissait pas en prison avant, bien sûr.

Seulement, sans livraison, Victor le renverrait et il perdrait une nouvelle occasion de convaincre Florimond.

Doucement, il se frappa la tête contre le mur.

La seule solution était d'emprunter les ruelles sombres. Cela lui prendrait bien plus de temps et il se perdrait assurément. Mais avait-il le choix ?

S'armant de courage, il inspira nerveusement et s'engagea dans la première allée. Il connaissait bien les passages de Moray, et, ceux-là n'avaient rien de différent : dangereux, sordides et encombrés de linge à sécher ou de détritus.

Plus il s'enfonçait dans les méandres, plus les bruits de la foule s'estompaient. Les yeux baissés pour bien voir où il mettait les pieds, il se laissa surprendre par les trois personnes qu'il tenait le plus à éviter.

Ils tombèrent d'un balcon pour lui bloquer la route. Cayo se crispa, serrant fermement son sac de poissons.

– Eh bien ! se réjouit le plus petit des garçons. On attend les types qui veulent échapper au contrôle, et regardez qui voilà !

– Ouais, on va vite devenir amis, se moqua la fille. Tu nous suivrais pas, toi, beau gosse ?

– Je vous retourne la question, répliqua Cayo tout en analysant attentivement leurs positions.

Liesl lui avait appris à toujours étudier le corps de son adversaire, sa façon de se déplacer. Le moindre mouvement pouvait trahir son intention.

– Tu sais comment ça va se passer, alors donne, ordonna le garçon.

– Je n'ai pas encore reçu ma paye.

Ils n'avaient pas besoin de savoir qu'il avait un niera dans la poche.

– T'as bien quelque chose sur toi, s'impatienta le plus grand des garçons. T'as quoi dans ton sac ?

– Un trésor enterré, répondit Cayo d'une voix blanche. À ton avis ? Tu sens pas ? C'est du poisson.

– On en tirera un bon prix au marché, lança la fille en faisant signe à un des garçons. Et ça nous fera un bon dîner.

– Pas besoin de me le dire deux fois, répondit son complice en montrant les dents. Allez, mon pote, rends-toi service cette fois, donne.

Lentement, Cayo déposa le sac à terre. Les trois voleurs sourirent, mais leur expression changea quand ils virent leur proie lever les poings.

– Oh non, fais pas ça, conseilla le plus grand sur un ton presque compatissant.

– Mais si. Voyons ce qu'il a dans le ventre, protesta l'autre, tout excité, en se mettant lui aussi en position de combat. Vas-y, beau gosse, donne tout ce que tu as.

Il entraîna sa victime dans une ronde menaçante. Alors même que Cayo sentait son cœur s'emballer, il ne put s'empêcher de se demander pourquoi il leur tenait tête. Peut-être voulait-il prouver qu'il était capable de se défendre.

Trop lent, il ne put éviter le premier coup de poing qui atterrit sur sa mâchoire.

Les deux autres voyous poussèrent des cris de victoire quand Cayo recula et se toucha la joue. La douleur l'avait sonné, mais il revint rapidement à lui.

– T'en reveux ?

Cayo leva de nouveau les poings et le garçon rit de plaisir sous les encouragements de ses comparses. La ronde redémarra. Cayo essayait de faire taire le sifflement dans sa tête pour pouvoir se concentrer sur la silhouette trapue de son adversaire.

Légère torsion du buste. Cayo fit un pas de côté pour esquiver l'attaque et riposta avec un uppercut dans le ventre du garçon.

– Ouille ! lâcha ce dernier en riant de plus belle. Tu t'améliores !

Cayo serra les dents, exaspéré par son ton condescendant, ce qui lui déclencha un nouveau lancinement dans la mâchoire. Son adversaire en profita pour se jeter sur lui et lui coller une série de petits coups au torse et au bras tandis que Cayo tentait de lui faire perdre l'équilibre, une jambe autour de sa cheville. Il avait répété ce mouvement avec Amaya, même si une telle proximité physique avec la jeune femme lui était pénible.

Le garçon trébucha, mais il se reprit aussitôt et inversa l'avantage en faisant tomber Cayo, qu'il plaqua au sol et écrasa de tout son poids.

– Bien essayé ! plaisanta-t-il. T'as failli m'avoir.

Il lui enfonça le poing dans le ventre pour se venger du coup qu'il avait reçu. À bout de souffle, Cayo ne put l'empêcher de fouiller dans sa poche pour lui voler son niera. Il se contenta de rouler en boule sur le côté quand son adversaire se leva. Un filet de salive coulait de sa bouche.

– Merci pour le poisson ! cria la fille en s'enfuyant. T'auras peut-être plus de chance la prochaine fois.

Leur rire résonna dans l'allée, alors que Cayo se relevait. Le sac avait disparu, son argent aussi. Et sa dignité. Mais cela faisait déjà longtemps qu'il l'avait perdue.

– Bon sang.

Il se prit la tête dans ses mains sales. À quoi bon s'entraîner si dur pour un résultat pareil ? Il s'était encore une fois fait tabasser et dévaliser.

Arrête de pleurer sur ton sort et fais ce qu'il faut.

En général, dans sa tête, la raison avait la voix de sa sœur, mais cette fois ce fut celle de son père qui lui inonda l'esprit, glacée et dure.

Ils étaient alors dans le bureau de Kamon Mercado, qui faisait les cent pas, furieux. Cayo, avachi dans un fauteuil, cuvait l'alcool d'une soirée.

– Je t'ai tout donné, avait grondé le vieil homme. Tout ce que tu voulais. Et c'est comme ça que tu remercies ta famille ? En jouant son argent et en le perdant ? En buvant à t'en rendre malade ? En te vautrant dans le lit de tous ceux qui te plaisent ?

Cayo s'était enfoncé davantage dans le fauteuil, regrettant de n'avoir pas assez bu pour échapper à cette scène.

– Tu vas réparer ce naufrage. Quoi qu'il en coûte, tu vas te reprendre. Pas juste pour notre famille et sa réputation, mais pour ton propre bien. Tu comprends ?

Cayo avait bredouillé quelques mots. Il trouvait son père trop dur.

– Ne va pas te chercher des excuses. Arrête de pleurer sur ton sort et fais ce qu'il faut.

À présent, il ne lui restait plus qu'à retourner au marché et expliquer à Victor ce qui s'était passé.

Mais d'abord il devait prendre un risque.

***

Quand Cayo entra dans l'étrange boutique de Florimond, l'alchimiste s'occupait d'une cliente. Il attendit donc à côté d'une étagère en se dandinant d'un pied sur l'autre, un bras autour de son torse. En partant, la femme lui adressa un regard nerveux.

– Qu'est-ce que ça veut dire ? gronda l'alchimiste en réhanais. Venir dans mon magasin couvert de crasse et d'hématomes comme un fruit pourri ! Vous voulez effrayer ma clientèle ?

– Désolé, lâcha Cayo en avançant.

– Tu es le garçon de courses de Victor, le reconnut alors Florimond après avoir ajusté ses lunettes. Où est mon poisson ?

– Je… euh…

Cayo grimaça de douleur.

– Si je suis dans cet état, c'est que je me suis fait détrousser.

– Détrousser, répéta l'homme d'une voix blanche.

– Ils m'ont pris mon argent en plus de votre poisson. Je suis vraiment désolé.

– Alors, au lieu de retourner voir Victor pour arranger la situation, tu as préféré souiller mon magasin et m'informer que je ne serai pas livré aujourd'hui ?

Cayo s'empourpra.

– Je…

Il se souvint de toutes les fois, à Moray, où il avait eu des problèmes : avec son père, avec le Roi Racaille et même avec Soria. Cayo avait développé toute une palette d'excuses et de méthodes pour éviter la punition, et pourtant, à cet instant, il ne trouvait rien.

Ses yeux se remplirent de larmes et sa lèvre inférieure se mit à trembler.

– Je… je suis vraiment désolé, assura-t-il d'une voix rauque et vacillante. Je n'ai pas réussi à leur résister, alors je voulais que vous sachiez ce qui s'est passé…

Florimond recula, impressionné par l'émotion de Cayo.

– Eh bien, c'est…

– Je fais tellement d'efforts pour gagner de l'argent afin de soigner ma sœur. Mais ça ne suffit jamais, et maintenant ces voleurs m'ont pris tout ce que j'avais, et aussi votre livraison, et j'ai peur…

Il arrivait à peine à articuler, et ce n'était pas du théâtre.

– J'ai peur de me faire renvoyer, et j'ai peur de la perdre !

Visiblement mal à l'aise de voir Cayo sangloter, Florimond agita les mains dans l'air pour l'arrêter.

– Ça suffit, ça suffit ! Je vais écrire un mot à Victor pour qu'il ne te renvoie pas. Tu n'y es pour rien, s'il y avait des voleurs.

– Mais ce que je gagne chez Victor ne suffit pas, bredouilla Cayo en reniflant. Si je ne trouve pas un moyen de payer le traitement pour ma sœur, elle… Nous avons déjà perdu nos parents… Elle est la seule famille qui me reste…

Florimond poussa un soupir et passa une main dans ses cheveux, les hérissant à l'arrière. Cayo fit de son mieux pour laisser transparaître son désespoir.

– Tu m'as demandé la dernière fois si tu pouvais m'aider dans la boutique, grommela Florimond. Je ne te donnerai pas un gros salaire, mais, si tu arrêtes de pleurnicher, tu peux venir travailler quelques heures par semaine. Il faudra que tu déplaces de lourdes caisses et d'autres tâches physiques. Et je t'interdis de toucher à mes expériences.

Cayo se reprit aussitôt, s'essuyant les yeux avec sa manche.

– Vraiment ? Vous m'embauchez ?

– C'est provisoire, uniquement ! Et tu ne resteras que si tu fais tout ce que je te dirai. Sinon, ou si tu recommences à pleurnicher, je te mets à la porte !

– Merci ! lança Cayo, une main contre l'autre en signe de reconnaissance. De tout mon cœur, merci, monsieur Florimond !

Avant de disparaître dans son arrière-boutique, l'alchimiste lui grommela de revenir le lendemain soir. Cayo laissa échapper sa joie dans la rue, sa victoire l'avait presque fait oublier qu'il avait mal partout.

Il était dans la bonne direction vers la découverte d'un traitement… ou de l'origine des contrefaçons.

Peut-être même les deux.

***

Victor était furieux pour la livraison, mais les blessures de Cayo confirmaient son histoire de voleurs. Il déduisit pourtant le prix des poissons de la paye du jeune homme.

Honteux, ce dernier ne put donner à l'administrateur de l'hôpital qu'un seul niera au lieu des trois prévus pour commencer à rembourser sa dette.

– Je suis désolé, ce n'est pas la totalité, s'excusa-t-il. J'aurai le reste demain.

L'homme poussa un soupir, comme s'il se retenait de lui rappeler que, sans versement, sa sœur ne serait pas soignée. Un sourire las se dessina sur ses lèvres.

– Très bien, monsieur Lin, du moment que vous réglez demain.

Cayo resta auprès de Soria pendant une heure. Ensommeillée, elle ne parla pas beaucoup, alors il se contenta de lui tenir la main en buvant le thé à l'écorce de saule que lui avait préparé mère Hilas quand elle l'avait vu blessé. Il l'aimait bien. Elle n'avait même pas posé de question.

Cayo jeta un regard au lit à l'autre bout de la pièce. Vide. Le garçon avait été déplacé dans une aile privée, avait expliqué mère Hilas. Ses parents devaient paniquer après l'enlèvement de Julien Caver.

Quand il retourna à l'appartement, Liesl regarda l'hématome sur sa mâchoire, dépitée.

– Allons nous entraîner, proposa-t-elle. Pour que tu ne reviennes pas demain avec le même de l'autre côté.

– Attendez. Il m'est arrivé quelque chose aujourd'hui.

– Oui, tu t'es encore fait tabasser.

Mais, quand il raconta aux sans-terre et à Amaya qu'il avait décroché un travail chez Florimond, ils parurent aussi surpris qu'intéressés.

– Tu…

Avi se pencha vers Cayo comme s'il le voyait pour la première fois.

– Tu as trouvé un deuxième boulot ? Et chez un alchimiste, en plus ?

Cayo hocha la tête.

– Qui es-tu et qu'as-tu fait de notre petit lord ?

– C'est excellent, murmura Liesl, qui réfléchissait déjà aux opportunités qui s'offraient à eux. Cayo pourra laisser traîner une oreille pour découvrir où sont fabriquées les fausses pièces.

– Ce qui pourrait nous conduire au bénéficiaire.

Amaya dévisageait Cayo, entre confusion et satisfaction. Il n'aurait su dire si c'était lui ou la situation qui lui provoquait de telles émotions.

– Bien joué, Cayo, le félicita Liesl en posant une main sur son épaule. Mais ne crois pas que ça va te dispenser d'entraînement. Surtout maintenant que tu t'es mis encore plus en danger. Tu dois te tenir prêt à tout.

Il regrettait qu'ils ne restent pas plus longtemps fiers de lui. En tout cas, il leur avait montré qu'il n'était pas complètement inutile.

Ils montèrent sur le toit. Deadshot s'installa à sa place habituelle contre la cheminée pendant qu'Amaya regardait Liesl et Cayo reprendre la leçon.

– Donc, quand il t'a mis à terre, qu'est-ce que tu as fait ? Je vais te montrer comment tu pourras te libérer la prochaine fois. Et je veux que tu aies toujours un couteau sur toi, à partir de maintenant.

Mais ils essayèrent avec un couteau, un glaive et même un bâton (plus précisément, un manche à balai), et Cayo faillit empaler Liesl avec l'épée d'Avi. Il maîtrisait peut-être un peu mieux le combat à mains nues, mais ses mouvements étaient encore trop lents et trop maladroits. À mesure que la nuit avançait, sa frustration grandissait.

– Encore ! lançait Liesl, alors qu'il se battait contre Amaya. Fais-lui une cravate !

Cayo reprit son souffle et bloqua une attaque en lui attrapant le bras. Mais elle tourna sur elle-même et lui envoya son pied dans le tibia. Il la lâcha en pestant.

– Retiens-la ! s'offusqua Liesl.

– Qu'est-ce que j'y peux ? se découragea-t-il. Visiblement, je ne suis pas fait pour ça !

Liesl croisa les bras, une étincelle menaçante dans le regard.

– Alors tu vas te laisser faire ? Tous les jours, tu vas te laisser détrousser ? Tu veux t'offrir comme cible facile, maintenant que tu vas mettre ton nez dans les affaires des alchimistes ? Et Soria ? Comment comptes-tu payer les soins de ta sœur si tu te fais voler tout ce que tu gagnes ?

– J'en sais rien… J'en sais rien.

Il s'effondra, la tête dans les mains. Il avait envie de vomir ou de hurler. Peut-être les deux. L'enthousiasme qu'il avait éprouvé quelques heures plus tôt se retrouvait noyé dans une angoisse familière. Son souffle s'accéléra, son estomac se tordit.

Soudain, il sentit une tape amicale sur son épaule. Il leva la tête, s'attendant à voir Amaya, mais, à sa grande surprise, ce fut Deadshot qui s'agenouilla à côté de lui.

En silence, elle lui tendit un de ses pistolets.

Cayo observa son long canon, gravé d'un dessin de fleur, son manche rutilant en bois et perle. En déglutissant, il s'en empara et le soupesa.

– Ça, on n'a pas encore essayé, commenta la jeune femme.

Liesl ne semblait pas convaincue, mais elle céda devant le regard insistant de Deadshot. Amaya scrutait le pistolet comme s'il s'agissait d'un serpent prêt à s'enrouler autour du poignet de Cayo.

Deadshot descendit dans l'appartement pour revenir avec trois bouteilles de lait vides. Elle les posa sur le rebord de la cheminée et recula.

– Utilise le viseur si tu veux, instruisit-elle. Un pied devant. Ne crispe pas les bras. Fais attention au recul. Vise bien.

– C'est tout ? demanda Cayo, attendant qu'elle continue.

– C'est tout.

Il inspira profondément pour calmer ses nerfs. C'était la première fois qu'il se servait d'une arme à feu. Après avoir essayé de détendre les bras, il leva le pistolet et dirigea le canon vers la bouteille sur la gauche. Le poids de l'arme le surprit, mais il se força à la tenir fermement à bout de bras.

Il libéra le chien et appuya sur la gâchette.

La balle fusa avec une telle force que Cayo perdit l'équilibre. Un sifflement continuait à résonner dans ses oreilles, et ses paumes étaient toutes chaudes.

Il lui fallut un moment pour s'apercevoir que la bouteille avait explosé en mille morceaux. Des éclats de verre étaient éparpillés sur le toit, pareils à des diamants tranchants.

Ils contemplèrent les débris en silence. Soudain, Deadshot éclata de rire, la tête renversée en arrière.

– Qu'est-ce que vous en dites ? Il a ça dans le sang !

Elle adressa un clin d'œil à Cayo, qui rougit aussitôt.

– Je vais t'apprendre à le charger.

– Bon, on a enfin trouvé ton accessoire, concéda Liesl.

Cayo baissa les yeux vers l'arme. Il ne se sentait pas particulièrement à l'aise avec, mais ne pouvait nier le pouvoir que le pistolet lui conférait. Il le rendit à Deadshot, qui refusa de le récupérer.

– Garde-la. J'en ai plein.

– Garde-*la* ? s'étonna Cayo.

–– Elle s'appelle Jazelle. T'as intérêt à prendre soin d'elle. C'est une dame, elle aime qu'on la traite avec respect.

– Euh... je ferai de mon mieux.

– Ne vous tirez pas une balle dans le pied, grommela Amaya. Et, surtout, je ne veux pas voir le canon tourné vers moi.

– Pourquoi est-ce que je… D'accord.

En se couchant, ce soir-là, il ne put s'empêcher d'admirer l'arme qui étincelait sur sa table de chevet. Elle était magnifique, il devait bien le reconnaître. Mais tellement dangereuse. Il devrait faire preuve de la plus grande prudence pour ne pas donner raison à Amaya en se blessant par mégarde.

— Enchanté, Jazelle, murmura-t-il. S'il te plaît, protège-moi.

11

Une salle de bal est aussi dangereuse qu'un champ de bataille.

Proverbe de l'Empire de Pluie

– Pardon ? gronda Rémy.

– C'était la seule solution, se défendit Amaya en grimaçant.

– Sûrement pas !

Dans un grognement de bête blessée, il posa la tête sur la table de l'appartement, les doigts dans ses cheveux ébouriffés.

– Je cherchais un moyen de convoquer Caver pour un interrogatoire ! *Légalement !*

– Ça enlève tout l'intérêt, ironisa Avi en sirotant son thé.

Rémy avait été tellement occupé avec l'épidémie qu'il n'était pas passé les voir depuis plusieurs jours. Liesl s'était interrogée sur la pertinence de tout lui raconter, mais Amaya avait insisté. Elle le regrettait désormais.

Rémy décocha un regard mauvais à Avi.

– Voilà pourquoi vous êtes des sans-terre. Vous trouvez le pire moyen d'agir et vous appelez ça la seule solution.

– Parce que ça l'était, persista Amaya. Nous avons obtenu l'information qu'il nous fallait. Enfin, disons plutôt qu'on a découvert que c'était une fausse piste.

– Mais maintenant, si je tente de lancer des recherches, il y aura une enquête, protesta Rémy. Caver est traumatisé par votre petit numéro.

– Il n'ira pas porter plainte, assura Liesl. Sinon, il devra avouer son implication dans les contrefaçons.

– Il ignorait qu'il transportait des fausses pièces, objecta Rémy en tapotant sur la table. On a un nouveau nom qui risque encore de nous mener nulle part.

– Et tu devrais nous laisser nous en occuper, intervint Liesl. Tu aurais effrayé Caver autant que nous si des policiers avaient débarqué chez lui. Et tous les membres du réseau des fausses pièces auraient été alertés.

Rémy laissa échapper un soupir.

– Certes. Je te l'accorde. Mais je vous en supplie, prévenez-moi la prochaine fois que vous voudrez kidnapper quelqu'un !

– Sûrement pas, répliqua Deadshot.

Amaya sourit en voyant Rémy froncer les sourcils, bougon. Elle se rappela quand, sur le *Saumâtre*, il réglait des disputes entre les Bestioles et faisait la morale à ceux qui se comportaient mal. Rémy était fait pour commander, elle le voyait clairement maintenant.

Il se servit d'un sablé dans la boîte au milieu de la table.

– Au fait, où est Cayo ?

– Au travail, répondit Avi, amusé.

– Ah oui. Au marché.

Quand Cayo revenait dans l'appartement avec ses effluves d'eau de mer et de pêche, Amaya était prise de nausée. Elle se revoyait sur le *Saumâtre*, entendait les craquements du gréement et sentait les entrailles visqueuses des poissons sous ses doigts.

– Non, pas là-bas. Il travaille aussi pour un alchimiste, expliqua Avi. Le petit lord s'est trouvé un deuxième boulot et ça pourrait bien nous aider à découvrir qui est derrière le trafic des contrefaçons.

– Oh ! se réjouit Rémy en se tournant vers Amaya pour qu'elle le lui confirme. C'est... vraiment super. Pas qu'il ait besoin de deux boulots pour le traitement expérimental, bien sûr. C'est tellement cher.

– Comment est-ce que ça évolue ? Les médicaments sont testés sur d'autres patients ?

– Les malades semblent aller mieux, mais ils ne se rétablissent pas complètement. Nos médicaments soulagent les symptômes plus efficacement que ceux administrés à Moray, maintenant que nous connaissons la cause, mais ils ne guérissent pas encore la fièvre. Il faut continuer à chercher.

Amaya était plongée dans ses pensées, quand Rémy prit congé pour la nuit en leur promettant de les informer de l'évolution de la situation. Alors qu'elle se demandait si elle devrait rendre une nouvelle visite à Soria à l'hôpital, on frappa à la porte.

Liesl ouvrit à une Kharienne à la peau marron foncé et aux cheveux noir ébène. Malgré le châle sur ses épaules, on pouvait apercevoir son décolleté plongeant.

– Vous êtes Vivienne ? demanda-t-elle.

– Oui.

– Tenez, dit-elle en lui tendant un parchemin. C'est de la part de Mona.

Sans attendre, elle tourna les talons pour descendre l'escalier.

– C'était quoi ? demanda Avi quand Liesl revint vers la table.

Amaya avait dévisagé la fille, cherchant à se rappeler où elle l'avait déjà vue.

– Elle vient du Temple de la Beauté, n'est-ce pas ? Là où on avait rendez-vous avec Jasper ?

– Oui, j'y suis retournée pour faire quelques recherches. Apparemment, André Basque, veuf depuis cinq ans maintenant, aime y fréquenter une femme nommée Mona.

Liesl s'assit pour lire le message.

– Je l'ai convaincue de jouer les informatrices.

– Comment as-tu fait ? demanda Avi, intrigué.

Amaya reconnut le nom de Basque et repéra une adresse, mais ne put rien déchiffrer d'autre.

– Qu'est-ce qui est écrit ?

– Basque organise une fête dans son manoir pour lever des fonds en faveur des malades de la fièvre. C'est la meilleure occasion de l'approcher, expliqua Liesl, un sourire cruel aux lèvres. Nous allons y assister.

– Pardon ? lâcha Avi en s'étouffant presque.

– Plus précisément, ce sont Amaya et Cayo, en jeune couple désireux de faire étalage de son statut et de sa fortune, qui vont y aller.

Liesl se pencha vers Amaya, qui se recroquevillait sur sa chaise.

– Il est temps que tu reprennes ton rôle de comtesse Yamaa.

***

– Sûrement pas, déclara Cayo quand on lui eut expliqué le plan.

Il venait de rentrer de la boutique de l'alchimiste, épuisé d'avoir porté de lourds paquets. Liesl l'avait invité à s'asseoir, lui avait préparé une tasse de thé et lui avait demandé s'il avait du nouveau, ce qui n'était pas le cas. Ensuite, elle lui avait annoncé la nouvelle.

Amaya tenta de rester impassible, malgré l'aigreur dans la voix du jeune marchand.

– Laisse-moi te poser une question, continua Liesl calmement. Tu ferais tout pour ta sœur, n'est-ce pas ?

– Bien évidemment, mais…

– Tu t'es enfui de chez toi, tu as traversé les océans jusqu'à Chalier, et maintenant tu travailles au marché aux poissons et pour un alchimiste. Tout ça pour elle ! Alors pourquoi refuses-tu de t'infiltrer chez un riche politicien pour ma sœur, à moi ?

– Alors, c'est à toi de jouer la mariée ! déclara Cayo en regardant Liesl.

– Je ne peux pas, lui rappela cette dernière, patiemment. André Basque me connaît.

Cayo se frotta le visage.

Amaya se leva.

– Écoutez, ça ne me réjouit pas non plus, mais vous pouvez bien contrôler la haine que vous me portez pendant une petite heure, non ?

Il la regarda comme si elle venait de lui jeter un vase à la tête. Quand il ouvrit la bouche, seul un soupir de frustration en sortit.

– Je n'ai pas l'habitude de me faire passer pour quelqu'un d'autre. Vous, vous vous êtes entraînée.

– C'est pour ça que tu n'auras pratiquement rien à faire, expliqua Liesl. Laisse juste Amaya lui parler et le séduire.

– Le séduire ? répéta Amaya.

– Basque est attiré par les nouvelles têtes, et je suis sûre que ta présence ne passera pas inaperçue. Pendant ce temps, Avi surveillera de dehors le balcon central, qui donne sur les fenêtres de la salle de bal, et je m'introduirai dans le bureau de Basque. Deadshot couvrira mes arrières.

– Tu connais la maison de ce gars par cœur, on dirait, commenta Avi.

– J'ai encore les plans gravés dans mon esprit depuis la dernière fois. La dernière mission ratée.

Liesl ne put se retenir plus longtemps et ses traits se décomposèrent.

– Cette mission m'a coûté ma sœur. Et maintenant je compte bien la retrouver.

L'expression de Cayo se radoucit, mais Amaya était terrorisée à l'idée de s'associer à lui et de redonner vie au personnage de la comtesse Yamaa. Et si elle ne se rappelait plus comment faire ? Et si elle faisait capoter tout le projet ?

On frappa de nouveau à la porte, et cette fois Jasper n'attendit pas qu'on vienne lui ouvrir.

– Le gang au complet ! Excellent.

– Laissez-moi deviner, grommela Cayo. Vous êtes venu pour nous aider.

– Évidemment. Je ne louperai jamais une occasion d'humilier Basque.

Amaya se souvint que Liesl lui avait parlé de l'amitié entre Jasper et Adrienne. Elle se rappela l'étincelle de furie dans les yeux du jeune homme quand il avait vu Basque dans la maison close.

– Et Liesl m'a confié le rôle le plus important.

– C'est-à-dire ?

– Je suis le costumier, répondit Jasper en levant des mains chargées de deux gros paquets. Un pour la méchante, l'autre pour le pauvre bougre.

– Pauvre bougre ? répéta Cayo alors qu'Amaya prenait son paquet, étonnamment lourd.

– Ça n'a pas été facile de me les procurer, déclara Jasper en direction de Liesl, qui leva les yeux au ciel.

– Reste dîner, alors, proposa-t-elle. De toute façon, il faut qu'on revoie le plan ensemble. La fête a lieu demain soir, le temps presse.

– Tu es sûre que ça peut marcher ? Tu penses vraiment trouver des informations dans le bureau de Basque ?

Appuyé contre le mur, les bras croisés, Jasper avait abandonné sa bonne humeur habituelle pour afficher une mine plus sombre.

– Parce que, crois-moi, ça fait des années que j'essaie. Il cache bien ses affaires.

– Ça va marcher, assura Liesl. C'est obligé.

Amaya partit dans sa chambre. Elle posa le cadeau de Jasper sur son lit et hésita à l'ouvrir.

La curiosité eut raison d'elle, et elle arracha l'emballage. C'était la robe bleu foncé qu'elle avait vue dans la vitrine quand elle s'était promenée avec Rémy, celle avec les manches aux bijoux incrustés et l'étoile qui s'étendait sur toute la jupe. Elle la contempla avec méfiance, comme si elle craignait de la voir se soulever pour l'étrangler.

Elle caressa le tissu du bout des doigts. Le corsage en velours, la jupe en soie. Elle s'imagina le couturier qui l'avait conçue, qui avait cousu chaque perle dans les plis. Elle se demanda ce que sa mère aurait dit d'une telle œuvre d'art.

Et ce qu'en dirait Cayo.

Elle la replaça soigneusement dans son emballage pour la ranger sous le lit. Elle découvrirait cela le lendemain.

Ce qui la rendait encore plus nerveuse pour cette mission.

***

Amaya avait eu plusieurs noms au cours de sa vie : Amaya Chandra – Shisa pour sa mère, ce qui signifiait « lémurien », et Tikha pour son père, « bourgeon » – Anguille, comtesse Yamaa.

Pourtant, quand elle se vit le lendemain dans le miroir sale de sa chambre, elle ne trouva que la comtesse.

Liesl, qui l'avait aidée à s'habiller, recula pour laisser Amaya contempler son reflet. La jupe bruissait agréablement autour de ses jambes et les joyaux brillaient sur ses bras marron. Ses épaules et son cou étaient dégagés, et Liesl avait décidé de lui attacher les cheveux pour mettre en valeur sa nuque. Deux boucles minutieusement peignées lui encadraient le visage, que Liesl avait rehaussé d'une touche de maquillage.

– Si j'avais tout mon matériel, j'aurais pu faire bien plus, regretta-t-elle. Il prend sûrement la poussière dans notre domaine à Moray. Espérons que la noblesse de Baleine apprécie la subtilité.

– C'est parfait, la félicita Amaya en admirant les traits de crayon sur ses yeux.

Liesl avait fardé ses paupières de bleu, ses joues d'une pointe de rouge assorti au rouge de ses lèvres. Pour Amaya, ce n'était pas un maquillage subtil, mais une peinture de guerre, attestant qu'elle était prête pour la bataille.

Elle se redressa, releva le menton. Le rôle de la comtesse Yamaa lui avait appris certaines choses sur le pouvoir : qui l'exerçait, comment et pourquoi. Il lui avait montré que, contrairement aux idées reçues, l'intérêt des femmes pour le luxe et les jolies tenues n'était pas uniquement esthétique. Leurs vêtements, leur maquillage, leurs bijoux, leurs sourires constituaient des armes dirigées contre les adversaires les moins méfiants.

Amaya aimait ses armes. Elles étaient plus difficiles à manier que les couteaux dissimulés sous sa robe, et il fallait plus de temps pour apprendre à les maîtriser, mais elles étaient tout aussi efficaces, et même plus.

Elle se sentait dangereuse. Toute-puissante.

– Dommage qu'on n'ait pas de bijoux, lâcha Liesl, qui arrangeait encore la coiffure d'Amaya. Ton décolleté est trop nu.

– C'est peut-être mieux ainsi, au contraire, remarqua Amaya, étonnée du sourire radieux qu'elle affichait.

– C'est vrai. Tu n'as besoin d'aucun brillant pour être attirante. Tu es à l'aise avec tout ça ?

– La comtesse est dans son élément, répondit Amaya en haussant les épaules.

– Je vois.

Liesl lui adressa un regard entendu.

– À vrai dire, je suis un peu jalouse. J'aurais bien aimé enfiler une belle robe ce soir.

Elle passa une main sur sa tenue noire.

– Ça fait tellement longtemps que je n'ai pas eu l'occasion de m'habiller.

Amaya ouvrit la trousse de maquillage. Parmi les poudres et les crèmes, elle choisit le rouge à lèvres et le tendit à Liesl.

– Ce n'est pas parce que tu es en mission secrète que tu ne peux pas te pomponner.

Liesl rit.

– Tu as tout à fait raison.

Le bâton à la main, elle s'approcha du miroir pour l'appliquer.

– Va voir Cayo. Il est très nerveux depuis ce matin.

Savoir cela rendit Amaya tout aussi nerveuse, mais elle obéit et partit vers la chambre des garçons. La porte était déjà entrouverte. Quand elle la poussa, elle prit conscience qu'elle avait gardé la mallette à maquillage dans la main.

Elle faillit la lâcher quand elle entra. Depuis plusieurs semaines, elle s'était habituée à voir Cayo en habits de tous les jours : chemises tachées, pantalons rêches, manteaux usés. Et pourtant il les portait avec majesté, comme si les vêtements reprenaient une certaine élégance au contact de son corps.

Mais ce soir, devant son lit, il arrangeait ses manchettes qui scintillaient sur ses poignets au bout d'une chemise en satin blanc. Son costume noir épousait parfaitement ses formes, mettant en valeur ses épaules carrées et les muscles de ses cuisses. Les revers de sa veste étaient en soie épaisse, avec, du côté droit, une flèche en or.

Cayo la vit et se figea. Il la contempla, sidéré. Amaya s'illumina comme une torche, volant tout l'oxygène de la pièce.

– Vous…

Il se racla la gorge.

– Cette robe est…

– Bleue, compléta-t-elle pour lui.

Dans le coin de la pièce, Avi se leva de son lit pour se diriger vers la porte.

– Je… euh… vais voir si Deadshot a besoin de quelque chose, grommela-t-il en sortant à la hâte.

Le silence les enveloppa. Cayo ajusta fébrilement ses boutons de manchettes, un accessoire qu'elle n'avait vu que dans l'Empire de Pluie.

– Martisse, bredouilla-t-il soudain. La robe. Je reconnais son style.

Amaya ne comprit pas tout de suite de quoi il parlait.

– Oh, la styliste !

Il confirma d'un hochement de tête.

– Il nous arrivait, à Soria et moi, de recevoir des catalogues de l'Empire de Pluie. Nous adorions ses collections. Soria voulait une de ses robes pour son mariage. Mais c'était avant…

Il ne termina pas sa phrase et se mordit la lèvre.

Amaya s'avança dans la chambre.

– Vous… ce costume vous va bien. Ça a dû vous manquer, ce genre de tenues.

Il fronça les sourcils, se demandant sûrement si elle voulait le complimenter ou le railler. Elle n'en savait rien, elle non plus.

Il désigna la mallette de maquillage dans la main d'Amaya.

– Avez-vous besoin d'aide pour vous préparer ?

Évidemment, il savait maquiller. Amaya ravala son rire et prit une décision importante.

– Non. Asseyez-vous sur le lit.

Les yeux noirs de Cayo plongèrent dans ceux d'Amaya. Il semblait particulièrement intrigué. Elle sourit pour achever de le convaincre, utilisant déjà tout son arsenal de séduction. Cayo hésita un instant avant de s'exécuter. Elle posa la mallette à côté de lui.

– Choisissez bien selon mon teint, plaisanta-t-il, d'une voix que la nervosité faisait un peu vaciller.

– Je vais voir ce que je peux faire.

Ses doigts survolèrent les différentes poudres, attirés par les couleurs brillantes. Elle finit par sélectionner un rouge pailleté.

– Fermez les yeux et ne bougez pas.

Cayo obéit, à la grande satisfaction d'Amaya. Elle prit un moment pour le contempler ainsi, vulnérable. Il lui faisait confiance, sans aucune raison.

Aurait-elle été aussi docile ? Elle en doutait.

Elle passa un des petits pinceaux de Liesl dans la poudre, le tapota pour se débarrasser du trop-plein, comme elle avait vu son amie faire tant de fois, et se pencha tout près de Cayo.

Il retint sa respiration quand le pinceau caressa sa paupière. Ses cils vacillèrent, magnifiquement longs et droits. Elle monta jusqu'au sourcil et prolongea le trait vers l'extérieur de l'œil, comme pour répondre au khôl que lui avait appliqué Liesl.

Sa main trembla légèrement quand elle passa à l'autre œil. Elle prit conscience qu'une de ses jambes se trouvait entre celles de Cayo, dont le souffle frôlait sa joue. Un frisson lui traversa le dos, lui faisant presque rater son œuvre.

Elle examina le cou de Cayo, sa peau douce. Elle aurait pu placer les deux mains autour de sa gorge et serrer de toutes ses forces, l'entendre étouffer et agoniser sous ses paumes, déchiré entre le besoin de lutter et l'envie de se laisser faire.

Ce serait un acte de clémence.

– Amaya ?

Elle ne bougeait plus. Sa respiration était saccadée. Elle recula.

– Terminé.

Les yeux de Cayo s'ouvrirent. Il la regarda. Elle était sidérée par ce qu'elle avait fait. Le rouge lui allait bien, rehaussant le noir de ses yeux et le hâle de sa peau. Cela lui donnait une assurance, un charme déroutant. Le message était clair : d'un seul clin d'œil, d'un seul sourire, il pouvait séduire qui il voulait.

Elle lui avait donné une arme, à lui aussi.

Et, si elle n'y prenait pas garde, il pourrait la retourner contre elle.

12

Le magicien escalada la montagne, la tourmaline scintillante et froide sous ses pieds. Il scruta les étoiles au-dessus de lui, se demandant quand il les atteindrait. Si seulement il les atteignait. Mais un vent glacial soufflait dans ses oreilles et le repoussait, le transperçant comme un couteau. Et le magicien savait qu'il devait continuer à avancer, sinon il tomberait, comme Neralia, dans l'obscurité dévastatrice de la mer.

Neralia des nuages, conte des îles de Lede

Cayo avait hésité à prendre le pistolet, mais Deadshot le lui avait déconseillé.

– Ta poche sera trop gonflée, avait-elle expliqué en montrant son pantalon serré. Ce serait indécent.

– Pas la peine, en effet.

Mais, maintenant que la carriole approchait du manoir illuminé, il se sentait sans protection. Sa main revenait régulièrement sur sa taille, comme si elle espérait y trouver son arme au manche de bois incrusté de perles.

– Vous pensez vraiment qu'on va vous sauter dessus en pleine fête ? grommela Amaya. Tout ira bien.

– Vous avez vos couteaux sur vous !

– Parce qu'ils sont plus faciles à cacher qu'un pistolet. Mais quelqu'un ne s'est pas montré très habile avec des couteaux, vous vous souvenez ?

Cayo lui fut reconnaissant pour ses moqueries. Elles calmaient le désir qui montait en lui à la voir ainsi en robe. Quand elle était entrée dans sa chambre, il avait reconnu la comtesse Yamaa, et en lui la confusion s'était mêlée à l'éblouissement.

Mais il avait plus important à penser que les courbes du décolleté ou la façon dont les boucles d'Amaya lui caressaient la nuque. Il se fichait tout autant de son parfum de lavande et de linge propre.

La carriole s'arrêta.

– C'est là que je vous abandonne, lança Jasper depuis le siège du cocher. Que le spectacle commence !

Cayo sentit sa bouche s'assécher quand il descendit de la voiture. Il se tourna vers Amaya, qui rassemblait ses jupons pour descendre les deux marches, et lui tendit la main.

Elle examina les invités sur la pelouse. Émue, elle accepta que Cayo la soutienne. Ils s'engagèrent sur l'allée pavée du manoir.

– Ne faites pas trop les fous, conseilla Jasper avec un clin d'œil malicieux avant que la carriole s'éloigne.

Cayo présenta son bras gauche à Amaya. Elle hésita de nouveau, mais finit par s'y appuyer, leurs hanches se frôlant, alors qu'ils se dirigeaient vers le manoir. Pour ignorer le frisson qui remontait le long de son dos, Cayo se concentra sur ce qui l'entourait, afin de pouvoir tout décrire à Soria quand il lui rendrait visite à l'hôpital. Elle lui demanderait sûrement un compte rendu détaillé.

Il avait été invité à assez de fêtes à Moray pour savoir qu'André Basque n'avait pas lésiné sur la décoration. En lisière de Baleine, la propriété jouissait d'un espace suffisant pour qu'une large allée serpente jusqu'à l'entrée de la maison. Cayo remarqua des armoiries qui se séparèrent en deux quand le portail en fer noir s'ouvrit, un navire d'un côté, un nuage de l'autre, les deux en or pur.

– Basque possède une flotte de bateaux de créanciers, lui avait expliqué Liesl, la veille. C'est en partie comme ça qu'il a bâti sa fortune. Il fricote aussi avec les nobles de l'Empire de Pluie, et il organise souvent des galas de bienfaisance pour se faire apprécier du peuple.

– Et ça marche ? avait demandé Cayo.

– Il n'est pas encore mort, alors on dirait, oui.

– Je croyais que les gens ici détestaient les riches.

Il repensa aux regards haineux qu'avait reçus la dame en robe rose, au marché.

– Et tu as raison. Mais Basque, lui, leur fait croire qu'il donne en retour, contrairement aux autres.

Liesl avait haussé les épaules, le regard glacial.

– Ce qu'ils ne savent pas, c'est qu'il se réserve un joli pourcentage des bénéfices. Un peu comme s'il gardait pour lui la crème au-dessus du lait.

– La meilleure partie, avait confirmé Avi.

Des convives se rassemblaient dans le grand jardin : quatre carrés de pelouse parfaitement tondus, avec au centre une fontaine en pierre. Des épicéas bordaient le domaine, embaumant l'air d'un parfum délicieux, qui changeait agréablement des odeurs habituelles de la ville. La lumière se déversait des fenêtres du manoir, une imposante bâtisse en pierre avec des pignons pointus. Des colonnes en marbre, pareilles à celles du manoir des Mercado, soutenaient l'entrée, ce qui plongea Cayo dans un tourbillon de nostalgie.

Tenant à la main des flûtes de vin doré et pétillant, certains invités adressaient à Cayo et Amaya des regards curieux. Cayo leur répondait avec son plus beau sourire, celui qui creusait sa fossette. Charmés, ils reprenaient leurs conversations.

– Vous êtes bien trop doué pour ça, murmura Amaya. N'avez-vous pas dit que vous manquiez de pratique pour jouer la comédie ?

– C'est différent.

À l'intérieur du manoir, les murs étaient sculptés de moulures magnifiques et des candélabres sur pied éclairaient un somptueux escalier en marbre. Sur la gauche, le bruit de la fête s'échappait par des portes ouvertes.

Un domestique en uniforme attendait à l'entrée. Cayo lui tendit les invitations que Liesl s'était procurées et, après une rapide inspection, l'employée de maison leur fit une courbette et les laissa passer.

Amaya serra le bras de Cayo plus fort, ébahie par la splendeur de la salle de bal. Des dorures recouvraient pratiquement l'intégralité des murs si bien qu'on ne voyait plus le plâtre, et du plafond peint d'une scène pastorale à couper le souffle pendaient deux chandeliers en cristal. Des dizaines de couples en robes magnifiques et costumes élégants foulaient le sol en marbre. Le cliquetis du verre et de la porcelaine et les éclats de rire s'envolaient au-dessus de la foule, pareils à de la fumée de cigarillo.

Cayo se rendit soudain compte qu'il souriait. Sur le chemin, il s'était senti anxieux, mais à présent... il était dans son élément. Au cours des semaines passées, il avait enchaîné les expériences nouvelles, ce qui avait miné son moral et sa confiance en lui. Mais ici, dans cette ambiance, Cayo rayonnait.

Il ne pouvait ignorer l'appréhension qui le tenaillait tout de même. Mais pas pour lui, plutôt pour Amaya. Elle ne relâchait pas son emprise sur son bras. Ils attirèrent encore des regards curieux, et deux hommes interrompirent leur conversation pour les interpeller.

– On a besoin de vous sur la piste pour vous assurer qu'André Basque ne disparaît pas, leur avait dit Liesl plus tôt dans la journée. S'il quitte la salle de bal, prévenez Avi. Il viendra m'avertir. Mais montrez-vous courtois et charmants avec les invités qui vous parleront. Vous ne devez surtout pas compromettre votre couverture.

– Pardonnez-moi, lança un des hommes en solène. Je n'ai pu m'empêcher de remarquer votre robe. C'est une Martisse ?

Amaya faisait sensation, ainsi vêtue, éveillant autour d'elle autant d'émerveillement que d'envie. Comme elle ne portait aucun bijou, les yeux se dirigeaient sur ses bras scintillants, pour un effet plus renversant encore.

Cayo s'apprêta à répondre, mais Amaya fit un pas en avant, un sourire adorable aux lèvres.

– En effet, confirma-t-elle dans son solène rudimentaire, avec un accent prononcé. Quel sens de l'observation !

L'homme se redressa légèrement, ravi du compliment.

– Et vous, quel goût ! Vous venez d'arriver à Baleine ?

– Absolument, répondit Amaya.

Elle posa une main sur le torse de Cayo.

– Nous sommes originaires de Réhan. Nous venons de nous marier et sommes en lune de miel.

– Comme c'est romantique ! Baleine est l'endroit idéal pour ça. Surtout ne manquez pas de visiter les quartiers commerçants.

– Nous conseillez-vous des magasins en particulier ?

Cayo put à peine se concentrer sur la discussion, trop distrait par la main d'Amaya sur sa poitrine. Une agréable chaleur envahissait son ventre.

– … sûre que mon mari sera d'accord, dit Amaya en le regardant soudain. N'est-ce pas, mon chéri ?

Cayo sursauta, pris au dépourvu.

– Mais oui. Évidemment.

Mon mari. Il savait que c'était leur couverture, mais l'entendre de sa bouche changeait tout.

Le couple prit congé poliment. Cayo souffla, s'efforçant de ne pas écarter le col de sa chemise pour avoir plus d'air.

– Vous parlez mieux le solène que je ne le pensais, commenta-t-il, étonné.

Amaya avait effacé de son visage son sourire cordial, mais Cayo ne doutait pas qu'elle pourrait le retrouver à la première occasion.

– C'est plus facile d'apprendre en immersion. Et Liesl m'a entraînée. Ces gens-là sont si prévisibles, si faciles à berner.

Cayo se raidit. Il avait fait partie de ces gens-là. Elle lui avait réservé le même petit numéro à Moray, et il était tombé dans le panneau.

Percevant sa tension, elle lui lâcha le bras.

– Cayo…

Mais un autre groupe venait déjà vers eux. Cayo et Amaya affichèrent leurs plus beaux sourires, comme si tout allait pour le mieux.

Pourtant, l'endroit sur la poitrine de Cayo où Amaya l'avait touché continuait à brûler.

***

Cayo ne quittait pas des yeux Basque, qui s'entretenait avec quelques nobles. Ils riaient à ses plaisanteries, et une femme se permit même de poser une main sur son bras. En tant que veuf, Basque était une cible de choix pour un mariage. Cayo se demanda combien de jeunes filles avaient été envoyées par leur famille pour le séduire.

Basque avait un physique avantageux, il devait bien lui concéder cela. Grand et musclé, il possédait une autorité naturelle sans jamais paraître dominateur. Ses cheveux bruns étaient striés de gris, ce qui ne faisait qu'ajouter à son charme.

Pourquoi les pires personnes pouvaient-elles être si renversantes ?

Amaya avait elle aussi sa propre petite cour. Un groupe de femmes la complimentaient sur sa robe et l'interrogeaient sur Réhan. Elle jetait régulièrement à Cayo des coups d'œil pour qu'il vienne l'aider, mais il faisait semblant de ne rien remarquer.

Ces gens-là sont si prévisibles, si faciles à berner.

La mâchoire serrée, Cayo fit volte-face et faillit renverser un serveur.

– Excusez-moi, monsieur, lança le pauvre homme. Désirez-vous quelque chose à boire ?

Cayo examina le plateau avec ses flûtes remplies d'un liquide doré. Il crut entendre la voix de Soria, exaspérée et désapprobatrice.

Aucune importance, songea-t-il avec une moue vicieuse en acceptant. À l'écart, il but avec délice tout en gardant un œil sur Basque, qui avait rejoint un groupe d'hommes visiblement heureux de le voir, à en croire les tapes viriles dans le dos dont ils le saluaient.

Cayo leva les yeux vers la fenêtre sur laquelle Avi s'était perché. Le sans-terre lui fit signe que Liesl n'avait pas encore terminé.

Qu'est-ce qui lui prend autant de temps ?

Il sentait sur sa langue le vin fort et tonique. Il se força à le déguster par petites gorgées, afin de ne pas finir la flûte trop vite, mais il avait du mal. Ce serait si facile de s'en procurer une autre, ensuite. Les flûtes lui étaient littéralement servies sur un plateau d'argent.

Mais, quand il scruta la salle pour trouver un autre domestique, son regard s'arrêta sur une jeune femme vêtue d'une robe en soie lavande. Elle discutait avec quelques personnes dans un coin de la salle, une expression grave sur le visage et sa coupe serrée entre ses deux mains gantées.

C'était la dame qu'il avait vue au marché aux poissons, celle qui avait attiré contre elle tant de regards haineux.

Curieux, Cayo se faufila vers le groupe, faisant mine d'admirer la fresque pastorale au plafond.

– … voulais, mais c'est à croire que Lady Georgina est cousue sur son flanc, se plaignait la jeune femme.

– Ses fiançailles ont été rompues plus tôt dans l'année, expliqua une femme plus âgée. Elle est désespérée.

– Il ne perdra pas son temps avec une femme pareille, assura un homme à la voix nasillarde. Elle n'a aucune chance contre vous, Lady Deirdre. Vous êtes à la tête d'un empire en pleine croissance, tout de même.

– Vous auriez pu mieux choisir vos mots, mon cher, commenta la plus âgée.

Mais Lady Deirdre rit.

– C'est une façon de voir les choses, j'imagine. Je ne veux même pas penser aux difficultés que rencontreraient les alchimistes s'ils n'avaient pas leurs mécènes.

Cayo fronça les sourcils. Florimond ne lui avait jamais parlé de mécènes, mais il n'avait travaillé pour lui que cinq heures en tout. La pratique de l'alchimie coûtait cher, il semblait donc logique que Florimond ait besoin d'un soutien financier.

– Votre famille a eu raison de s'engager rapidement, lança une des amies de la jeune femme. L'argent qu'elle a investi lui profitera certainement. Les alchimistes progressent tous les jours dans leurs recherches.

– C'est vrai, confirma Lady Deirdre à voix basse. Il faut dire qu'on les fait travailler dur.

Elle prononça ces mots sur un ton mielleux et arrogant qui déplut à Cayo. Combien d'alchimistes cette femme et sa famille s'amusaient-elles à financer ?

Et sur quoi les faisait-elle travailler ?

– Lord Basque serait un imbécile de ne pas s'associer avec vous, déclara l'homme à la voix nasillarde. Ou de ne pas vous épouser.

– Je suis du même avis. Si seulement Lady Georgina pouvait se décoller de son bras…

– Vous ne devriez pas boire.

Amaya s'était glissée aux côtés de Cayo. Il sursauta, mais prit une nouvelle gorgée de vin pour la contrarier.

– C'est pourtant ce que font mes semblables, *ces gens-là*.

Il vit sur ses traits la colère monter, mais elle recula juste d'un pas en soupirant.

– Je suis désolée. Je ne vous mettais pas dans le lot, je pensais que vous le comprendriez.

– Je *suis* dans le lot. Ou, en tout cas, je l'étais.

– Vous valez mieux qu'eux, Cayo.

– Vraiment pas. Quand vous m'avez rencontré, j'étais exactement pareil.

Il siffla le reste de son verre d'un trait, heureux de sentir le liquide pétillant glisser dans sa gorge et le baigner d'une sensation apaisante.

– Et vous en avez profité.

Amaya regarda tour à tour la flûte vide et le visage de Cayo. Elle y lut un mélange de fureur et de gêne.

– Vous avez raison, dit-elle doucement.

Ses yeux noirs le scrutaient comme ils auraient fouillé le fond des océans à la recherche de perles.

– Et je suis désolée de ce que je vous ai fait.

Cayo resta sans voix. Avant qu'il puisse réagir, la musique retentit. Un quatuor à cordes s'était installé au fond de la salle de bal, leurs premières notes invitant les nobles à danser.

Amaya et Cayo se dévisagèrent, incertains.

Enfin, il posa son verre sur une des chaises le long du mur et lui tendit la main en la gratifiant d'une petite révérence. Pas particulièrement rassurée, Amaya accepta de le suivre jusqu'à la piste de danse.

Une énergie électrique traversa leurs doigts emmêlés. Ils se placèrent, la main de Cayo sur la hanche d'Amaya, et celle d'Amaya sur l'épaule de Cayo, à quelques centimètres de là où elle l'avait posée sur son torse.

Et ils valsèrent, virevoltant entre les autres danseurs, au rythme de la musique. Remarquant qu'ils attiraient les regards, Cayo se demanda ce que les gens voyaient : un jeune couple séduisant perdu dans son propre monde.

Les yeux plongés dans ceux d'Amaya, Cayo appuya la main plus fermement sur sa hanche et sentit le manche du couteau qu'elle cachait.

– Vos excuses sont-elles sincères ? demanda-t-il tout bas.

– Bien sûr. Je suis sincèrement désolée. Boon…

Elle secoua la tête.

– … il a peut-être été l'élément déclencheur, et croyez-moi, je lui réserve ma lame la plus tranchante, mais tout est de ma faute autant que de la sienne.

Cayo lui fut reconnaissant pour cet aveu. Il avait craint qu'elle se serve de Boon pour se dédouaner, mais il appréciait qu'elle sache admettre ses propres erreurs.

– Je comprends.

– Ce n'est qu'à cause de votre lien de parenté avec Kamon Mercado que vous apparaissiez dans ses plans. Mais vous n'êtes pas responsable de ce que vous ne connaissiez pas.

– J'aurais dû passer plus de temps dans les affaires de mon père plutôt que dans le quartier du vice. Je n'aurais sûrement pas dû retourner chez le Roi Racaille. J'aurais dû…

Il poussa un soupir.

– Je ne sais pas ce que j'aurais dû faire.

– Concentrons-nous alors sur ce que nous devons faire maintenant, proposa Amaya. Aider Liesl, trouver le bénéficiaire, et sauver votre sœur… ainsi que Moray.

– Et mon père ? Que fait-on de lui ? Et Boon ?

Le visage d'Amaya se rembrunit, affichant une expression froide et blessée. Le sourire charmant appartenait à la comtesse Yamaa, le froncement de sourcils inquiet à Amaya. Apercevait-il Anguille derrière ces traits sévères ?

– Ils paieront pour tout le mal qu'ils ont causé, murmura-t-elle.

Cayo prit alors conscience que leurs corps s'étaient rapprochés. Elle pressait contre lui sa poitrine, son souffle lui caressait la nuque.

– Ils ont tué mon père et détruit ma vie. Et la vôtre aussi, et celle de Soria. Ma soif de vengeance n'aura de cesse que justice soit rendue.

Un frisson le traversa. Il voulut protester, mais il se ravisa en se rappelant que Soria gisait sur un lit d'hôpital. À cause de son père. Son père était responsable de ce désastre et de tout le reste.

– Vous…, commença Amaya, mais sa voix faiblit et Cayo replongea son regard dans le sien.

Il y vit une tempête de danger et de désir. Mais pas pour lui. C'était la détermination qu'il y lisait. Son cœur accéléra, son emprise se resserra. Amaya retint sa respiration, comme quand elle l'avait maquillé dans l'appartement.

– Regrettez-vous de m'avoir rencontrée ? demanda-t-elle enfin.

Il ne s'était pas attendu à cette question et ignorait comment y répondre. Regrettait-il de la connaître ? Une semaine plus tôt, une heure plus tôt, même, il aurait dit oui. Mais plus à cet instant, dans ses bras, les battements affolés de son cœur contre son torse.

Son regard descendit sur la peau nue de son décolleté. Il frémit d'envie à l'idée de poser les lèvres sur ses courbes attirantes, de découvrir leur chaleur. Amaya frissonna contre lui, comme si elle avait lu dans ses pensées. Les doigts de la jeune fille s'enfoncèrent dans son épaule.

Le morceau prit fin et les nobles autour d'eux applaudirent poliment le quatuor. Cayo revint rapidement à lui. Il se dégagea et reprit sa respiration comme s'il était resté trop longtemps en apnée. Les pupilles dilatées, les joues écarlates, Amaya lissa nerveusement sa jupe. Pour éviter de le regarder, elle scruta la salle de bal.

Basque. Cayo ne le vit nulle part.

Bon sang.

Il se pressa jusqu'au centre de la piste et fit signe à Avi, se tapotant l'arrière du crâne comme pour se recoiffer. Le sans-terre fila aussitôt.

– Liesl met bien trop de temps, murmura Amaya en rassemblant ses jupons dans ses mains. Je vais la chercher.

– Attendez...

Mais elle sortait déjà de la salle en courant. Il ne put la retenir.

– Une dispute d'amoureux ? lui demanda un noble éméché en riant.

– La ferme, rétorqua Cayo en réhanais.

Il eut à peine le temps de savourer la mine offensée de l'individu avant d'emboîter le pas à Amaya.

13

Ceux qui ont des secrets trouvent souvent
le moyen de les exhiber au vu et au su de tous.
L'impératrice Camila de l'Empire de Pluie

Amaya se dirigea vers l'escalier, s'efforçant de ne pas courir. Le frottement de sa jupe contre ses jambes attirait l'attention des quelques invités réunis dans l'entrée. Elle leur adressa un sourire chaleureux, qui leur donnait l'impression qu'elle savait parfaitement où elle allait.

Liesl leur avait griffonné un plan de la maison, mais Amaya peinait à se le remémorer. En haut des marches, elle regarda à droite et à gauche, incapable de se rappeler quel couloir menait au bureau de Basque.

– À droite, déclara une voix derrière elle.

Elle sursauta et fusilla Cayo du regard en se retournant.

– Qu'est-ce que vous faites là ? Vous auriez dû rester dans la salle de bal.

– Je ne suis bon qu'à ça ? Faire la fête ?

– Ce n'est pas le moment de parler de vos complexes.

Elle s'engagea dans le couloir de droite, le tapis rouge amortissant sa foulée. Cayo la suivit.

– Vous devez y retourner pour éviter d'éveiller les soupçons.

– Tous les yeux étaient sur vous, protesta-t-il. S'ils me voient seul, c'est là qu'ils vont commencer à se poser des questions.

– Alors dites-leur que le mariage est terminé !

– Reconnaissez juste que vous me pensez inutile.

– Quoi ? Je n'ai jamais…

Amaya s'immobilisa et attrapa Cayo par le bras. Elle posa un doigt sur ses lèvres et fixa l'angle du couloir, spacieux et élégant.

Des piliers soutenaient des vases et des bustes. Les portes se trouvaient à bonne distance les unes des autres. L'une d'elles venait de s'ouvrir. Deux hommes en sortirent avant de la verrouiller derrière eux.

André Basque.

– Vous aurez votre propre navire d'ici peu, assurait-il à l'autre homme, une main sur son épaule. Il ne vous reste qu'à trouver un capitaine digne de ce nom. Je suis ravi d'ajouter un investisseur à ma flotte.

– Vous êtes trop bon, monseigneur.

Ils longèrent alors le couloir en direction de l'escalier.

Paniquée, Amaya se tourna vers Cayo et saisit les revers de sa veste.

– Embrassez-moi.

– Quoi ?

– J'ai dit : « Embrassez-moi » ! murmura-t-elle alors que les pas approchaient.

Cayo ne comprenait pas ce qui lui prenait.

– Mais… je ne peux pas…

En grognant, Amaya l'attira contre elle, son dos heurtant le mur derrière elle. Se hissant sur la pointe des pieds, elle colla sa bouche sur le cou de Cayo.

Il se figea. Elle le sentit se crisper contre elle quand elle déposa un nouveau baiser sur sa peau brûlante et douce. Son pouls battait la chamade. L'odeur de Cayo l'enivra, lui rappela une pluie battante, une brise parfumée dans les feuilles des palmiers.

Il voulut se dégager. Elle le mordit.

Cayo laissa échapper un léger gémissement, qui vibra dans sa poitrine jusqu'à celle d'Amaya et soudain une chaleur monta en elle. Elle en perdit pratiquement l'équilibre et le petit son implorant qui sortit de sa bouche fut étouffé dans le cou de Cayo.

Et elle prit conscience, avec effroi, qu'elle était attirée, aimantée, par Cayo Mercado, le fils de l'homme qui avait gâché sa vie.

Quel dieu avait-elle offensé pour en arriver là ?

Une toux polie les interrompit. Amaya et Cayo se séparèrent d'un bond pour découvrir Basque et son associé à côté d'eux.

– Je suis désolé de devoir jouer les rabat-joie, déclara Basque, un sourire amical aux lèvres. Mais la fête se déroule exclusivement au rez-de-chaussée.

Amaya prit alors son air le plus bête, se forçant même à glousser.

– Mille excuses, monseigneur, je suis confuse ! J'essayais juste de trouver la salle de bain et je me suis laissé distraire.

– Je comprends. Nous avons tout ce qu'il faut en bas. Vous le saurez pour la prochaine fois.

Il lança un coup d'œil à la veste froissée de Cayo.

– Je vous accorde quelques minutes pour vous remettre de vos émotions.

– Merci, monseigneur ! lança Amaya.

Basque hocha la tête et s'éloigna avec son associé, qui décocha à Amaya un regard libidineux. La jeune fille effaça son sourire dès qu'ils eurent disparu et se précipita vers la porte verrouillée.

Elle ne pouvait pas prendre le temps de penser à ce qui venait de se passer. Elle s'y refusait. De son côté, Cayo semblait sonné, le souffle court, les yeux grands ouverts.

Amaya tenta de forcer la porte.

– Liesl ?

Basque aurait sûrement appelé un garde s'il l'avait trouvée là.

Le verrou tourna et Liesl leur ouvrit pour les laisser entrer dans le bureau sombre de Basque.

– Par quel miracle ne t'a-t-il pas attrapée ? demanda Amaya, quand ils furent en sécurité à l'intérieur.

– Avi a lancé le signal à Deadshot, qui m'a avertie en sifflant. Je me suis cachée sous le bureau. S'ils avaient fait le tour de la table et qu'ils m'avaient vue... nous n'aurions pas cette conversation.

Sa voix vacilla légèrement. Amaya prit les mains de Liesl dans les siennes pour en arrêter le tremblement.

– Tout va bien, assura-t-elle. As-tu trouvé ce qu'il nous faut ?

– Dans un sens. J'ai ratissé toute la pièce et voici le résultat.

Elle s'approcha de la fenêtre illuminée par le clair de lune, et sortit de sous sa chemise un livre de comptes.

– Il tient des registres particuliers, expliqua Liesl doucement.

Amaya ne l'avait jamais vue aussi ébranlée.

– Le point culminant de toutes ses transactions financières. Il est daté de l'année où Adrienne et moi...

Elle déglutit.

– Qu'y avez-vous trouvé ? demanda Cayo.

– C'est bien le problème. Tout est codé.

Liesl ouvrit le livre sur des pages entières d'un langage qu'Amaya ne reconnut pas : des formes et des signes étranges.

– Pas étonnant qu'il fasse ça, ce paranoïaque profond. Il me faudra du temps pour le déchiffrer.

– Alors copions les pages datant de votre capture, murmura Amaya. Vite.

– Je m'en occupe, proposa Cayo.

Après une courte hésitation, Liesl lui donna le livre et chercha du papier vierge.

– Si Adrienne a été condamnée à devenir une sans-terre, comme moi, on découvrira peut-être où elle a été envoyée, déclara Liesl alors que Cayo s'installait derrière le bureau de Basque.

– Et si elle n'est pas devenue une sans-terre ? demanda Amaya.

Liesl fronça les sourcils vers le livre de comptes.

– On le saura vite. Et jusque-là…

Elle se tourna vers l'étagère la plus proche.

– Je vais essayer de creuser encore un peu dans la boue.

Amaya se mit à arpenter la pièce, les bras croisés, jetant de petits regards vers la fenêtre pour s'assurer que Deadshot et Avi allaient bien. La plume de Cayo frottait sur le papier et le bruit s'ajoutait à la respiration accélérée et aux mouvements nerveux de Liesl.

Soudain, Amaya entendit des pas dans le couloir.

– Il revient, murmura-t-elle, affolée, en faisant signe à Cayo de remballer. Nous devons partir.

Il accéléra.

– Il ne me reste plus que quelques lignes.

– Allons-y, insista Liesl, alors que la voix de Basque leur parvenait, étouffée par le bois.

– … nous trouverons un arrangement.

– C'est exactement ce que j'espérais, lui répondit une voix de femme, aiguë et chantante.

Cayo se leva du fauteuil sans cesser d'écrire. Alors que la clé tournait dans la serrure, Amaya lui arracha la feuille, ce qui la macula d'une traînée noire dans le coin en bas.

Liesl referma le registre et le rangea à sa place, tandis qu'Amaya poussait Cayo vers la fenêtre.

– Il restait deux symboles ! gronda-t-il.

– Si vous voulez être jeté en prison, je vous en prie, riposta Amaya en le poussant sur le bord de la fenêtre.

Cayo se plaqua contre le mur, tâchant de ne pas regarder le jardin en dessous.

Amaya se faufila dehors à sa suite et se retourna vers Liesl. Mais celle-ci se tenait à côté de la porte, une main sur sa hanche, là où elle avait son couteau.

– Pas aujourd'hui, lança Amaya.

Liesl croisa son regard. Les rôles s'inversaient, songea Amaya. C'était son tour de raisonner son amie, qui se montra plus sensée qu'elle, parce qu'elle obéit aussitôt.

Quand la porte s'ouvrit, elle venait de refermer la fenêtre. Liesl se pressa contre le mur. Une lanterne dans le bureau éclaira alors la pelouse d'une lumière douce.

Amaya inspira et ferma les yeux, la tête appuyée sur la pierre froide et dure. L'air de la nuit caressait ses épaules nues. Sa robe se gonfla autour de ses jambes.

Elle tenait toujours la feuille serrée entre ses doigts. Elle la fourra dans son décolleté, pour qu'elle ne s'envole pas. Cayo laissa échapper un son étouffé à côté d'elle, et elle ne sut s'il avait le vertige ou s'il était choqué par son manque de manières.

– Je dois bien le reconnaître, les affaires de votre famille m'ont rendu particulièrement jaloux, concéda Basque, d'une voix grave et étouffée par la vitre. Je suis impatient d'en découvrir plus.

– Peut-on vraiment parler d'affaires ? répliqua la femme, modeste.

Amaya reconnut aux inflexions de sa voix qu'elle cherchait à le séduire. Elle-même avait usé du même ton à maintes occasions.

– Je parlerais plutôt de charité. Votre point faible, n'est-ce pas, monseigneur ?

– N'ai-je pas organisé un gala de bienfaisance ? demanda Basque en riant.

Cayo toucha l'épaule d'Amaya.

– Je reconnais cette voix, murmura-t-il. Je l'ai entendue dans la salle de bal, c'est Lady Deirdre. Sa famille finance plusieurs alchimistes de la ville.

– Je pense que votre influence peut grandement bénéficier aux affaires de ma famille, continuait la femme.

La lumière vacilla légèrement, alors qu'elle s'approchait de lui.

– Subvenir aux frais des alchimistes se révèle coûteux, comme vous devez le comprendre.

– Bien sûr, répondit-il doucement. Cela se comprend volontiers, étant donné ce qu'ils accomplissent. J'ai vu une de leurs inventions les plus récentes, une lanterne qui change de couleur pour mieux repérer les taches de sang délavées. Très utile pour les gardes de la ville.

– En effet. Et, maintenant qu'ils cherchent un remède pour cette affreuse maladie, les dépenses augmentent encore. J'ai entendu dire que vous-même vous intéressiez à l'alchimie. Avec votre fortune et votre réputation, et avec nos entreprises commerciales, je suis certaine que nous pouvons changer les choses. Pas seulement pour la ville, mais pour tout Chalier. Pour l'Empire de Pluie.

Liesl serra les poings. Amaya craignit qu'elle retourne dans le bureau pour les éliminer tous les deux.

– Je ne savais pas que vous étiez si attachée à l'empire, répliqua Basque.

– Comme nous tous.

– En théorie, je suppose, dit-il, amusé. Afin de garder notre statut, nos titres. Mais la plupart d'entre nous cracheraient volontiers à la face de l'empereur et de ses hommes.

– Pas moi, je vous assure.

Froissement de tissu. Elle devait s'être assise sur le bord du large bureau.

– Et vous non plus. Permettez que je formule une conjecture. Imaginons que nous ajoutions encore plus d'armes à l'arsenal militaire. Et que le pouvoir des alchimistes vienne satisfaire les caprices de l'empire.

Liesl se crispa et Amaya se raidit.

– Et quel caprice en particulier ? demanda Basque.

– L'empire a été bâti sur la conquête et la prise de pouvoir militaire. Et si le travail des alchimistes entrait dans l'équation ?

– Je vois... Alléchant, en effet. Cela nous aiderait dans nos rapports avec l'Empire de Soleil.

– Ainsi qu'avec les autres territoires, n'est-ce pas ? Des territoires que nous voulons annexer depuis longtemps.

– C'est un sacré investissement.

Les mots de Basque semblaient plus lointains, comme s'il se représentait déjà l'avenir, le goût du pouvoir.

– Mais je suis sûr que même mes coffres n'y suffiraient pas.

Lady Deirdre émit un petit rire profond.

– Vous n'avez pas à vous en faire pour cela, monseigneur. Investissez la somme que vous désirez et je me charge du reste. Vous seriez étonné de constater combien un seul solsta peut valoir.

– Et vous en avez des caisses entières, n'est-ce pas ?

– Bien plus encore, ronronna la femme.

Dehors, les trois complices attendirent que Basque et Deirdre continuent leur jeu de séduction, jusqu'à ce que la lanterne s'éteigne et que la porte se referme. Cayo laissa échapper un long soupir tremblant.

– Bon sang, murmura-t-il. Est-ce que…

– Attends qu'on redescende, l'interrompit Liesl.

Ils avancèrent le long du mur jusqu'à une gouttière. Premier de la file, Cayo adressa un regard paniqué à Liesl.

– Au pire, tu atterris dans un buisson, le rassura-t-elle.

Avi et Deadshot les attendaient en bas. Cayo agrippa le tuyau en pestant et parvint à atteindre la moitié de la hauteur avant de lâcher. Heureusement, Avi le rattrapa.

– Pas gagné qu'on fasse de toi un cambrioleur, plaisanta

Avi, alors qu'Amaya se préparait à rejoindre ses trois compagnons.

Cayo poussa un grognement nauséeux.

– Si vous regardez sous ma jupe, je vous assassine, les mit-elle en garde.

Elle descendit lentement, les pieds plaqués contre le mur, son cœur tambourinant dans sa poitrine jusqu'à ce qu'elle atteigne la terre ferme.

Ils attendirent Liesl, qui arriva plus rapidement et discrètement que les deux autres. Deadshot l'enlaça et Liesl la serra contre elle, soulagée, avant de se dégager.

– Qu'est-ce qu'on a entendu ? demanda Cayo en désignant le bureau au-dessus d'eux. Les nobles veulent exploiter les recherches des alchimistes pour des efforts de guerre ?

– J'en ai tout l'impression, confirma Liesl, froidement. À en croire ce que Deirdre en disait…

– C'est peut-être elle, la bénéficiaire, compléta Amaya.

Les autres se tournèrent vers elle, le regard approbateur.

– Sa famille finance la plupart des alchimistes de la ville, déclara Cayo. Et, si elle réfléchit déjà à les utiliser comme armes, l'une d'elles pourrait bien être les fausses pièces.

– Elle a des vues sur d'autres territoires, ajouta Liesl. Elle parle manifestement de Moray. L'empire veut l'annexer depuis des années, et, grâce aux contrefaçons, il est très affaibli. Si sa famille aide l'empire, elle deviendra aussi puissante que la famille royale.

Le silence les enveloppa et Amaya frissonna autant de froid que de sidération.

– Cayo, lança soudain Liesl, le faisant sursauter. Ton alchimiste, Florimond. Il faut que tu découvres qui est son mécène et sur quoi il travaille exactement. Il est tout à fait possible que certains cherchent un remède pour la fièvre pendant que d'autres sont à la solde du bénéficiaire. On doit comprendre le plus vite possible qui est qui.

Cayo hocha la tête, tiraillé entre incertitude et détermination.

– Pendant ce temps, il faut qu'on en apprenne davantage sur les Deirdre, déclara Liesl, sévère. Et qu'on déchiffre le code de Basque.

Deadshot et Avi les conduisirent vers la carriole où les attendait Jasper. Alors qu'ils disparaissaient dans la nuit, Liesl garda une main constamment posée sur son poignard – sa mission n'était pas encore accomplie.

14

> Quand vous pariez, assurez-vous de connaître vos limites. Même le meilleur des joueurs peut être ruiné en une nuit seulement.
>
> *Les ficelles des jeux et des paris*

Le lendemain, Cayo raconta tout bas à Soria les évènements de la veille. Le choc qui s'afficha sur le visage pâle de sa sœur lui apporta une satisfaction embarrassante.

– Cayo, lâcha-t-elle, stupéfaite en toussant un peu. Tu n'as pas fait ça !

– Eh si. J'ai failli me casser une jambe, mais je suis officiellement un voleur, maintenant.

Soria rit à se déclencher une nouvelle quinte.

– N'en sois pas si fier !

– Je ne suis pas fier, se défendit-il. Mais, une fois l'opération terminée, je me sentais plein d'énergie. C'était incroyable ! Comme quand…

Il laissa sa phrase en suspens, de peur de raviver le passé, mais Soria comprit ce qu'il avait en tête sans qu'il ait besoin de le formuler.

– Quand tu jouais dans le quartier du vice, finit-elle pour lui, un sourcil levé.

Il lui adressa un sourire timide.

– Exactement. J'ai éprouvé la même excitation que lorsque je gagnais une partie de cartes.

– Oh, Cayo. D'abord joueur pour le compte du Roi Racaille et maintenant voleur qui cambriole les riches. Tu es vraiment immoral.

– Il y a pire, protesta Cayo. Et puis ne t'inquiète pas. Ça ne va pas devenir une habitude.

– J'espère bien. Mais, si ça le devient, tu as intérêt à me trouver une belle robe !

Elle se détourna pour tousser dans son coude. La quinte bien plus violente cette fois, et tout son corps semblait pris de convulsions.

Impuissant, Cayo lui tint la main jusqu'à ce qu'elle se remette. Alors qu'elle tentait de retrouver son souffle, il lui essuya les coins de la bouche et des yeux. Il examina la tache grise sur son cou qui s'étendait régulièrement vers son visage et sa poitrine.

– Je n'ai plus l'impression que son état s'améliore, avait-il fait remarquer à mère Hilas la veille, en quittant la chambre de Soria.

– Il est difficile de prédire comment chaque patient va réagir aux médicaments, avait-elle répliqué en posant une main sur son épaule pour le réconforter. On ne peut qu'observer et continuer à lui administrer le traitement, jusqu'à ce qu'un remède soit enfin trouvé. Je sais que vous auriez aimé qu'il en soit autrement, mais c'est la réalité.

Seulement, après ce qu'ils avaient entendu à la fête, il se demandait combien d'alchimistes concentraient vraiment leurs recherches sur la fièvre.

Liesl avait déposé Avi et Deadshot devant le manoir des Deirdre, à la lisière de la ville. Robin Deirdre était la bénéficiaire, c'était certain. S'ils découvraient quels alchimistes travaillaient pour elle – ceux qui fabriquaient les fausses pièces –, ils avaient une chance de stopper complètement la production.

– Cayo ? appela Soria, sourcils froncés. Tu as l'air inquiet. Qu'est-ce que tu me caches ?

En inspirant, il serra la main de sa sœur. Elle serra la sienne en retour, avec le peu de force qu'elle avait.

– Je ne peux pas te raconter précisément ce qui s'est passé, répondit-il doucement en regardant autour de lui. Mais je pense qu'on a une piste pour arrêter le trafic de contrefaçons. Probablement. Ça dépendra des informations qu'on pourra trouver.

– Oh ! C'est une excellente nouvelle !

– En effet. Mais nous n'en sommes qu'à la première étape.

Il avait l'impression de se tenir au pied d'un mur incroyablement haut, sans aucun équipement pour le gravir.

– Je ne sais même pas comment réparer tout le mal qui a été fait.

Soria sentit ses yeux la brûler.

– Si je revois un jour notre père… Je n'ai jamais été aussi furieuse de toute ma vie, Cayo.

– Je sais.

Il lui prit les deux mains. Ses doigts étaient glacés.

– Je ferai tout ce qui est en mon pouvoir pour mettre un terme à ce trafic. Et pour veiller à ce que les alchimistes trouvent un remède.

Elle sourit, à la fois triste et fière de son frère.

– Parle-moi de la robe d'Amaya, lança-t-elle, enthousiaste.

Cayo se mordit la lèvre. Il revit Amaya dans sa robe, Amaya qui l'appelait son mari, qui dansait avec lui, se pressait contre lui dans le couloir. Quand ses lèvres avaient touché sa peau, il avait cru que la foudre le frappait.

Il n'en revenait toujours pas. Pas plus que de leur incroyable évasion du manoir de Basque.

– Par tous les dieux et toutes les étoiles du ciel, tu rougis, remarqua Soria en gloussant. Qu'est-ce que tu as omis de me raconter ?

– Quoi ? Rien !

Mais il devint plus écarlate encore.

– Tais-toi, la gronda-t-il.

– Elle devait être vraiment très belle, cette robe, murmura Soria.

– Mmh.

Il se racla la gorge.

– Elle te plairait. C'est une Martisse.

– Ohhh, lâcha Soria avant de lever les yeux vers le plafond. Je veux une Martisse. Va m'en voler une, Cayo.

– Je ne crois pas être assez doué pour l'instant. Et n'oublie pas que je travaille encore au marché aux poissons. Et chez Florimond aussi.

– Je m'en souviens, oui, lança Soria, amusée. Je suis vraiment fière de toi. Tu tiens bon. Merci, Cayo.

Il lui embrassa le dos de la main.

– Je ferais absolument tout pour toi.

– Trouve-moi une nouvelle robe.

Il se leva en riant.

– Je vais voir ce que je peux faire.

Alors qu'il se rendait au marché, le ciel au-dessus de lui se déclinait en bleu et en rose. Il avait décidé de passer à l'hôpital une heure le matin et une heure le soir. Il n'aurait pas eu la patience d'attendre une journée entière pour raconter à sa sœur ce qui s'était passé la veille. Ainsi, il pourrait également régler son dernier versement à l'administrateur, après son travail chez Florimond.

Et, avec un peu de chance, il en apprendrait plus pour Liesl.

– Toi air heureux, remarqua Victor tandis que Cayo installait le stand.

– Ah oui ?

C'était peut-être à cause de l'adrénaline qui coulait encore dans ses veines. Même si leur escapade de la veille avait été effrayante, et la découverte de l'identité de la bénéficiaire terrifiante, il devait bien reconnaître qu'il ne s'était pas senti aussi vivant depuis longtemps. Cela lui rappelait les histoires qu'il lisait enfant, les héros qui bravaient les dangers autant pour sauver leurs semblables que pour connaître des sensations fortes.

– J'aime pas ça. Baisse la tête, travaille !

Exaspéré, Cayo s'exécuta. Maintenant qu'il avait ses petites habitudes, travailler pour Victor lui paraissait moins insupportable.

Mais était-il heureux pour autant ? L'idée l'inquiéta. Cela faisait des années qu'il n'avait pu se dire heureux. « Heureux » n'était sans doute pas le bon terme. Peut-être simplement qu'il prenait ses marques et trouvait de petites astuces pour se rendre la vie plus supportable.

Comme le souvenir des yeux noirs d'Amaya, la chaleur de ses lèvres sur sa peau. Ses excuses qui reconstruisaient le pont entre eux.

– Qu'en pensez-vous ? demanda Cayo en s'adressant au poisson dans sa main. Est-ce qu'elle… est-ce qu'entre nous… est-ce que ça pourrait être réparé ?

Le poisson le fixa, yeux vides, gueule ouverte.

– Ouais, pareil.

***

Dans l'arrière-boutique de Florimond, Cayo faillit lâcher la boîte qu'il tenait. Il finissait de décharger la nouvelle livraison, et, à en croire son poids, Florimond s'était commandé des pierres.

– Attention ! gronda l'alchimiste, penché sur une fiole en verre d'où s'échappait une odeur d'œuf pourri.

Toute une table était occupée par différents verres à bec et autres récipients tels que des barriques, des boîtes et des amoncellements de métal cachés sous des bâches. La pièce était envahie par toutes sortes d'objets et il y faisait étrangement chaud, comparé à la fraîcheur dehors.

Appuyé sur une des boîtes, Cayo s'essuya le front.

– Il y a quoi dedans ?

– De l'hématite, grommela Florimond, plus concentré sur son expérience que sur la réponse qu'il donnait à Cayo.

– C'est quoi ?

En soupirant, l'homme posa sa fiole.

– Un type de minerai qu'on trouve dans les roches sédimentaires.

– À quoi elle vous sert ? C'est pour trouver un remède contre la fièvre ?

L'homme le dévisagea par-dessus ses lunettes et Cayo esquissa un sourire innocent. Il entendait déjà les reproches de Liesl. Manifestement, il n'était pas très doué pour jouer les espions.

– Je ne te paye pas pour mettre le nez dans mes affaires. Je te paye pour travailler. Allez, va passer le balai.

Cayo hésita. Il aurait voulu rester dans l'arrière-boutique plus longtemps, attendre que Florimond soit suffisamment plongé dans son expérience pour fureter autour de lui.

Seulement, il marchait déjà sur des œufs. Il s'empara du balai sur le crochet et partit dans la boutique. Se lever plus tôt pour aller voir Soria l'avait fatigué, et il avait déjà passé toute la journée au marché aux poissons, mais l'excitation à l'idée de toucher bientôt au but, de connaître le fin mot de l'histoire lui permettait de tenir debout.

Un client entra pendant que Cayo époussetait les étagères. Florimond s'occupa de lui et, quand il fut parti, l'alchimiste toussa ostensiblement dans la direction de Cayo.

– Soulève les choses si tu veux bien faire. Tu ne peux pas juste tourner autour.

– Désolé, s'excusa-t-il, sans expliquer qu'il n'avait pas osé toucher aux objets sur les étagères de peur de les casser ou d'en modifier l'agencement.

Prudemment, il s'empara du bocal qu'il avait vu lors de sa première visite, celui qui contenait un épais liquide argenté.

– Du mercure, indiqua Florimond subitement.

– Hein ?

– Je sais que tu voulais me le demander.

Florimond s'appuya contre le comptoir tel un vieux lion grincheux qui observe sa proie dans un champ.

– Le mercure possède un grand nombre de propriétés. On peut l'utiliser pour extraire de l'or, pour fabriquer des explosifs et même pour recréer le pouvoir des éclairs. C'est un poison extrêmement dangereux. On peut devenir fou en le manipulant.

Tout doucement, Cayo reposa le récipient.

– Je vois.

– Tu as envie de devenir alchimiste ?

– Ah, je ne crois pas...

Il tenta de se voir à la place de Florimond, mais l'idée lui parut presque aussi ridicule que son rêve d'enfant de devenir aventurier.

– Alors pourquoi me poses-tu tant de questions ?

Cayo haussa les épaules. Pour éviter d'éveiller les soupçons, il devait jouer la carte de la curiosité gratuite. Mais le pistolet qu'il sentait dans sa poche ne lui rendait pas la tâche facile.

– C'est cette épidémie. Je me demande quand les alchimistes trouveront une solution. J'ai entendu dire que vous cherchiez un remède.

Sans répondre, Florimond retourna dans son arrière-boutique. Cayo se remit à la tâche en soupirant. Quand il replaça le balai sur le crochet, il trouva Florimond devant une étagère, sur laquelle une boîte était ouverte. L'alchimiste lisait une lettre, la mâchoire serrée.

En remarquant Cayo, il se dépêcha de ranger le papier et referma aussitôt le couvercle.

– Tu m'as dit que tu t'occupais de ta sœur, lança Florimond. Elle a la fièvre, n'est-ce pas ?

Cayo se figea. Il avait trop parlé.

– Je...

L'homme le fixait de son air renfrogné, mais une lourdeur que Cayo n'avait jamais vue dans ses yeux avait remplacé son agacement habituel.

– Beaucoup de gens sont malades. C'est normal que tu veuilles savoir comment avancent les recherches.

– Et comment avancent-elles ?

Florimond désigna les feuilles éparpillées sur chaque surface.

– Lentement. Tant que nous n'aurons pas trouvé un moyen de guérir la maladie causée par les cônes de mer, nous ne ferons que tirer des flèches dans le noir.

– Est-ce que c'est Robin Deirdre, votre mécène ?

Florimond regarda soudain Cayo comme s'il avait été invisible jusque-là.

– Comment connais-tu Robin Deirdre ?

– Elle est venue au marché l'autre jour, expliqua-t-il, sa nuque dégoulinant de transpiration. J'ai entendu les gens parler d'elle.

Là, au moins, il ne mentait pas.

– Il est certain qu'elle exerce une influence sur les alchimistes de cette ville, concéda Florimond en détournant les yeux. Mais non, elle ne finance pas mes recherches.

Cayo réprima un soupir de soulagement.

– Je suis désolé pour ta sœur, grommela l'alchimiste, sans le regarder. Nous travaillons de notre mieux pour trouver un remède.

Cayo hocha la tête, sans savoir quoi répondre.

– Si je peux aider…

Florimond grogna. Apparemment, c'était le mode de communication favori dans cette ville. Il congédia Cayo d'un geste de la main.

– Si tu ne connais pas les rudiments de l'alchimie, je doute que ce soit possible, conclut-il en revenant à son expérience. Mais je te dirai si j'ai besoin de toi. Tu peux partir. Ta paye est sous le comptoir.

Il n'avait pas glané beaucoup d'informations à rapporter aux autres, mais un début, tout de même. Au moins, il savait que Florimond était un de ceux qui cherchaient un remède à l'épidémie.

Il ne restait donc plus qu'à découvrir qui dans cette ville était financé par Deirdre.

***

Avec le salaire de sa journée de travail en poche, Cayo retourna à l'hôpital pour payer l'administrateur. Même si le premier traitement n'avait pas inversé les effets de la fièvre et que, selon Florimond, on était encore loin de trouver un remède, il ne pouvait s'empêcher de sentir l'espoir naître dans son cœur.

Soudain un sifflement déchira l'air.

Cayo regarda par-dessus son épaule. Les trois voleurs le suivaient comme des loups attirés par l'odeur du sang. Ils souriaient à pleines dents.

Son estomac se noua. Ils l'avaient catalogué comme une proie facile, une victime à dépouiller aussi souvent qu'ils le voulaient sans risque. Non, c'était bien pire. C'était devenu pour eux un jeu où ils ne perdaient jamais.

Cayo espéra que les quelques passants présents à cet instant feraient tampon entre les voyous et lui. Mais, alors qu'il accélérait le pas, il se dit qu'il ne pouvait les conduire ni à l'hôpital ni à l'appartement. S'ils connaissaient ses trajets habituels, ils pourraient lui sauter dessus plus régulièrement encore. Et, s'il se cachait dans un magasin pour les éviter, ils attendraient simplement qu'il sorte pour reprendre leur traque.

Il devait les affronter et s'assurer que ce soit la dernière fois.

Il s'engagea dans une allée étroite. Leurs pas résonnèrent derrière lui, de plus en plus rapides. Son cœur tambourinant dans sa poitrine, il cherchait un endroit où il pourrait s'arrêter.

Il déboucha enfin sur un petit croisement entre deux ruelles. Un cheval à bascule était posé contre la façade d'un immeuble et sur le trottoir gisaient des os de poulet. Cayo s'appuya contre le mur et attendit.

Ils arrivèrent tous les trois par une autre allée. Le plus petit des garçons semblait étonné de le voir ainsi, mais son air surpris fut rapidement remplacé par un sourire radieux.

– Regardez, il est devenu plus malin. Il sait qu'il vaut mieux en finir.

– Oh, moi j'aimais bien quand il se défendait, bouda la fille.

– On peut quand même s'amuser un peu, proposa le plus grand. On la joue en trois rounds.

– J'adore !

– Non, c'est terminé, ça, déclara Cayo d'une voix ferme. Je ne serai plus votre jouet.

– Ouch ! lâcha le plus petit en reculant comme s'il avait été frappé dans le ventre. Comment un aussi beau gars peut dire des choses aussi méchantes ? Je vais lui apprendre sa leçon.

– Vas-y, l'encouragea la fille en sautillant, une étincelle d'excitation dans les yeux. Je veux voir ça !

Les trois voleurs se rapprochèrent. Cayo inspira profondément.

Il tira son pistolet de son pantalon et arma le chien avec son pouce avant de viser le plus petit dans la poitrine.

– N'avancez plus.

Les voleurs s'immobilisèrent. Pour une fois, Cayo lut la terreur dans leurs yeux.

– Eh ! s'écria le plus petit. C'est de la triche !

– Et trois contre un, ça s'appelle comment ? objecta Cayo. Vous ne me prendrez plus une seule pièce. En fait, vous m'en devez même plusieurs.

Les voyous échangèrent des regards confus. La fille se dandinait d'un pied sur l'autre.

– On n'a rien sur nous. T'étais notre première victime.

– Alors on est dans une impasse. Je vous conseille de partir.

Le plus petit avança en grimaçant, mais Cayo releva son arme pour viser la tête. Le garçon s'arrêta net.

– Je vous ai dit de partir, répéta Cayo.

Le garçon cracha par terre entre Cayo et lui.

– Garde-les, tes pièces. Allons-y.

Ils filèrent, jetant des coups d'œil furieux à Cayo par-dessus leurs épaules. Il ne bougea pas avant que le bruit de leurs pas ait disparu. Il prit alors une longue inspiration de soulagement et s'appuya sur ses genoux.

– J'ai réussi, lâcha-t-il en riant légèrement. J'ai réussi !

Même s'il éprouvait quelques scrupules à les avoir menacés avec son arme, l'espoir qu'il avait ressenti en quittant l'alchimiste grossissait en lui. Bien calée dans son pantalon, Jazelle le rassurait. Il avait repoussé ses agresseurs tout seul. Il s'en était tiré en gardant son argent pour Soria.

C'était peut-être cela, le bonheur.

Cayo gravit deux par deux les marches de l'hôpital, porté par l'adrénaline. Il passa devant la chambre de sa sœur en se rendant chez l'administrateur, une main dans la poche pour prendre l'argent qu'il lui devait.

Il frappa à la porte et, quand il l'ouvrit, se figea sur place.

Assise dans le fauteuil de l'administrateur, mère Hilas fixait le mur d'un regard vide. En l'entendant entrer, elle leva les yeux vers lui.

– Quelque chose ne va pas ? demanda Cayo en scrutant l'endroit. Où est l'administrateur ?

Mère Hilas le dévisagea et des larmes coulèrent sur ses joues.

– Parti, murmura-t-elle d'une voix rauque. Il est parti.

Le cœur de Cayo s'emballa.

– Que voulez-vous dire ? A-t-il contracté la fièvre ?

– Non, répondit-elle en tremblant avant de prendre son visage dans les mains. Il... il a tout pris. L'argent des patients pour leur traitement expérimental... tous les médicaments... Il a tout pris et il est parti. Voilà pourquoi l'état des patients s'aggrave. Il avait remplacé leur traitement par un placebo. Il a sûrement l'intention de le vendre au marché noir, trois fois plus cher.

Cayo fut pris de vertige. Il s'effondra sur la chaise la plus proche, peinant à retrouver son souffle.

– Mais... mais un traitement existe, articula-t-il lentement, ses mots à peine audibles. On peut en commander un nouveau lot...

– Oui, mais les patients qui ont déjà payé...

Un petit sanglot lui échappa.

– Tout cet argent gâché pour rien. Ce sera encore plus cher et la plupart des patients ne peuvent pas se le permettre.

Ce qui voulait dire que lui non plus, il ne le pourrait pas.

Avec assez de billets de banque, toutes les portes s'ouvrent, c'est ce qu'il avait toujours su. La Terre tournerait à l'envers pour que l'argent continue à circuler.

Seulement, maintenant, il comprenait que l'argent n'était pas la solution, mais le problème. La cupidité dirigeait le monde.

Le médicament avait disparu. Soria n'allait pas guérir, à moins qu'il trouve un moyen pour payer les nouvelles doses. Mais il doutait que Victor ou Florimond acccepteraient de l'augmenter, et, même si la mission de la veille avait été un succès, il ne voulait pas devenir un voleur.

Gagner honnêtement sa vie n'avait pas suffi. Dans une ville remplie de pauvres pris à la gorge et de riches qui en voulaient toujours plus, il lui semblait évident que respecter les vieilles règles ne fonctionnerait pas. Ces règles avaient été écrites par des gens pareils à celui qu'il avait été, des gens au pouvoir qui ne pensaient qu'à leur intérêt personnel.

Tu devrais faire un petit saut au quartier du casino, lui avait dit Jasper. *Je suis sûr qu'ils cherchent de jeunes croupiers séduisants.*

Cayo serra les dents, s'efforçant de chasser ces mots. S'il ne pouvait pas distribuer les billets pour régler ses problèmes, il devait aider les alchimistes, aider Florimond à trouver le remède.

Si seulement il en existait un.

15

> Niha : N'oublie pas le soulagement qu'apporte le rire. Arme : Et si le rire ne vient pas ? Niha : Alors crée de la joie partout où c'est possible.
>
> *La dame de Hirai*,
> une pièce de théâtre de Réhan

À l'époque de sa formation à Viariche, Amaya avait souvent vu Boon ivre. Au début, elle ne s'en était pas préoccupée. Tout porc qu'il était, il avait des circonstances atténuantes : sa vie n'était pas facile. Seulement, cela avait fini par l'irriter.

Un soir, à bout de patience, Amaya l'avait ramené au *Saumâtre*. Elle avait voulu rentrer à l'appartement retrouver les autres filles, mais Boon n'était pas en état de faire la route seul. Elle craignait trop qu'il fasse irruption dans le premier poste de garde pour y exposer tous ses méfaits.

Elle l'avait donc accompagné. Il titubait, parvenant à peine à mettre un pied devant l'autre, et alternait entre insultes et rires nerveux. Amaya ne l'avait jamais vu aussi soûl.

Cela l'avait effrayée.

– C'est quoi, ton problème ? lui avait-il demandé en grattant sa barbe noire.

– Quoi ? avait lâché Amaya, le regard rivé sur la route bosselée qui menait au port.

– Tu tires une de ces tronches, avait-il expliqué avec une grimace qui creusait les rides sur sa peau marron. J'ai connu une bonne femme aussi grincheuse, avait-il ajouté, son haleine chargée d'alcool.

Il avait posé une main sur son épaule, la serrant tendrement. Mais un homme comme Boon ne pouvait témoigner aucune affection pour des filles comme elle. Pour personne d'ailleurs.

– Pourquoi faites-vous ça ?

Elle n'avait pu se retenir. De toute façon, au petit matin, il n'aurait aucun souvenir de cette conversation.

– Pourquoi est-ce que vous buvez au point d'atterrir dans le caniveau ?

– Tu penses que ça me plaît, le caniveau ?

– Vous aimez l'alcool, en tout cas.

– Ça…

Il avait levé une main comme pour attraper une bouteille et, faute d'en trouver autour de lui, avait poussé un soupir de déception.

– C'est bon pour l'esprit, tu sais.

– Non, je ne sais pas.

– C'est comme… un baume. C'est bizarre comme mot. « Bauuumeee », avait-il répété en allongeant le « o » et en accentuant le « e ». Y a des choses, je préfère pas y penser, hein ? Quand l'esprit est embrouillé, plus de problème. Plus de problème ! avait-il insisté, un doigt sur sa tempe.

Amaya ne comprenait toujours pas et ne comprendrait peut-être jamais ce qu'il avait voulu dire. Il était arrivé, sur le *Saumâtre*, que Cicada lui donne en douce quelques gorgées de lupseh et elle avait apprécié la sensation que l'alcool lui avait procurée, la chaleur dans son ventre, l'apaisement de ses douleurs.

Mais cet excès ? C'était différent. C'était le remède d'un homme malade conscient qu'il ne guérirait jamais tant qu'il le prendrait.

Arrivée devant le *Saumâtre*, Amaya avait attendu que Boon monte sur la passerelle, mais il était resté sur place, chancelant légèrement. Soudain, il s'était retourné et lui avait attrapé le menton.

– Quoi qu'il t'arrive dans la vie, ne deviens pas comme moi, avait-il déclaré d'une voix basse et plaintive. Pas ça. C'est…

Il avait montré sa chemise tachée, sa veste chiffonnée, ses yeux injectés de sang.

– C'est pitoyable.

Amaya l'avait dévisagé, stupéfaite.

– Ça risque pas, faites-moi confiance.

En riant, il lui avait tapoté la joue.

– Brave petite. T'es plus futée que moi, hein ?

Il l'avait dit sincèrement, sans taquinerie. Presque avec fierté.

Amaya s'était reculée, mal à l'aise.

– Allez vous coucher, vieil homme.

Il l'avait congédiée d'un signe de la main avant de monter sur la passerelle. Amaya était retournée à l'appartement, pensive.

Il lui avait donné un avertissement dont elle n'avait pas besoin. Mais elle ne pouvait s'empêcher de se demander s'il avait essayé de lui dire autre chose, s'il avait su ce qui allait lui arriver au cours des mois à venir. S'il avait su qu'elle s'opposerait à ses plans et se vengerait en le trahissant à son tour.

***

– Tu imagines combien de plaintes pour trouble à l'ordre public on reçoit à Baleine ? demanda Rémy en bâillant.

Tôt le matin, sous un ciel d'or pâle, les premiers rayons du soleil réchauffaient timidement Amaya sur le banc en bois devant le salon de thé.

Ils avaient posé entre eux une pâtisserie qu'ils se partageaient. Amaya s'efforçait de ne pas dévorer seule ce délice gorgé de beurre et recouvert de sucre et d'amandes effilées. Rémy avait bien le droit à quelques morceaux, lui aussi.

Fuir l'appartement. C'était une nécessité absolue. Cayo l'attirait tellement que sa seule présence l'empêchait de respirer. Et, entre l'annonce des agissements frauduleux de l'administrateur de l'hôpital et l'humeur de Liesl, l'atmosphère pesait des tonnes.

Bien sûr, elle compatissait. Si elle avait pu, elle serait partie à la recherche du misérable intendant. Mais ils n'avaient aucun moyen de le retrouver et ils devaient se concentrer sur leur mission.

– Il nous faut juste une piste, une description qui correspondrait à Boon, insista Amaya en mangeant goulûment. Ça nous mènerait peut-être à lui. Il se faisait pas mal remarquer à Viariche. Un jour, j'ai dû le sauver d'une femme armée.

– Il l'avait draguée ?

– Non, il avait essayé de lui voler son pistolet.

Quand elle avait raconté l'anecdote à Liesl, elles avaient bien ri. Mais maintenant, en repensant à cette époque, elle sentait son cœur s'emballer. Boon avait peut-être un côté pitoyable, ridicule, immature, mais il était bien plus sournois qu'il n'en avait l'air.

– D'accord, concéda Rémy en soupirant.

Il repoussa la pâtisserie pour la laisser à Amaya.

– Je vais voir ce que je peux découvrir. Ne t'attends pas à avoir un retour de ma part avant au moins cent ans. Ou en tout cas pas avant qu'on en ait fini avec le Vaisseau Fantôme.

Elle se retint d'avaler le reste de la pâtisserie.

– Le quoi ?

– Il y a un navire qui mouille à l'extérieur du port. Il est arrivé dans la nuit, expliqua Rémy en haussant les épaules, trop fatigué pour paraître intéressé. On ne voit personne à bord, mais on ne peut pas l'amarrer au port. C'est trop dangereux. Il doit rester où il est, le temps que la marine s'en occupe. On attend les ordres, une fois que les démarches administratives…

– Pourquoi quelqu'un déciderait-il d'abandonner son navire devant le port ?

– Pour entrer dans la ville sans passer par le contrôle. On met en quarantaine des équipages entiers, expliqua Rémy. Mais laisser son bateau au large du port pour finir à la nage ? C'est ridicule. Il doit y avoir une meilleure solution, quand même.

Amaya retira une amande du gâteau pour la fourrer dans sa bouche. Des oiseaux s'étaient accumulés autour d'eux, impatients de recueillir des miettes.

– Merci, Rémy.

– De quoi ?

– Merci pour tout. Pour nous avoir fait entrer dans la ville. Pour ton aide. Pour ce petit-déjeuner.

Elle posa une main sur la sienne.

– Vraiment… merci. Je ne sais pas comment on pourrait s'en sortir sans toi.

Il effaça sa confusion par un sourire et serra les mains d'Amaya.

– Pas de problème. Tu aurais fait pareil pour moi.

– C'est vrai. J'anéantirais une ville entière pour toi.

– Non, s'il te plaît, fais pas ça.

Amaya passa le reste de la journée entre excitation et lassitude. Son esprit réclamait l'action quand son corps ne demandait qu'à se reposer. Et, quelles que soient ses pensées, la jeune femme revenait toujours au manoir de Basque, au souvenir de ses dents sur la peau de Cayo. Elle grognait de frustration chaque fois qu'elle se revoyait dans ses bras.

Quand Deadshot et Avi revinrent de leur journée de recherches sur Robin Deirdre, ils trouvèrent Liesl, installée à la table. Elle grommelait en s'échinant sur le code de Basque, comme elle l'avait fait toute la journée. Elle n'avait pratiquement rien avalé, trop occupée à déchiffrer les lignes recopiées par Cayo. Même des informations sur Deirdre lui semblaient insignifiantes à côté de la tâche qu'elle s'était assignée.

Quand Deadshot posa une main sur son épaule, elle sursauta.

– Quoi ? Oui ? bredouilla-t-elle en regardant ses deux compagnons à travers ses lunettes sales.

– La famille de Deirdre fait partie de la noblesse de Chalier depuis des générations, commença Avi. Elle a gravi les échelons du pouvoir quand un des héritiers a épousé une tête couronnée, à l'époque où Chalier était encore indépendant.

– Mais l'empire l'a annexé, et la famille royale a perdu sa position, ajouta Deadshot.

Avi claqua la langue.

– Depuis, les Deirdre font tout pour retourner au sommet. Investir dans l'alchimie pour s'en servir comme arme de guerre est le meilleur moyen pour se mettre l'empereur dans la poche.

– Mais l'abolition de la famille royale a dû être un sacré coup pour eux, commenta Deadshot. Pourquoi chercheraient-ils à aider l'empereur maintenant ?

– Il vaut mieux en faire son allié que son ennemi, répondit Avi en haussant les épaules.

– Et ça n'explique pas pourquoi elle veut faire circuler les fausses pièces dans l'Empire de Pluie.

Liesl avait écouté sans intervenir. Elle hocha la tête et retourna au code de Basque, ce qui exaspéra Deadshot.

Mais Amaya comprenait Liesl. Si on lui avait pris sa sœur, elle aurait tout fait pour la retrouver.

Boon l'obsédait de la même façon. Elle devait l'éliminer avant d'atteindre leur réel objectif. Si Liesl avait vu juste et qu'il était en ville, elle mettrait la main sur lui.

Amaya repartit dans sa chambre et retira de sous son matelas les notes de son père qu'elle y avait cachées. Elle les relut du mieux qu'elle put, malgré les abréviations qu'elle ne connaissait pas. Elle revenait toujours sur le même passage.

Ma femme et ma fille détiennent mes plus grands trésors.

Elle passa le pouce sur la bague en jade de sa mère. Pourquoi écrire une phrase aussi sentimentale au milieu de toutes ces lettres et ces documents ? Avait-il espéré que sa mère ou elle les retrouveraient un jour ?

On frappa à la porte. Amaya leva la tête et, à sa grande surprise, elle vit Avi, épuisé après sa journée de recherches.

– Je ne te dérange pas ? demanda-t-il d'une voix rauque.

Il plissait les yeux de douleur.

– Pas du tout, répondit-elle en mettant les papiers de côté sur le lit.

Elle lui fit signe de s'asseoir et il s'exécuta en grimaçant.

– Tu vas bien ?

– Je suis fatigué, grogna-t-il. Et j'ai un peu mal.

Il se frotta la nuque. Amaya ne l'avait jamais vu aussi nerveux.

– Écoute, je vais pas y aller par quatre chemins, je vais juste te le dire. Je... je n'ai pas été complètement honnête avec toi.

Amaya sentit sa poitrine se serrer.

– De quoi parles-tu ?

Avi croisa les bras dans une position défensive.

– Boon.

Elle referma les poings, un frisson lui traversant le dos.

– Oui ? demanda-t-elle doucement.

– Je n'ai jamais rencontré tes parents, mais Boon les connaissait. Ils étaient amis, je pense. Il me parlait d'eux quand il était soûl. Il me racontait qu'ils apprenaient ensemble... l'alchimie.

Amaya attendait la suite avec appréhension. *Boon connaissait mes parents ?* Elle se rappela sa réaction quand elle avait cité le nom de son père sur le *Saumâtre*. Son choc.

– Il... ma mère aussi ? demanda-t-elle.

Avi hocha la tête.

– Il disait que ta mère était une femme intelligente qui l'aidait avec ses expériences d'alchimie. À entendre comment il parlait d'elle, je pense qu'ils ont été très proches.

Non. C'était impossible. Elle posa les yeux sur les papiers de son père. Il ne faisait jamais référence à l'alchimie.

– Est-ce que…

Sa voix se cassa quand elle repensa aux coffres remplis d'or sous l'atoll.

– Est-ce que tu veux dire qu'elle l'a aidé à fabriquer les contrefaçons ?

– Je ne sais pas. Il ne m'a jamais dit qu'il t'avait donné de fausses pièces, mais, vu qu'il s'y connaissait en alchimie, il est clair que c'est lui qui les a fabriquées. Si ta mère l'a aidé, si elle connaissait la maladie provoquée par les cônes de mer, peut-être… peut-être qu'elle connaissait un remède pour en contrecarrer les effets. Comme je te l'ai dit, je ne sais pas tous les détails. Je pensais juste qu'il fallait que tu l'apprennes.

Les ongles d'Amaya s'enfonçaient dans ses paumes.

– Pourquoi ne pas me l'avoir dit plus tôt ?

Avi parut soudain abattu.

– Je ne pensais pas que tu étais prête à l'entendre. Ou peut-être que j'avais juste peur, ou que j'espérais que c'était faux. Mais au moins, maintenant, tu sais. Avant…

– Avant quoi ?

Il secoua la tête.

– Rien, désolé.

Il se leva avec une nouvelle grimace.

– Tu le retrouveras, Amaya. Tu lui feras avouer toute la vérité.

Boon connaissait ma mère.

Ma mère avait appris l'alchimie.

Elle examina la bague à son doigt. Pouvait-elle vraiment croire ce qu'Avi venait de lui révéler, sachant qu'il tenait cette information de Boon ? Tout ce qu'elle ignorait était scellé, comme une bibliothèque fermée à double tour. Il fallait qu'elle trouve un moyen de faire exploser la serrure.

***

Après s'être tournée et retournée pendant des heures dans son lit, Amaya fut réveillée par des bruits de pas. Sur le *Saumâtre*, elle avait appris à avoir un sommeil de plomb. Elle y était bien obligée, pour ne pas entendre la douzaine d'enfants qui ronflaient, pleuraient et faisaient grincer leur hamac en bougeant. Mais, depuis qu'elle avait remis les pieds sur la terre ferme, elle ne dormait plus que d'un œil.

Elle se redressa d'un bond au moment où la porte s'ouvrait. La silhouette de Deadshot qui sortait de la chambre se dessina dans la lumière du salon. Amaya sortit du lit, tandis que Deadshot repoussait la porte sans la refermer complètement.

Par l'entrebâillement, Amaya vit Liesl toujours assise à table, entourée de bougies et de papiers. Deadshot s'assit à côté d'elle et posa une main sur son dos.

– Tu as besoin de dormir, morija.

– J'ai pratiquement terminé, lâcha Liesl d'une voix blanche, sans quitter son travail des yeux.

En soupirant, Deadshot frotta affectueusement le dos de son amoureuse.

– Tu ne la retrouveras pas plus vite si tu te tues à la tâche. Tu travailleras mieux après une nuit de sommeil. Tu ne peux plus te concentrer correctement, maintenant.

– Ne me dis pas ce que je peux ou ne peux pas faire, gronda Liesl. Je connais mes limites.

Deadshot lui souleva délicatement le menton pour la forcer à la regarder dans les yeux. La flamme de la bougie se refléta dans les lunettes de Liesl.

– Je t'aime, mais je sais que tu es têtue comme une mule.

La franchise de Deadshot fit sourire Amaya. Liesl, elle, fit la moue.

– On va sauver Adrienne, reprit Deadshot. Mais, si tu manques de sommeil, tu deviendras un fardeau plus qu'une aide.

Liesl pinça les lèvres. Amaya la connaissait assez pour détecter chez elle les premiers signes de rage.

Amaya poussa la porte pour les rejoindre.

– Elle a raison, confirma-t-elle tout bas pour ne pas

réveiller les autres. Tu seras capable d'avancer plus vite si tu laisses ton esprit se reposer.

– Adrienne…

– A survécu jusque-là, termina Amaya pour elle. Elle peut attendre encore deux jours.

Le visage de Liesl se décomposa et des larmes gonflèrent ses yeux.

– Et si… elle n'avait pas survécu ? Et si…

Elle se prit la tête entre les mains. Deadshot continuait à lui caresser le dos, lui murmurant des mots doux en circíran. Amaya posa une main sur l'épaule de Liesl.

– Tu m'as aidée à Moray. C'est mon tour maintenant. Et tu te souviens comment tu me donnais tout le temps des ordres en disant que c'était pour mon bien ? Alors c'est à moi de te dire d'aller te coucher sur-le-champ !

Le ton qu'avait pris Amaya fit rire Liesl. Deadshot lui adressa un regard reconnaissant.

– D'accord, abdiqua Liesl en lâchant sa tête. Mais personne ne me dérange demain.

– Même pas en rêve, morija.

Amaya souffla sur les bougies, laissant Deadshot accompagner Liesl dans la chambre. Elle s'attarda un moment dans le salon, afin de leur offrir un peu d'intimité, et regarda les volutes grises de fumée s'élever dans le clair de lune.

Alors qu'elle s'apprêtait à refermer la porte de sa chambre, celle des garçons s'ouvrit. Elle attendit de voir si c'était Avi qui venait prendre des nouvelles. Elle pourrait l'interroger sur Boon, creuser ce qu'il lui avait dit au sujet de sa mère.

Mais c'était Cayo. Il regarda discrètement par l'embrasure pour s'assurer qu'elles étaient parties et entra dans le salon, tout habillé malgré l'heure tardive.

Il se dirigea directement vers la porte d'entrée. Quand il fut sorti, Amaya enfila à la hâte un pantalon et une veste.

– Amaya ? Qu'est-ce que tu fais ? l'appela Liesl, déjà presque endormie.

– Je vais me promener maintenant que je suis réveillée. Repose-toi bien.

– D'accord, répliqua Liesl en bâillant et en se blottissant contre Deadshot qui dormait déjà. Ne te fais pas assassiner.

Amaya prit ses bottes, mais ne les mit pas tout de suite. Elle quitta l'appartement en silence et descendit l'escalier. Cayo venait de passer la porte de l'immeuble.

Où est-ce qu'il va comme ça ? songea Amaya en enfilant ses bottes. Et elle le suivit dans la nuit, la lune pratiquement pleine au-dessus de leurs têtes.

À bonne distance, elle regarda Cayo avancer dans les rues pavées. Sa main venait régulièrement vérifier s'il n'avait pas oublié son arme.

Elle joua au chat et à la souris avec lui à son insu pendant une bonne demi-heure. Des lumières luisaient devant eux. Des éclats de voix et des rires leur parvinrent. Cayo hésita un instant, avant de se remettre en marche.

Ils venaient d'entrer dans le quartier du casino.

L'avenue qui s'ouvrait devant eux était bordée de banderoles et de lanternes suspendues au mur. Des panneaux colorés étaient accrochés à tous les balcons. Au bout de la rue, les portes ouvertes d'un grand bâtiment laissaient entrer et sortir des flots de personnes tels des bancs de poissons. Des bars avaient installé sur le trottoir leurs tables en bois, déjà occupées par des clients à moitié soûls ou simplement là pour regarder la foule passer.

Cayo s'arrêta pour contempler la scène. Amaya en profita pour venir à sa hauteur.

– Qu'est-ce que vous faites, bon sang ?

Cayo sursauta.

– Quoi… Comment êtes-vous… ?

– Vous n'êtes pas doué pour filer en douce. Votre manoir était trop grand. Vous pouviez sortir sans réveiller personne, même si vous faisiez du bruit.

– Avant que vous vous fassiez des idées, encore une fois, je suis ici pour une bonne raison.

– Trouver de l'argent pour le traitement de Soria ?

– Non… Enfin, l'idée m'a traversé l'esprit, je ne vous mentirai pas…

Nerveux, il passa une main dans ses cheveux.

– Mais je n'arrivais pas à dormir, alors je me suis dit que j'arriverais peut-être à trouver l'homme dont Julien Caver nous a parlé. Trevan Nicodeme. Il est chargé de faire circuler les fausses pièces grâce au casino, n'est-ce pas ?

– Vous…

Elle ne put se retenir d'éclater de rire. L'expression sur le visage du pauvre garçon la rendit plus hilare encore.

– Vous aviez l'intention de le retrouver tout seul ?

– J'en ai assez de perdre du temps. Plus vite on trouvera qui fabrique les contrefaçons, plus vite on pourra l'arrêter.

Elle se calma devant son air glacial. Cayo se tenait sur la défensive, légèrement à l'écart, comme s'il voulait s'enfuir.

Et elle comprit. Il était aussi impatient qu'elle l'avait été toute la journée. Pas étonnant qu'il ne dorme pas. Après ce que lui avait dit Avi, elle non plus n'y arrivait pas.

Cayo n'avait pas besoin de remontrances, il avait besoin d'action.

– D'accord, acquiesça-t-elle. Mais il faut qu'on se fonde dans la foule pour obtenir des informations. J'ai entendu dire que deux joueurs valent mieux qu'un. Concentrez-vous sur le jeu pendant que je tends l'oreille.

Il entrouvrit la bouche, mais la surprise le rendit muet.

– Vous voulez que je joue ? articula-t-il doucement. Et vous venez avec moi ?

– Vous en avez assez d'attendre, non ? dit-elle en se mettant en marche. Alors, allons-y.

Cayo la suivit de mauvaise grâce. Amaya n'avait aucune idée de ce qu'elle faisait, mais elle se sentait étrangement stimulée par l'enthousiasme de son ami, même si cela l'entraînait dangereusement vers ce qu'il devait éviter à tout prix. Elle adressa à Soria des excuses muettes.

Amaya avait visité le quartier du vice à Moray. Elle savait à quoi ressemblaient les casinos, comment ils fonctionnaient. Et pourtant, quand ils franchirent les portes de celui de Baleine, elle se figea sur place, émerveillée par le spectacle. L'endroit était immense, le tapis sous ses pieds s'étendait tel un océan de bleu et de jaune. Des chandeliers pendaient du plafond aux moulures dorées, avec en leur centre un dôme en verre. Entre des colonnes en marbre, les murs étaient peints en bleu profond.

Des tables de jeu occupaient tout l'espace, entourées par trois bars différents. Les conversations des clients grondaient comme un ouragan d'énergie, ce qui déclencha automatiquement chez elle une réaction de défense. Des voix retentirent au fond de la salle, accompagnées par un éclat de rire. Amaya sentit les poils de ses bras se hérisser.

À côté d'elle, Cayo souriait.

Elle n'avait jamais vu cette expression sur son visage. La tension s'était effacée et ses yeux pétillaient d'anticipation. Il semblait… sûr de lui.

À sa grande surprise, cela ne déplut pas à Amaya. Et elle ne s'en voulut pas de l'avoir amené là.

– Par quoi commençons-nous ? demanda-t-elle.

Il se tourna vers elle, perplexe.

– Quoi ?

– Quel est votre plan ? l'interrogea-t-elle plus fort.

– Je croyais que c'était *votre* plan…

Il regarda autour de lui, s'arrêtant sur certaines tables.

– Comme vous l'avez dit, on devrait se mêler à la foule. Le plus facile pour ça, c'est de s'installer à une table. On pose des questions, l'air de rien, pendant que les autres joueurs sont pris dans la partie.

– On demande par exemple si quelqu'un a vu un type avec une montre à gousset et des favoris ?

– Exactement.

– Vous avez assez sur vous pour miser ? s'enquit-elle, désolée d'avoir à le lui demander.

Il glissa une main dans sa poche.

– Il va bien falloir que ça suffise.

– Et si vous perdez ?

Son visage se rembrunit.

– J'ai appris quelques tours chez le Roi Racaille pour me sortir du pétrin. Mais je n'ai pas l'intention de tricher si je peux l'éviter.

– Je ne veux pas voir votre nom sur un avis de recherche, Cayo.

– Moi non plus. Ils risquent de mal dessiner mes yeux.

Il fit volte-face pour traverser la salle, Amaya sur ses talons.

Même s'il existait toutes sortes de casinos à Moray, des plus riches aux plus miteux, celui-ci avait quelque chose de particulièrement extravagant. Cayo lui avait dit qu'il s'appelait le Port Doré, nom qui s'accordait effectivement au plafond et aux murs. De petites estrades étaient installées partout dans la salle.

Captivée par la splendeur du lieu, Amaya se rendit soudain compte qu'elle avait perdu Cayo. Elle le chercha, paniquée, et se détendit quand elle le repéra à une table en train d'observer une partie.

Elle ne reconnut pas le jeu qui se disputait sur le feutre bleu. Armés de dés et de cartes, les joueurs annonçaient des nombres et des couleurs. Cayo s'assit à la fin de la partie.

Amaya se pencha pour lui murmurer à l'oreille :

– Vous savez y jouer ?

– J'y ai joué à Moray. C'est assez simple.

Il se tourna vers elle et leurs visages se retrouvèrent tout près l'un de l'autre. Ils se figèrent et Amaya finit par se redresser.

– Si vous le dites, conclut-elle, tendue.

Elle agrippa le dossier de la chaise de Cayo, alors qu'il posait un de ses nieras en argent sur la table. Le croupier distribua les cartes et Amaya les étudia, même si elle n'avait pas la moindre idée de ce qu'elle aurait pu en faire. Quand ce fut son tour, Cayo lança deux dés et dit « sept » et « bleu » en solène. Le croupier tourna une carte. Tous les joueurs grognèrent. Cayo sourit. Après plusieurs tours, le croupier annonça que Cayo avait gagné.

Amaya sentit son ventre se serrer quand il ramassa les nieras posés devant lui. Il avait des gestes précis et aisés. Elle s'installa sur la chaise qui venait de se libérer à côté de Cayo pendant que celui-ci rangeait les pièces dans une bourse que lui avait tendue le croupier, avec l'insigne du casino brodé sur le tissu. Pas des pièces en or, heureusement.

– Ça suffit ? demanda-t-elle. Pour Soria ?

– Non, répondit Cayo, un œil sur l'argent posé sur ses genoux. Mère Hilas m'a prévenu que le prochain lot de médicaments sera encore plus cher que le premier.

Nerveux, il appuya son pouce sur la bourse comme pour s'assurer qu'elle était pleine. Cela faisait longtemps qu'il n'en avait pas eu autant dans les mains, songea Amaya.

– Pourquoi faites-vous cela ? demanda-t-il soudain. Avant, l'idée que je rejoue vous mettait dans tous vos états.

Elle grimaça en repensant à sa crise de colère.

– C'est vrai. Mais maintenant… Vous faites ça pour une bonne cause, non ? Pour qu'on puisse prouver que Deirdre est la bénéficiaire, et arrêter ses agissements.

Elle haussa les épaules.

— Et puis, je suis avec vous.

Il s'immobilisa, une main toujours sur l'argent qu'il venait de gagner. Alors que le croupier allait distribuer pour la partie suivante, Cayo se leva et abandonna sa place à la table.

– Venez, alors, lança-t-il, une étincelle dans les yeux. Nous allons miser plus gros.

16

> Pécher accompagné est toujours plus plaisant.
>
> *Les cent-un vices du commun des mortels*

Avec six nieras d'avance, Cayo décida qu'il était temps de se payer un verre.

L'instinct du jeu lui était revenu aussi naturellement que la respiration. Et ses habitudes reprenaient le dessus : jouer, gagner, boire. C'est ainsi qu'il avait toujours fait, jusqu'à ce que cela devienne un rituel porte-bonheur.

Chacun de ses amis avait son propre rituel. Tomjen devait embrasser quelqu'un sur la joue et Sébastien fredonnait quelques notes de sa chanson préférée.

Cayo, lui, devait avoir un verre à la main. Il s'était promis qu'il ne le boirait pas, mais, au souvenir du goût du vin pétillant à la fête de Basque, il sut rapidement qu'il ne tiendrait pas parole.

– Vous gagnez de l'argent pour le gaspiller tout de suite après ? demanda Amaya à côté de lui.

Un coude sur le bar, elle le fixait de son regard sévère.

– Je pensais que l'idée, reprit-elle, c'était de remporter le maximum de mises tout en récoltant des informations…

– Je ne fais que commencer, répliqua Cayo. Parfois il faut savoir dépenser pour gagner.

– En pariant, oui, pas en achetant de l'alcool.

– C'est ce que vous pensez. Il se trouve que je joue encore mieux avec un verre à portée de main.

– Si vous le dites, grommela-t-elle.

Le barman revint et posa un verre devant elle.

– Qu'est-ce que c'est ?

– Quelque chose pour se donner du courage, répondit Cayo en prenant son cocktail et en payant le serveur. Pour être plus précis, ça s'appelle le Lotus Doré.

– Vous m'en avez commandé un ? Pourquoi ?

– Parce que ce n'est pas drôle de boire seul.

Cayo prit son verre, un tumbler rond empli d'un liquide vert-jaune. Il le souleva et Amaya trinqua délicatement avec lui avant de goûter. Cayo se délecta du mélange de citron et d'orange, rehaussé par le parfum puissant du vorene, un des alcools que l'Empire de Pluie exportait en quantité.

Séduite, Amaya lécha le sel de citron et Cayo dut détourner les yeux.

– C'est bon. Est-ce vraiment une idée judicieuse de boire ? Je pensais que vous vouliez éviter.

– Un ou deux verres ne me feront aucun mal.

Elle ne semblait pas convaincue, mais il préféra l'ignorer et partir à la recherche de sa nouvelle table de jeu.

Alors qu'ils zigzaguaient entre les clients, Amaya l'observa, en prenant de petites gorgées.

– Vous êtes différent, commenta-t-elle soudain. Ici.

– Ah oui ?

Il se sentait en effet différent, dans ce lieu qu'il avait considéré comme un sanctuaire avant qu'il devienne son enfer. Mais, malgré la distance qu'il avait mise entre ce mode de vie et lui, il se languissait encore des nuits où la vie paraissait plus simple, plus fluide. Meilleure. Faire taire la douleur, chercher l'excitation et ne plus avoir peur.

Et cela ne le dérangeait pas qu'Amaya soit avec lui. Au début, l'idée qu'elle le colle toute la soirée ne l'enchantait guère, mais, en jouant, il voulait désormais l'impressionner, lui montrer qu'il pouvait se rendre utile, même si ce n'était pas de la façon qu'elle aurait désirée.

Et s'il ne parvenait pas à gagner assez d'argent pour Soria et qu'il ne découvrait aucune piste ? Quelle importance ? Un retour dans ses vieilles habitudes pour une nuit, cela en valait la peine.

Cayo repéra une table où on jouait à un vieux jeu de cartes appelé Triplé, qu'il connaissait bien de son époque au Grand Marnier.

– Parfait ! Je vais faire quelques parties et vous allez me regarder. Ensuite, vous jouerez, vous aussi.

– Moi ? s'étonna-t-elle, s'étouffant presque avec son cocktail.

– Ce sera la première fois ?

– Je n'ai joué qu'une seule fois…, avoua-t-elle en rougissant. Quand je suis partie à votre recherche dans le quartier du vice.

Ce devait être là qu'elle avait rencontré Romara.

– Vous apprendrez vite, j'en suis sûr.

– Vous voulez juste gagner contre moi, avouez-le.

– Bonne idée, non ? répliqua-t-il avec son sourire renversant. Vos mimiques n'ont pas de secret pour moi.

– Et vous, vous êtes affreusement prévisible. C'est moi qui vais gagner.

– On verra.

Cayo s'assit pour jouer une ou deux parties. Il retrouva vite les automatismes, le rythme des cartes. Il surveillait ses adversaires, remarqua comment une femme se frottait le nez, un jeune homme sortait la langue entre ses lèvres, un autre reniflait toujours avant de poser une mauvaise main.

C'étaient des comédiens en pleine représentation et Cayo connaissait toutes leurs répliques.

Après sa deuxième victoire, les joueurs quittèrent pour la plupart la table en râlant. Amaya s'installa à sa gauche.

– Compris l'idée ? murmura-t-il.

Une lueur s'alluma dans les yeux noirs de la jeune fille.

– Ne vous inquiétez pas pour moi.

En souriant, il désigna la femme à deux sièges d'eux.

– Elle est du genre à connaître un gars avec des favoris. Admirez.

Un coude sur la table, il adressa un sourire à la dame. Ses habits n'étaient pas particulièrement à la mode, mais elle avait un regard intense et c'était celle qu'il avait eu le plus de mal à déchiffrer. Ce qui voulait dire qu'elle était une habituée.

– Je n'en reviens pas de ma chance, déclara-t-il d'une voix qui parut étrangère à Amaya, trop nonchalante pour être naturelle. L'autre semaine, quand je suis venu, je me suis fait pulvériser par un homme avec de gros favoris. Des favoris, je vous jure !

– Vous vous attendez à ce que je compatisse ? demanda la femme en levant un sourcil.

– Vous avez déjà joué contre lui ? Il gagnait tout le temps, c'est incroyable.

– J'en doute.

– Elle n'a pas l'air de mentir, murmura Amaya. Bien tenté.

Cayo étudia sa main. Pas si mal, mais pas magnifique non plus. Il se tourna vers Amaya pour analyser ses réactions devant ses cartes.

Il avait affirmé connaître les signes qui la trahissaient. Et il disait vrai. Il l'avait si souvent observée au cours des dernières semaines. Quand elle plissait le nez, elle était contrariée. Quand elle se mordillait l'intérieur de la joue, elle réfléchissait à quelque chose qui l'inquiétait. Quand ses doigts se croisaient, elle était en colère.

Mais, ce soir, elle ne laissait filtrer aucun des signes habituels. Elle posa calmement sa main retournée sur la table. En remarquant que Cayo la dévisageait, elle le gratifia d'un clin d'œil.

Bougon, il jeta un nouveau regard à ses cartes. Le sourcil gauche d'Amaya s'était légèrement incurvé, mais il ignorait ce que cela voulait dire. Il préféra alors se concentrer sur l'autre femme, avec laquelle il échangea une carte. La partie continua, lentement, prudemment, les joueurs au comble de la tension alors que les cartes passaient de main en main à trois reprises.

Quand tout le monde révéla son jeu, Cayo chercha tout de suite à connaître celui d'Amaya. Elle n'avait pas été loin de l'emporter, mais Cayo termina tout de même vainqueur. Les gains furent poussés vers lui, et il fourra les pièces dans sa bourse avant qu'une bagarre éclate.

Amaya ne semblait pas fâchée. En tout cas, ses doigts ne s'entremêlaient pas. Elle surprit même Cayo en lui adressant un somptueux sourire qui faillit le faire tomber à la renverse. Le reste du casino disparut dans un brouillard sans intérêt.

– On recommence ! lança-t-elle.

***

Ils tentèrent leur chance à d'autres tables. Dans le quartier du vice, on jouait à de nombreux jeux de l'Empire de Pluie, si bien que Cayo s'y retrouvait parfaitement bien. Ils s'installèrent autour d'une partie de Double Rejet pour lancer des dés de formes variées, et enchaînèrent plusieurs parties de roulette.

Amaya tenta à chaque fois de le battre et y parvint à deux reprises. Elle en fut choquée la première fois, et ravie la seconde.

– Je devrais sans doute m'inquiéter pour vous maintenant. C'est vous qui allez vouloir revenir, plaisanta Cayo alors qu'Amaya ajoutait leurs gains dans la petite bourse.

– Ce n'est pas au jeu que je suis accro. Mais à la tête que vous faites quand je gagne.

Cayo joua son numéro de séduction encore et encore, essayant de découvrir qui aurait pu croiser la route de Trevan Nicodeme, sans que personne morde à l'hameçon. Il garda cependant l'oreille tendue, mais n'entendit que des ragots sur le Vaisseau Fantôme dont il n'avait que faire.

Il l'avait aperçu pendant qu'il travaillait au marché aux poissons. Le bateau avait jeté l'ancre assez loin pour qu'on ne puisse en voir que la silhouette. Les gens aimaient échanger toutes sortes de spéculations à ce sujet :

« Il est abandonné ?

– J'ai entendu dire qu'il était rempli d'un gaz empoisonné.

– Non, il est probablement hanté. »

La marine ne pouvait pas agir avant d'avoir le feu vert d'une autorité supérieure. En attendant, l'armée en surveillait de près les éventuelles activités.

Cayo et Amaya avaient depuis longtemps fini leur premier verre. Refoulant la petite voix inquiète dans sa tête qui ressemblait à s'y méprendre à celle de Soria, Cayo les entraîna vers un autre bar, où il commanda un Chance Divine. Avant de leur préparer leurs cocktails, le barman leur tendit une paire de dés. Avec un cinq et un trois, Cayo obtint un mélange de lavande et de sirop de cardamome et Amaya, avec un deux et un six, de la cerise et de la menthe broyée.

– Délicieux, commenta-t-elle, surprise. Mais c'est votre dernier pour ce soir.

– Vos désirs sont des ordres, madame.

Quand ils retournèrent à la table de jeu, Cayo remarqua que, malgré sa méfiance, Amaya se détendait. Un léger sourire se dessinait sur sa bouche et une étincelle brillait dans ses yeux. Cayo repensa au manoir de Basque et à l'élégante comtesse Yamaa, si belle et inaccessible. Ici, elle était malicieuse et attirante, et Cayo s'amusa à se moquer des autres joueurs, simplement pour entendre son rire éclatant et bref.

– Vous pensez que ce chapeau était vivant, avant ? chuchota-t-il en désignant les plumes sur la tête d'une des dames.

– Je pense qu'il l'est toujours, répliqua Amaya dans un souffle de cerise.

Un homme ivre se balançait sur sa chaise en grommelant des insultes au croupier. Il avait le visage marbré et le nez aux veines explosées d'un alcoolique. Amaya lui décocha un regard noir, une de ses mains posée sur son couteau caché.

– Ne vous occupez pas de lui, murmura Cayo. Il va sûrement s'endormir très bientôt.

Mais plus ils jouaient, plus l'homme devenait agressif. Il dirigea sa colère sur ses adversaires, critiquant leurs lancers de dés et leurs choix vestimentaires.

– C'est comme ça que vous vous attifez quand vous sortez ? lança-t-il en direction d'Amaya, hilare devant sa veste à col montant usée. Vous avez les cheveux qui tombent, on dirait une vagabonde.

Amaya plissa les yeux, mais Cayo se pencha en avant pour l'empêcher de le regarder. Il charma l'homme en lui adressant un grand sourire, encouragé par l'alcool qui inondait son corps.

– Parions, proposa-t-il. Vos gains contre les miens.

– Qu'est-ce que vous faites ? s'alarma Amaya en lui tapotant le dos.

– Hein ? lâcha l'homme aux yeux injectés de sang sous le regard affolé du croupier. Vous n'êtes qu'un petit garçon. Je vole pas les enfants.

– J'insiste, répliqua Cayo en secouant les dés dans sa main.

Le bruit qu'ils produisaient le réconfortait comme le tapotement de la pluie sur une vitre.

– Si je gagne, elle s'attache les cheveux, grommela l'homme en montrant Amaya. Et elle met un peu de maquillage, tu vois…

– On verra ce qu'on peut faire. Mais, si je gagne, vous devrez répondre à une question.

– C’est quoi, ce pari ? Bon, allez, d’accord.

Amaya s’adossa à son siège, bras croisés, sourcils froncés. Cayo lui sourit pour la rassurer avant de commencer sa partie contre l’ivrogne. Chacun lançait les dés à tour de rôle. Cayo savoura les décharges d’adrénaline qui jaillissaient dans son corps, heureux de revivre l’excitation d’affronter un adversaire sous les applaudissements de ses amis.

Il nota tous les détails du comportement de l’homme, sa façon de tenir et de lâcher les dés. Comment ses yeux injectés de sang scrutaient le casino, complètement paranoïaques. Quand ce fut le tour de son adversaire, Cayo fit mine d’éternuer à l’instant même où celui-ci lançait les dés. L’homme sursauta et les dés roulèrent à peine. Il obtint le score le plus bas de toute la partie.

Ce fut ensuite le tour de Cayo. Il garda un dé entre son pouce et sa paume, mélangeant les deux autres seulement. Il laissa tomber le troisième à la dernière seconde, s’assurant qu’il ne roulerait pas et tomberait sur six.

– Et voilà ! s’exclama Cayo en posant les coudes sur la table. On dirait que votre montagne de pièces est à moi, et la jeune femme se coiffe comme elle l’entend. Et vous devez répondre à une question.

Le visage de l’homme s’empourpra encore plus.

– Vous… qu’est-ce que vous… ?

– Trevan Nicodeme, l’interrompit Cayo. Où est-ce qu’il aime jouer ?

L'ivrogne ouvrit la bouche d'une façon presque comique et Cayo comprit qu'il avait vu juste. Un gars aussi louche fréquentait forcément des endroits où on blanchissait l'argent. Et, avec son obsession pour les apparences, il n'avait sûrement pas pu passer à côté d'un homme avec des favoris sans le remarquer.

– Trevan ? répéta-t-il en clignant des yeux. Je... je ne sais pas ! Le *Crown and Barrel*, je pense, déclara-t-il, soudain furieux. Pourquoi vous voulez le savoir ? Vous m'avez piégé, avouez-le.

Il se leva en hurlant des insultes jusqu'à ce que les videurs du casino le jettent dehors. Hilare, Cayo récolta tout l'argent que le croupier poussait vers lui. Son sang bouillonnait, son corps en réclamait plus.

Il avait réussi. Ils avaient une piste.

Quand ils quittèrent la table, son sourire victorieux s'effaça dès qu'il vit le visage fermé d'Amaya.

– Vous avez triché.

Cayo siffla le reste de son cocktail et posa son verre vide sur la table la plus proche.

– J'ai fait ce qu'il fallait pour lui soutirer des informations. Ça a marché, non ? En plus, j'ai donné une leçon à cet énergumène.

– Cet énergumène ? répéta-t-elle en désignant la sortie du casino où les videurs l'avaient emmené. C'est ce que vous deviendrez si vous continuez ainsi.

La joie qui pétillait en lui s'éteignit.

– Vous pensiez que c'était une bonne idée, je vous rappelle. De quoi vous plaignez-vous ?

Amaya se redressa.

– Je n'ai pas le droit de m'inquiéter ? Un pas de travers et on aura les autorités sur le dos.

Elle s'interrompit et inspira profondément.

– Ce n'est pas que la triche, c'est… C'est ce retour dans votre vie d'avant, quand vous faisiez ce genre de choses sans y réfléchir à deux fois. Vous n'êtes pas dans le quartier du vice, Cayo. Vous ne travaillez pas pour le Roi Racaille.

– Vous pensez que je ne le sais pas ? grommela Cayo. Je fais ça pour Soria, pas pour moi. Vous n'avez pas à me faire culpabiliser.

– Ce n'est pas mon intention. Mais cessez de tricher, d'accord ?

Il lui décocha un regard assassin, auquel elle répondit avec le plus grand calme. Boudeur, il se tourna vers le bar.

– D'accord, concéda-t-il. Mais je reprends un autre verre.

– Nous avons ce qu'il nous faut. Nous pouvons partir.

Mais Cayo ne voulait pas clore la soirée. Amaya le surveillait de près, alors qu'il remportait encore quelques parties et en perdait aussi de temps en temps. Comme elle ne le laissait pas se payer un autre verre, il se joignit à un groupe qui fumait le jaaga, et on lui offrit d'en prendre quelques bouffées. Le monde lui semblait merveilleux, et l'inquiétude d'Amaya particulièrement amusante.

– Ne bougez pas, l'avertit-elle avant de s'éloigner.

Il aurait dû se sentir paniqué, mais pas du tout. Il s'appuya simplement contre le mur et regarda la foule. Quand Amaya revint avec un verre d'eau, il lui sourit.

– Je n'ai pas bougé, dit-il en prenant quelques gorgées. Je savais que vous alliez revenir. Je vous faisais confiance.

– C'est gentil, commenta-t-elle, les bras croisés. Ça doit être agréable de faire confiance.

– Hmm, je ne sais pas, murmura-t-il. Pas vraiment. Vous… vous avez menti et vous avez fait des choses atroces, mais vous êtes quand même une bonne personne. Moi, je ne suis pas quelqu'un de bien.

Il posa une main sur son front, ferma les yeux.

– Je n'ai jamais été quelqu'un de bien. C'est pour ça que vous me détestez.

Il avait les yeux plissés.

– Cayo…

Avant qu'elle puisse continuer, quelqu'un s'approcha d'eux pour leur distribuer un prospectus.

– C'est quoi ? demanda Cayo.

– Je l'ignore, je ne lis pas le solène.

Il le lui prit des mains et le feuilleta. Il s'écarta alors brusquement du mur, arrosant sa compagne.

– C'est quoi ?

Cayo agita le papier.

– Un évènement au casino dans deux jours. Des mises importantes seulement. Tout le monde peut participer, mais il y a déjà une liste de personnes de marque qui viendront, sans doute pour attirer une clientèle convenable.

Il baissa la voix.

– Robin Deirdre sera parmi eux.

– Il faut que nous y allions.

– Nous ?

– C'est vous qui jouerez, bien sûr. Pas question de rater l'occasion. Nous pourrions nous retrouver à côté de la bénéficiaire !

La perspective aurait dû l'enthousiasmer, mais il sentit juste son estomac se serrer.

– Vous voulez vraiment que je joue ? Cela voudrait dire miser l'argent que je viens de gagner pour Soria.

Elle réfléchit, manifestement tiraillée.

– C'est risqué, finit-elle par concéder. Mais c'est notre meilleure chance d'en découvrir plus sur Deirdre. Et je vous ai vu jouer ce soir. Vous êtes impressionnant.

Le compliment lui alla droit au cœur.

– Mais la décision vous revient, conclut-elle.

Il regarda le verre d'eau dans sa main. Tout en lui voulait accepter, écrasant la petite voix qui ressemblait à celle de Soria. Et il hocha la tête.

– Je vais le faire.

Amaya plia le prospectus et le rangea dans sa poche.

– Très bien. Mais nous participons à une seule condition : pas d'alcool et pas de drogue. Et pas de triche.

– Ça fait trois conditions.

– *Cayo.*

Il posa une main sur son cœur.

– Je le jure.

— D'accord.

Elle le dirigea vers la sortie.

– Allons vite vous mettre au lit avant que vous ne vous écrouliez en pleine rue.

17

Le monstre posa ses griffes sur son épaule pour la faire avancer. « Ne regarde pas derrière toi », murmura-t-il à l'oreille de Lady Trianh. Sa nuque était trempée de sueur, et l'envie de jeter un coup d'œil lui brûlait le cœur. Mais les griffes frôlaient déjà sa peau, prêtes à la transpercer au premier signe de désobéissance.

La bête d'en dessous, roman d'horreur réhanais

C'est pour ça que vous me détestez.

Ces mots hantaient Amaya depuis que Cayo les avait prononcés la veille. Il les avait à peine balbutiés, mais comment ignorer l'émotion qui s'en dégageait ?

Le désespoir.

De retour à l'appartement, Amaya n'avait pas fermé l'œil, ni réussi à calmer son impatience. À l'aube, Liesl retourna à son décryptage. Amaya, qui voulait parler à Cayo, trouva son lit vide.

– Il est parti au travail, annonça Avi en sirotant son thé. Il avait pas l'air en forme.

Amaya devait bien admettre que la détermination du jeune homme l'impressionnait. Désœuvrée, elle alla rendre visite à Soria à l'hôpital. La jeune fille, appuyée sur ses oreillers, semblait endormie, mais elle ouvrit les yeux dès qu'Amaya entra dans sa chambre.

– Amaya, la salua-t-elle, ensommeillée. Comment vas-tu ?

– Bien, relativement.

Amaya s'écroula sur la chaise à son chevet.

– Mais je me fais du souci pour toi.

– Tu sais, j'en ai un peu assez du souci que je provoque.

– Désolée, s'excusa Amaya en rougissant.

– Non, non, tu n'as pas besoin d'être désolée. C'est juste que je préférerais parler d'autre chose.

Amaya hocha la tête et regarda autour d'elle pour trouver l'inspiration.

– Il faudra que je vienne avec des fleurs la prochaine fois. C'est tellement nu ici.

– Ce serait formidable.

– Quelles sont tes préférées ?

Elles parlèrent de sujets insignifiants pendant une demi-heure, ce qui fit le plus grand bien à Amaya, mais elle restait tout de même ébranlée par les souvenirs de la veille.

– Ton frère est un imbécile, lâcha-t-elle soudain, après une pause dans la conversation.

Surprise, Soria éclata d'un rire qui se transforma vite en quinte de toux. Amaya lui tendit un verre d'eau.

– Qu'a-t-il encore fait ?

Amaya lui raconta leur soirée et le changement d'attitude qu'elle avait constaté chez Cayo. Soria perdit rapidement le sourire.

– Au début, ça allait. Nous passions même un bon moment, expliqua Amaya, étonnée par ses propres mots. Mais il a un peu perdu le contrôle de lui-même.

Soria baissa les yeux vers ses mains, une ride se creusant sur son front.

– Amaya, j'attendais mieux de toi.

Amaya recula sur son siège. Un sentiment de honte monta en elle, plus brûlant qu'un incendie.

– Je l'ai déjà vu dans cet état, continua Soria. Quand il rentrait à la maison, encore soûl. Parfois, il se montrait doux et heureux, mais il est arrivé qu'il revienne furieux et agressif. Je détestais le voir ainsi.

Elle détourna la tête pour noyer son regard dans la lumière pâle du matin qui filtrait par la fenêtre.

– Il pensait que c'était la seule solution pour lui d'anesthésier sa souffrance. De temps en temps, il se blottissait au pied de mon lit, parce qu'il ne voulait pas être seul. Ça lui fait peur, je crois. Et il ne sait pas comment affronter cette peur.

Amaya ferma les paupières. *C'est pour ça que vous me détestez.*

– Mais toi, tu n'es pas comme ça, enchaîna Soria. Tu sais quand il faut t'arrêter. Alors pourquoi l'as-tu laissé s'enfoncer ?

Bonne question. Amaya s'humecta les lèvres, incapable de trouver une réponse.

– Je l'ignore. Je ne savais pas comment l'arrêter. Que puis-je faire pour m'assurer qu'il ne retombera plus ?

Soria croisa le regard d'Amaya, son œil droit presque entièrement recouvert de la plaque grise.

– Tu dis ça comme si tu tenais vraiment à lui. C'est le cas ?

– Je…, balbutia Amaya, embarrassée. C'est compliqué, Soria. Tu le sais. Et nous avons plus important à penser et à faire.

– Je sais que nous avons un problème plus grave à régler, concéda Soria en triturant son drap, qui recouvrait sa maigreur maladive. Mais j'aime mon frère et je ne veux pas le voir souffrir. Je ne veux pas qu'il se punisse. Je…

Une larme coula sur sa joue, mais, à bout de forces, elle ne prit même pas la peine de l'essuyer. Amaya se pencha et le fit pour elle.

– Je veux juste qu'il aille bien. J'aurais aimé l'aider, mais je ne peux pas. Je ne peux rien faire !

Un sanglot s'échappa de sa gorge et Amaya se leva de sa chaise pour s'asseoir au bord du lit. Ne trouvant pas de mouchoirs à côté d'elle, elle lui tamponna les yeux avec son drap.

– Je déteste ça, murmura Soria. Je déteste cette impuissance.

– Je sais, compatit Amaya en lui touchant l'épaule. Je suis désolée. Je ne sais pas… je ne sais pas quoi faire.

– Je comprends. Moi non plus.

Soria secoua la tête, des gouttes au bout de ses longs cils.

– J'espère que vous trouverez les responsables de cette épidémie et que vous les arrêterez bientôt.

– Même si c'est ton père ?

– Oui, affirma-t-elle, ses yeux s'assombrissant. S'il a participé à ce trafic de contrefaçons, il mérite un châtiment.

Amaya prit dans sa main la main glacée de Soria.

– Je vais les arrêter. Je te le jure.

Soria renifla et tenta de dessiner un sourire sur ses lèvres.

– Merci. Fais attention à toi aussi, Amaya. S'il te plaît.

– Promis.

Elle attendit que la jeune fille se rendorme avant de retourner à l'appartement, encore plus confuse qu'avant sa visite. Il y avait tant de paramètres qui échappaient à son contrôle. Y compris Cayo. Sa marge de manœuvre était si faible.

Mais elle ferait de son mieux.

Quand elle ouvrit la porte de l'appartement, un hurlement la stoppa net. Liesl était debout dans le salon, sa chaise renversée derrière elle.

– Qu'est-ce qui se passe ? demanda Deadshot en accourant depuis la chambre.

Liesl contemplait les feuilles étalées sur la table. Elle leva la tête pour regarder tour à tour Deadshot et Amaya, les verres de ses lunettes reflétant la lumière qui entrait par la fenêtre.

– Adrienne, murmura-t-elle. Je sais où elle est.

Amaya sentit un frisson parcourir son dos en percevant le mélange de triomphe et d'horreur dans la voix de Liesl.

– Dis-nous !

Liesl posa un doigt tremblant sur les documents codés.

– Basque possède une flotte de navires de créanciers. Il a envoyé Adrienne sur l'un d'eux. L'*Étoile Argentée*.

– Qui se trouve où en ce moment ? interrogea Deadshot.

– Si le planning est à jour, l'*Étoile Argentée* est à Baleine pour décharger. Mais certains navires amarrés au port ont maintenu leur équipage en quarantaine. Jasper m'a donné une liste, il y a quelques jours. L'*Étoile Argentée* en fait partie.

– Ce qui veut dire..., commença Amaya.

– Qu'il faut libérer ma sœur d'un bateau de créancier, sans se faire prendre.

***

Jasper rentra du port maussade.

– Il est bien amarré ici, confirma-t-il. L'*Étoile Argentée*. Tu es sûre qu'elle est à bord ? Ça fait plusieurs années, déjà.

– Les capitaines des bateaux de créanciers n'ont pas l'habitude d'échanger leurs marchandises. Elle est là, c'est certain !

– Peut-on vraiment se fier aux notes de Basque ?

– Elles étaient cryptées, n'est-ce pas ? lâcha Liesl, cassante. Pourquoi aurait-il pris la peine de les coder si ce n'est parce qu'elles sont importantes ?

Jasper eut l'intelligence de ne plus argumenter. Déjà que Liesl ne tenait plus en place et n'arrivait plus à manger…

Cayo aussi était nerveux, mais pas pour les mêmes raisons. À l'approche de la soirée au casino, il faisait constamment tourner les pièces sur ses phalanges, plus tendu que jamais. Liesl avait insisté pour qu'il ne fasse pas faux bon à Florimond en les accompagnant.

– Je ne veux pas que tu t'attires des ennuis !

– OK, avait grommelé Cayo. Alors… euh… bonne chance.

Il avait regardé Amaya pour l'inclure dans ses encouragements.

– J'espère que vous la retrouverez.

Ils n'avaient pas encore parlé à Liesl de la soirée au casino. La jeune femme était trop concentrée sur Adrienne pour se préoccuper d'autre chose. Mais la nervosité de Cayo grandissait et devenait contagieuse.

Aussi, quand ils arrivèrent sur le toit d'une vieille auberge dans le port, Liesl remarqua la fébrilité d'Amaya.

– Que se passe-t-il ? demanda-t-elle.

La lune arrivait à son apogée dans le ciel. Des rues derrière eux émanait une lumière chaude et accueillante, mais les docks étaient plongés dans l'obscurité, brisée uniquement par quelques lanternes ici et là.

– Rien, répondit Amaya tout bas. Juste… des mauvais souvenirs qui reviennent.

Elle ne mentait pas complètement. L'idée de remettre les pieds sur un bateau de créancier la rendait malade, et elle avait honte de la peur que suscitait en elle le capitaine Zharo, même après sa mort. C'était cette peur qui la poussait à vouloir libérer tous les malheureux retenus sur le navire, et pas juste Adrienne.

Une autre confrontation la hantait : Boon sur le pont de son bateau volé, l'éclat de sa lame sur la sienne.

C'est vous qui avez tué mon père ?

En un sens. On peut le dire.

En tournant la bague en jade sur son doigt, Amaya ferma les yeux pour chasser ce souvenir. Si elle voulait que la mission réussisse, il allait falloir qu'elle se concentre.

Deadshot s'accroupit au bord du toit pour surveiller l'allée en dessous. Jasper scrutait le port à travers sa longue-vue. Amaya avait proposé de faire appel à Rémy, mais Liesl s'y était opposée.

– Il nous a énormément aidés, mais nous ne pouvons pas continuer à le mettre en danger, avait-elle expliqué. C'est à l'Empire de Pluie que va sa loyauté.

– C'est notre ami, avait protesté Amaya. La marine n'a fait que lui donner le toit et le cadre dont il avait besoin.

– Cela pourrait lui attirer des ennuis. Mieux vaut le garder en dehors de tout ça.

– Laisse-nous gérer, avait confirmé Jasper, sans sa bonne humeur habituelle.

Il semblait aussi anxieux que Liesl, même s'il avait absolument tenu à venir.

– Tout est en place, dit-il en baissant sa longue-vue.

– Alors allons-y, ordonna Liesl.

Ils traversèrent le toit sans bruit et passèrent sur le suivant, le long de la courbe des immeubles qui bordaient le port. Le fracas des vagues toutes proches apaisait les battements du cœur d'Amaya. Le tumulte des tavernes couvrait le bruit de leurs pas comme le bourdonnement d'un essaim de frelons.

Avi les attendait dans l'allée, les yeux fermés, appuyé contre le mur, un bras autour de son torse. Quand ils atterrirent devant lui, il se redressa aussitôt. Un doigt sur les lèvres, il leur indiqua la direction des docks et ils le suivirent en silence. Le marché aux poissons était fermé. Il n'en restait que des stands vides en demi-cercle pareils à des dents cassées.

– Quai seize, murmura Avi avant de disparaître de nouveau pour regagner son poste de sentinelle.

Il monterait la garde au cas où quelqu'un s'approcherait du navire.

Jasper leur fit signe depuis l'autre extrémité du port, où un canot se balançait dans l'eau. Il détacha la corde une fois qu'ils y furent installés et Deadshot commença à ramer.

– On ne va pas juste monter dans le navire comme s'il était à nous, avait expliqué Liesl plus tôt dans la journée au-dessus d'une carte du port étalée sur la table. Il faudra qu'on soit discrets. Et on a besoin d'une issue de secours si l'alarme est donnée.

– Ce sera plus compliqué avec ce Vaisseau Fantôme qui mouille devant le port, avait ajouté Jasper. Il est surveillé jour et nuit par la marine. On ne doit pas se faire repérer par les soldats.

Amaya agrippa les bords du canot qui s'éloignait de la côte. Le clair de lune jouait sur la surface de l'eau, dessinant des colliers de perles abandonnés dans l'océan. Elle aperçut au loin le Vaisseau Fantôme, silhouette sombre contre le navire de la marine éclairé à côté. Étaient-ce les effets de lumière qui le rendaient si inquiétant ?

Ils dépassèrent le bateau et continuèrent vers les navires plus grands. Amaya repensa à une histoire kharienne que lui avait racontée son père sur des démons qui se déguisaient en rochers géants ou en collines. Les voyageurs ne se rendaient compte de leur présence que trop tard. Amaya sentit autour d'elle les formes imposantes des bateaux prêts à leur sauter dessus à tout moment.

– Celui-ci, indiqua Jasper en désignant le quai seize.

Deadshot approcha le petit canot bercé par le remous des vagues. Jasper les aida à se faufiler entre deux bateaux dans l'obscurité totale.

Ils accrochèrent une corde aux anneaux rouillés de la coque. *Étoile Argentée* était peint en rouge sous une rangée de hublots. Un joli nom pour une embarcation vétuste qui avait grand besoin de réparations depuis plusieurs années déjà.

– Les plans intérieurs ne doivent pas être compliqués, leur avait dit Liesl dans la journée en dessinant sur une feuille de parchemin. C'est un trois-mâts, ce qui veut dire qu'il y aura deux ponts au-dessus de la cale. J'imagine qu'ils auront logé tout le monde sur le pont inférieur vers le gaillard.

Amaya attrapa les anneaux rouillés et froids et se hissa dans le bateau. Les embruns les avaient trempés, alors elle prit tout son temps pour éviter de glisser.

Elle s'arrêta à mi-chemin. Un symbole était gravé sous le nom du bateau, un cercle contenant un diamant entouré de lierre. On aurait dit le sceau d'une bague enfoncée dans de la cire. Elle se demanda où elle l'avait déjà vu.

– Qu'est-ce que ça signifie ? demanda-t-elle tout bas à Jasper.

– Aucune idée. Ce sont les armoiries de Basque, c'est tout ce que je sais. Mais, s'il te plaît, ma main va geler si on ne se dépêche pas.

Arrivés sur le pont, ils se séparèrent. Jasper courut vers la poupe et Deadshot vers le gaillard, à l'affût du signal d'Avi. Amaya et Liesl, elles, étaient chargées de trouver Adrienne.

– Les quartiers du capitaine sont généralement à la poupe, avait dit Liesl. Ils sont sûrement assez loin pour qu'on ne le réveille pas, mais ne prenons aucun risque.

Amaya ne put bloquer l'image soudaine de la main de Zharo, avec toutes ses bagues, qui lui frappait le visage.

– D'accord.

Elles descendirent l'échelle qui menait aux cabines. Amaya repéra, sur la droite, les appartements du capitaine et, sur la gauche, un couloir qui semblait conduire à la cambuse.

Liesl désigna quelques marches vers le pont inférieur. Elles les empruntèrent prudemment, les mains contre la coque du navire pour ne pas tomber dans le noir. Elles débouchèrent sur une porte fermée par plusieurs verrous.

– On dirait que le capitaine ne veut pas qu'ils s'échappent, lâcha Liesl sèchement. Va savoir pourquoi.

Liesl crocheta toutes les serrures sans difficulté et ouvrit la porte juste assez pour se glisser à l'intérieur.

Une vague de souvenirs amers submergea Amaya quand elle perçut les bruits qui l'entouraient. Les ronflements, les grondements et les murmures, les grincements des hamacs. La puanteur était intolérable : l'odeur des corps sales se mêlait à celle des cadavres de poissons et du sang.

Amaya eut un geste de recul. Liesl lui agrippa le coude, autant pour la mettre en garde que pour la rassurer.

– Ce n'est plus ça, ta vie, murmura-t-elle à son oreille. Que ce soit aussi vrai pour ma sœur, maintenant.

Les paupières closes, Amaya hocha la tête. Prise de tremblements, elle voulait remonter à l'air libre et fuir ce bateau.

Mais elle se força à suivre son amie, qui scrutait méthodiquement tous les hamacs. Amaya s'attarda sur les corps endormis. Des enfants et des adultes, tous maladivement maigres et en partie rasés, comme si le capitaine avait voulu les priver de leur identité et de leur individualité. Zharo avait fait pareil sur le *Saumâtre* en leur donnant des noms de bêtes.

Liesl poussa un petit son désespéré. Se pouvait-il qu'Adrienne ne soit pas parmi eux ? se demanda Amaya, bouleversée. Peut-être qu'elle était sur un autre bateau ou que ces conditions de vie extrêmes l'avaient poussée prématurément dans la tombe.

Heureusement, ses craintes furent balayées quand elle vit son amie se précipiter vers le hamac d'une jeune fille à la tête entourée de petites boucles brunes. Elle devait avoir l'âge d'Amaya. Elle avait une carrure solide, mais rien que la peau sur les os.

Les mains de Liesl tremblaient quand elle les approcha de sa sœur. Au premier contact, Adrienne se réveilla, bouche ouverte, prête à crier. Liesl l'en empêcha en plaquant une main sur son visage, le sien tout près.

– Ren, c'est moi, murmura Liesl.

Adrienne la dévisagea, sa respiration haletante dans la main de sa sœur. Son cri de soulagement fut étouffé et Amaya vit des larmes poindre aux coins de ses yeux. Elles s'enlacèrent et le hamac oscilla dangereusement, alors qu'Adrienne s'efforçait de contenir ses sanglots.

– Je suis tellement désolée, murmurait Liesl en berçant sa sœur. Je suis désolée d'avoir mis tant de temps à te retrouver.

Adrienne se dégagea et s'essuya les yeux.

– Liesl, lâcha-t-elle d'une voix éraillée. Tu es venue me sortir d'ici ?

– Non, je suis là pour faire la fête, ironisa Liesl, émue. Bien sûr que je vais te sortir d'ici.

Adrienne mordit sa lèvre gercée et regarda autour d'elle.

– Je…

La main de Liesl se resserra sur le poignet de sa sœur.

– Il faut partir avant qu'ils se réveillent.

Mais un petit curieux levait déjà la tête, sûrement alerté par leurs chuchotements.

– Liesl…

– Adrienne, on n'a pas le temps.

Mais Adrienne descendit de son hamac pour se planter fermement devant Liesl.

– Je ne vais pas les abandonner, lança-t-elle d'un ton déterminé. Ils souffrent tous. Si je pars sans eux, je ne vaux pas mieux que Basque et ses semblables.

– Tu n'es pas sérieuse ? interrogea Liesl, stupéfaite.

Amaya se vit soudain submergée par les souvenirs de ses camarades d'infortune. Elle se rappela l'expression sur leurs visages quand elle avait acheté le *Saumâtre* avec l'or de Boon, quand ils avaient compris qu'ils étaient libres.

– On peut y arriver, déclara-t-elle en se plaçant à côté de Liesl.

– On n'a pas le temps…

– Réfléchis au coût que ça représentera pour Basque, insista Amaya. Vu le nombre d'esclaves, ça doit être son navire le plus rentable. Ce sera une lourde perte de revenus pour lui.

À présent, des murmures confus résonnaient de toutes parts. Liesl ouvrit de grands yeux paniqués. Adrienne prit les mains de sa sœur dans les siennes.

– S'il te plaît, Liesl.

Liesl poussa un soupir et leva la tête vers le plafond comme pour demander aux saints des étoiles de lui venir en aide.

– Tu sais que je ne peux rien te refuser. C'est pour ça que t'es tellement gâtée.

Un sourire aux lèvres, Adrienne se tourna vers les autres. Alors qu'elle leur expliquait ce qui se passait, Liesl décocha un regard mauvais à Amaya.

– Si on finit sur le Banc des Pécheurs, mon fantôme hantera le tien pour toujours.

– On a déjà libéré un navire de créancier, lui rappela Amaya. On peut recommencer.

Elle les aurait volontiers libérés tous jusqu'au dernier. Sa vengeance serait enfin assouvie.

– Qu'est-ce qui se passe, ici ?

La voix retentit dans la cabine, provoquant des cris affolés. D'instinct, Amaya posa la main sur son couteau. La silhouette trapue d'une femme apparut dans la porte.

– Qui a fait ça ? hurla la capitaine en montrant les serrures crochetées. Je vais vous pendre les uns après les autres si personne ne se dénonce.

Amaya se faufilait déjà entre les prisonniers. Quand la capitaine la remarqua, son sourire vicieux se transforma en grimace d'incompréhension. Elle brandit son pistolet au moment où Amaya envoyait sur elle un de ses couteaux.

La femme poussa un hurlement quand la lame s'enfonça dans ses côtes, la faisant tirer un coup de feu. La balle transperça le plafond.

– Maîtrisez-la ! ordonna Adrienne.

Sa voix couvrait les exclamations de terreur, comme si, à l'instar de sa sœur, elle était née pour commander.

Quelques prisonniers attrapèrent la capitaine et l'un d'eux lui fit lâcher son arme. Déchaînée, la femme se débattait en jurant et en projetant du sang partout. Certains n'attendirent pas qu'elle soit complètement ligotée pour s'enfuir.

– Oh, non ! s'écria Liesl. Ils vont donner l'alerte, c'est sûr, si le coup de feu n'a pas déjà suffi.

– C'est pas le moment de s'en préoccuper, lança Adrienne. Il faut lever l'ancre et partir au large.

Elle se tourna vers Amaya.

– Merci pour le couteau. C'est toi, l'amoureuse de ma sœur ?

Amaya prit un air gêné.

– Elle est en haut, intervint Liesl, amusée, en montrant le plafond. Ah, non, elle est juste ici.

Deadshot apparut par la porte ouverte, certainement attirée par le tir.

– Quelle musculature ! s'exclama Adrienne, impressionnée.

– Oui, j'adore, acquiesça Liesl. Mais on en discutera plus tard.

Deadshot les aida à enfermer la capitaine dans ses quartiers. Amaya récupéra son couteau et l'essuya sur sa manche avant de le glisser dans son fourreau.

Le pont supérieur était en ébullition. Liesl fit signe à Avi que le plan avait changé.

– T'as combien de frères et sœurs ici ? s'étonna Jasper qui accourait vers elle.

– Plusieurs. On emmène le bateau au large.

– Quoi ? Li….

Adrienne avança et, Jasper se tut à sa vue. Le désir ardent qu'Amaya lut dans leurs regards la sidéra. Contrairement à son habitude, Liesl ne semblait rien remarquer.

Après plusieurs secondes d'une tension palpable, Adrienne enlaça Jasper.

– Je suis tellement désolé, murmura-t-il en la serrant contre lui. Je vous ai laissées tomber, Liesl et toi. J'aurais dû en faire plus…

– Ne dis pas ça, répliqua-t-elle doucement. Tu as fait tout ce que tu pouvais. Nous nous battions pour la même cause et nous en connaissions les risques.

Elle recula, les larmes aux yeux.

– Et maintenant on va faire ce qu'on peut pour réparer tout ça.

– Et vite ! les interrompit Liesl, alors que d'autres prisonniers sautaient encore du bateau vers les docks. Amaya, prends la barre, pendant que Deadshot et moi, on se charge du reste.

Amaya s'exécuta, tandis que Liesl ordonnait qu'on déploie les voiles et qu'on lève l'ancre. Les prisonniers savaient par cœur ce qu'ils avaient à faire. Ils manœuvrèrent rapidement et en silence.

Perché sur le toit du bureau portuaire le plus proche, Avi s'agitait frénétiquement, touchant deux fois sa poitrine. C'était le signe que les soldats arrivaient.

Amaya remarqua que le bateau qui surveillait le Vaisseau Fantôme s'animait.

– Liesl ! cria-t-elle maintenant que la discrétion n'était plus de mise. On doit partir !

Liesl aboya des ordres et Adrienne, qui connaissait ses compagnons par leurs prénoms, assignait des tâches à chacun. Amaya tourna la barre à gauche quand le navire commença à bouger, pour le diriger vers le large. La coque frotta contre le quai. Amaya n'avait tenu ce poste que très rarement à bord du *Saumâtre*.

Tandis que Liesl et Jasper se précipitaient à ses côtés, l'*Étoile Argentée* prenait de la vitesse, mais le navire de la marine raccourcissait lentement la distance entre eux. Leurs fanions battaient sans vigueur, ralentis par le vent.

– Eh, la méchante, ton copain est sur ce bateau, annonça Jasper en regardant dans sa longue-vue.

– Rémy ?

Amaya passa le gouvernail à Liesl et courut vers le bastingage. Plus le navire se rapprochait, plus elle distinguait clairement la chevelure brune de Rémy derrière le plat-bord.

Elle poussa un sifflement aigu et leva deux doigts, leur salut du temps du *Saumâtre*.

À la distance où il se trouvait, elle vit qu'il avait compris. Il ouvrait la bouche, stupéfait. Elle crut même l'entendre pester.

Rémy se précipita vers la barre, alors que les soldats s'apprêtaient à prendre d'assaut l'*Étoile Argentée*. Amaya sortit son couteau pour défendre les prisonniers, révoltée contre le système qui voulait les détruire.

Un cri retentit et le bateau de la marine vira brusquement vers le port. Les prisonniers poussèrent un soupir de soulagement en même temps que Liesl.

– Incroyable, commenta Jasper. Ton copain à la veste bleue est finalement quelqu'un de bien.

– Désolée, Rémy, murmura Amaya.

Elle savait qu'il risquait son poste pour ce qu'il venait de faire pour elle. Elle se ferait sermonner.

Mais elle fut interrompue dans ses pensées par les hurlements de victoire des prisonniers. Adrienne adressa un sourire radieux à Liesl et les deux sœurs s'enlacèrent.

– Vous savez que vous ne pourrez pas tous rester sur le navire, déclara Liesl. Vous devrez descendre à Leguinne et marcher jusqu'à Viariche. Quand j'aurai accompli ma mission, je vous y rejoindrai.

– Quelle mission ? demanda Adrienne.

– Je t'en parlerai à mon retour.

Liesl posa une main sur l'épaule de sa sœur et la pressa fort, comme si, malgré ce qu'elle venait de dire, elle ne voulait plus jamais la perdre de vue.

– Ça ira ? demanda-t-elle. Tu veux que je vienne avec toi ?

– Tovi et Hermé connaissent le bateau par cœur. Nous mettrons la capitaine sur une barque et nous la laisserons au milieu de l'océan. Prenez les autres pour revenir sur la côte. Tout ira bien pour nous, assura Adrienne en souriant.

Jasper se racla la gorge.

– Je l'accompagne.

– Vraiment ? demandèrent Liesl et Adrienne en même temps.

– Pour m'assurer que tu arrives bien à Viariche. En attendant que Liesl t'y retrouve. Si… tu l'acceptes.

Adrienne rougit et Liesl lui adressa un regard soupçonneux.

– Ça me va, murmura Adrienne.

– Et le bénéficiaire ? demanda Liesl à Jasper. Ton aide nous est précieuse. Sans tes contacts, je ne suis pas sûre que nous pourrons aller très loin.

– Vous y arriverez. Comme toujours. Et, de toute façon, je ne pense pas pouvoir faire beaucoup plus, vu que je n'ai pas accès aux archives des Deirdre.

Liesl n'insista pas.

– D'accord. Mais n'oublie pas, Jas, combien tu aimes la main qui te reste.

Alors que le navire était lancé, Deadshot et Adrienne firent enfin connaissance en bonne et due forme. Amaya observa le Vaisseau Fantôme à tribord, sombre et menaçant sur les eaux.

Le sourire d'Amaya s'effaça lorsque les formes du navire apparurent plus clairement sous le clair de lune. C'était une petite frégate quelconque dont la coque abîmée suggérait qu'elle avait perdu plusieurs batailles. Une partie de son bastingage avait été arrachée à bâbord.

Elle l'avait déjà vu, à Moray. La nuit où Nian et Grillon étaient morts. La nuit où elle avait compris les vraies intentions de Boon.

Elle s'était battue contre lui sur le pont de ce navire.

Boon était arrivé en ville.

18

Comme l'or, plus fort allié à d'autres métaux, allions nos découvertes pour qu'elles contribuent à rendre le monde meilleur.

Zane Mustave, alchimiste de l'Empire de Pluie

Cayo balayait des copeaux de métal dans l'arrière-boutique quand la clochette de la porte retentit.

Un client. Florimond serait occupé pendant un moment. Cayo posa doucement le balai sur le mur et sortit de sa poche un accessoire de crochetage.

Lorsqu'il avait parlé à Avi de la boîte remplie de lettres que Florimond gardait dans sa boutique, le sans-terre lui avait donné ce matériel. Cayo n'était pas très doué, mais il s'était entraîné sur les serrures de l'appartement.

Florimond travaillait sur un remède et sa mécène n'était pas Deirdre. Cayo n'avait aucune raison de le soupçonner. Et pourtant, sans se l'expliquer, il était curieux de savoir ce que Florimond cachait là.

Mais, tandis qu'il s'approchait de l'étagère, une voix tonna de l'autre côté de la porte.

– Francis ! On ne t'a pas vu aux réunions depuis un moment. Pourquoi tu te cloîtres ici ?

Un ami ? Un autre alchimiste ? Cayo profita du bruit que faisait l'homme pour crocheter le cadenas de la boîte.

– Je ne me « cloître » pas, je travaille.

– Ça revient au même. La patronne t'en demande un peu trop ?

– Ça ne te regarde pas.

L'homme éclata d'un rire puissant.

– Tu changes pas. Tu nous manques aux réunions.

– Bien sûr. Que veux-tu, Avon ?

– Deirdre augmente la cadence pour moi aussi, et j'ai complètement oublié de commander de l'hydraste. Tu en aurais un peu pour moi ?

Cayo s'interrompit. *Deirdre ?*

– Elle te fait utiliser de l'hydraste ? s'étonna Florimond. C'est un poison, à haute dose.

– Heureusement qu'on l'utilise pas à haute dose, alors.

Cayo entendit un craquement, comme si l'autre alchimiste s'appuyait sur le comptoir.

– Allez, je sais que t'en as. Plus vite tu m'en donneras, plus vite on trouvera un remède.

Cayo fronça les sourcils. Deirdre faisait travailler ses alchimistes sur un remède ?

Il mit un moment à comprendre que Florimond se dirigeait vers l'arrière-boutique. Il rangea ses accessoires à la hâte et se dépêcha de reprendre le balai.

Florimond s'arrêta à la porte, intrigué.

– Qu'est-ce qui ne va pas ?

– Quoi ? lâcha Cayo d'une voix suraiguë. Rien, je…

Il se racla la gorge.

– Je vous ai entendus. C'est un autre alchimiste ?

Florimond marmonna sans lui répondre et fouilla dans ses bocaux d'herbes et de plantes séchées. Cayo serrait si fort le manche du balai qu'il risquait de se rentrer des échardes dans les mains.

– Deirdre est sa mécène ? Tous les alchimistes recherchent un remède ?

Florimond trouva le bon bocal et repartit vers le magasin en adressant à Cayo un regard étrange.

– Tu veux aller travailler pour lui ?

– Non… je suis juste curieux.

– Tout le monde travaille sur le remède. Le plus important, c'est qui va le trouver en premier et à combien on le vendra.

Il fit un signe de tête vers le balai.

– Si tu as terminé, tu peux rentrer chez toi.

Cayo jeta un coup d'œil à la boîte, tandis que les deux alchimistes prenaient congé l'un de l'autre. La clochette de la porte carillonna, et Florimond se remit aussitôt au travail, sans se préoccuper de la présence de son employé.

Cayo venait de louper une bonne occasion, mais au moins il avait obtenu des informations. Pris de vertige, il retourna dans l'appartement vide. Les autres étaient partis sauver la sœur de Liesl.

Trop anxieux pour dormir, il resta debout pour les attendre. Après avoir arpenté l'appartement, il fit les lits, en évitant celui d'Amaya qui sentait bien trop son odeur. Ne supportant pas d'être désœuvré, il épousseta même les meubles avec une chaussette. Quand il eut fini et que la lune arriva à son point le plus haut dans le ciel, autour de minuit, il s'entraîna à préparer du thé. Affreusement amer, le breuvage qu'il se servit lui provoqua un haut-le-cœur.

La porte s'ouvrit tandis qu'il jetait à la poubelle les feuilles trempées. Ses compagnons entrèrent, charriant une odeur de mer.

– Alors ?

L'expression sur leurs visages lui suffit pour comprendre qu'ils avaient réussi. Son anxiété s'apaisa légèrement.

Pendant qu'ils lui racontaient ce qui s'était passé («Attendez, vous avez volé tout le navire ?»), il ne put s'empêcher d'examiner la mine figée d'Amaya et la tension qui se dégageait d'elle. Elle ne semblait ni heureuse ni soulagée.

Elle semblait… furieuse.

– J'aurais voulu partir avec elle, se désola Liesl en retirant ses bottes.

– On la reverra bientôt, la consola Deadshot. Maintenant, on doit se concentrer sur le trafic des contrefaçons.

– Tu as raison, concéda Liesl en rougissant. Excusez-moi d'être si préoccupée.

– C'est ta sœur. On te comprend.

– Je suis content que vous l'ayez retrouvée, intervint

Cayo. Je… euh… j'ai découvert quelque chose. Chez Florimond.

Ils se tournèrent tous vers lui. Tous, sauf Amaya. Appuyée contre le mur, elle fixait la fenêtre de son regard implacable.

Quand il leur parla de l'autre alchimiste et de Deirdre, qui essayait de trouver un remède, Avi se frotta le menton.

– Intéressant, commenta-t-il.

– Pourquoi Deirdre cherche-t-elle à la fois à faire des fausses pièces et à découvrir un remède contre la maladie qu'elle propage ? demanda Deadshot.

– Florimond dit que celui qui trouvera le remède le premier pourra fixer le prix de vente.

Avi lâcha un rire noir.

– Évidemment. Elle a provoqué une épidémie accidentellement, et elle sort un remède de sa manche. Opportun, n'est-ce pas ? C'est elle qui contrôlera alors le marché pour faire un maximum de profit.

– C'est… épouvantable, intervint Liesl.

Amaya s'écarta du mur et partit dans sa chambre. Cayo se planta devant elle.

– Tout va bien ?

Elle serra la mâchoire, les yeux fixés sur son torse pour ne pas croiser son regard.

– Ça va.

– Vous n'en avez pas l'air.

– Ça va, Cayo, répéta-t-elle d'une voix cassante, laissant entrevoir Anguille dans ses traits. S'il vous plaît, écartez-vous, je suis fatiguée.

Il hésita. Ce qu'il venait de reconstruire entre eux était encore fragile et précaire. S'il insistait, faisait un geste de trop, elle risquait d'exploser en morceaux.

Mais ce qu'ils avaient à affronter était tellement plus important qu'une réconciliation naissante.

– Serez-vous en forme pour le casino, demain ? demanda-t-il tout bas pour que les autres ne l'entendent pas.

– Inquiétez-vous davantage pour vous-même que pour moi, répliqua-t-elle en le bousculant pour entrer dans sa chambre.

Il tenta d'ignorer la pesanteur glaciale qui lui plombait l'estomac et devenait plus lourde chaque fois qu'il pensait à la soirée à venir, à la perspective de se retrouver à la même table que Robin Deirdre.

Il avait rangé sous son matelas la bourse de pièces qu'il avait gagnées, qu'il aurait tant voulu apporter à mère Hilas.

Mais Liesl avait mis de côté leur mission à cause de sa sœur, et Cayo ne voulait pas faire pareil, il ne voulait pas rester le maillon faible de leur groupe. S'il avait une chance de faire ses preuves, il allait la saisir.

Même si cela l'obligeait à sacrifier tout ce pour quoi il avait fait tant d'efforts.

19

> Farceur apporta à la lune trois présents : un bol d'huile, un os de lapin et une goutte de sang de démon. La lune lui en demanda le sens, mais Farceur refusa de répondre, lui instruisant seulement de tremper l'os dans le sang pour le faire ensuite macérer dans l'huile. Après un certain temps, l'os se transforma en une bête redoutable qui traquait la lune et terrorisait ceux qui s'en approchaient. Quand Farceur revint lui rendre visite, la lune lui demanda pourquoi il avait fait cela. Je pensais que ça t'aiderait, lui répondit-il. Comment donc ? l'interrogea la lune. N'est-ce pas mieux de connaître son ennemi comme soi-même ? fut sa réponse.
>
> *Mythe kharien*

Allongée dans son lit, Amaya s'était écorchée à force de tourner la bague sur son doigt.

Dans la soirée, elle retournerait au Port Doré avec Cayo. Ils auraient ainsi l'occasion de côtoyer

Deirdre et, avec un peu de chance, de lui soutirer des informations.

Mais Amaya ne pouvait s'empêcher de penser au bateau de Boon abandonné devant le port. À ce qu'Avi lui avait dit. Elle se rappela sa mère, assise dans le coin de la pièce principale pour coudre, ou agenouillée à côté d'elle pour lui montrer la beauté d'une toile d'araignée soyeuse dans le jardin.

Boon avait connu ses parents, et il ne le lui avait pas dit. Le doute sur la trahison potentielle de sa mère grossissait en elle comme une tumeur. Connaître la vérité serait le seul moyen de l'extraire.

La voix de Rémy s'immisça dans ses pensées. Au début, elle crut qu'il ne s'agissait que d'une illusion. Mais quand il l'appela de nouveau, elle se redressa, haletante.

Rémy.

Il était assis au bord de son lit, les sourcils froncés. Elle lui attrapa le poignet.

– Le navire, lâcha-t-elle. Je suis désolée, Rémy.

Il émit un rire étranglé, mais sincère.

– Disons que tu me dois un dessert.

– Qu'est-ce qui s'est passé ? Tu as eu des ennuis ? Je me suis fait tellement de souci…

– Après ce numéro que j'ai dû jouer pour te sauver ? Bien sûr que j'ai eu des ennuis.

Elle posa le front sur son épaule. Il soupira en lui caressant le dos.

– Tout va bien, murmura-t-il. J'ai juste été suspendu.

Les esclaves qui s'évadaient étaient un bon prétexte pour retourner au port.

– Est-ce que… ?

– Ne t'inquiète pas, ils ont réussi à s'enfuir. Même si j'ignore combien de temps ils ont devant eux avant d'être rattrapés.

Amaya acquiesça de la tête, désolée. Elle repensa à ce qu'elle avait ressenti sur l'*Étoile Argentée*. Elle voulait tellement recommencer sur un autre navire. Arrêter les capitaines, libérer les prisonniers. Sauver d'autres malheureux qui avaient subi les mêmes souffrances qu'elle pendant sept ans.

– Je sais que tu avais tes raisons pour faire ça, lança Rémy. Mais, la prochaine fois, assure-toi que je ne suis pas de service, d'accord ?

– Je vais essayer.

Il esquissa un petit sourire et sortit un papier de sa poche.

– Ce n'est pas pour ça que je suis ici. Même si je suppose que ça te rassure de voir que je n'ai pas été exécuté pour trahison. Ils m'ont surveillé de près, c'est pour ça que je n'ai pas pu venir avant. Tu te souviens que tu m'as demandé d'ouvrir l'œil et l'oreille au sujet d'incidents sur la voie publique qu'on nous rapporterait ?

– Oui, répondit Amaya, bouleversée par l'image du navire de Boon qui lui revint à l'esprit.

– On nous en a signalé un. Comme je suis suspendu, j'ai eu un peu de mal à me renseigner.

Amaya grimaça, gênée, mais Rémy continuait de sourire.

– Ça correspond. « Grand Kharien robuste, cheveux noirs, barbe noire. En état d'ébriété. Lançait des bouteilles contre la façade d'une taverne », lut-il sur la feuille. «A blessé l'officier venu le verbaliser et s'est enfui. »

Un frisson glacé parcourut le dos d'Amaya.

– Ce navire, murmura-t-elle. Devant le port. C'est le sien. Celui qu'il avait à Moray.

– Je me disais bien que je l'avais déjà vu.

Amaya était catégorique. Cette nuit-là, à Moray, était gravée dans sa mémoire, jusqu'au moindre détail terrifiant. La mare de sang sous Nian. La douleur qui lui avait saisi la poitrine quand elle s'était élancée dans les rues. La froideur des étoiles au-dessus de sa tête.

– Où est-ce que ça s'est passé ?

Il consulta ses notes.

– Rue Aumerine. Dans un quartier pauvre, loin des magasins mais pas très loin du port.

En voyant son visage se décomposer, Rémy lui serra le bras.

– Amaya, je ne veux pas que tu sois imprudente maintenant que tu as cette information. Si tu pars à la recherche de Boon, laisse-moi au moins t'accompagner.

Elle examina ses yeux marron et se demanda comment ils la regarderaient une fois qu'ils l'auraient vue tuer un homme.

– D'accord, mentit-elle.

***

Alors que le soleil de la fin d'après-midi colorait l'océan en rouge sang et que la soirée enveloppait la ville, Amaya s'arma de ses couteaux et sortit discrètement de l'appartement.

Cayo venait sûrement de terminer sa journée de travail au marché aux poissons et devait être sur le chemin du retour pour se préparer à la soirée au casino, qui débutait à minuit.

Amaya y assisterait. Elle le lui avait promis.

Mais, d'abord, elle avait d'autres affaires à régler.

La culpabilité accompagnait chacun de ses pas dans les rues glacées de Baleine. Sa gorge se serrait quand elle pensait au visage sérieux de Rémy, au rictus anxieux de Cayo.

Elle ne pouvait pas laisser Boon s'en tirer. Elle ne pouvait pas accepter que ses questions ne trouvent jamais de réponse.

Quand elle arriva rue Aumerine, il faisait déjà nuit noire. Elle repéra la taverne sur laquelle Boon avait lancé des bouteilles. Grâce à quelques questions ciblées, elle découvrit qu'après l'arrivée de l'officier, Boon était parti dans la direction du quartier voisin.

L'endroit sentait la fumée, des saletés recouvraient les pavés et des poules s'y promenaient librement. Sur les façades des maisons délabrées, des taches noires et des cloques attestaient d'une ancienne inondation, sûrement due à un orage violent. Comparées au manoir de Basque, ces masures évoquaient de simples boîtes en carton.

Si les fausses pièces continuaient à circuler, les habitants de ce quartier seraient les premiers touchés par l'effondrement de l'économie. Ils étaient déjà si vulnérables… Elle ne pouvait penser à ce qu'il leur arriverait s'ils perdaient le peu qu'ils avaient.

Elle décrivit Boon à tous ceux qu'elle croisait. Les rares passants qui pensaient l'avoir vu lui indiquèrent le nord, vers Rupin Alley.

Elle longea la rue dans un sens puis dans l'autre, mais fut incapable de deviner dans quelle maison il s'était installé. Alors qu'elle s'apprêtait à frapper à chaque porte, un cri l'arrêta.

Amaya se crispa et fila se cacher dans une allée sombre.

En solène, un homme hurlait à un type de déguerpir, ce qui déclencha chez ce dernier un éclat de rire qu'Amaya reconnut.

Elle frissonna.

Boon.

Elle sentit sa fureur monter, incandescente et vorace.

Elle tira silencieusement une lame de son fourreau.

Un instant, et il ne respirerait plus. Elle l'aurait effacé de la surface de cette planète, anéantissant avec lui la source de sa culpabilité et de sa tristesse.

Cela réparerait ses erreurs à elle, mais serait un geste de miséricorde pour eux deux.

Il titubait dans la rue, passant à côté d'un recoin où elle se dissimulait. Elle le suivit sans un son, ses poumons torturés par sa respiration trop retenue. Elle tenait dans sa paume le manche de son couteau, de plus en plus fermement.

Un coup seulement. Un petit mouvement du poignet pour lui trancher la gorge.

Elle allongea sa foulée. Alors qu'il approchait d'une maison à peine plus grande qu'une cabane, elle se jeta sur lui et l'attrapa par le col, appuyant la pointe de son couteau sur son cou.

Boon se figea. Il ne se débattit pas, ne fit rien pour se dégager. Il ne semblait même pas surpris, comme s'il avait anticipé l'attaque.

– Je me disais que ça devait être toi, grommela-t-il.

Il mâchait ses mots encore plus que d'ordinaire et chancelait légèrement.

– T'es venue pour en finir ?

Elle appuya plus fort, déclenchant chez lui un grognement de douleur satisfaisant.

– Je ne devrais pas, après tout ce que vous m'avez fait ? Je vais rendre service à l'humanité.

Son rire gras se transforma en quinte de toux.

– T'as sûrement raison. Mais j'ai une proposition à te faire.

– Je suis fatiguée de vos propositions, répliqua-t-elle.

– T'es sûrement pas la seule.

Il toussa de nouveau.

– Mais écoute-moi. Je ne m'enfuirai pas. Je suis pas en état.

– Pourquoi ?

Il lui fit un geste impatient pour qu'elle le libère.

– On peut pas parler ici. Entre, s'il te plaît.

Elle considéra le choix qui s'offrait à elle. Le tuer et abandonner sa dépouille dans la rue à la vue du premier passant innocent, ou écouter ce qu'il avait à lui dire. Mais qu'avait-elle jamais gagné à l'écouter ?

Profitant de son hésitation, Boon se tourna malgré le couteau sur sa nuque et se figea.

– Cette bague. Où l'as-tu eue ?

Elle posa les yeux sur le jade à son doigt, et toutes ses questions déferlèrent dans son esprit. Sa mère, l'alchimie…

Le cœur tambourinant dans sa poitrine, elle relâcha enfin son emprise. Boon s'étira le cou dans un sens puis dans l'autre, avant de lui faire face.

– Alors ? Tu l'as trouvée où ? Tu ne l'avais pas avant.

– Ça ne vous regarde pas, répondit-elle froidement. Elle est à moi.

Elle brandit son couteau pour lui signifier d'ouvrir la porte.

– Vous vouliez parler ? D'accord. J'ai quelques questions pour vous.

Boon la dévisagea, mais elle ne baissa pas les yeux, refusant de se laisser intimider. Il finit par grimacer et claquer la langue plusieurs fois.

– On t'a déjà dit que t'étais douée pour donner des ordres ? Allez, entre.

Il poussa la porte avec un coup d'épaule. C'était une sorte de cabane de pêcheurs et Amaya se demanda si elle était inhabitée quand il était arrivé ou s'il avait chassé son précédent occupant. À moins que le pauvre ait été emporté par l'épidémie de fièvre.

Elle entra, écœurée par l'odeur aigre. Boon ronchonna et claqua de nouveau la langue de manière étrange en allumant la lanterne fêlée sur une table à côté de lui. Les flammes éclairèrent en vacillant des meubles cassés et les détritus au sol. Amaya entendit craquer sous son pied et vit qu'elle avait piétiné des os de poisson.

– Je t'aurais bien offert une tasse de thé, mais j'en ai pas.

Il fouilla dans un placard, d'où il sortit une bouteille de liqueur pratiquement vide.

– J'ai que ça. T'en veux ?

– Non, merci.

Amaya souleva le rideau miteux pour regarder la rue par la fenêtre.

– Vous avez dit que vous vouliez parler. Alors parlons.

– Passons directement aux affaires, tu as raison.

Il s'écroula sur un canapé pourri et prit une gorgée au goulot, sans se soucier des gouttes qui coulaient sur sa barbe.

– Qu'est-ce que tu fais ici ?

Amaya lâcha le rideau et lui décocha un regard assassin.

– En quoi ça vous intéresse ?

– Je suis curieux, c'est tout. Le petit dandy est avec toi ?

Amaya se redressa de toute sa hauteur relative et résista à l'envie de lui balancer sa botte dans le nez.

– Sa sœur est malade. Nous sommes venus à Baleine pour la soigner et arrêter le trafic de contrefaçons.

– Ah.

Boon but encore et s'essuya la bouche avec sa manche. Son bras gauche tremblait encore plus qu'avant.

– J'aurais pas cru que ça arriverait aussi loin.

Comment pouvait-il rester aussi calme ?

– C'est vous et Mercado qui êtes responsables de ce désastre. Et le bénéficiaire.

– Comment connais-tu l'existence du bénéficiaire ?

– Je ne vous dois aucune réponse.

– Certes, acquiesça-t-il en souriant. C'est à cause de lui que je suis ici.

– Vous le connaissez ?

– Non, je sais juste qu'il se trouve à Baleine. Je me suis dit que ce serait bien de découvrir son identité, pour essayer de le faire chanter.

– Nous pensons savoir de qui il s'agit, déclara-t-elle froidement. Robin Deirdre.

– Deirdre ? répéta Boon, sidéré.

Il réfléchit, un regard vide sur la bouteille dans sa main.

– Possible, je suppose.

– Elle a sous sa coupe pratiquement tous les alchimistes de la ville, dit Amaya, sa gorge se resserrant douloureusement. Ils fabriquent les fausses pièces et cherchent en même temps un remède contre l'épidémie. Elle veut se servir d'eux pour combattre l'Empire de Soleil. Et récupérer Moray.

– Attends, intervint Boon en se pinçant l'arête du nez. Ralentis un peu. Pourquoi tu penses ça ?

– Je vous ai déjà dit que je ne vous devais aucune réponse.

Elle fit un pas vers lui, un doigt sur le manche de son couteau.

– Vous ne pouvez rien faire pour nous aider. Vous faites partie du problème et ça ne changera pas.

Elle s'attendit à ce qu'il riposte ou se moque d'elle. Mais il se contenta de secouer la tête, les yeux toujours rivés sur la bouteille.

– Pas faux, concéda-t-il.

Un malaise envahit Amaya. Elle n'aimait pas le voir dans cet état lamentable. Il pouvait être si triste et pitoyable, parfois.

– Qu'est-ce que vous aviez dans la tête en m'envoyant à Moray avec tout cet or faux ?

– Je voulais empoisonner les riches, répondit-il sur-le-champ d'une voix parfaitement claire.

Amaya se sentit plus troublée encore.

– Je voulais punir ceux qui m'ont fait souffrir. Mais Mercado n'en a fait qu'à sa tête et a fait circuler les fausses pièces dans le quartier du vice, et…

Il dessina un cercle dans les airs avec sa bouteille, produisant un bruit liquide.

– Et voilà où on en est.

– Félicitations, ironisa Amaya. Vous avez fini par devenir exactement comme celui que vous vouliez détruire.

Elle s'était attendue à ce que sa remarque agace Boon, mais il siffla les dernières gouttes d'alcool et laissa rouler la bouteille à terre.

– Ouais, c'est pas faux non plus.

Amaya n'arrivait pas à savoir ce qu'il lui inspirait le plus : la pitié ou le dégoût. Elle aurait très bien pu tourner les talons et le laisser là, à se débrouiller seul, pendant qu'elle reprenait sa mission avec ses compagnons.

Mais elle s'assit prudemment sur la chaise à côté du canapé, étonnée qu'elle résiste à son poids, malgré son grincement contrarié. Elle se pencha en avant, les coudes posés sur ses genoux.

– Vous avez évoqué une proposition.

Liesl serait furieuse qu'elle puisse considérer la possibilité d'aider Boon, mais il pourrait peut-être, en échange, contribuer à la réussite de leur plan.

– À quoi pensiez-vous ?

Boon se remit en position assise avec un grognement d'effort.

– Tout doux. Je te guide jusqu'au bénéficiaire et tu me fais sortir de Baleine. Tu te débarrasses de moi pour toujours.

Amaya attendit qu'il s'explique.

– C'est tout ? finit-elle par demander.

– Des gars malfaisants veulent ma tête, mais je préférerais qu'elle reste sur mes épaules pour le moment.

– Je ne comprends pas trop pourquoi, répliqua-t-elle sèchement. Même si je pouvais vous aider à quitter la ville, vous rencontreriez les mêmes problèmes ailleurs. La marine de l'Empire de Pluie est sûrement déjà à vos trousses, elle aussi.

Rémy avait donné à ses supérieurs toutes les informations qu'ils possédaient sur Boon.

– Et je doute que vous trouviez refuge dans l'Empire de Soleil, sachant qu'ils pourraient bien se servir de l'épidémie pour attaquer l'Empire de Pluie ou Moray. Ils vont bientôt fermer leurs voies navigables, si ce n'est déjà fait.

Boon ouvrit la bouche. Seulement, pour une fois, il ne trouva rien à dire. Ses yeux noirs lancèrent des éclairs de colère et tout son visage se durcit. Mais son expression se décrispa aussitôt et il se radossa en riant faiblement.

– Dis donc, ma fille. J'aurais bien dit que je suis fier si je n'étais pas en si piteux état.

– Vous vous y êtes mis tout seul, lui rappela-t-elle.

– Je t'en veux pas de m'avoir tourné le dos. J'aurais dû te dire toute la vérité plus tôt.

– Sérieusement ?

Elle se leva, consciente que, si elle ne le tuait pas maintenant, il tenterait de la manipuler une fois de plus.

Quand elle approcha la main de son couteau, la lumière de la lanterne se refléta sur la bague de sa mère.

Elle s'arrêta pour la contempler. Elle l'avait traqué pour trouver des réponses, mais les questions restaient encore au bout de sa langue. Parce qu'elle avait peur de ce qu'elle pourrait découvrir.

Seulement, si elle voulait être enfin en paix, il fallait qu'elle l'interroge.

Consciente qu'elle risquait de le regretter, elle croisa le regard de Boon.

– Vous m'avez demandé comment j'avais eu cette bague. Pourquoi ?

Il n'affichait plus aucune morgue et son air canaille avait disparu. À présent, il se présentait tel qu'elle l'avait rarement vu, sombre et las, l'opposé de celui qu'il était en général.

Lentement, il se leva, les jambes toujours appuyées sur le canapé pour ne pas basculer en avant.

– Parce que c'est moi qui l'ai donnée à ta mère.

Il l'avait vraiment connue. Cet aveu coupa le souffle à Amaya, qui serra le poing pour le presser contre sa poitrine. Encore un mensonge, un moyen de s'infiltrer entre ses défenses.

– C'est faux. C'est mon père qui la lui a offerte quand ils se sont mariés.

En soupirant, Boon passa une main dans ses cheveux.

– Écoute, je...

– Non.

Elle pointa son index sur lui et avança, les épaules droites, la mâchoire serrée.

– Ma mère était une honnête femme. Une couturière, heureuse en ménage. Vous n'avez pas le droit de débouler dans ma vie avec vos grosses pattes pour me dire que ma mère et vous…

Elle se réjouit de percevoir de l'horreur dans les yeux de Boon.

– Elle était couturière, reprit-elle, hors d'haleine. Ce n'était pas une espèce d'alchimiste criminelle ! Pourquoi se serait-elle retrouvée dans la même pièce que quelqu'un d'aussi minable que vous ? Travailler avec vous, je n'imagine même pas. Alors, être avec vous ?

Soudain elle crut comprendre.

– C'est pour ça que vous avez tué mon père ? Parce que vous vouliez être avec elle ?

Boon s'affaissa lentement sur l'accoudoir du canapé. Grimaçant de douleur, il se retint de tousser. Pendant un long moment, il ne dit rien et Amaya ne put détourner le regard. C'était à peine si elle pouvait respirer.

– Je…, lâcha-t-il. Je me tenais sur le pont de mon navire et je regardais Moray depuis la baie. J'ai pris alors conscience que tout allait disparaître. Que ce que j'avais fait serait perdu. Que Mercado ferait n'importe quoi pour me rayer de la carte, moi et ce que j'avais découvert sur lui. Cette saleté, ces trafics illégaux.

Sa toux fut plus sifflante, cette fois.

– J'ai fait tout ce que j'ai pu. J'ai contracté un autre emprunt. J'ai vendu le *Papaye*. Bon sang, j'ai même essayé les jeux de hasard, mais ça n'a fait qu'empirer les choses.

Mercado était impitoyable. Tu n'aurais pas été en sécurité. Tu...

Il fut pris d'une nouvelle quinte. Amaya recula, une vive douleur lui foudroyant le cœur. Le *Papaye* ?

– Comment connaissez-vous ce nom ? murmura-t-elle.

Boon la regarda, les yeux humides d'avoir tant toussé.

– Amaya, prononça-t-il plus gentiment qu'il ne s'était jamais adressé à elle. Viens là.

– Non, refusa-t-elle en reculant encore.

– Je ne voulais pas que tu le découvres. Je ne voulais pas... que tu voies qui j'étais devenu. Mais nos chemins se sont croisés tout de même. Apparemment, les dieux nous ont jetés sur la route l'un de l'autre. Pas vraiment une bénédiction, en fin de compte, hein ?

Son dos heurta la porte et elle resta là, tremblant de tout son corps, les yeux rivés sur l'homme qu'elle méprisait plus que tout.

Boon.

Arun Chandra.

Son père.

Des larmes coulèrent au coin de ses yeux sans qu'elle puisse les retenir. Elle avait été trahie, trompée, manipulée, et pourtant rien n'était aussi cruel que ce qu'elle vivait à cet instant-là.

C'est vous qui avez tué mon père ?

En un sens. On peut le dire.

– Pourquoi ? lâcha-t-elle dans un sanglot.

Il passa une main sur sa bouche.

– Pour vous protéger, ta mère et toi. J'ai essayé de rembourser Mercado avec les contrefaçons, mais il s'en est aperçu. Alors j'ai laissé les autorités portuaires m'arrêter avant qu'il ne m'attrape. Je pensais qu'ils m'enverraient simplement sur un bateau de créancier, mais j'ai été condamné à la peine de mort par pendaison. Mercado m'a alors proposé un marché : si je lui donnais la recette des contrefaçons, il faisait de moi un sans-terre. Ce n'est que bien après mon départ qu'il a découvert le chantage que je préparais. Seulement, lorsque je suis revenu à Moray…

Il enfonça les doigts si fort dans le canapé qu'ils pâlirent.

– … tu étais partie. Ta mère était morte. J'ai pensé qu'elle avait réussi à te faire quitter la ville pour que Mercado ne se serve pas de toi afin d'ouvrir le caveau. Je ne savais pas que tu étais sur un navire de créancier.

Il se força à se relever, chancelant légèrement. Malgré le regard douloureux et plein de regret qu'il lui adressa, rien n'aurait pu soulager la douleur de la trahison qu'Amaya ressentait au plus profond d'elle-même.

– Je suis désolé. Pour tout ça.

Cela ne suffisait pas.

Jamais cela ne suffirait.

Tout le monde autour d'elle mentait, trichait et commettait des horreurs, et elle était au sommet de la pyramide, l'œil du cyclone qui annonçait le désastre. Elle l'apprenait de la bouche de cet homme qui se disait être son père. Cela coulait peut-être dans leurs veines. Une substance monstrueuse qui les forçait à semer la destruction dans la vie des autres.

Elle ne s'aperçut qu'elle avait sorti son couteau que lorsque Boon posa les yeux dessus.

Son père était mort. C'était la seule vérité. Arun Chandra était un homme bon, loyal, qui l'avait serrée dans ses bras et lui avait promis de ne jamais la quitter. C'était un homme que sa mère avait aimé et pleuré. Il avait ri à ses plaisanteries et lui avait appris à naviguer. Il lui avait apporté des friandises et des gâteaux.

Cet homme était mort. Celui qu'elle avait devant elle était quelqu'un d'autre.

– Amaya, commença-t-il, mais elle le repoussa et il tomba sur le canapé.

Elle l'attrapa par la chemise et approcha la lame de son cou. Une chaleur intense irradiait de son corps.

– Tu m'as trompée, murmura-t-elle. Deux fois.

– Je sais.

Sa pomme d'Adam frôla la pointe du couteau.

– Le jour où je t'ai sauvé…

Il ferma les paupières rapidement, comme s'il avait mal.

– J'éparpillais des soucis pour ta mère.

Elle se souvenait d'avoir vu ces pétales sur sa veste. On aurait dit des bijoux orange. Ses yeux piquèrent, elle cligna des paupières plusieurs fois.

– Je ne savais pas que tu étais sur ce bateau, dit-il doucement. Je ne t'ai pas reconnue au début.

– Mais, après, tu as trouvé que ce serait bien de m'utiliser.

– Oui.

Elle retint le cri qui montait dans sa gorge, chargé de rage et d'angoisse. Elle trembla et le couteau qu'il lui avait donné lui érafla la peau.

– Donne-moi une raison de ne pas t'achever.

C'était une supplique plus qu'un ordre.

Il tenta d'esquisser un sourire.

– Je n'en ai aucune, malheureusement. À toi de voir si tu veux le faire rapidement ou lentement.

– Quoi ?

Il fouilla délicatement dans sa manche droite avec sa main gauche tremblante. Elle appuya le couteau plus fort, mais il ne sortit pas d'arme, il souleva juste la manche.

Son bras était recouvert d'une plaque grise.

Amaya l'examina, se demandant si elle était bien réelle. Mais le râle dans sa gorge, la fièvre qui se dégageait de son corps ne trompaient pas.

– Après toutes ces années à forger des contrefaçons, pas étonnant, expliqua-t-il. Ça a commencé par de petits tremblements, et maintenant ça.

Amaya n'arrivait plus à réfléchir. Tout ce qui filtrait dans le brouillard de ses pensées était le mot « injuste ».

Un père mort, puis revenu à la vie, pour mourir bientôt.

Injuste.

Il réprima une autre quinte et leva les yeux vers elle. Elle ne put soutenir son regard, si identique au sien.

– Alors, dit-il en lui entourant de sa main, la main qui tenait le couteau. Que tu le fasses ou pas... Je ne t'en voudrai pas.

Amaya n'arrivait plus à respirer. Elle sentait sur ses doigts sa paume large et calleuse, comme quand ils étaient sortis en mer et qu'il lui avait montré comment manœuvrer les voiles. Comme quand il lui donnait la main pendant leurs promenades dans le parc, ou quand elle l'attirait vers un marchand de bonbons.

Les larmes lui brouillèrent la vue. Elle se rappela la sensation de la lame sur les os de Melchor, le sang chaud qui avait jailli sur sa main. Les yeux de Zharo d'où la vie s'échappait quand Liesl avait enfoncé son couteau.

Amaya recula. En piétinant les détritus au sol, elle tomba à la renverse. Un éclat de verre se planta dans son poignet. Boon s'élança vers elle, mais elle bondit vers la porte et se précipita dans la rue.

Ce jour-là sur le *Papaye*, son père l'avait rattrapée quand elle avait sauté du mât. Elle lui avait fait confiance parce qu'il était son père.

Maintenant elle tombait sans personne pour la rattraper.

Injuste.

Elle s'écroula et laissa enfin éclater le torrent de larmes qui lui serrait le ventre, lui arrachait la gorge et lui obscurcissait l'esprit. Elle hurla, laissant la nuit avaler son cri, si intense qu'il fit trembler les étoiles. Si elle avait pu toutes les éteindre, elle l'aurait fait. Elle aurait créé un immense terrain de jeux pour les ténèbres et l'aurait forcé à engloutir le monde.

Les dieux auraient peut-être alors compris qu'il fallait tout recommencer, cette fois en s'appliquant.

Ou peut-être qu'ils l'auraient remerciée de cette bénédiction.

Elle ne se rendit compte qu'elle avait arrêté de crier que lorsqu'elle entendit des pas.

– Mademoiselle ? Tout va bien ? Vous avez besoin d'aide ?

Amaya ne prit pas la peine de lever la tête. Elle brandit juste son couteau en guise de menace silencieuse. L'inconnu ne demanda pas son reste.

Elle se releva en plein vertige. Elle avait la gorge en feu, mais les idées plus claires.

Si elle acceptait la vérité, elle devait reconnaître que tout ce qu'elle avait connu jusque-là n'était qu'un grand mensonge. Qui pouvait la détruire, l'anéantir.

Mais elle ne pouvait pas se permettre de disparaître. Elle avait une mission.

Elle devait aller de l'avant, faire semblant qu'il ne s'était rien passé.

Amaya fit un pas, puis un autre. Elle continua à avancer ainsi parce qu'elle ne pouvait rien faire d'autre dans un monde qui n'avait aucun sens.

Quand elle leva la tête, elle vit la position de la lune.

Minuit.

Elle frémit d'horreur, un autre cri lui déchira la poitrine.

Cayo jouait sans elle.

20

> Quelle est la différence entre perdre et gagner ? Elle est parfois aussi infime qu'un centime. Et parfois c'est ce que vous chérissez le plus dans la vie.
>
> *Les ficelles des jeux et des paris*

Un filet de sueur coulait dans le dos de Cayo tandis qu'il étudiait la table. Ronde et tapissée de feutre bleu, elle était couverte de cartes, de pièces arrangées en tas, de bijoux et de billets de banque. Les joueurs affichaient un visage fermé, une mine suffisante, un regard perdu dans le vide, ou encore un rictus séducteur.

Il retrouvait des sensations familières, comme d'autres se rappellent la caresse de l'eau sur la peau, l'odeur du jasmin ou le goût du vin. Un plaisir éphémère et intense. Enivrant, entêtant. Il retournait dans le rêve du passé : la foule chaude et bruyante, l'air chargé de fumée de cigarillo et de parfum.

En s'humectant les lèvres, Cayo observa la femme à deux sièges de lui. Robin Deirdre s'était habillée en vert, avec des manches transparentes et un corsage en velours. Clin d'œil à la mode réhanaise, elle portait un col montant, mais les deux rangées de boutons sur le devant étaient typiques du style de Chalier.

Elle avait les yeux brillants et, alors qu'elle examinait les cartes qu'on venait de lui distribuer, sa bouche ne trahissait aucune émotion, ni satisfaction ni déplaisir. Elle tenait son jeu au bout de ses longs doigts gantés avec la confiance d'une femme qui joue depuis toujours. Pas étonnant qu'elle ait été invitée.

La salle comptait autant d'intellectuels que de prolétaires, qui avaient tous dû justifier auprès des employés du casino de liquidités suffisantes pour participer. Plusieurs personnes avaient été refoulées parce qu'elles ne disposaient pas d'assez d'argent, qu'elles avaient une arme cachée ou même pour des raisons vestimentaires.

Cayo avait réussi à passer de justesse, malgré un croupier zélé qui n'avait pas apprécié l'état d'usure de sa veste. Heureusement, les gains de sa soirée de jeux lui avaient ouvert les portes du casino. Si les videurs avaient trouvé Jazelle sur lui, cela aurait été une tout autre histoire.

Deux sessions de jeux étaient programmées et Cayo jouait sur la première, à partir de minuit. Assis à la table, contemplant la foule, il se retenait d'aller toucher sa montre à gousset qui n'était plus dans sa poche.

Amaya n'était pas à l'appartement, et elle ne l'avait pas attendu au casino. Où pouvait-elle bien être ?

Son cœur bondit dans sa poitrine quand l'homme à côté de lui posa une carte. Il ne connaissait pas très bien Deux Côtés, choisi pour la nuit. Ce jeu consistait à échanger des cartes avec les joueurs directement à côté, mais Cayo sentait clairement que la femme à sa droite trichait. Il ne savait pas encore comment, mais elle était trop calme, trop effacée.

– Ces boucles d'oreilles sont de toute beauté, ma chère, complimenta l'homme qui venait de donner à Cayo sa mauvaise carte.

Cayo réprima une grimace méprisante en la ramassant pour l'ajouter à sa main médiocre.

– Puis-je vous demander le nom de votre bijoutier ?

Deirdre écarta les boucles de ses épaules pour laisser apparaître de magnifiques triangles qui scintillaient joliment contre sa peau marron clair.

– Vous connaissez Bovrelle ?

– Oh oui ! Je me suis fait offrir des boutons de manchettes de chez lui ! Je ne savais pas qu'il avait une telle gamme d'œuvres d'art.

Cayo choisit sa carte la plus faible pour la passer à sa voisine. Les lèvres de la femme se pincèrent très légèrement. Le ton sirupeux qu'employait son adversaire pour parler à Deirdre retournait l'estomac de Cayo. Manifestement, elle avait l'habitude qu'on s'adresse à elle de cette façon – certes, Cayo connaissait bien ces minauderies de la bourgeoisie de Moray, toujours si prompte à s'arracher les faveurs d'un Mercado –, mais cela semblait particulièrement vain avec une femme aussi ambitieuse que Deirdre.

Elle n'effaça pas son sourire de toute la conversation. C'était une actrice admirable, il lui reconnaissait volontiers ce talent.

Comment pourrait-il tirer d'elle quoi que ce soit ?

Il reçut une autre carte aussi mauvaise. En grinçant des dents, il regarda par-dessus son épaule. Des spectateurs les contemplaient en sirotant leurs verres, dans un brouhaha de murmures. Amaya n'était pas parmi eux.

Elle le lui avait pourtant promis.

Il se força à inspirer profondément pour se calmer et afficha son plus beau sourire.

– Sauf erreur de ma part, votre robe sort tout droit de la collection de Gohmer, n'est-ce pas ? demanda-t-il à Deirdre.

Elle leva brusquement la tête, surprise qu'il l'interpelle. Ses longs cils noirs ombrageaient des yeux bleus qui l'étudièrent avec une intensité déplaisante.

– Vous avez l'œil, répondit-elle sans changer d'expression. Vous connaissez le travail de Gohmer ?

– Vaguement, admit-il, veillant à creuser sa fossette. Ma sœur adore, en revanche. Elle est très impressionnée par sa façon de marier le style réhanais avec celui des empires pour créer des pièces uniques.

– C'est exactement ce qui me plaît chez lui, enchérit Deirdre en recevant une carte de son voisin.

Elle regarda à peine son jeu avant d'en passer une à son tour.

– J'aime aussi beaucoup Martisse.

Cayo fit de son mieux pour ne pas crisper les épaules ni grimacer. Il recevait plus de mauvaises cartes qu'il ne pouvait en distribuer. Sa main commençait à en souffrir très sérieusement.

– Martisse est magnifique, mais peut-être un peu trop somptueux pour moi, répliqua-t-il prudemment. Je pense que je préfère Gohmer.

– Je vois.

Elle le gratifia d'un autre sourire ravageur qu'il lui rendit aussitôt.

– Votre accent, votre tenue... Vous venez de Réhan, n'est-ce pas ? Ce mélange des cultures est ce qui vous plaît le plus chez lui, à vous aussi ?

Sa poitrine se serra. Il se sentait comme une souris entre les pattes d'un chat.

– Cela donne des coupes peu conventionnelles, finit-il par répondre. Uniques.

– Je suis du même avis, acquiesça Deirdre en passant un doigt sur son col. Même si je dois avouer que je n'adhère pas à l'idéologie politique de Gohmer.

Cayo haussa les épaules. Il ne connaissait du styliste que ses techniques de couture. De quoi pouvait-elle bien parler ?

L'homme qui l'avait complimentée sur ses boucles d'oreilles força un rire en tendant à Cayo une autre carte désastreuse.

– Voyons, ma chère, où est votre patriotisme ? Gohmer habille l'empereur en personne.

Deirdre resta impassible, mais Cayo savait lire les signes les plus imperceptibles. La joue gauche de la jeune femme tressaillit juste sous son œil, si rapidement qu'il faillit ne pas le repérer.

– C'est vrai, murmura-t-elle en se concentrant sur son jeu.

Cayo étudia le sien, son esprit lancé à toute vitesse. Dans le bureau de Basque, elle avait déclaré soutenir l'Empire de Pluie et utiliser les alchimistes pour fabriquer des armes en sa faveur.

Alors pourquoi une allusion si insignifiante à l'empereur la contrariait-elle à ce point ?

Sa voisine se racla la gorge bruyamment et il sursauta avant de lui donner une carte. Il sentit sa poitrine se serrer davantage. Sa main devenait de plus en plus catastrophique. Le tas de pièces avec lequel il avait espéré payer les médicaments de Soria brillait tranquillement devant ses yeux.

Il jeta un énième regard à la porte d'entrée et étouffa un juron. Amaya n'était toujours pas là.

Vous aviez promis, songea-t-il, enragé, en cornant les cartes qu'il tenait.

Ils en étaient au point où les joueurs pariaient leurs montres et leurs bijoux en plus de ce qu'ils avaient misé au départ. Cayo vit même une paire de jumelles d'opéra en or.

Cela en valait-il vraiment la peine ? Avait-il encore le temps de se retirer ?

– Monsieur ?

Habitué à ce qu'on l'appelle « monseigneur », il mit un moment à comprendre que c'était à lui que s'adressait la serveuse. Elle lui tendait un plateau en argent surmonté de différentes boissons.

Il ouvrit la bouche, prêt à refuser en agitant une main pour la congédier. Mais ses muscles prirent le contrôle et il attrapa le verre le plus proche.

La serveuse partit et Cayo avala une première gorgée. Vorene et agrume, cinglant et familier. Les paupières fermées, il prit une grande inspiration et s'efforça de poser son verre.

Incapable de s'écouter, il en but plus encore, le vorene lui brûlant la gorge. Amaya lui avait fait promettre de ne pas boire, mais elle n'était pas là et il était sérieusement en train de perdre. Qu'est-ce qu'il aurait pu faire d'autre ? Il ne s'en sortait pas sans son rituel porte-bonheur.

Il pouvait toujours tricher, mais il ne voulait pas se faire attraper. Pas avec autant de regards sur lui. Pas en présence de Deirdre.

Sa jambe remua sous la table, ses tempes se couvrirent de transpiration alors que le son duveteux des cartes l'enveloppait. La lumière était trop vive, il faisait trop chaud avec tous ces corps agglutinés. Est-ce qu'on le regardait lui aussi ? Il devait faire pitié.

Cayo finit par récupérer deux bonnes cartes, mais cela ne suffisait pas. Son voisin de droite lui donna une carte plus faible, que Cayo prit à contrecœur. Il donna ensuite à la dame de droite sa plus mauvaise carte, qui était tout de même plus forte que celle qu'il venait de recevoir.

Je ne peux pas perdre, songea-t-il, désespéré, alors que les autres joueurs révélaient leurs mains. *Je ne peux pas avoir fait tout ça en vain.*

Il devait gagner. Pour Soria. Pour lui-même.

Cayo, à son tour, posa ses cartes sur la table.

– Lady Deirdre remporte le pot, annonça le croupier en esquissant une révérence avant de pousser tout l'argent vers elle.

Deirdre rougit joliment, de façon parfaitement contrôlée, et inclina la tête, reconnaissante. La foule applaudit, tandis que les autres joueurs soupiraient, juraient ou la félicitaient.

Cayo était éteint.

– Les recettes de ce soir iront à une œuvre caritative, dédiée à la recherche d'un remède pour la fièvre des cendres, dirigée par Lord André Basque et moi-même.

Les applaudissements redoublèrent, accompagnés de murmures d'approbation et même de quelques sifflets.

– Deuxième partie dans une demi-heure, lança le croupier, assez fort pour couvrir le bruit ambiant.

Mais Cayo n'avait plus rien à miser. Tout l'argent qu'il avait gagné était parti.

Il se revoyait dans le bureau de son père, quand ce

dernier lui avait demandé, furieux, où étaient passées les économies de toute une vie.

– Cayo !

Haletante, Amaya apparut dans la foule. Elle avait les cheveux en bataille, les vêtements déchirés et du sang tachait sa manche. Elle s'arrêta pour l'examiner.

– Que s'est-il passé ? se força-t-elle à articuler.

Il ne répondit pas. Il s'empara de son verre et constata qu'il était vide.

– Cayo, répéta-t-elle d'une voix tremblante.

– Monsieur, appela le croupier. Si vous ne pouvez plus parier, je vais vous demander de libérer votre siège.

Cayo se tourna vers le croupier, qui se trémoussa sur sa chaise, mal à l'aise. Cayo sourit, poussa un éclat de rire et se leva, ses jambes le soutenant à peine.

– Oui, je pars, grogna-t-il. Je n'ai plus rien. C'est bien ce que vous vouliez, hein ?

– Monsieur…

– Allez vous faire voir.

Il jeta son verre par terre. Le bruit provoqua des cris de stupéfaction autour de lui. Amaya avait peut-être dit quelque chose, elle aussi, mais il ne l'entendit pas, son rire cachant tout le reste.

Les videurs du casino l'attrapèrent par les bras pour le jeter dehors. Il se débattit comme un animal paniqué, hurlant et crachant jusqu'à ce qu'il se retrouve sur le trottoir.

– Ne revenez plus ici, le menaça un des colosses.

Cayo parvint à garder l'équilibre.

– Parce que tu crois que j'en ai envie, espèce d'ours mal léché ? Va te faire voir.

– Toi, va te faire voir.

Amaya se faufila entre les deux videurs, une flamme de colère dans les yeux. Elle ne dit rien et entraîna Cayo loin du casino, loin du bruit et de l'humiliation.

Elle s'engagea dans une petite allée sombre et le plaqua contre le mur.

– Que s'est-il passé ?

Il avait le tournis. Il avait bu son verre trop vite et plus rien n'avait de sens.

– J'ai perdu.

– Ça, j'avais compris.

Il vit ses narines s'écarter. Un autre signe, se dit-il vaguement.

– Vous aviez dit que vous alliez réussir. Vous aviez promis que vous ne boiriez pas et que vous ne joueriez pas sans moi !

– Alors qu'est-ce que je pouvais faire ? riposta-t-il. Vous aviez promis de venir et vous m'avez laissé me ridiculiser seul !

– Vous deviez m'attendre. Il reste une partie et nous aurions pu la jouer ensemble. Mais maintenant vous avez perdu tout votre argent. Savez-vous ce que cela signifie ?

– Non, j'attends que vous me le disiez, ironisa-t-il. Bien sûr que je le sais !

Sa voix se cassa sur le dernier mot. Amaya recula et se mit à arpenter l'allée, les bras fermement croisés sur la poitrine. La vision complètement trouble, Cayo jeta un regard mauvais à une affiche pour un spectacle de cabaret.

– Où étiez-vous, bon sang ? demanda-t-il.

Elle s'immobilisa et s'appuya sur le mur, ses doigts couverts de sang séché. Tout son corps était tendu et agité. Elle ouvrait de grands yeux vides. Effrayés.

– Je ne peux pas vous le dire, répondit-elle d'une voix étranglée. Mais c'était important. J'ai… j'ai perdu la notion du temps, je suis désolée.

– Ah, vous êtes désolée ?

Il aurait beaucoup aimé entendre ses excuses, à une époque, mais à présent cela le faisait enrager.

– Vous ne pouvez même pas me dire ce qui était assez important pour que vous m'abandonniez ? Je ne savais pas quoi faire. Je n'ai pratiquement rien réussi à soutirer à Deirdre…

– C'est pour ça que vous auriez dû m'attendre.

Le regard distant et perdu d'Amaya se transforma en quelque chose de plus dur et tranchant, comme si Anguille ressurgissait.

– Vous n'apprenez jamais. Quoi qu'il arrive, vous restez toujours ce gosse de riche gâté, pourri et monstrueusement égoïste qui a grandi sous l'influence de son père.

Un incendie s'alluma dans la poitrine de Cayo et il s'écarta du mur.

– Fermez-la !

– Vous avez souffert. Vous avez connu l'adversité. Mais rien de tout ça ne vous a rendu meilleur.

Elle s'écarta à son tour du mur, le regard fou, la bouche ouverte, comme si elle voulait encore le voir souffrir.

– Reconnaissez-le. Vous ne savez rien faire seul parce que vous êtes pitoyable quand vous n'avez pas quelqu'un pour vous tenir la main.

– Fermez-la !

Il fit volte-face et passa des doigts tremblants dans ses cheveux.

– Je n'ai pas fait ça pour moi, mais pour Soria !

– Si vous le faisiez vraiment pour elle, vous n'auriez pas…

– Arrêtez ! Arrêtez de me dire ce que j'aurais dû ou ce que je n'aurais pas dû faire ! Je sais que j'aurais pu faire mieux dans ce casino. Si seulement vous étiez arrivée à temps, rien de tout cela ne serait arrivé ! Tous ces jeux que j'ai gagnés l'autre soir… vous… vous étiez dans mon rituel porte-bonheur.

Même s'il y voyait toujours aussi flou, il n'eut aucun mal à distinguer la confusion d'Amaya.

– Et, parce que vous n'étiez pas là, j'ai perdu.

– Je n'ai jamais rien entendu de plus ridicule, cracha-t-elle. Vous ne pouvez pas me le reprocher. C'est de votre faute, et vous devez l'assumer.

– C'était votre idée ! Tout est de votre faute, mais vous êtes trop fière pour le reconnaître.

– Quoi ?

– Si vous…

Il tenta de déglutir, de contrôler sa respiration.

– Si vous n'aviez pas distribué ces fausses pièces dans la ville pour votre foutue vengeance, Soria ne serait pas malade aujourd'hui. Combien de gens ont été contaminés à cause de vous ? Combien sont déjà morts ?

Amaya recula. Le teint blême, elle ouvrit de grands yeux affolés. La voir ainsi fit à Cayo l'effet d'un coup de poignard en plein cœur, mais il ne pouvait plus s'arrêter.

– Votre père…, souffla-t-elle.

– Mon père n'est pas le seul responsable. Et vous le savez. Vous n'êtes pas étrangère à tout ce malheur, toute cette mort.

Il désigna le sang sur la manche d'Amaya.

– Tout ce…

Il poussa un rire sans joie.

– Le monde est un grand champ de ruines et vous avez votre part dans ce désastre. Vous avez laissé Boon vous manipuler comme une marionnette, et maintenant…

– Arrêtez !

– Votre mère était peut-être aussi au courant, continua Cayo.

La nausée mêlée à un plaisir vicieux remuait ses entrailles, rendait chaque coup qu'elle lui avait porté avec plus de force encore.

– Votre mère savait sans doute que vous ne lui apporteriez que des ennuis. Elle vous a peut-être vraiment vendue, si vous étiez aussi égoïste à l'époque que vous l'êtes…

Il ne put poursuivre, interrompu par le poing d'Amaya qui lui percuta la mâchoire. Sa tête fut projetée sur le côté et il recula, une douleur intolérable lui explosant dans le crâne. Amaya se tenait devant lui, haletante, en position de combat.

Il essaya de bouger la mâchoire et grimaça.

– Quoi, vous n'aimez pas que je lance des suppositions sur votre famille ? Je me demande ce que vous devez ressentir.

Elle se rua sur lui en hurlant et le renversa au sol. L'air s'échappa des poumons de Cayo et, déjà, elle lui décochait une autre droite. Il parvint à la repousser grâce aux entraînements de Liesl et se mit à quatre pattes, l'allée vacillant autour de lui.

Amaya le rattrapa et il lui saisit les jambes pour la faire tomber. Il tenta de la coincer au sol, mais elle était trop forte, trop rapide et trop sobre. Elle le frappa dans la poitrine. Il s'écroula, à bout de souffle, pris d'une toux incontrôlable.

Il s'agenouilla, mais elle l'attrapa par les cheveux et lui tira la tête en arrière. Pourtant, ce ne fut rien à côté de la sensation de son couteau sur sa gorge.

Ils se figèrent tous les deux, leur respiration résonnant dans l'allée. Amaya le dévisagea, furieuse, appuyant la lame sur sa peau assez fort pour le faire saigner.

Ses doigts se resserrèrent dans ses cheveux. Il laissa échapper un petit cri de douleur. Les pupilles d'Amaya se dilatèrent. Elle posa son regard sur les lèvres de Cayo, comme si elle luttait contre un élan imbécile, une erreur à ne surtout pas commettre.

Même à cet instant, alors qu'elle fulminait et qu'elle était sur le point de l'égorger, il éprouvait le désir ardent de l'embrasser. De sentir la chaleur de ses lèvres et les battements de son cœur, de savoir ce qu'étaient l'amour et la haine mélangés.

Il avait envie d'elle. Il la détestait et il avait envie d'elle. Et il ne la méritait pas.

Elle finit par le libérer. Cayo resta agenouillé alors qu'elle reculait, son couteau luisant dans sa main. Secouant la tête de dégoût, elle tourna les talons et le laissa là.

Il ne pouvait pas le lui reprocher. Il aurait fait pareil.

Mais il aurait préféré qu'elle opte pour la facilité et le tue sur place.

21

Ce que nous recherchons, c'est la connaissance : les formules et les équations que certains qualifient de sortilèges. Et si l'on découvrait un élixir de vie ? Et si l'on pouvait fabriquer l'or, plutôt que d'avoir à l'extraire du sol ? Il n'existe aucune limite au possible.

Extrait des écrits de l'alchimiste Bernard Wilkes

Amaya ne vit pas Cayo quand il revint à l'appartement, et le lendemain non plus, jusqu'à ce qu'Avi prépare le dîner et qu'ils émergent tous les deux de leurs chambres. Elle entendit Cayo prendre une inspiration, comme s'il s'apprêtait à parler, mais elle partit sans lui laisser le temps de commencer. Elle ne pouvait même pas le regarder. Elle avait peur de ce qu'elle ferait si elle posait les yeux sur lui. Reprendrait-elle la bagarre, le giflerait-elle ou ne ressentirait-elle simplement plus rien ?

Elle ressentait bien trop, au contraire.

Elle voulait rester un peu plus longtemps avec sa colère. Elle en avait le droit.

Et elle voulait ignorer cette culpabilité étouffante qui lui soufflait qu'elle avait toutes les raisons de s'excuser.

Elle retourna à la cabane vétuste de Boon, sans savoir réellement ce qu'elle venait y chercher. Jamais il n'y aurait de réconciliation. Mais, au moins, il pouvait lui parler des documents retrouvés dans son caveau, et des secrets que sa mère avait gardés.

Seulement, la cabane était vide. Il était déjà parti.

Comment pouvait-elle porter ce mensonge en elle ? Comment pouvait-elle l'endurer ? Comment était-elle supposée continuer à vivre, à parler, à respirer, quand l'homme qui l'avait mise au monde mourait quelque part dans la ville ?

Désœuvrée, Amaya décida de rendre visite à Soria, à l'hôpital. Les infirmières semblaient encore plus exténuées qu'avant. Elles avaient les mains qui tremblaient, les yeux cernés, comme si aucune d'entre elles n'avait dormi depuis des jours. Amaya voulut leur proposer son aide, mais, comme elle attendit trop longtemps avant de parler, une des dames lui demanda de dégager le chemin.

Allongée sur le côté, Soria déplaçait laborieusement son oreiller pour être plus à l'aise. Amaya courut l'aider.

– Merci, murmura Soria.

Elle était pâle et faible. Elle grelottait malgré la chaleur qui se dégageait de son corps. Amaya étala sur elle la couverture pliée au pied du lit.

– Ils m'ont dit de changer régulièrement de position pour éviter les escarres.

– Tu veux te lever et marcher un peu ?

Soria toussa dans son oreiller et secoua la tête.

– Mère Hilas m'a déjà accompagnée ce matin. Je suis épuisée.

Elle en avait l'air, en effet. Amaya ne put résister à l'envie de lui coiffer les cheveux en arrière pour dégager son visage. Soria esquissa un faible sourire.

– Tu es incroyablement douce pour quelqu'un qui a laissé à mon frère un tel bleu sur le visage.

– Je…

– Pas la peine. Il m'a déjà tout expliqué.

Les paupières de Soria se fermèrent.

– Si je n'étais pas coincée dans ce lit, je vous aurais enfermés tous les deux dans une pièce, jusqu'à ce que vous recouvriez vos esprits.

– Ça ne marche pas vraiment comme ça, répliqua Amaya, amusée.

– Dans les livres, si.

La voix de Soria devenait plus rauque, ses mots moins articulés. Amaya avait de la peine pour les infirmières de cet hôpital, pour les patients comme Soria à qui on avait menti sur les médicaments. Elle n'était même pas choquée que quelqu'un ait pu leur voler leur argent et leur traitement. L'égoïsme, elle connaissait ça par cœur. Sept ans à bord du *Saumâtre* lui avaient enseigné de quoi la cupidité était capable, quelles que soient les conditions et les épreuves.

– Tu n'as pas à rester, murmura Soria, les yeux toujours fermés, sa respiration plus régulière. C'est ennuyeux, je sais…

– Je vais rester…

Elle regarda la jeune fille s'endormir et s'assit à son chevet pendant les deux heures de visite autorisées.

***

Liesl la trouva dans la salle de bain, une pièce sinistre au carrelage cassé recouvert de moisissure. Des bassines qu'on pouvait remplir avec une pompe attendaient des vêtements et des corps sales. L'eau arrivait toujours glacée et avec une odeur de soufre.

Amaya frissonnait en frottant sa veste pour en retirer les taches de sang. Elle n'avait remarqué la coupure que lorsque Liesl avait lavé et bandé son poignet. Amaya avait déjà les mains toutes fripées et engourdies par le froid. L'apparition de son amie lui permit de faire une pause.

– Le petit avait l'air assez retourné hier soir, commença Liesl, mine de rien, en s'appuyant sur la porte. Puis-je demander pourquoi ?

– Non.

– J'imagine qu'il le méritait.

Amaya faillit répondre oui du tac au tac, mais sa gorge se serra. Elle l'avait abandonné pour assouvir sa soif de vengeance. Et tout avait capoté. Une spirale infernale qui les avait ramenés à être ce qu'ils étaient au départ : Anguille et Lord Mercado.

Ils avaient tout gâché.

Au lieu de répondre, elle s'assit sur ses talons et se frotta les mains pour retrouver des sensations.

– Tu es inquiète pour Adrienne ?

Liesl sourit du changement de sujet délibéré.

– Elle est forte, intelligente, et elle n'est pas seule.

– Ça ne répond pas à ma question.

– Tu n'as pas répondu à la mienne.

Liesl entra dans la pièce, les bras croisés.

– Tout ira bien. Jas l'aidera et lui apportera tout ce dont elle a besoin.

– Tu savais que…

– Non, et je vais leur poser deux ou trois questions quand je les reverrai. Aucune importance. Tu as une course à faire.

– Quel genre ?

– Nous devons encore chercher le type qu'a mentionné Julien Caver. Trevan Nicodeme. Cayo m'a parlé de la taverne qu'il fréquente.

Amaya s'empourpra. Elle aurait dû en informer Liesl tout de suite, mais à ce moment-là son amie était trop obsédée par le code de Basque.

– Qu'est-ce qu'il t'a dit d'autre ? s'enquit Amaya.

– Tout sur le casino, répondit Liesl en secouant la tête. Vous auriez vraiment dû me prévenir.

– Tu ne pouvais pas venir. Quelqu'un aurait pu te reconnaître.

Liesl serra la mâchoire.

– Tout de même. J'aurais pu le guider, le conseiller sur quoi dire, quoi faire. Et maintenant il n'a plus d'argent pour le traitement de Soria...

Elle retira ses lunettes en soupirant et les essuya sur sa jupe.

– En tout cas, il est revenu avec quelque chose, même si ce n'est pas énorme. Deirdre a déclaré être fidèle à l'Empire de Pluie, mais elle a aussi critiqué les inclinations politiques de Wayan Gohmer. C'est incohérent. Gohmer est un impérialiste convaincu.

– Qu'est-ce que ça veut dire ?

– Elle est peut-être dans les deux camps en même temps. C'est difficile à savoir, il faut creuser.

En remettant ses lunettes sur son nez, Liesl fit un signe de tête vers la veste d'Amaya.

– En attendant, on a une autre piste à suivre. Fais en sorte qu'elle soit sèche avant ce soir.

***

Amaya et Avi étaient montés sur un toit qui surplombait une rue dans le quartier du casino. Amaya appuya son épaule contre la balustrade. La pierre était froide, mais elle commençait à avoir mal au dos à force de garder la même position depuis une heure.

Liesl leur avait confié une mission à chacun : Deadshot surveillait le manoir des Deirdre, à l'affût d'activités suspectes ; Liesl s'occupait de trouver des informations au sujet des alliés de Deirdre ; Avi et Amaya étaient chargés de traquer Trevan Nicodeme.

Amaya savait qu'elle devait rester concentrée, mais elle ne pouvait s'empêcher de penser au regard de Boon quand elle avait appuyé le couteau sur sa gorge. De quel droit se montrait-il si maussade et malheureux ? C'est lui qui l'avait abandonnée. C'est à cause de lui qu'elle était devenue cette femme qu'elle ne voulait pas être. Il l'avait trahie. Il méritait d'être dévoré par la fièvre.

N'est-ce pas ?

– Je donnerai cher pour connaître tes pensées. Au moins dix fausses pièces, proposa Avi.

– C'est pas drôle.

– Si, quand même, répliqua-t-il en souriant. Allez, dis-moi ce qui te préoccupe. Tu penses au petit lord ?

– Non.

Amaya contempla la rue éclairée par les lanternes vacillantes. Rassemblées devant le *Crown and Barrel*, une taverne de jeux délabrée, quelques personnes fumaient du jaaga, à en croire l'odeur qui montait. De la porte ouverte s'échappaient des cliquetis de verres et des rires gras.

– Je pensais à Boon, répondit Amaya tout bas. Et à tout ce que j'aimerais refaire différemment.

– Comme quoi ?

– Comme le pousser dans l'eau quand il était soûl et le regarder se noyer.

– Rappelle-moi de ne jamais te contrarier, plaisanta Avi en s'étirant les jambes. Mais je comprends. Je savais que Boon s'essayait à l'alchimie, mais je n'imaginais pas qu'il s'en servait pour fabriquer de l'or. Sans parler des conséquences.

– Comment savais-tu qu'il avait appris l'alchimie ? Il n'en parlait jamais.

Avi ne répondit pas tout de suite.

– Il l'a évoqué à une ou deux reprises, finit-il par lâcher. C'est comme ça que j'ai compris qu'il connaissait... ta mère.

La vérité vint percuter le cœur d'Amaya, réclamant d'être libérée. Qu'elle partage ce secret avec au moins une personne qui pourrait porter avec elle le poids de cette peine dévorante.

Mais, avant qu'elle puisse ouvrir la bouche pour se confier, Avi se redressa d'un coup. Elle suivit son regard vers un homme qui quittait la taverne. Il avait un gros ventre et une épaisse tignasse noire qui descendait sur les joues en deux favoris touffus. La chaîne de sa montre à gousset scintillait dans la lumière de la lanterne.

– C'est notre homme, je pense, murmura Avi. Allez, Trevan, montre-nous où tu vas...

Trevan Nicodeme descendit la rue, pour quitter le quartier du casino. À sa démarche, il était clair qu'il avait bu quelques verres de trop, mais quelque chose dans sa posture trahissait sa colère : ses doigts crispés, ses épaules qui remontaient jusqu'à ses oreilles.

Ils le suivirent depuis les toits pour ne pas se faire repérer, utilisant les pignons à redents et les fenêtres en saillie. Amaya faillit perdre son équilibre en passant d'un immeuble au suivant et sa botte crissa sur les tuiles quand elle se rattrapa. Heureusement, Trevan n'entendit rien, trop occupé à grommeler pour lui-même.

Il les conduisit au quartier commerçant, avant de tourner brusquement à un carrefour. Alors que l'homme avançait péniblement vers un étrange magasin, Amaya et Avi se cachèrent sur un balcon pour l'observer.

Trevan frappa la porte avec le poing.

– Il m'en faut plus ! hurla-t-il en solène. Eh !

Un homme d'une quarantaine d'années apparut dans l'embrasure.

– Arrête de beugler ! lança-t-il, furieux. Tu veux réveiller tout Baleine ?

– Il m'en faut plus, répéta Trevan, la main levée, la paume vers le ciel. J'étais en veine et j'en ai plus.

– Il ne m'en reste plus pour le moment. Il va falloir revenir dans la semaine.

– Mais je le sens bien…

– Qu'est-ce que ça peut me faire ?

Trevan balança une série d'insultes qu'Amaya ne put traduire, et cracha aux pieds de l'homme avant de s'en aller. La porte se referma, la maison replongea dans le noir.

Amaya remarqua alors le symbole sur la façade du bâtiment : une étoile à l'intérieur d'un cercle.

– Ça doit être un des centres de distribution des fausses pièces, murmura Avi. Je me demande s'il appartient à Deirdre. Viens, on rentre faire notre rapport.

Tandis qu'ils racontaient à Liesl ce qu'ils avaient entendu, Cayo arpentait le salon. Amaya faisait de son mieux pour éviter son regard.

– Le magasin avait un nom ?

– Pas vu.

– Tant pis, montrez-le-moi sur la carte.

Quand Avi l'entoura sur le plan de Baleine qui restait toujours étalé sur la table, Cayo s'approcha, stupéfait.

– C'est impossible.

– Pardon ? demanda Liesl, intriguée.

Horrifié, il pointa un doigt tremblant sur le papier.

– C'est la boutique de Florimond.

***

Ils ne pouvaient pas attendre que Cayo trouve des preuves. Cela risquait de lui prendre beaucoup trop de temps. Ils décidèrent donc de chercher par eux-mêmes.

Avi préféra ne pas les accompagner, prétextant qu'il ne se sentait pas bien.

– Veux-tu que l'un de nous reste avec toi ? s'inquiéta Liesl.

Il secoua la tête et se racla la gorge.

– J'ai juste mal au ventre. Je gère, t'en fais pas.

Cayo se mordit la lèvre et Amaya se demanda s'il allait proposer de rester avec Avi. Mais, étonnamment, il ne dit rien. Elle jeta un rapide coup d'œil vers lui, s'attardant quelques secondes sur son hématome avant de détourner les yeux.

Pas question de se laisser distraire. Elle trouverait le temps de lui parler plus tard.

Le froid mordant de la nuit les enveloppa. La manche d'Amaya avait séché, mais elle vérifiait régulièrement si la tache de sang n'était plus là. Cayo ne l'avait même pas interrogée à ce sujet. Avait-il tellement l'habitude de la voir couverte de sang ? N'était-elle pour lui que l'incarnation de la violence la plus vulgaire ?

Concentre-toi, s'ordonna-t-elle, agenouillée à côté de Liesl en attendant le signal de Deadshot. Liesl traversa la rue en premier et crocheta rapidement la serrure de la boutique pour s'y faufiler sans bruit. Cayo les avait prévenus que Florimond habitait à l'étage et qu'ils devaient faire le moins de bruit possible.

– Tu n'as jamais rien vu de suspect dans la boutique ? l'avait interrogé Liesl plus tôt.

– Il garde des lettres dans une boîte fermée à clé, mais je n'ai jamais réussi à les lire, s'était défendu Cayo. Je ne peux pas fouiller dans son atelier quand il se tient juste à côté de moi.

– Il n'a rien dit de bizarre ? Il ne rencontre pas des gens louches ?

– Pas vraiment. Il m'a affirmé travailler sur un remède contre la fièvre. Deirdre n'est pas sa mécène. Je lui ai demandé. Je pensais…

Soupir désolé.

– Peu importe ce que je pensais.

Liesl leur donna le signal. Ils s'introduisirent discrètement dans le magasin, se faufilèrent entre les tables, éclairés par le clair de lune uniquement. Amaya n'aurait su nommer toutes les babioles qu'elle avait devant les yeux : des boules en verre, du métal, des bocaux remplis de substances qui lui rappelaient les histoires de son père sur les sorcières khariennes.

– Salamandres séchées et yeux de chauves-souris, lui racontait-il en prenant une voix effrayante, les doigts pliés comme des serres. Les sorcières les mélangeaient pour en faire un poison capable de tuer un dieu.

Amaya tenta d'ignorer la douleur qui lui déchirait la poitrine alors qu'ils entraient dans l'arrière-boutique. *Concentre-toi.*

Comme il n'y avait pas de fenêtre, Deadshot alluma une lanterne. La pièce était spacieuse, mais encombrée de meubles, d'étagères et de tables qui croulaient sous des expériences à moitié terminées et des notes griffonnées à la hâte.

Liesl inspecta un baril rempli de sable et y enfouit même la main, laissant les grains filer entre ses doigts.

– On a de quoi faire ici. Chacun fouille de son côté.

Cherchez tout ce qui vous semble compromettant : lettres, pièces, petits mots.

Amaya partit à l'opposé de Cayo vers une table sur laquelle s'accumulaient bocaux, vases à bec et fioles, remplis d'herbes séchées ou trempées dans des solutions colorées. À côté, elle trouva un mortier et un pilon en pierre tachés de vert.

– Où est la boîte dont tu parlais ? demanda Liesl.

Cayo désigna une étagère et Liesl se mit aussitôt au travail.

Amaya feuilletait un carnet quand Cayo poussa un juron. Liesl fit volte-face pour le gronder, mais s'arrêta net en voyant ce qu'il avait vu.

Il avait ouvert un sac en toile rempli de cônes de mer. Déjà morts, ils commençaient à moisir et leur chair intérieure avait durci et pris une teinte dorée.

– On tient notre preuve, lança Liesl. C'est dans cet endroit que sont fabriquées les fausses pièces. Enfin, c'est un des endroits. Qui sait combien d'alchimistes sont de mèche.

Une main sur la bouche, Cayo ne quittait plus les cônes des yeux.

– Ce n'est pas le sac que je lui ai livré, finit-il par articuler, soulagé. Mais je ne comprends rien. Il m'a dit que ce n'était pas Deirdre qui le finançait !

– Il est quand même impliqué. Deirdre ne trempe pas autant dans ce trafic qu'on le pensait.

– On fait quoi ? demanda Amaya.

– On cherche d'autres preuves et on part. On donnera tout ce qu'on a trouvé à Rémy, qui pourra le transmettre à ses supérieurs.

Deadshot souleva une bâche, sous laquelle apparut un établi avec des accessoires en métal et une pile de disques noirs de la taille des solstas. Mais le plus compromettant était la boîte en bois.

– Ça y est ! murmura Liesl, une lettre dans la main. L'idiot n'a même pas pensé à les brûler.

– Elles sont de qui ? demanda Deadshot.

Liesl lut le nom et leva les yeux vers Cayo.

Il comprit tout de suite. Son visage se ferma.

– De mon père.

Liesl confirma d'un hochement de tête avant de lui passer la lettre. Amaya ne put s'empêcher de regarder par-dessus son épaule, mais c'était écrit en solène. Elle reconnut tout de même la signature de Mercado au bas de la page.

– C'est adressé au bénéficiaire, expliqua Liesl d'un ton sinistre. Il dit qu'il a envoyé la dernière fournée de cônes, comme convenu, mais qu'il n'arrive plus à en trouver assez désormais.

Cayo leva les yeux de la lettre, la rage transpirant de tous ses pores.

– Ça n'a aucun sens. S'il fabrique ses propres contrefaçons à Moray, pourquoi envoie-t-il les cônes ici ?

– On ne trouve les cônes que dans le sud, expliqua Amaya.

C'est ce qu'elle avait lu dans les notes de son père.

– Il ne peut sans doute pas les fabriquer seul, il a besoin d'un alchimiste pour ça.

– Ou bien, intervint Liesl en lisant la lettre suivante, peut-être que ce n'était même pas son idée au départ.

– Quoi ?

Liesl lut à haute voix.

– « J'en ai assez de ce petit jeu avec vous. J'ai fait tout ce que vous m'avez demandé et je vous ai donné la recette, alors vous devez me libérer de ma dette. J'ai fait ma part dans la ville, je n'ai plus rien à donner. Je vais regarder Moray s'effondrer, pendant que vous exulterez, à un demi-monde de là. »

Amaya se mordit le pouce, au souvenir de ce que Rémy leur avait dit sur les dettes que Mercado contractait envers l'Empire de Pluie. Et envers le bénéficiaire en particulier.

– Dans le bureau de change, on a trouvé seulement des documents sur l'argent envoyé à Mercado et pas l'argent envoyé par Mercado. Et s'il avait essayé de rembourser ses dettes avec des fausses pièces et que Deirdre avait fini par s'en apercevoir et exiger la recette pour elle-même ?

Liesl hocha la tête.

– Ce qui veut dire que les contrefaçons que Mercado a introduites à Moray ne venaient pas seulement de lui, mais aussi de la bénéficiaire. Mercado remboursait ses dettes en les faisant circuler pour elle.

– Pourquoi ? demanda Cayo, la lettre tremblant dans sa main. Pourquoi mon père ferait-il cela dans sa propre ville ?

– Le désespoir pousse à faire n'importe quoi, suggéra Deadshot. Il ne voulait sans doute pas affronter les créanciers, ou la corde.

– Deirdre a dit qu'elle allait utiliser les alchimistes comme une arme, ajouta Amaya doucement. Pour récupérer Moray. Déclencher une crise économique lui donne une ouverture.

– Mais ça ne colle pas avec son commentaire sur Gohmer, grommela Liesl en arpentant la pièce. Ni avec le fait qu'elle travaille aussi sur un remède. Et Florimond dit que Deirdre n'est pas sa mécène. Est-ce qu'il mentirait ?

– Et si elle voulait lancer une guerre contre l'Empire de Soleil ? hasarda Cayo. Les deux empires veulent s'approprier les routes commerciales de Moray. Ils veulent tirer profit des casinos.

– Plus maintenant qu'ils débordent de contrefaçons, rappela Amaya.

Elle croisa enfin son regard. Il était visiblement remué, mais faisait bonne figure en restant droit et solide. L'expression sur son visage cachait des milliers de mots, mais elle parvint à lire clairement l'idée principale : ils devaient mettre un terme à tout cela.

Soudain, les yeux de Cayo se posèrent au-dessus de l'épaule d'Amaya et s'ouvrirent grand.

Cela suffit à la jeune femme pour plonger au sol, évitant la balle qui lui était destinée. Elle se cacha derrière une table et regarda comment allaient les autres. Personne ne semblait blessé. Cayo et Deadshot avaient tous les deux sorti leurs pistolets et les pointaient sur l'homme qu'elle avait vu plus tôt dans la soirée.

Florimond tenait une arme entre ses deux mains tremblantes.

– Qu'est-ce que vous fabriquez ici ?

Gardant son sang-froid, Liesl leva les bras en signe de reddition.

– On cherche à comprendre ce que *vous* fabriquez ici. Pas très légale, votre entreprise, n'est-ce pas ?

– Ça ne vous regarde pas. Vous n'avez aucun droit…

Liesl continua comme s'il n'avait pas parlé :

– Vous vous rendez compte des conséquences de votre petit trafic sur la ville ? La fièvre, les hôpitaux saturés, la hausse des prix…

– Taisez-vous ! hurla-t-il en agitant son pistolet devant Liesl, ce qui provoqua un grognement menaçant de la part de Deadshot.

Il jeta un coup d'œil à Cayo en grimaçant.

– Mais qui êtes-vous ? Qui vous envoie ici ?

– C'est à nous de vous poser la question, répliqua Amaya en tirant un couteau de son fourreau. Vous travaillez avec Kamon Mercado, n'est-ce pas ?

Florimond parut choqué, mais il ne baissa pas son arme et ne relâcha pas sa poigne sur le manche.

– Comment… ?

– Est-ce que c'est vous, le bénéficiaire ? demanda Cayo.

Florimond le dévisagea, les yeux plissés, sa bouche remuant frénétiquement.

– Non, je…

– Alors qui est-ce ? insista Cayo. Robin Deirdre ?

– Deirdre…, répéta-t-il en se forçant à rire. Quelle idiote, celle-là. Elle a tout fait pour me recruter. Je n'ai pas arrêté de rejeter ses demandes. Il ne fallait pas qu'on sache.

– Deirdre travaille avec les alchimistes pour créer des armes, n'est-ce pas ? interrogea Liesl.

– Oui.

Son pistolet tremblait plus fort encore.

– Pour récupérer Moray, ajouta-t-elle. Pour combattre l'Empire de Soleil.

Son rire devint dément.

– Non.

Il secoua la tête furieusement, ses yeux grands ouverts derrière ses lunettes.

– Elle commande des armes, en effet. Mais Deirdre n'est pas une impérialiste. Sa famille faisait partie de la royauté ici, à Chalier, et elle veut que la royauté revienne au pouvoir. Elle veut combattre l'Empire de Soleil. Elle se fiche complètement de Moray.

Liesl recula, confuse. Deadshot avait les yeux rivés sur Florimond, prête à agir au moindre signal de son amante.

– Ce n'est pas ce qu'elle dit à ses associés, riposta Liesl.

– Évidemment ! s'écria Florimond. Elle serait arrêtée sur-le-champ si on venait à apprendre ses motivations réelles.

— Alors comment savez-vous ce qu'elle projette réellement ? interrogea Cayo.

— Elle voulait que je l'aide à trouver un remède. Mais j'étais déjà dessus et je n'arrivais à rien. J'ai *essayé* de le trouver. Vraiment. J'ai essayé de réparer ce que j'avais causé.

Il était désormais pâle comme un linge, les yeux ronds et hagards.

— Je suis désolé. J'ai essayé. Je suis désolé !

Un malaise envahit Amaya, comme si elle était tombée sur un animal enragé.

— Non…, commença-t-elle, mais il était trop tard.

Florimond avait sorti de sa poche une petite fiole remplie d'un liquide argenté.

— Qu'est-ce que vous faites ? cria Cayo, alors que Florimond retirait le bouchon. Arrêtez ! *Arrêtez !*

Deadshot bondit sur une table pour l'immobiliser, mais il avait déjà avalé le poison en une gorgée. L'effet fut immédiat. Il se mit à convulser et tousser, et de l'écume blanche sortit de sa bouche. Deadshot le rattrapa alors qu'il s'écroulait au sol, où tout son corps fut agité de soubresauts pendant encore quelques minutes avant que ses yeux roulent dans leurs orbites. Et il se figea.

— Bon sang ! pesta Cayo, alors que Liesl s'élançait vers la dépouille de l'alchimiste.

— Quel escroc, lâcha-t-elle en prenant la fiole dans sa main pour la renifler. Il avait un plan de sortie au cas où il serait découvert. Il n'arrivait pas à assumer les conséquences de ses actions.

– Les coupables fuient toujours, confirma Deadshot.

– Droit vers la mort cette fois, s'énerva Liesl en jetant la fiole par terre. On aurait pu l'interroger sur Deirdre !

– Mais, si on croit ce qu'il a dit, elle n'est pas le bénéficiaire, commenta Deadshot. Elle utilise les alchimistes contre l'empire pour rétablir l'indépendance du royaume de Chalier. Pourquoi aiderait-elle à diffuser les contrefaçons dans un pays qu'elle veut pour elle ?

– Je n'en sais rien, répondit Liesl, la mâchoire crispée.

– Ça pourrait être Florimond, lança Cayo, regardant droit devant lui.

Le silence les enveloppa, pendant qu'ils étudiaient cette possibilité.

– Pourquoi pas ? concéda Amaya. Mais pourquoi est-ce que votre père devrait de l'argent à un alchimiste ?

– Je ne sais pas, mais nous avons la preuve que Florimond était impliqué dans ce trafic, répliqua Cayo en désignant le sac de cônes.

– Et on a la preuve que quelque chose a terriblement mal tourné, ajouta Liesl, le doigt pointé vers le cadavre. Ce qui ne va pas nous aider à solliciter l'intervention de la marine.

– Alors débarrassons-nous du corps, proposa Amaya. Il n'y a pas de sang. Qu'ils pensent que Florimond s'est enfui.

Cayo la dévisagea et elle tenta de rester de marbre. *L'incarnation de la violence.*

– D'accord, acquiesça Liesl. Emballons-le dans cette bâche et emmenons-le au port. On réfléchira plus tard à toutes les théories.

Amaya fut prise de nausée en contemplant les yeux laiteux de Florimond.

Prions pour que les saints des étoiles nous accordent leur pardon et leur miséricorde, lui avait dit une fois sa mère. *La vue de la mort n'apporte que le malheur.*

22

> Ce qui est gagné est perdu. Ce qui est perdu est perdu.
>
> *Sanjay Korapa, philosophe kharien*

Debout dans la lumière rose de l'aube, Cayo luttait contre la nausée.

Il avait monté la garde la veille, pendant que les autres emportaient sur le port le corps bâché de Francis Florimond. Deadshot l'avait lesté de pierres pour qu'il sombre et Cayo dut réprimer un rire hystérique quand il imagina la tête des soldats qui le trouveraient.

Il avait l'impression d'être un meurtrier. Il n'avait pas tué l'alchimiste directement, mais son intervention avait poussé le pauvre bougre à mettre fin à ses jours. À leur première rencontre, Florimond lui était apparu comme un homme convenable, mais savoir désormais qu'il travaillait pour le bénéficiaire… qu'il était même peut-être le bénéficiaire…

– Au moins, nous avons des preuves à apporter à la marine, déclara Liesl alors qu'ils rentraient à l'appartement en une procession silencieuse. Nous en parlerons à Rémy et ils pourront fouiller la boutique.

– Et ensuite ? demanda Cayo. On est loin d'arrêter le trafic de contrefaçons.

– Il faut surveiller les autres alchimistes, murmura Liesl. Et le manoir des Deirdre…

Elle continua, mais Cayo ne l'écoutait pas. Il avait perdu espoir. Son père était un criminel qui avait trahi sa famille. Lui-même n'avait plus d'argent pour Soria, et à présent son deuxième employeur était mort, à cause de lui.

Tout s'effondrait.

Ainsi, le lendemain, au travail, il n'entendit pas les jérémiades de Victor. Il accomplissait ses corvées de manière automatique, sortant les poissons des filets pour les poser sur la glace, tout en se demandant qui dans ce marché aux poissons avait aidé son père à livrer les cônes de mer.

Un mouvement sur les docks l'arracha à la brume de ses pensées. Victor se tourna, lui aussi, vers le magnifique galion d'où venaient les bruits. Cayo n'arrivait pas à distinguer ce que les gens criaient, mais il vit clairement les soldats furieux repousser l'équipage dans le navire. Un mot résonna au-dessus du brouhaha : « *infectés* ».

Des murmures s'élevèrent dans le marché. Cayo aperçut les carrés de tissu jaune alors que les marins tentaient de passer en force, leurs cris redoublant d'intensité.

Et soudain un coup de feu retentit.

L'effet fut immédiat : dans un chaos absolu, les gens se mirent à courir, marchands comme chalands, afin de fuir le marché et d'échapper aux tirs. Cayo se cacha derrière le stand de Victor, afin de comprendre ce qui s'était passé.

Un des matelots infectés avait tiré sur un officier de marine, avant de s'enfuir. Les soldats brandissaient leurs baïonnettes et hurlaient à l'équipage de remonter à bord alors que deux de leurs collègues s'étaient élancés aux trousses du fuyard.

– Il va contaminer tout le monde ! cria Victor en solène, couvrant sa bouche avec sa manche. Tuez-le avant qu'il ne soit trop tard !

L'homme traversa la foule en courant, empêchant les soldats de lui tirer dessus. Il poussait ceux qui se mettaient sur son chemin, et les gens qu'il bousculait criaient en s'époussetant les habits comme s'ils étaient couverts de fourmis. Des charrettes et des stands étaient renversés par la foule, qui s'écartait pour l'éviter. Cayo et Victor se retrouvèrent coincés contre le bâtiment le plus proche.

Cayo grogna quand un coude s'enfonça dans son ventre. L'odeur de la peur était plus forte et nauséabonde encore que celle du poisson. Encore un coup de feu, puis un autre, et des cris sur les docks.

– Ils l'ont eu ! s'exclamait-on.

Cayo parvenait à peine à respirer. Le dos plaqué contre le mur, le cœur battant la chamade, il ne pouvait que regarder les soldats faire signe au flot humain de quitter le marché.

Quand il réussit enfin à s'éloigner, il dut continuer à suivre les autres pour ne pas risquer de se faire piétiner.

Dès que les rues s'élargirent, il bifurqua dans une allée et vomit tout son petit déjeuner.

Ils avaient tué cet homme uniquement parce qu'il était malade.

Combien de temps restait-il avant qu'ils réservent le même sort à tous les citoyens infectés ?

Cayo tremblait si fort qu'il arrivait à peine à marcher. Il prit un moment pour se ressaisir et respirer calmement, avant de retourner à l'appartement. Inutile de chercher Victor maintenant.

Même s'il n'avait rien bu, il slalomait, comme si le sol refusait de le laisser marcher droit. Le soleil lui brûlait le crâne et son estomac se contractait douloureusement. Une vague de panique se répandait dans la ville et il vit d'autres soldats encore courir vers le marché.

Il parvint enfin à rentrer. Ses jambes le lâchèrent et il dut se retenir au mur.

– Bon sang, murmura-t-il. Bon sang…

Il avait froid et peur, et, plus que tout, il voulait de la compagnie, quelqu'un qui lui promette que tout irait bien. Il pensa à Amaya et l'envie d'être avec elle faillit l'étouffer.

Mais il ne pouvait oublier son air blessé et trahi. Il lui avait assené tous les mots haineux enfouis dans son cerveau, toute la colère qui grondait dans son cœur. Peut-être ne lui avait-il pas encore pardonné. Peut-être n'y parviendrait-il jamais.

Elle, en tout cas, ne lui pardonnerait jamais ce qu'il lui avait dit.

Inspirant profondément, il ouvrit la porte. À l'intérieur, Liesl, Deadshot et Avi partageaient une tasse de thé. Pas de signe d'Amaya.

– Qu'est-ce qui t'arrive ? s'affola Avi.

– Il y a eu…, bredouilla-t-il, une main sur son front. Au port. Ils…

Mais, avant que Cayo puisse expliquer, trop choqué par l'horreur de la scène, des pas lourds tonnèrent dans l'escalier. Autour de la table, les trois compagnons se crispèrent, et Deadshot s'empara de son pistolet au moment où on frappa à la porte. Rémy, ébouriffé et haletant, se rua dans le salon quand Liesl lui ouvrit.

– Qu'est-ce qui s'est passé ? demanda-t-elle. La marine a appris ce qu'on a fait hier soir ?

– Non… c'est…

Il se pencha en avant, les mains sur les genoux, trop essoufflé pour parler. Amaya surgit alors de sa chambre.

– Rémy ! s'écria-t-elle en l'agrippant par les bras. Qu'est-ce qui ne va pas ? C'est à cause de ce qui s'est passé au marché ?

– Qu'est-ce qui s'est passé au marché ? J'étais à la caserne. Cayo, vous devez aller à l'hôpital. *Maintenant.*

Un frisson désagréable traversa le dos de Cayo.

– Pourquoi ?

– J'ai reçu un message de mère Hilas. Elle demande à vous voir immédiatement, dit-il en déglutissant, les yeux humides. Soria. Elle…

Cayo n'attendit pas la réponse. Il bouscula Rémy pour passer et dévaler l'escalier. L'adrénaline déferlant désormais dans ses veines, il ne tremblait plus. Il courut sur toute la route, bientôt accablé par l'odeur de l'encens. Il entendait à peine les pas, derrière lui, de ses compagnons qui l'avaient suivi.

Dans sa tête résonnaient sans cesse les coups de feu mortels.

Son esprit répétait en boucle *non, non, non, non*. Il avait les cuisses et les poumons qui brûlaient. Quand il franchit les portes de l'hôpital, l'employée à l'accueil se réveilla en sursaut. Sans ralentir, il passa à côté des chambres et des infirmières surprises.

Non, non, non.

Il fonça dans la chambre de sa sœur et faillit s'écrouler. Mère Hilas et une infirmière parlaient au-dessus du lit de Soria.

– Poussez-vous, tenta-t-il d'articuler, mais un simple souffle d'air s'échappa de sa bouche.

Mère Hilas et l'infirmière se tournèrent vers lui, leurs lèvres pincées en une ligne droite.

– Monsieur Lin…

Il s'approcha du lit. Soria n'arrivait plus à respirer, elle prenait des inspirations faibles et saccadées. Ses paupières étaient closes et enfoncées dans son visage. La tache grise s'étendait jusqu'à sa gorge, comme si elle en avait pris possession.

– C'est un choc septique, expliqua mère Hilas en échangeant un regard avec l'infirmière, qui semblait tout aussi désolée qu'elle. Ça arrive généralement quand la fièvre baisse ou…

Elle poussa un soupir.

– Nous la surveillerons, bien sûr, mais il n'y a plus rien à faire, malheureusement.

Cayo ne comprenait rien à ce qu'elle disait. Il contemplait sa sœur qui luttait pour respirer, un filet de sueur sur le front.

Le plancher craqua derrière lui.

– Pourriez-vous le laisser seul ? demanda Amaya.

– Bien sûr.

Mère Hilas lui toucha le bras et partit, mais l'infirmière resta juste derrière la porte.

Cayo s'allongea sur le lit à côté de sa sœur. Soria faisait toujours cela quand elle était petite. Elle avait décidé de venir le retrouver, lui, et pas leurs parents, quand elle faisait un cauchemar. Il jouait alors avec ses figurines d'animaux pour la faire rire et chasser les tensions.

Mais maintenant il ne pouvait rien faire. Il l'entoura délicatement de ses bras, dégagea les cheveux de son front, sentant la chaleur qui irradiait de son corps.

– Soria, murmura-t-il. Je suis là.

Ses mots s'étranglèrent dans sa gorge. Il traça avec un doigt les limites de la tache grise, pour l'effacer, pour éteindre l'infection.

Il pensa voir ses cils tressaillir, ses lèvres bouger. Comme si elle voulait parler, mais ne pouvait pas.

– Tu vas réussir, chuchota-t-il, à peine conscient qu'il lui inondait les joues de ses larmes.

Vaguement, il se rappela la chemise de nuit de sa mère trempée de ses pleurs, quand, quelques années auparavant, elle gisait ainsi dans son lit, avant de disparaître pour de bon.

– Tu peux combattre la maladie. Si tu y arrives, je t'achèterai une nouvelle robe. Une armoire entière de nouvelles robes. S'il te plaît...

Il posa le front contre le sien, lui murmurant des mots d'encouragement, des mots d'amour, cherchant à compenser le manque de médicament, à soulager la douleur que leur père leur avait infligée.

Il n'aurait su dire combien de temps il était resté à côté d'elle à lui raconter des souvenirs pour lui tenir compagnie, pour qu'elle ne se sente pas seule. L'infirmière vint le voir une ou deux fois, mais il la remarqua à peine. Il avait les lèvres sèches et gercées, la voix rauque, mais il ne s'arrêta pas. Il ne pouvait pas prendre le risque de se taire.

La respiration de Soria s'accéléra, devint plus faible encore. Son corps perdit sa chaleur et se mit à convulser.

– Eh, lança Cayo en lui prenant le visage dans les mains. Soria, respire. Soria, écoute-moi, respire, s'il te plaît.

Il ne pouvait pas l'aider. Il ne pouvait plus rien. Il ne servait à rien.

Elle s'agitait et s'étouffait, son pouls s'affolait complètement, ses doigts se crispaient, ses membres se raidissaient…

Et plus rien.

Cela ne ressemblait pas au lent passage entre l'éveil et le sommeil, mais à une coupure franche et violente, tous les fils tranchés en même temps. La tête de Soria roula contre la main de Cayo, ses lèvres s'écartèrent, mais aucun souffle n'en sortit.

Au début, il ne put que la regarder. Il passa ensuite son pouce sur sa joue, attendant qu'elle ouvre les yeux, qu'elle soupire ou demande à boire.

Le monde se refermait sur lui. Un battement de cœur emprisonné sous une cloche en verre, l'intolérable, l'impensable qu'il valait mieux ignorer. Il avait refusé de comprendre l'inévitable, de voir l'inacceptable. Parce que cela ne pouvait pas être réel. C'était impossible.

Le verre se brisa.

L'impossible devint réalité.

Sa sœur était morte.

23

> Quand je repense à ce ciel noir, à ces eaux grises, les regrets m'assaillent. Il est là-dessous, dans ces profondeurs, il m'attend. Je le rejoindrai bientôt.
>
> *Journal d'un marin inconnu, trouvé sur un navire abandonné*

Le hurlement qui s'échappa de la gorge de Cayo déchira le cœur d'Amaya.

Elle recula, une main sur la bouche comme pour étouffer un cri. C'était arrivé si vite, trop vite pour comprendre, mais Soria s'était figée tout d'un coup…

Elle était partie.

L'infirmière se précipita dans la pièce, mais c'était inutile. Accroché à sa sœur, le visage enfoui dans son cou, le corps agité de sanglots, Cayo ne laissait ni l'infirmière ni mère Hilas s'approcher.

Tout était la faute de Kamon Mercado. Soria avait été empoisonnée par son propre père, et elle était morte loin de chez elle, dans un pays lointain, d'une maladie incurable.

Amaya serra les poings, ravalant les larmes qui menaçaient de déferler. Elle le lui ferait payer. À lui, et à Boon aussi. Elle ne trouverait pas de répit avant que leur sang dégouline de ses lames.

Mais cela ne ramènerait pas Soria.

– Monsieur Lin, s'il vous plaît, implorait mère Hilas en tentant de le relever.

– Ne me touchez pas ! hurla-t-il en s'agrippant de toutes ses forces au corps de sa sœur. Ne la touchez pas !

Les infirmières se tournèrent vers Amaya, désespérées. En approchant du lit, elle se sentit faible et impuissante. Sa gorge se serra douloureusement quand elle aperçut le visage de Soria.

– Cayo, murmura-t-elle en posant les mains sur son dos.

Il remuait violemment, chaque sanglot tonnant dans sa poitrine et se répercutant dans les paumes d'Amaya. Elle posa le front entre ses omoplates, glissa les doigts sous sa chemise.

– Cayo, il faut la laisser.

Elle n'aurait su dire s'il l'avait entendue, si sa voix avait transpercé l'épaisse cloison de son chagrin. Elle se revit sur le pont du *Saumâtre*, le jour où Zharo lui avait annoncé que sa mère était morte. Que personne ne viendrait l'accueillir à Moray. Que sa famille avait disparu, et qu'elle n'avait plus personne sur cette terre pour l'aimer.

Ses larmes mouillèrent la chemise de Cayo alors qu'elle tentait d'inspirer. Amaya toucha le cou de Soria pour vérifier. Rien. Plus de pouls.

Fini.

Elle se tourna vers les infirmières.

– Pouvez-vous… lui accorder un moment ?

Mère Hilas hocha la tête et les deux femmes quittèrent la pièce. Ne tenant plus debout, Amaya s'assit au bord du lit. Elle caressa le dos de Cayo pour l'accompagner dans cette douleur qu'elle avait déjà ressentie trop souvent.

Cayo ne pardonnerait plus à son père désormais. De toute façon elle doutait que ce pardon compte pour Kamon Mercado.

Ils se retrouvaient tous les deux seuls dans ce monde cruel et cupide. Au moins, ils avaient cela en commun.

***

Le lendemain matin, l'appartement était plongé dans le silence, la table baignée d'une lumière grise. Elle se déversait sur les tasses ébréchées et la boîte ouverte de biscuits, dans laquelle ils piochaient à peine.

Amaya n'avait pas dormi. Elle était restée à l'hôpital avec Cayo, et, assise à côté de lui, avait écouté mère Hilas leur expliquer la suite des évènements. Elle leur avait parlé de crémation, d'enterrement, du rapatriement du corps à Moray. Le regard vide, le visage pâle, Cayo n'avait pas dit un mot.

– C'est à vous de décider, avait murmuré Amaya.

Cayo s'était très légèrement redressé, ses lèvres s'étaient écartées, mais aucun son n'en était sorti.

Sa respiration s'était coincée, ses yeux rouges et gonflés débordaient de larmes.

Il n'aurait pas dû avoir à prendre une telle décision. On n'avait pas demandé son avis à Amaya. Elle n'avait aucune idée de ce qu'il était advenu du corps de sa mère. Cette idée creusa un trou en elle. Elle devait absolument s'en protéger si elle ne voulait pas se laisser engloutir.

Mais elle savait ce qu'elle aurait choisi : la pratique courante à Moray.

– La crémation ? avait-elle hasardé.

Cayo avait hoché la tête et signé les papiers, et il était parti faire ses adieux à sa sœur.

– Vous pouvez revenir demain récupérer les cendres, avait dit mère Hilas à Amaya en posant une main sur son épaule. Toutes mes condoléances.

Amaya appréciait l'efficacité de cette brave dame. Malgré son expérience pour affronter cette épreuve, la tristesse dans ses yeux n'était pas feinte. Amaya l'avait remerciée et avait ramené Cayo à l'appartement, où il était parti se coucher sans un mot.

– Je ne sais pas comment l'aider, murmura Amaya.

Liesl avait les yeux rivés sur la nappe, main dans la main avec Deadshot. Avi tenait sa tasse de thé mais ne buvait pas.

– Qu'est-ce qu'on fait ?

– On continue, répondit Liesl en se redressant. On retire les contrefaçons de la circulation. On essaie d'éviter de nouvelles morts.

– Mais Cayo…

Avi soupira et se frotta la hanche, toujours au même endroit.

– Il ne nous sera d'aucune utilité dans son état. Et on va pas le contraindre à quoi que ce soit. Il est peut-être temps pour lui de retourner à Moray.

– Seul ? Là où vit son père ?

– Je doute qu'il ait envie de rester ici. Et il voudra sûrement disperser les cendres de sa sœur dans sa ville natale.

Ils replongèrent dans le silence. Ne supportant plus l'atmosphère de l'appartement, Amaya décida de passer le reste de la journée à se promener dans la ville, laissant le vent caresser sa peau pour lui rappeler qu'elle était en vie. Qu'elle éprouvait des sensations. Un fardeau bienvenu !

Elle passa même à côté de la cabane de Boon, toujours abandonnée. On racontait que le Vaisseau Fantôme avait mystérieusement disparu du port.

Quand elle revint à l'appartement, la nuit était déjà tombée sur Baleine. Elle ouvrit la porte de la chambre des garçons pour vérifier si Cayo avait mangé quelque chose.

Mais il n'était pas là.

Son cœur se serra soudain. Était-il à l'hôpital ? Était-il retourné au quartier du casino ? Elle trouva son pistolet de son côté de la chambre. Il ne devait pas être allé loin sans lui.

Elle se précipita sur le toit. Il n'y était pas non plus. Elle fouilla tous les étages du bâtiment, priant pour qu'il ne soit pas parti, sans arme, noyer sa douleur dans la débauche.

Elle se souvint alors de la cave.

Elle tira la lourde porte pour plonger dans le noir. Une lanterne était allumée dans un coin, projetant des rais de lumière orange sur les murs, un tas de meubles cassés et couverts de draps, et un sol qui n'avait plus vu de balai depuis des siècles.

Cayo était assis par terre, une bouteille sur les genoux. Réprimant un juron, Amaya s'approcha de lui prudemment comme s'il était devenu une bête féroce. Mais il réagit à peine.

– Cayo, dit-elle doucement.

Ses cils tressautèrent légèrement. Elle remarqua alors qu'il n'avait même pas ouvert la bouteille. Il n'y avait pas touché, n'avait pas bu une seule goutte. Profondément soulagée, elle s'accroupit à ses côtés et posa une main sur le lupseh.

– Je peux la prendre ?

Il la laissa faire. Elle s'assit, soudain oppressée par l'air humide et l'odeur de renfermé.

La lanterne caressait le visage de Cayo d'une lueur dorée. Les cheveux sales et hirsutes, les yeux rouges et gonflés, il semblait inaccessible, comme sorti d'un tableau. Peut-être parce qu'il ne bougeait pas, ou à cause de son expression résolue.

– Vous n'avez rien bu, constata Amaya.

C'était mieux que de répéter pour la millième fois : « Je suis désolée. »

– À quoi bon ? répliqua Cayo en prenant une profonde inspiration.

Amaya se mordilla la lèvre inférieure. Elle s'était réveillée plusieurs fois en pleurant, à l'époque où elle s'entraînait avec Boon et les sans-terre. Soit elle rêvait que sa mère l'accueillait à la maison, soit elle la voyait morte sur la côte. Il n'existait pas de mots pour décrire ce drame : les gens étaient là, et soudain ils disparaissaient et on devait continuer à vivre après leur départ. La vie ne serait plus jamais pareille, il fallait s'y faire.

Injuste. Intraitable. Implacable.

Liesl avait essayé d'aborder le sujet, mais Amaya n'avait jamais été prête à l'entendre. Cayo l'était encore moins qu'elle. Seul le temps pourrait les aider.

– Nous devons parler de ce qui est arrivé au casino.

Cayo se tourna vers elle, une pointe de confusion dans ses yeux endeuillés.

– Je suis désolée de vous avoir frappé, s'excusa-t-elle en tournant la bague en jade sur son doigt. Je suis désolée de ne pas avoir été là à temps. De vous avoir donné l'impression que vous étiez seul, ou que je n'en avais rien à faire. Ce n'est pas le cas. Mais je…

Comme sur le toit, avec Avi, les mots se coincèrent dans sa gorge. Comment pourrait-elle lui révéler la vraie identité de Boon alors qu'elle ne l'acceptait pas encore elle-même ? Alors que la douleur était si vive que le moindre mouvement risquait de la pulvériser ?

Cayo resta sans voix pendant si longtemps qu'elle n'attendait plus de réponse. Quand il finit par prendre la parole, sa voix sonna plus rauque que jamais.

– Je n'aurais pas dû vous dire toutes ces horreurs. J'étais en colère. Je…

Il ferma les yeux, des larmes coulèrent sur ses joues.

– Je n'avais pas conscience que j'avais tellement besoin de vous.

Son aveu fit à Amaya l'effet d'un crochet planté dans son ventre. Elle remonta les genoux jusqu'à sa poitrine.

– Je comprends pourquoi vous l'avez fait, murmura-t-elle. Tout ce que vous avez fait, c'était pour Soria. Je sais combien elle compte – comptait – pour vous.

Elle se frotta les yeux pour ne pas pleurer.

– C'est la seule arme que vous connaissez, alors vous vous êtes battu avec. Et vous avez perdu. Je comprends.

Il poussa un rire faux, sans joie.

– Je me suis battu pour elle et je l'ai perdue.

Un grognement de douleur s'échappa de sa gorge, alors qu'il appuyait la tête contre le mur.

– Maintenant, il ne reste plus rien.

– C'est ce que vous ressentez en cet instant, mais ça ne durera pas toujours.

Amaya croisa les mains autour de ses genoux, les doigts douloureusement serrés.

– Il existe encore des raisons de se battre, des belles choses à accomplir, Cayo. On peut rétablir la justice pour Soria.

– Comment ? lança-t-il d'une voix blanche. Vous avez vu ce qui se passe quand j'essaie d'aider.

– Vous n'êtes pas le seul responsable. Je vous ai laissé tomber. Je vous ai utilisé encore une fois. Parce que vous avez raison, je veux réparer mes erreurs, et je pensais que ce tournoi au casino serait l'occasion de le faire. Mais j'avais tort.

Elle s'était remémoré leur dispute ce soir-là, tous les reproches, toutes les accusations qu'elle lui avait lancées, la douleur qu'elle lui avait infligée pour soulager la sienne.

Mais elle ne voulait pas qu'il souffre. Si elle avait pu effacer l'hématome en y passant la main, elle l'aurait fait. Si elle pouvait transformer les cendres de Soria en une jeune fille pleine de vie, elle le ferait.

Cayo la dévisageait à présent. Elle croisa son regard.

– Je n'aurais tout de même pas dû dire tout ce que j'ai dit, bredouilla-t-il. Je suis désolé.

Elle tortilla la bague de sa mère sur son doigt.

– Vous étiez furieux. Comment ne pas l'être ?

Ils n'échangèrent plus un mot pendant un moment, leurs têtes tournées l'un vers l'autre, mais sans se regarder.

– Pourquoi est-ce si difficile ? murmura Cayo.

Des larmes silencieuses coulaient sur ses joues. Il ferma les paupières, son visage se crispa, assailli par le chagrin. Amaya se souvint que c'était toujours pire la nuit, comme une fièvre, ou comme les marées.

Il sanglota tout doucement et elle se rapprocha. Elle se rappela comment ses parents la consolaient autrefois, l'enveloppant dans leurs bras, la protégeant du monde extérieur. Cayo laissa sa tête se poser sur son épaule, et elle l'enlaça. Plus rien ne devait l'atteindre. Elle barrait le passage à ce qui menaçait de lui faire du mal.

Elle ne pouvait le protéger d'elle-même, mais ce n'était peut-être plus nécessaire.

***

Quand ils revinrent dans l'appartement, Amaya ne fut pas surprise d'y trouver Rémy.

– Je suis vraiment désolé, lança-t-il. Je sais que ça ne suffit pas, mais je le suis.

– Merci, répondit Cayo sur un ton las. De me le dire.

Rémy hocha la tête.

– J'aurais tellement aimé que ça se passe autrement. Que les médicaments…

En soupirant, il passa une main dans ses cheveux.

– Vous n'y êtes pour rien.

– Il s'est passé quelque chose ? demanda Amaya pour détourner l'attention de Cayo.

– J'ai utilisé les informations que Liesl m'a transmises sur Francis Florimond sans donner mes sources. Les soldats ont fait une descente dans son magasin plus tôt dans la journée. Ils ont trouvé des lettres impliquant Kamon Mercado et le bénéficiaire, ainsi qu'un sac de cônes, mais la piste s'arrête là. On ne sait toujours pas qui est le bénéficiaire et, maintenant que Florimond est en cavale, on ne peut plus lui soutirer d'informations.

Amaya évita de croiser les regards de ses compagnons. Rémy n'avait pas à savoir que Florimond s'était donné la mort.

– Deirdre…, commença Amaya.

Mais Liesl l'interrompit en agitant une main.

– Je ne pense pas qu'elle soit la bénéficiaire, déclara-t-elle, désolée d'avoir à l'admettre. Trop d'indices contradictoires.

Liesl jeta un coup d'œil à Cayo.

– Il faut que ça bouge. Plus on reste ici sans résultat, plus Moray s'enfonce dans les dettes. L'épidémie s'étend et provoque des mouvements de panique comme hier au marché, et Moray connaît une hémorragie d'argent.

Rémy acquiesça d'un hochement de tête.

– Et, comme les requins qu'ils sont, les dirigeants de l'Empire de Soleil ont flairé le sang. Des navires ont été vus près de la Baie du Levant. Ils surveillent les eaux de Moray et les frontières pour déterminer quand ils pourront attaquer.

– Que va-t-il se passer, selon toi ? demanda Amaya.

– J'ai entendu quelques officiers qui en parlaient, répondit Rémy, ses doigts pianotant machinalement sur la table. Les deux empires vont bientôt se disputer Moray, et la ville deviendra une zone de guerre. Si la fièvre des cendres continue à se répandre dans l'Empire de Pluie, il tombera lui aussi. Et personne ne peut dire quel côté choisiront Réhan et Khari, ou si la fièvre se propagera aussi dans l'Empire de Soleil.

Liesl se mit à faire les cent pas. Deadshot avait une main sur un de ses pistolets, sûrement pour se réconforter. Avi fixait le sol d'un regard vide.

– Aucune des pistes du bénéficiaire que nous avons pu avoir jusqu'ici n'a abouti, continua Rémy. Qui que soit cette personne, elle est assez intelligente pour effacer complètement ses traces. Ce qui veut dire que nous devons nous concentrer ailleurs.

Amaya laissa les autres discuter des prochaines étapes et alla se réfugier dans sa chambre. Florimond s'était suicidé, Boon était parti, Deirdre ne laissait rien filtrer, Soria avait succombé à la fièvre avant qu'on puisse trouver un remède.

Amaya se demanda quelle avait été sa contribution dans leur mission.

*Grâce à moi les esclaves de l'*Étoile Argentée *sont libres*, songea-t-elle. *Grâce à moi, la sœur de Liesl est en sécurité.* Elle avait au moins servi à cela. Elle avait réussi l'espace d'un instant à mettre de côté sa vengeance pour améliorer la vie des autres.

Amaya sortit les documents de son père de sous son matelas. Elle repensa à la façon dont Boon l'avait regardée dans la cabane délabrée, à la culpabilité, la honte qu'elle avait lues dans ses yeux.

Il y avait encore tant de choses qu'il ne lui avait pas dites. Tant de choses que sa mère lui avait cachées.

Ma femme et ma fille détiennent mes plus grands trésors.

Amaya étouffa soudain.

Elle froissa la feuille dans sa main en se précipitant dans le salon. Les autres se turent en la voyant.

– Ma mère pratiquait l'alchimie, annonça-t-elle. Et je pense qu'elle était au courant des contrefaçons.

– Comment sais-tu qu'elle était alchimiste ? demanda Liesl, sourcils froncés.

– Boon me l'a dit, répondit Avi. Il connaissait la mère d'Amaya. Mais qu'est-ce qui te fait croire qu'elle était au courant du trafic de fausses pièces ?

Amaya posa les documents sur la table. Liesl les lut et Rémy les reconnut aussitôt.

– Mon père avait un caveau, n'est-ce pas ? lança Amaya. Je pense que ma mère en avait un, elle aussi.

– Mais je pensais que ta famille n'avait pas assez d'argent pour ça, s'étonna Liesl en levant un instant les yeux des papiers.

– Je le pensais aussi, confirma Amaya. Mais mes parents m'ont caché tellement de choses. Et je pense qu'elle a mis dans un autre caveau tout ce que l'on possédait. Même Mercado en ignorait l'existence. Si c'était vraiment une alchimiste qui a aidé mon… qui a aidé Boon, il est possible qu'elle y ait gardé des informations concernant les contrefaçons.

– Comme un remède ?

– Je ne sais pas. Mais c'est tout ce à quoi je peux penser.

– C'est une conclusion un peu rapide, déclara Deadshot.

– C'est vrai. Je n'ai rien pour le prouver. Mais nous ne pouvons pas rester à Baleine.

Amaya jeta un regard à Cayo. Son visage, marqué par le chagrin et l'épuisement, semblait avoir vieilli de mille ans en une nuit.

– Nos pistes n'aboutissent à rien ici. Nous devons retourner à Moray.

– Et si on pouvait en apprendre plus sur Deirdre ? demanda Deadshot.

– Je peux rester, proposa Avi en se grattant le menton.

– Tu voudrais rester ? Mais pourquoi ? s'étonna Liesl.

Avi poussa un soupir. Il baissa les yeux et souleva sa chemise. Une tache grise s'était formée sur sa peau marron à côté de sa hanche.

– Avi…, lâcha Liesl, stupéfaite.

– Je ne peux pas retourner à Moray avec vous. Je ne ferai que vous ralentir.

Deadshot bondit, furieuse.

– Imbécile ! Tu aurais dû nous le dire dès que tu l'as remarqué !

– Je suis désolé. Je ne voulais pas vous inquiéter.

– Bien sûr qu'on se serait inquiétés ! s'exclama Deadshot en lui décochant un regard meurtrier. Ça fait combien de temps ?

– J'ai remarqué la tache il y a deux semaines environ.

Liesl n'avait pas encore ouvert la bouche. Ses yeux

brillaient, ses lèvres étaient pincées en une fine ligne. Avi vint s'asseoir à côté d'elle, posant une main sur son bras.

Amaya dut s'asseoir, trop bouleversée pour rester debout. Tout l'étouffait, la tirait vers le fond, la noyait comme si elle venait de sauter dans une mer agitée.

Une main toucha son épaule.

Elle leva les yeux vers Cayo. Il avait un air lugubre, mais déterminé.

– Il reste trop de questions et on n'a pas assez de réponses, murmura-t-elle.

Il hocha la tête légèrement.

– Alors nous les trouverons. Je dois ramener Soria chez nous.

Sa voix se cassa et il prit un moment pour se ressaisir.

– Je n'ai pas pu la sauver, mais nous pouvons encore sauver les autres. Et, pour ça, il faut trouver un remède.

Rémy s'approcha d'Amaya.

– Et vous ne serez pas seuls. Je viens avec vous.

– Mais la marine…

– J'ai été suspendu pour trois mois après mon insubordination lors du sauvetage de l'*Étoile Argentée*. Vous l'aviez oublié ? demanda-t-il avec un rictus coquin. Tu me dois deux pâtisseries, au fait.

Il fit alors un signe de tête vers Avi.

– Et je peux te trouver un lit à l'hôpital militaire en attendant qu'on trouve un remède.

– Je t'en serais très reconnaissant, merci.

– Tu m'as aidée à sauver ma sœur, dit Liesl à Amaya. Demande-moi tout ce que tu veux.

– Et moi je suis Liesl partout où elle va, déclara Deadshot.

– Alors c'est réglé, conclut Rémy. À l'aube, on part pour Moray.

Amaya inspira profondément. Moray. Sa ville natale. L'endroit où elle avait tant perdu.

Elle était terrorisée à l'idée de découvrir ce qu'elle pouvait encore perdre.

24

Malgré ses nombreuses chutes, le magicien s'agrippa à la montagne de toutes ses forces. Pas à pas, il l'escalada jusqu'à atteindre enfin les étoiles. Elles le baignèrent d'une lumière froide, lui demandèrent ce qu'il leur voulait. Mais il était si frigorifié, si fatigué, si affaibli par son ascension qu'il ne put rien faire d'autre que s'asseoir et pleurer, ses larmes donnant naissance à des bourgeons blancs là où elles tombaient.

Neralia des nuages, conte des îles de Lede

Ballotté par le *Marionnette*, les yeux rivés sur le plafond de sa cabine, Cayo se demanda si sa mère lui avait menti.

Quand il était jeune, elle lui montrait les constellations et traçait du doigt la forme familière d'une couronne, le signe de Chance, sous lequel il était né.

– Celui qui a de la chance est un roi, lui avait-elle dit.

Mais Cayo n'était qu'un misérable, mourant de faim dans un royaume en ruine. Il méritait peut-être son infortune, mais sûrement pas Soria. Elle avait eu tant de rêves, tant de projets. Elle avait tant à voir et à faire. Tellement de temps lui avait été dérobé. Et à lui aussi.

Rien ne dure, tout est éphémère.

Sa mère le lui avait dit aussi, et ses mots résonnaient plus que jamais. Ils retournaient à Moray, mais il ne restait rien pour lui là-bas. Seulement des souvenirs, de la colère et des regrets.

Était-ce ce qu'avait ressenti Amaya quand elle y était retournée plusieurs mois plus tôt ?

Comme si penser à elle l'avait convoquée, il entendit frapper à sa porte. Il savait que c'était elle sans même avoir à lever la tête.

– Nous arrivons au port, annonça-t-elle. Rémy dit qu'il faut se préparer.

Mais il ne bougea pas. Allongé sur le dos, les yeux rivés sur le plafond, il désirait autant la voir partir que rester. Personne n'était venu le déranger pendant le voyage. On aurait presque dit qu'il était lui aussi infecté d'une terrible maladie contagieuse. Mais Liesl lui avait expliqué qu'ils voulaient le laisser tranquille pour qu'il fasse son deuil, qu'ils ne voulaient pas le brusquer. Ils comprenaient tous ce que perdre un être aimé signifiait.

Laissant échapper un soupir, Amaya referma la porte derrière elle et s'assit sur le lit en bois.

– Allez-vous prévenir votre père de la mort de Soria ?

Les doigts de Cayo se crispèrent. La réponse à cette question changeait constamment. Kamon ne méritait pas de savoir. Après tout, il avait toujours laissé ses enfants dans l'ignorance. Seulement, c'était sa fille…

Il fallait qu'il sache ce qu'il avait fait à sa propre fille.

Cayo ne répondit pas, parce qu'il ne savait toujours pas. Rien ne comptait plus vraiment. À présent, il se fichait de ce qu'il adviendrait de lui ou de son père, du moment qu'ils mettaient fin à l'épidémie.

Amaya hésita, son corps se raidissant légèrement. Et, à sa grande surprise, elle s'allongea à côté de lui sur le lit. Il s'écarta pour lui faire de la place, mais ne fit pas davantage mine de s'en préoccuper. Elle l'imita dans sa contemplation du plafond, les mains sur le ventre. Les oreilles de Cayo se remplirent du son de leurs respirations mêlées.

Elle finit par pousser un nouveau soupir.

– Après la mort de mon père, plein de gens nous ont adressé leurs condoléances, mais elles m'ont toujours semblé vides. J'avais l'impression que seule ma mère pouvait comprendre parce qu'elle souffrait autant que moi. On s'apportait du réconfort.

Ses doigts se crispèrent.

– Et j'ai été emmenée loin d'elle. Pendant mon absence, elle est morte. Je n'ai même pas eu l'occasion de faire mon deuil.

Elle se tourna sur le côté pour le regarder. Lentement, il en fit autant.

– Les mots, en fait, n'ont aucune valeur, n'est-ce pas ? demanda-t-elle doucement. Rien ne la ramènera.

Cayo se força à plonger le regard dans ses yeux noirs. Elle connaissait la perte comme lui et ne s'était pas encore remise de celle qu'elle avait subie. Cela rendait bien pire encore ce qu'il lui avait dit après le casino.

– Ça ne devient pas plus facile, confessa-t-elle. Pas vraiment. Il y a des jours où la douleur hiberne et d'autres où elle est si forte qu'on arrive à peine à tenir debout.

Elle ravala ses larmes.

– Je suis désolée si tu voulais croire autre chose.

– Non, dit-il dans un murmure. Ça aide. De ne pas entendre des mensonges.

Il repensa aux derniers jours de sa mère, à la rage qu'il avait ressentie, accablé par l'injustice devant son corps qui s'affaiblissait peu à peu.

– J'avais voulu croire que ce serait différent, à l'époque. Quand ma mère est morte, j'ai gardé ma tristesse tout près de moi, persuadé qu'elle finirait par disparaître. Et c'était vrai, mais seulement lorsque j'arrivais à me changer les idées.

– Dans le quartier du vice, devina Amaya.

Il hocha la tête contre son oreiller. Ils restèrent un long moment silencieux, le souffle d'Amaya caressant délicatement le menton de Cayo. Quelques mèches de ses cheveux lui étaient tombées sur sa joue, crêpées par le vent marin. Cayo leva douloureusement une main pour lui dégager le visage, qu'il frôla du bout des doigts. Elle frissonna et Cayo retrouva ses sensations.

Il osa poser la main sur la joue d'Amaya. Elle avait la peau sèche, mais sa chaleur l'enivra. Cayo avait eu froid tous les jours depuis leur départ de Baleine. Il se rallumait enfin, le corps d'Amaya lui faisait l'effet d'un refuge, une oasis de lumière loin des ténèbres.

Elle avait dû le sentir trembler, parce qu'elle se rapprocha. Cayo posa le front contre le sien, et l'énergie qui se dégageait d'elle le fit pousser un soupir de soulagement. Pour la première fois depuis des jours, il était détendu. Il glissa les doigts dans les cheveux d'Amaya, son pouce se posant sur le côté de sa mâchoire. Elle mit une main sur son épaule, réduisant encore la distance.

Le cœur de Cayo battait lentement, régulièrement, mais il entendit celui d'Amaya tambouriner dans sa poitrine, frétillant comme un oiseau apeuré. Il descendit les doigts vers son cou, frôlant son pouls affolé et avide de son contact. Il sentit quelque chose de brûlant et affamé s'ouvrir au creux de son ventre.

Rien de tout cela n'était juste. Rien n'était facile.

C'était peut-être pour cela qu'il le voulait tant.

Il posa délicatement les lèvres contre sa joue. Elle se tendit et il recula, se demandant s'il avait franchi une ligne. Mais ses yeux l'invitaient, sa bouche s'entrouvrait et elle ne s'était pas levée. Elle lui attrapa au contraire le menton et approcha son visage de ses lèvres pour l'embrasser.

Elles étaient chaudes comme le reste de son corps. Elles calmaient la soif en lui, lui apprenaient une nouvelle forme de désespoir. Elle était hésitante, manquait d'assurance, alors il la laissa prendre le contrôle, malgré son envie fiévreuse de la toucher. Elle l'embrassa une nouvelle fois, sa main se promena sur sa nuque, dans ses cheveux. Quand elle ouvrit la bouche, il eut l'impression qu'on répondait à ses prières. Petit à petit, il intensifia le baiser, la taquinant de sa langue. Et son corps s'électrisa aux petits sons que poussait Amaya.

Ses veines étaient en feu, son sang en ébullition. Il voulait appuyer son corps contre le sien, caresser sa peau avec ses lèvres, la faire gémir de plaisir.

Mais il recula, à bout de souffle. Amaya avait les cheveux en bataille, les lèvres rouge vif. L'appétit qu'il ressentait le consumait. Tout son être en réclamait plus, mais il devait le laisser patienter.

Il ne voulait pas qu'Amaya ait des regrets.

Elle évita son regard, tenta de calmer sa respiration tout en se lissant les cheveux. Cayo ouvrit la bouche pour parler, mais aucune parole n'en sortit. Ce serait peut-être mieux ainsi : laisser l'instant exister en silence pour qu'ils le vivent chacun comme ils en avaient envie. Un instant d'apaisement, une diversion dans le temps.

Un cri retentit sur le pont au-dessus d'eux. Amaya sortit du lit, jeta un regard à Cayo et quitta la cabine pour aider ses compagnons à accoster.

Resté sur place, Cayo ne lutta pas contre le froid qui revenait s'insinuer dans son corps.

***

Il dut s'y reprendre à trois fois pour soulever la boîte en bois.

Non pas parce qu'elle était lourde, ni même volumineuse, mais parce que ce qu'elle contenait l'emplissait d'un effroi insoutenable.

Il l'avait déposée dans la cabine où Soria avait dormi lors de leur voyage vers l'Empire de Pluie, mais il ne pouvait plus l'éviter. Il enveloppa soigneusement la boîte qui contenait les cendres de sa sœur dans une de ses vieilles chemises, et la rangea dans le sac que Rémy lui avait apporté. Il fut incapable de bouger, vidé, anéanti par ces quelques gestes simples.

Mais les autres l'attendaient. Il se ressaisit et les rejoignit sur le pont, le sac fermement calé contre son dos.

Moray s'étendait devant eux. Agrippé au bastingage, Cayo l'observait : ses immeubles surgissant du port, ses palmiers agités par le vent, son air moite et chaud qui sentait le sel et le soleil. Des collines s'élevaient sur la droite, et, à leurs sommets on devinait des manoirs et des domaines éparpillés. Cayo aperçut le sien entre les feuillages épais. Son cœur se serra de nostalgie.

Autrefois, il avait contemplé la mer depuis ses balcons, se demandant vers quelles terres inconnues il partirait, quelles merveilles il découvrirait. Il avait rêvé de revenir au bercail, triomphant et comblé, jusqu'au prochain départ.

Mais ce manoir n'était plus sa maison. Il n'y serait plus jamais chez lui.

Plusieurs navires mouillaient sur la Baie du Levant.

– Que font-ils là ?

– Ce sont des sentinelles, répondit Rémy. Je me disais bien qu'elles seraient stationnées par ici, alors j'ai changé les couleurs.

Il désigna les fanions qui claquaient au-dessus des voiles du *Marionnette*. Elles portaient désormais les couleurs de Moray et non plus celles de l'Empire de Pluie.

– Ils viendront nous examiner pour s'assurer qu'on n'est pas infectés.

– Et ce n'est pas tout ce qu'ils surveillent, ajouta Liesl en montrant des navires à l'ouest. Des bateaux de l'Empire de Soleil ont jeté l'ancre pas loin. Ils attendent sans doute que la ville tombe pour ramasser les morceaux.

Comme prévu, ils furent forcés de s'arrêter et de laisser monter trois gardes, qui fouillèrent leur bateau de fond en comble. Alors qu'ils l'auscultaient, Rémy expliqua qu'ils étaient des migrants d'une ancienne colonie. Cayo serra les dents, ne supportant pas de se faire tripoter, mais ils reçurent bientôt l'autorisation de débarquer.

– Une fois que vous serez entrés dans la ville, vous n'aurez pas le droit de la quitter avant que la menace de l'épidémie soit levée, les avertit un des officiers. Nous ne pouvons prendre le risque de la propager.

– Bien sûr, acquiesça Rémy.

Après ce contrôle, ils soufflèrent enfin. Amaya avait les yeux rivés sur la ville et Cayo tentait de ne pas penser à ce qu'ils venaient de faire. Comme lui, elle évitait de le regarder. Ou peut-être était-elle, elle aussi, prise de nostalgie à la vue de Moray.

Soudain elle se redressa.

– Je n'en crois pas mes yeux.

– Quoi ? demanda Liesl en s'approchant d'elle. Oh.

Cayo mit un moment à comprendre ce qu'elles avaient vu. Le *Saumâtre* était amarré au port, abandonné et négligé.

– Il est toujours là, constata Amaya, sidérée. Je pensais que les Bestioles l'auraient pris.

– Tu penses... ? commença Deadshot.

– Boon, lâcha Liesl.

– Il s'y cache peut-être, acquiesça Rémy, les yeux plissés. On devrait y jeter un œil.

Amaya se raidit, une grimace déformant ses traits ostensiblement.

Une fois le *Marionnette* amarré, ils partirent vers le *Saumâtre*. Ses voiles mauves avaient disparu, mais les dessins sur la coque étaient intacts.

– La passerelle est baissée, remarqua Deadshot.

Les sourcils froncés, Amaya les guida à bord. Cayo lui emboîtait le pas, espérant trouver Boon pour lui présenter Jazelle. Le pistolet sur sa hanche pesait aussi lourd que les cendres de Soria dans son dos.

Mais, avant qu'ils puissent commencer leurs recherches, le canon d'un autre pistolet se colla sur son crâne.

– Qu'est-ce que vous fichez sur notre bateau ?

25

Ouste, ouste, les dieux vont jouer, laissez-
leur une offrande qu'ils devront rembourser.

Comptine de Khari

Amaya entendit le déclic d'un pistolet et se tourna aussitôt, une main sur son couteau le plus proche.

Et elle se figea en reconnaissant le jeune homme qui menaçait Cayo.

– Cicada ?

Le garçon ouvrit de grands yeux et baissa son arme. Amaya se jeta dans ses bras et il rit en la faisant virevolter dans les airs.

– Anguille ! Je pensais qu'on se reverrait jamais !

Il la reposa et se tourna vers ses compagnons.

– Tout va bien, c'est Anguille !

Quelques visages familiers apparurent, des Bestioles qu'elle avait connues sur le *Saumâtre*. Matthieu, qui avait été baptisé Charançon, et Jiana, qui avait été Pou.

Et Fera, Scarabée. En voyant Amaya, la fillette afficha un sourire radieux, qui laissa apercevoir quelques dents de lait en moins. Elle se rua sur les jambes d'Amaya, qu'elle encercla de ses bras frêles.

– Amaya ! Tu es revenue !

Amaya l'enlaça et regarda les autres, abasourdie. Ils étaient six, entre huit ans pour Fera et dix-huit pour Cicada. Ils la contemplaient avec un mélange d'émerveillement et de confusion, comme si elle sortait d'un livre de légendes.

La dernière fois qu'elle les avait vus, c'était après que les hommes de Boon s'étaient introduits dans la propriété de la comtesse Yamaa et avaient tué Nian et Grillon. Amaya voyait encore clairement le petit corps de Nian recroquevillé dans une mare de sang.

Amaya tomba à genoux devant Fera.

– Qu'est-ce que vous faites tous ici ? demanda-t-elle à la petite, même si la question s'adressait à Cicada.

– On a eu des complications, répondit celui-ci en saluant de la tête Liesl et Deadshot qui montaient à bord, aussi stupéfaites qu'Amaya. Toutes les autres Bestioles sont rentrées à la maison, mais eux… ils ne voulaient pas.

Matthieu fourra ses mains dans les poches de son pantalon usé.

– Mon père m'a vendu. Je vais pas y retourner pour qu'il me vende encore comme du bétail.

Des murmures d'approbation s'élevèrent.

Comment le leur reprocher ? Mais, quand elle vit la lèvre inférieure de Fera trembler, Amaya comprit que cela n'avait pas été une décision facile. Tourner le dos à sa famille, aussi jeune, pour être livré à soi-même...

– En plus, la fièvre s'est répandue comme un feu de forêt, continua Cicada, le regard perdu vers la ville. Personne n'a le droit de sortir de la Baie du Levant, alors, de toute façon, on ne pourrait plus partir, même si on le voulait. Sans parler du couvre-feu et des rondes de gardes dans tout Moray. On dirait des fourmis affolées. J'espère que tu n'es pas fâchée qu'on se soit installés dans ton bateau, Angui... je veux dire, Amaya.

– Bien sûr que non.

Fera reniflait et se frottait les yeux. À la surprise d'Amaya, Cayo s'agenouilla devant la fillette et brandit une pièce en cuivre pour attirer son attention. Il la roula ensuite sur le dos de ses phalanges dans un mouvement fluide. Fascinée, Fera contempla la pièce qui bougeait de droite à gauche, et soudain Cayo l'envoya dans les airs avec son pouce. Il la rattrapa et, quand il tendit la main et ouvrit le poing, la pièce avait disparu.

Ahurie, la fillette lui attrapa la main.

– Elle est passée où ?

– Je ne peux pas te le dire, c'est de la magie.

Il lui décocha un clin d'œil et Fera éclata de rire. Amaya sourit malgré le chagrin qui l'envahit à l'idée que Cayo avait dû amuser Soria ainsi.

Mais la vue de la pièce provoqua aussi en elle un élan d'indignation. Elle se leva et s'adressa à Cicada en baissant la voix :

– L'or de Boon… tu t'en es servi pour envoyer les enfants chez eux ?

À son grand soulagement, il secoua la tête.

– Je voulais pas m'attirer des ennuis et laisser des traces. On a jeté toutes les pièces dans la mer.

Amaya le saisit par les épaules, envahie par la gratitude. Quand elle lui avait dit d'utiliser ces pièces, elle ne savait pas qu'elles étaient empoisonnées.

– Alors, avec quel argent ?

– On a vendu toutes les robes, les chaussures et les bijoux de la comtesse. Et son domaine, ajouta-t-il en souriant. J'en ai tiré une belle somme. Le problème, c'est qu'on ne peut pas en faire grand-chose tant que cette fièvre sévit et qu'on est bloqués ici.

– C'est pour ça qu'on est revenus. Pour trouver un remède.

– Et Boon, intervint Liesl.

– Boon ? répéta Cicada, son visage se fermant. L'homme qui a attaqué le domaine ? On sait où il est.

– Vraiment ? s'étonna Amaya, dont le cœur s'arrêta soudain de battre. Comment ?

Mal à l'aise, Cicada évita de les regarder directement.

– Il est monté à bord il y a quelques jours, mais on l'a mis dehors. Matthieu l'a suivi dans sa cachette à la lisière de la ville, dans les bidonvilles.

– Alors il est là, grogna Cayo en décochant à Amaya un regard impitoyable qui reflétait le sien. Allons le trouver.

Les doigts d'Amaya effleuraient le manche du couteau que Boon lui avait donné. Un couteau qu'elle avait été si près de planter dans le cou de son père.

Elle pensait aux corps de Nian et Grillon, à l'épidémie qui se propageait dans Moray et Baleine, aux cendres de Soria.

Boon aurait à répondre de ses crimes... mais, d'abord, elle devait discuter avec lui une dernière fois.

Alors qu'ils s'apprêtaient à traverser la passerelle, Rémy leur coupa la route.

– Avez-vous oublié la raison principale de notre présence ici ? Partir à la recherche de Boon maintenant serait trop risqué. Il faut qu'on se concentre sur le caveau pour découvrir si la mère d'Amaya gardait des notes sur les contrefaçons. On veut un remède, pas la vengeance.

– Pourquoi pas les deux ? proposa Liesl.

– Les deux, ça me paraît bien, confirma Deadshot, une main sur son pistolet.

– On en parlera plus tard, lança Rémy en soupirant. Pour l'instant, on doit entrer dans la ville et réfléchir à un plan.

Amaya fit un signe de tête à Cicada et aux autres Bestioles Aquatiques.

– Je viendrai vous voir dans quelques jours. Restez en dehors de la ville, d'accord ?

Fera l'enlaça une nouvelle fois et les autres la saluèrent d'un geste de la main. Une fois descendue de la passerelle, Amaya contempla le navire sur lequel elle avait passé sept années infernales. Quelle injustice que ces enfants doivent encore s'y cacher ! Même s'il avait été rénové, rien ne pouvait effacer de leurs esprits les souvenirs traumatisants.

Quelque chose attira son attention. Elle remonta la passerelle et se pencha en avant pour poser la main sur la coque léchée par l'eau.

Les Bestioles Aquatiques n'avaient le droit de sortir du bateau que pour pêcher, aussi n'avait-elle jamais eu l'occasion d'examiner l'extérieur aussi bien que l'intérieur.

Mais là, à côté d'un hublot vers le bas du navire, elle avait vu un symbole qui lui parut de plus en plus familier : un cercle avec un diamant entouré de lierre. Où l'avait-elle déjà vu ?

Liesl l'appela, et soudain cela lui revint. L'*Étoile Argentée*. Le bateau de créancier sur lequel la sœur de Liesl s'était trouvée portait le même symbole gravé sur la coque. Le bateau de créancier d'André Basque.

Tout se rejoignait irrémédiablement sans qu'elle réussisse à se rapprocher de la vérité. Amaya avait passé tout le voyage à espérer que sa mère n'avait pas de caveau, à espérer qu'elle ne lui avait pas menti. Mais maintenant elle voulait juste le contraire, pour avoir enfin les réponses qu'elle méritait.

26

Le quartier des affaires est là où les hommes faibles vont pour se sentir importants. Leur vie est tellement vide que la vue du marbre veiné d'or et le murmure des investissements suffisent à nourrir leurs ambitions pour plusieurs jours de suite.

Guide complet des quartiers de Moray

– On ne se sépare pas, protesta Liesl.

– Vous voulez de l'aide ou pas ? demanda Cayo, qui s'était bien imaginé qu'elle dirait cela.

– On n'a aucune idée de qui est ton contact. Elle pourrait même ruiner notre mission.

– Ou elle pourrait nous donner accès aux Caveaux des Veuves…

Cayo savait qu'il était risqué de retourner voir Nawarak. D'entrer dans les bureaux des autorités portuaires comme s'il y était allé pour dénoncer son père la veille seulement. Il s'était rendu au quartier du vice juste après, incapable d'assumer ce qu'il venait de faire, impatient de s'abrutir. Le lendemain, Boon les avait pris en otage, sa sœur et lui.

Il ne pouvait pas se permettre d'y penser maintenant. Le bilan des victimes de l'épidémie ne faisait que s'alourdir. Il fallait agir vite.

Les bras croisés, Liesl le toisa. Ils étaient tous les cinq dans une auberge miteuse, le seul endroit de la ville où ils pouvaient se permettre de rester. Amaya jouait machinalement avec un couteau, Rémy faisait les cent pas, Deadshot s'appuyait sur la fenêtre pour surveiller la rue. Cayo se surprit à regretter la présence d'Avi et son rictus décontracté.

– On est passés à côté de combien de malades jusqu'ici ? demanda-t-il.

Bien qu'ils aient vu des gens atteints de la fièvre des cendres à Baleine, cela ne l'avait pas préparé à l'ampleur de l'épidémie à Moray. Des cadavres gisaient au pied des immeubles, et des employés de la ville équipés de gants et de masques les empilaient sur des charrettes afin d'aller les brûler. Des drapeaux blancs de deuil flottaient à toutes les fenêtres. Seules des quintes de toux assourdissantes venaient briser le silence d'une ville d'habitude si bruyante.

– Votre contact ? demanda Amaya. S'agit-il de Romara ?

La pointe de soupçon dans sa voix agaça Cayo.

– Non, ce n'est pas elle que je vais trouver pour nous aider. Elle a ses propres intérêts.

– Alors qui est-ce ? interrogea Liesl.

En soupirant, il passa une main dans ses cheveux.

– Une amie de la famille qui travaille aux autorités portuaires.

Liesl ouvrit la bouche pour protester, mais il se dépêcha d'enchaîner :

– Je ne lui parlerai pas de vous. Je veux juste savoir si elle peut accéder aux caveaux. Ça vaut la peine d'essayer, non ?

– Il a raison, confirma Rémy. Si c'est une piste qu'on peut utiliser, il faut se lancer.

– Une amie vraiment proche de la famille ? s'enquit Liesl.

– Sa mère était la meilleure amie de ma mère, répondit Cayo en haussant les épaules.

– Ça ne veut pas forcément dire que vous êtes proches, tous les deux.

– Laisse-le essayer, intervint Deadshot, à la grande surprise de Cayo.

Il lui adressa un petit hochement de tête reconnaissant et elle lui répondit par un clin d'œil.

Liesl leva les mains en signe de reddition.

– D'accord, concéda-t-elle. Mais, si tu te fais arrêter ou que les autorités portuaires viennent nous chercher, tu ne pourras t'en prendre qu'à toi.

– C'est noté.

Cayo hésita à soulever son sac. Il aurait dû le laisser avec eux, mais…

– On la surveille, promit Amaya doucement.

Les yeux d'Amaya noirs et stables croisèrent ceux de Cayo. Un lien les unissait désormais, invisible et tendu. Il l'avait tenue dans ses bras sur le bateau, l'avait embrassée, mais l'énergie qui passait entre eux à cet instant était plus intime encore. C'était le début d'une véritable confiance.

Cayo acquiesça et se dirigea vers la porte, incapable de lui dire quoi que ce fût. Il redoutait ce qui sortirait s'il essayait.

Dehors, il fut assailli par un air humide et nauséabond, comme si la ville avait besoin d'un bon bain. Il arpenta les rues, sur le qui-vive, constamment conscient de l'arme sur sa hanche. Auparavant, quand sa famille comptait parmi les plus riches de Moray et qu'il pouvait s'habiller élégamment, il remarquait les regards envieux et menaçants que lui jetaient les passants. Désormais, il se fondait dans la foule, un citoyen comme les autres à qui l'élite prenait tout.

Son père vivait-il toujours dans son manoir ? Du haut de sa colline, contemplait-il la ville malade dont il avait entraîné la ruine ?

Le quartier des affaires n'était pas aussi bondé que dans le souvenir de Cayo. Les gens semblaient passer le moins de temps possible dans les rues, se dépêchant de rentrer dans les immeubles ou leur carriole, la partie inférieure du visage couverte d'un masque ou de leur manche. Suivant leur exemple, il s'engouffra rapidement dans les bureaux des autorités portuaires, marqués de lettres d'or sur lesquelles se réfléchissait la lumière terne du jour.

Des deux côtés du hall de réception, des bancs en bois étaient occupés par des femmes au regard vide, des hommes effrayés, des enfants en pleurs. La criminalité avait dû exploser avec l'épidémie, les pilleurs profitant des magasins désertés et des maisons abandonnées.

– Remplissez le formulaire et patientez, lâcha le jeune homme à l'accueil en tournant une page de son livre.

– Je ne suis pas venu rapporter un incident.

La pointe de confiance qu'il perçut dans sa propre voix le choqua. Sûrement parce qu'il n'avait plus rien à perdre.

– Je voudrais parler à la sergente de marine Nawarak.

Le jeune homme leva la tête, les yeux las.

– Vous voulez dire la lieutenante de marine Nawarak.

– Euh... oui, c'est ça, confirma Cayo, surpris. Dites-lui que Cayo Merc... dites-lui que Cayo voudrait lui parler.

Autant éviter de mentionner son nom de famille.

L'employé partit vers les bureaux et revint au bout de quelques minutes pour inviter Cayo à entrer. D'ordinaire, les officiers des autorités portuaires faisaient un raffut impressionnant, mais, ce jour-là, les sons étouffés attestaient leur épuisement.

Nawarak l'attendait à son bureau. Ses cheveux bleu noir étaient attachés en une natte, et elle portait un justaucorps en cuir bouilli sous sa veste d'uniforme ouverte. Les bras croisés, l'air sévère, elle le toisa de la tête aux pieds.

– Tu as disparu sans laisser de traces et maintenant tu reviens habillé comme un gamin des rues. Où étais-tu passé, Cayo ? Je suis allée dans votre manoir et je n'y ai trouvé personne. Où est ton père ? Et comment va Soria ?

Il prit une inspiration avant de parler, mais se découragea immédiatement. Comment tout lui expliquer ? Il s'assit et posa les coudes sur ses genoux.

– Je ne peux pas te raconter. Pas encore.

– Quoi ? Pourquoi ?

Parce qu'il y avait trop à dire. Parce que cela n'avait pas d'importance. Parce que dire tout haut « Soria est morte » aurait rendu la vérité de la situation irrévocable, comme lancer une malédiction éternelle.

– Tu as été promue, constata-t-il à la place, pour éviter ses questions. Félicitations, lieutenante.

– Tu es bizarre, remarqua-t-elle, les yeux plissés. Mais merci quand même.

Il posa les yeux sur les barrettes argentées de sa veste.

– C'est parce que tu travailles sur l'affaire des contrefaçons ?

Avant l'apparition de la fièvre des cendres, elle faisait partie d'une unité opérationnelle.

– Pas exactement. Même si les évènements ont pris une tournure intéressante.

– « Intéressante » n'est pas le mot que j'aurais choisi. Il y a eu des progrès ?

– La plupart des fausses pièces viennent des casinos, ce qui n'est pas étonnant. Elles se sont propagées dans les classes populaires comme un feu de forêt. Nous venons de recevoir un rapport de l'Empire de Pluie.

Elle posa les bras sur son bureau.

– Le revêtement doré contiendrait une sorte de… virus ? Je ne sais pas, je ne suis pas une scientifique. Mais, selon ce que j'ai lu, cet enduit peut rester pendant des heures sur la peau de ceux qui y touchent. Et, si on entre en contact avec quelqu'un quand on a encore ce poison sur les mains…

– Alors ça explique que la maladie se soit répandue si rapidement…, lâcha Cayo en jurant.

La chaîne de contamination était évidente et impitoyable.

Il contempla de nouveau les bandes en argent.

– Si tu n'es plus sur l'affaire des contrefaçons, alors comment as-tu reçu cette promotion ?

– Quoi, tu ne m'en crois pas digne ? demanda-t-elle en tambourinant nerveusement ses doigts sur les accoudoirs de son fauteuil. Tu sais qu'on a des officiers corrompus, n'est-ce pas ?

– Évidemment. Quel rapport avec ta promotion ?

– J'en ai attrapé la plupart, affirma-t-elle avec un grand sourire. Ils travaillaient pour le Roi Racaille, tu le savais ? Des ordures d'agents doubles. Agents triples, même, sachant que certains trahissaient Salvador, en plus. Il n'était pas content du tout.

– Comment as-tu réussi à les coincer ?

Elle baissa la voix.

– Disons juste que j'ai un contact très… influent.

Cayo fut parcouru de frissons glacés en comprenant ce qu'elle sous-entendait. Il s'imagina Jun Salvador, le Roi

Racaille, en train de comploter derrière son bureau de l'*Arche Écarlate*. Il n'aurait aucun mal à se mettre dans la poche une personne aussi ambitieuse que Nawarak.

Il ne pouvait plus lui demander de l'aide pour les caveaux. Cela devenait trop risqué de passer par elle.

– Qu'est-ce qui ne va pas ? demanda-t-elle quand Cayo se leva. Cayo…

Il tourna les talons et fila. Toute la ville était pourrie, ravagée de l'intérieur. Même les gens avec les meilleures intentions étaient corrompus par l'attrait du pouvoir et de l'argent.

Par les dieux et leurs étoiles, il avait été comme eux.

Il entra dans une allée et retint sa respiration, dégoûté par l'odeur du vomi. Il ne pouvait retourner demander son aide à Nawarak et il ne pouvait retrouver ses compagnons pour leur avouer son échec. Encore une fois.

Il devait trouver un moyen d'entrer dans les caveaux.

La tête dans les mains, Cayo pesta, les battements de son cœur s'affolant comme toujours quand il s'apprêtait à prendre une décision aberrante. Mais avait-il le choix ?

Luttant contre sa raison, il fit volte-face pour suivre un chemin qu'il connaissait trop bien.

***

Cayo s'était attendu à trouver moins de monde dans la rue des Diamants, surtout à cause du couvre-feu mis en place par la police. Et pourtant l'endroit grouillait d'activité et de joie, comme si le quartier du vice était épargné par les horreurs qui frappaient le reste de la ville.

Il ne faisait pas encore entièrement nuit, mais les lanternes, déjà allumées, scintillaient au-dessus des têtes telles de grosses pommes luisantes. Il observa les gens qui buvaient, riaient, dansaient comme si rien ne pouvait les atteindre. Certains jouaient à se courir après et des couples s'embrassaient ouvertement, sans honte.

Cayo traversa ces scènes de liesse comme un robot, absorbé par le bruit et les mouvements. On tenta de lui passer un collier de coquillages autour du cou, mais il repoussa brutalement ses assaillants.

– C'était pour te protéger, connard, l'insulta un jeune homme quand il retira le collier avec dédain.

Cayo garda la tête baissée jusqu'au Gouffre, la rue des casinos et des salles de jeux réservés aux joueurs les plus aguerris. Le Roi Racaille possédait le plus grand de tous : l'*Arche Écarlate*. C'était le repaire des pires truands et tricheurs, qui finissaient par ne devenir rien de plus que les petits toutous de Salvador.

Il aurait voulu ne jamais revenir ici. Ses cauchemars avaient été hantés par ces portes peintes en rouge et le visage balafré du Roi Racaille. En général, dans ses rêves, l'ordure brandissait un bocal rempli des yeux de Seb, qui lui décochaient un regard accusateur.

En dénonçant son père, Cayo avait révélé sa collaboration avec le Roi Racaille. S'il se faisait attraper ici, il pourrait s'estimer heureux s'il ne perdait que ses yeux.

Il s'attarda un instant devant l'entrée, et remarqua soudain que l'enseigne avait été remplacée. Ce n'était désormais plus l'*Arche Écarlate,* mais le *Lys Noir*.

Il fronça les sourcils. Pas le style du Roi Racaille. Une main sur Jazelle, il entra prudemment.

Il crut d'abord qu'il s'était trompé de lieu. Tout était… sombre. Terminé, le rouge agressif et dégoulinant de l'*Arche*. À présent, du sol au plafond, tout était noir. Oppressant. Des lanternes argentées pendaient du plafond, pâles imitations des étoiles, et des peintures étranges de formes abstraites ou d'animaux terrifiants décoraient les murs.

Il ne vit pas la clientèle habituelle du Roi Racaille mais des joueurs plus jeunes, agglutinés derrière le bar ou autour des tables ou même sur une piste de danse animée par un quatuor qui jouait dans un coin. Cayo avança, la confusion dépassant son inquiétude. Salvador avait-il décidé de tout changer ? Ou avait-il déplacé l'*Arche* et vendu ce lieu à un nouveau propriétaire ?

– Excusez-moi !

Quelqu'un le percuta par-derrière. Un sac tomba du bras de l'inconnu et des champignons s'éparpillèrent au sol.

Le jeune homme jura et s'agenouilla pour les ramasser.

– Il va falloir que je les relave ! Elle va être furieuse que je sois de nouveau en retard…

– Euh…

Cayo regarda autour de lui, cherchant à comprendre ce qui se passait.

– Où sommes-nous ?

Le jeune homme leva la tête vers lui. Il avait l'âge de Cayo, ou peut-être un peu plus, les cheveux et les yeux si sombres qu'ils semblaient complètement noirs dans la pénombre ambiante. Il avait un nez crochu au milieu d'un visage étonnamment symétrique.

– Si vous demandez ça, c'est que vous ne devriez probablement pas être ici.

Il serra le sac de champignons contre sa poitrine et souffla sur une mèche de ses cheveux pour se dégager la figure.

– Maintenant, poussez-vous, parce que, sinon, je vais perdre mon emploi. Encore une fois.

– Je...

Il partit, mais Cayo le suivit.

– Je pensais qu'on était à l'*Arche Écarlate*. Le Roi Racaille est toujours le propriétaire ? Où est-il ?

– Oh, vous ne devriez vraiment pas être ici, répéta le jeune homme, avant de jeter un regard inquiet par-dessus son épaule et de franchir une porte.

En soupirant, Cayo lui emboîta le pas.

– Je cherche quelqu'un. Pouvez-vous m'aider à le trouver ?

Ils étaient entrés dans une cuisine, dont les plans de travail étaient couverts de nourriture. Le jeune homme posa son sac de champignons et se tourna vers un bloc à couteaux. Il en sortit un et vérifia sa lame de manière professionnelle. Cayo eut la sagesse de reculer d'un pas.

– Ce serait plutôt à moi de vous demander de l'aide pour préparer ces ravioles aux champignons. Vous n'êtes pas le nouveau, si ?

– Quoi ? Non.

Cela ne mènerait à rien. Il fallait qu'il cherche ailleurs.

– Peu importe.

– C'est pas plus mal, lâcha l'homme en commençant à émincer les champignons. Sa Majesté va piquer une crise si elle n'a pas ses ravioles à l'heure.

Cayo se figea. Il se retourna lentement.

– Sa… Majesté ?

Le jeune homme s'interrompit, son couteau levé.

– Vous n'avez pas encore salué la Reine Racaille ?

– La Rei…

Il avait l'impression qu'on le frappait en pleine tête. Il chancela. Quand la porte s'ouvrit derrière lui, il l'entendit à peine.

– J'ai cru entendre bavarder par ici, lança une voix familière qui donna la chair de poule à Cayo.

Elle portait une robe moulante en soie et dentelle noire et des gants qui montaient jusqu'aux coudes. Une grosse opale, assortie à ses boucles d'oreilles, cachait la base de son cou. Elle était maquillée avec du rouge à lèvres noir et des traits de crayon autour des yeux, si épais qu'ils ressemblaient à une peinture de guerre.

Le sourire de Romara était la promesse d'un coup de poignard dans le noir, silencieux et déterminé.

– Bienvenu chez toi, mon cher toutou.

27

Votre monde et le mien ont été bâtis avec des outils différents. Je ne sais pas s'il existe une terre où nous pourrions nous tenir côte à côte.

Lettre interceptée d'une anonyme de Moray

Cayo mettait trop de temps.

Rémy était sorti chercher quelque chose à manger, mais Amaya n'avait pas faim. Elle faisait les cent pas dans leur petite chambre, dont le vieux plancher craquait sous son poids tandis qu'elle ouvrait les tiroirs vides et examinait les rares meubles.

– Ça fait quatre fois que tu inspectes la rue, lança Liesl.

– C'est toi qui dis ça ! répliqua Amaya. Je te rappelle que tu ne voulais même pas qu'il y aille.

Et s'il était allé demander l'aide de Romara ? Et s'il était tombé sur le Roi Racaille ?

Et s'il était parti retrouver son père ?

– Où vas-tu ? demanda Liesl quand Amaya se dirigea vers la porte.

– Je ne sais pas. N'importe où plutôt qu'ici.

Cette chambre était trop petite, il y avait trop de monde à son goût. Rémy serait inquiet de ne pas l'y trouver à son retour, mais il devait accepter le fait que c'était sa ville et qu'elle avait droit à un minimum de liberté ici.

Amaya sortit dans la rue. Où Cayo était-il passé ?

Tu dois me faire confiance, lui avait dit Rémy à Baleine. Mais son visage était remplacé par celui de Cayo dans son esprit, l'air sombre qu'il lui avait adressé avant de partir. L'expression sur son visage après leur baiser, de l'émerveillement mêlé de doute.

Amaya passa un doigt sur ses lèvres. Que trouvait-elle de si attirant dans celles de Cayo ? Pourquoi le simple fait qu'il la touche éveillait en elle un feu d'artifice ?

Elle ne pouvait se permettre d'y penser maintenant.

Elle s'arrêta en pleine rue. Les lanternes n'avaient pas été allumées. À quoi bon ? La ville était laissée à l'abandon. À sa dernière visite, elle était la comtesse Yamaa, puissante de sa fortune et de sa rage. Mais les deux s'étaient asséchées. Elle se sentait vide, sans but, à vif.

Elle jeta un coup d'œil à sa bague en jade.

Je ne voulais pas que tu le découvres. Je ne voulais pas que tu voies qui j'étais devenu.

Une chaleur amère souffla dans sa poitrine. Impuissante dans une ville détruite par la cupidité, elle prit une décision rapide et bifurqua dans la direction des bidonvilles.

Elle méritait une explication.

Elle suivit les panneaux de signalisation, guidée par son objectif. Elle traversa un quartier résidentiel et les bâtiments se transformèrent petit à petit en maisons de style réhanais avec des toits à pignons et des corniches arrondies, des statuettes des saints étoilés accrochées au-dessus des portes pour apporter prospérité et protection. Des drapeaux de deuil dépassaient de plusieurs fenêtres. La fièvre des cendres était aussi passée par là.

Ta faute, se gronda-t-elle, le regard déterminé, une main sur le manche de son couteau. *Tout est de ta faute.*

Elle ne s'était jamais aventurée dans cet endroit de la ville et se repérer dans le noir ici était particulièrement difficile. Les immeubles qu'elle longeait étaient vétustes et branlants, avec des vitres cassées et des portes qui pendaient sur leurs charnières. Des bruits de toux résonnaient dans les ruelles, et les rares personnes qu'elle croisait ressemblaient à des spectres, vides et perdus.

Elle ratissa toutes les rues, à l'affût d'un mouvement de tête familier, d'un rire ou d'un juron qu'elle reconnaîtrait. Aucun signe de lui. Alors que la nuit s'installait et qu'elle sentait son estomac dévoré par ses propres nerfs, elle se rappela qu'il lui restait un endroit à explorer.

Elle prit donc la direction logique. Vers chez elle.

Cette maison ne lui appartenait plus. Elle ne lui avait jamais appartenu. Mais ses parents et elle y avaient vécu. Et ils avaient été heureux pendant un moment. C'est tout ce qui comptait.

Elle trouva la rue Guen et hésita. La dernière fois qu'elle s'y était rendue, elle s'était retrouvée entourée de fantômes. Le sourire de sa mère, les échos du rire de son père. Cela faisait si longtemps. Elle ne se rappelait plus vraiment à quoi ils ressemblaient. Il ne restait d'eux qu'une légère impression qu'elle distinguait parfois dans le miroir. Ici, le menton de sa mère ; là, le nez de son père.

Pourrait-elle trouver des morceaux d'elle chez Boon ?

Elle aperçut de loin la porte rouge, la statuette cassée de hibou sur le toit. C'était de là qu'elle avait glissé, s'égratignant le genou. Elle vit le mur sur lequel elle s'était appuyée tandis que sa mère parlait aux voisins.

Et la silhouette de Boon, assis là où elle s'était assise, il n'y avait pas si longtemps de cela, une bouteille sur les genoux, les yeux fermés dans le clair de lune.

Amaya s'installa à quelques pas de lui. Ils ne dirent rien pendant plusieurs minutes, seul le son de sa respiration laborieuse et humide entre eux.

– Comment as-tu fait pour sortir de Baleine ? l'interrogea-t-elle enfin. Et pour entrer à Moray ?

Il ouvrit un œil injecté de sang.

– Tu veux vraiment savoir ?

Il toussa sans prendre la peine de cacher sa bouche dans son coude.

– Qu'est-ce que tu fais ici ?

– J'ai vu des gars fouiner autour de chez moi à Baleine. Me suis dit qu'il était temps que je parte avant de me faire couper la tête. Et toi, qu'est-ce que tu fais ici ?

Les questions qu'elle n'avait pas réussi à lui poser la dernière fois jaillirent dans son esprit, pareilles aux premiers signes d'une tempête. Elle déglutit et détourna la tête.

– Ma mère..., commença-t-elle doucement. Elle était de mèche avec toi, n'est-ce pas ? Les contrefaçons ?

Boon se raidit. Il jeta un coup d'œil à la bague sur son doigt.

– Rin et moi...

Il poussa une expiration bruyante et passa une main sur son visage épuisé et buriné.

– Quand j'ai commencé à toucher à l'alchimie, ça l'a intéressée aussi. On a fait des recherches ensemble. Quelques expériences. J'avais le sentiment qu'elle avait un truc en tête, mais elle me disait pas quoi.

Sa main qui tremblait se leva et retomba.

– Je n'ai jamais su ce que c'était. Mais les cônes de mer... les contrefaçons... c'était moi.

Un nœud dans la poitrine d'Amaya se défit. Son père était un criminel, un meurtrier et pire encore, mais, au moins, il n'avait pas entraîné sa femme dans ses méfaits.

Elle sortit les papiers qu'elle avait emportés depuis Baleine et les jeta sur ses genoux. Il baissa les yeux.

– Mercado a pillé ton caveau, annonça-t-elle. Mais tu le savais déjà sûrement.

– Oui, lâcha Boon en grimaçant dans l'obscurité. Il a brûlé toutes les preuves. J'imagine que c'est tout ce qui reste.

Elle hocha la tête. Elle se sentait soudain à l'étroit dans sa propre peau. Être assise à côté de son père après tant d'années, discuter calmement de questions d'alchimie et de crime… Le ridicule de la scène faillit la faire éclater de rire.

– Cette dernière phrase, montra-t-elle. Qu'est-ce qu'elle signifie ?

Boon lui rendit les documents.

– Puisque tu es revenue ici, j'imagine que tu as déjà compris ce qu'elle signifiait.

– Alors c'est vrai. Maman avait un caveau, elle aussi.

Il hocha la tête imperceptiblement.

– Elle m'a dit qu'elle avait l'intention d'en ouvrir un.

– Qu'y a-t-il à l'intérieur ?

Elle se rendit compte qu'elle s'était redressée et rapprochée de lui.

– Aucune idée. Je pouvais pas l'ouvrir sans révéler ma vraie identité.

Elle se découragea de nouveau. Si sa mère n'avait joué aucun rôle dans le complot des contrefaçons, elle ne pouvait avoir caché dans son caveau le remède de la fièvre des cendres.

Et pourtant il fallait s'en assurer. Sa mère n'aurait pas dépensé le peu d'argent qu'elle avait pour s'acheter un caveau si elle n'avait rien à y déposer. Ce qu'Amaya y trouverait avait forcément une énorme valeur.

– Le petit noble n'est pas avec toi ? Étonnant, murmura Boon avant de lever sa bouteille.

– Sa sœur est morte, répondit-elle tout bas.

Boon se figea, la bouteille à mi-chemin vers sa bouche. Il la regarda et vit tout de suite qu'elle ne mentait pas à la façon que sa lèvre avait de trembler.

– Aïe. Mercado a tué sa propre fille. Je savais que cette famille était pourrie, mais…

– Vraiment ? C'est tout ce que tu as à dire ? Comme si les contrefaçons n'y étaient pour rien !

– C'est les pièces de Mercado qui l'ont empoisonnée, répliqua Boon. Je suis désolé pour le gamin, mais je n'y suis pour rien.

– Et le reste ? s'énerva-t-elle en montrant la ville autour d'eux.

Il inspira profondément et fut pris d'une violente quinte de toux.

– Je suis en partie responsable, je vais pas le nier. Tu dois te dire que ce n'est que justice, hein ? demanda-t-il en retroussant sa manche pour dévoiler la tache grise qui s'étendait.

Ce n'était pas ce qu'elle pensait, non. Elle ne savait pas quoi penser. Comment supporter la douleur dans son ventre, la brûlure dans ses yeux à l'idée de toutes les injustices de ce monde ?

Si elle avait été quelqu'un d'autre, elle se serait tournée vers cet homme à côté d'elle, elle l'aurait enlacé et lui aurait dit tout ce qu'il avait besoin d'entendre. Elle était trop malheureuse. Elle avait été abandonnée, avait subi des années de supplice, de solitude et de désespoir. Comment pardonner dans ces conditions ? Elle avait perdu cette faculté. Et comment se pardonner à elle-même ?

Ce n'était la faute de personne et c'était la faute de tous. Et elle, au centre, se sentait comme un aimant entouré de métal tranchant.

Elle se redressa, les jambes et le cœur endoloris. Boon leva les yeux vers elle, étonné, et à cet instant elle vit ce qu'elle avait de lui : ses sourcils épais, la courbe de son nez.

Elle devait retourner en arrière. Elle devait arracher ces petits morceaux du passé, les abandonner dans le caniveau et les allées sombres pour devenir une nouvelle Amaya. Une Amaya qui n'aurait jamais connu la trahison, ni la sensation d'étouffement éprouvée quand l'amour et la haine se coinçaient dans sa gorge.

– Amaya, la rappela Boon en tentant de se relever. Attends…

Elle s'élança loin de son père, ignorant ses cris pour la retenir.

28

Qu'est-ce qu'une reine, si ce n'est une femme qui refuse d'être contrôlée ?

L'impératrice Camilla de l'Empire de Soleil

Romara s'était confectionné un trône.

Elle avait entièrement dépouillé l'ancien bureau de son père de la table de travail et des étagères pour les remplacer par des canapés, des tapis et des coussins sur lesquels ses sujets pouvaient s'étendre. Il y en avait justement quelques-uns vautrés là, qui bondirent sur leurs pieds quand elle ouvrit la porte.

– Louée soit la Reine Racaille ! s'écria un des courtisans d'une voix imbibée d'alcool.

Les autres éclatèrent de rire.

Romara leur tapota la joue et avança vers une estrade sur laquelle était érigé un fauteuil magnifiquement sculpté, peint en noir et capitonné de velours rouge.

– Tu aimes la nouvelle déco ? demanda-t-elle.

Sidéré, Cayo contemplait le lieu, se rappelant l'ancien mobilier, et le bocal contenant les yeux de Seb.

– Ce bureau était tellement ringard quand mon père l'occupait. Je l'ai bien rafraîchi, tu ne trouves pas ?

Cayo ne savait pas par quoi commencer. Tout son monde avait basculé en quelques semaines à peine, et ce nouveau changement ne l'aidait pas à y voir clair. Constatant son trouble, Romara agrippa une corde dorée qui pendait à côté de son « trône ». Quand elle tira dessus, une cloche retentit quelque part dans le casino, et, quelques secondes plus tard, le jeune homme qui avait bousculé Cayo fit irruption.

– Oui, Votre Majesté ? demanda-t-il, haletant.

Il portait un tablier taché de farine.

– Jacques, s'il te plaît, va chercher une autre chaise pour mon ami.

– Tout de suite, Votre Majesté !

Jacques repartit. Cayo leva un sourcil interrogateur.

– Tu n'en fais pas un peu trop ? demanda-t-il en désignant le fauteuil, la cloche…

– Je vais te confier un petit secret, Cayo.

Elle croisa les jambes, révélant une cheville élancée.

– J'ai imaginé ce jour depuis mes dix ans. Je réfléchissais à la façon dont je dirigerais cet endroit une fois que mon père n'y serait plus. Je n'ai pas lésiné pour en réaliser chaque détail.

– Oui… Mais tu sais, à dix ans, je voulais être pirate. Est-ce que tu me vois piller des navires, aujourd'hui ?

– Oh ? Alors que faisais-tu sur les océans ?

Il aurait fait un pas en arrière s'il n'avait pas craint de tomber de l'estrade.

– Comment le sais-tu ?

– Tu pues le sel à plein nez.

Jacques revint à bout de souffle et hissa une chaise couverte d'empreintes de farine à côté de celle de Romara. Quand elle se racla la gorge, Jacques se dépêcha d'essuyer le siège avec sa manche.

– Brave petit, ronronna Romara. Et elles sont où, les ravioles que tu m'as promises ?

– Elles arrivent tout de suite !

– C'est quoi, ça ? demanda Cayo quand le jeune homme repartit dans les cuisines.

– Un de mes nombreux… courtisans un tantinet trop zélés.

Cayo s'assit prudemment sur la chaise à côté d'elle.

– Pourquoi tu le gardes ?

– Il est loyal. Contrairement à d'autres.

Elle posa un bras sur l'accoudoir et le menton sur ses doigts, un sourire se dessinant lentement sur son visage.

– Alors. À quoi exactement était occupé mon ex-fiancé ?

Une vague de doute l'envahit. Qu'est-ce qu'il faisait là ? Pourquoi avait-il pensé que Romara accepterait de l'aider ?

Mais il n'avait pas d'autre solution, ou du moins il n'en voyait pas d'autres. Il devait convoquer l'ancien Cayo, celui qui savait quoi dire, comment l'apaiser.

– Je suis bien plus curieux de comprendre comment toi, tu en es arrivée là, lança-t-il en désignant le casino de l'autre côté de la porte. Le *Lys Noir* ? Qu'est-il arrivé à l'*Arche Écarlate* ?

Romara s'adossa sur son trône.

– Un vestige de l'époque de mon père. Démodé, prêt à être transformé en quelque chose de nouveau.

– Comme le titre de Roi Racaille ?

Elle le dévisagea du coin de l'œil et grimaça.

– Ne me dis pas que ce n'est pas un soulagement pour toi, de me trouver là à sa place.

Elle avait raison, ce qui l'irritait au plus haut point.

– Mais où est-il ? Qu'est-ce qui s'est passé ?

Il doutait que Salvador ait simplement cédé son empire tout entier à Romara.

– J'ai essayé de le raisonner, dit-elle en soupirant. Avec le fiasco des contrefaçons, ses associés commençaient à s'agiter, à avoir peur. Certains ont attrapé la fièvre. Certains sont morts. Ils ont commencé à se détourner de lui, les uns après les autres.

Elle se tapota le menton avec un doigt dont l'ongle peint en noir était taillé en pointe.

– J'en ai peut-être convaincu quelques-uns de se rebeller…

– Tu…, lâcha Cayo en agrippant les accoudoirs de son fauteuil. Tu as destitué ton père.

– C'est une jolie façon de le dire. Je regrette de ne pas l'avoir rayé de cette planète, mais il est plus coriace qu'un cafard.

Romara sourit en voyant une fille de sa cour approcher avec un cigarillo allumé. Romara le lui prit et l'autorisa à lui embrasser une bague sur la main. Amusée, la jeune femme s'exécuta et retourna auprès de ses amis, hilares.

Romara prit une profonde inspiration et souffla de la fumée.

– L'ancien a une fâcheuse tendance à disparaître, Cayo. Les gens sont avides de nouveauté. Ils voulaient de la chair fraîche, et je suis ici pour leur en donner.

– Ils t'adorent, confirma Cayo.

La fille avait donné à Romara le cigarillo et la mangeait désormais des yeux. Romara lui adressa un clin d'œil. Écarlate, la jeune fille détourna la tête en gloussant.

– Parce que je leur donne ce qu'ils veulent, expliqua Romara en lui tendant le cigarillo.

Il refusa sans un mot.

– Mon père était sélectif, pour ses missions, ses ressources, mais moi, je ne le serai pas. Tout le monde a sa chance avant de commettre une erreur.

– Et si on commet une erreur ?

Elle sourit et des volutes de fumée s'échappèrent des coins de sa bouche.

– Suis-moi.

De mauvaise grâce, il sortit du bureau pour traverser le casino avec elle. Le cliquetis des dés lui évoqua des os qui s'entrechoquent, et le froissement des cartes lui chatouillait les oreilles comme un murmure.

Il était tenté, mais ça ne le tourmentait que faiblement, pas tant comme une pulsion que comme une idée en passant. Un rêve qu'il parvenait à peine à se rappeler. Ce serait si facile, trop facile, de s'asseoir à une de ces tables pour jouer et oublier pourquoi il était là et ce qui l'y avait amené.

À quoi bon ? Cela ne changerait rien et ne ferait que prolonger la douleur jusqu'à le déchirer corps et âme.

Romara le conduisit en bas d'un escalier qui menait aux sous-sols. Quand elle ouvrit la porte, un courant d'air froid le frappa en plein visage, charriant une odeur de transpiration et de sang séché.

Cayo n'était jamais descendu là, à l'époque où il travaillait pour le Roi Racaille. On racontait que ce n'était qu'une cave où il conservait ses alcools et son vin, mais la vérité était tout autre.

Des corps étaient accrochés aux murs de pierre. Ils avaient les mains attachées au-dessus de la tête par des chaînes en métal, qui les contraignaient à rester debout. Ils ne pouvaient même pas s'appuyer de tout leur poids sur le sol, à moins de mettre une pression intolérable sur leurs poignets et de se déboîter les épaules. Ils étaient faibles et tremblants, et chez certains Cayo vit des entailles purulentes sur la peau.

– C'est quoi, ça, Romara ? demanda-t-il, choqué.

Leurs gémissements de douleur lui retournaient l'estomac.

– Ceux qui méritent d'être punis, Cayo.

Romara s'approcha d'un homme d'une trentaine d'années. Elle prit un couteau dans le fourreau sur sa cuisse et le pressa contre le ventre du jeune homme jusqu'à ce qu'il grimace.

– Celui-ci est encore loyal à mon père. Je l'ai surpris dans ma chambre au milieu de la nuit, déterminé à m'étrangler.

Elle recula, laissant une plaie ouverte sur l'homme.

– Et lui, là-bas ? Il a essayé de m'arnaquer de mille senas. Des vrais, je précise, pas des contrefaçons. La femme tout au bout ? Elle a mis du poison dans mon plat. Elle ne se doutait pas que je connaissais l'odeur de la ciguë.

Cayo déglutit et détourna les yeux.

– Et donc, c'est comme ça que tu fais régner la justice ?

– Exactement. Si ça te pose un problème, toutou, tu peux partir.

Mais il ne pouvait pas s'en aller avant de l'avoir interrogée sur les caveaux.

– Ils seront tous livrés aux autorités portuaires, très bientôt, garantit Romara en glissant son couteau à sa place. Un jour et une nuit ici, et ensuite, direction prison. Cette étape est cruciale. Ça leur apprend ce qui les attend s'ils essaient de me trahir.

– Si tu le dis, Romara.

Elle prit une bouffée de son cigarillo en plissant les yeux.

– Je crois que j'ai répondu à tes questions, Cayo. À ton tour.

Elle lui fit remonter l'escalier, traverser le casino animé et bruyant et marcher jusqu'à ses quartiers. Il s'y était rendu une seule fois, quand elle l'avait réveillé au matin d'une nuit particulièrement compliquée où il avait perdu toute dignité. Juste avant que tout s'écroule.

Une pièce au fond de son appartement avait été aménagée en bureau. Ils étaient plus au calme ici qu'au rez-de-chaussée, mais Cayo percevait encore la musique et le tumulte de la foule.

Romara s'assit à sa table de travail et prit une dernière bouffée de son cigarillo avant de l'écraser dans le cendrier. Cayo regarda autour de lui, se demandant s'ils étaient dans l'ancienne chambre de Salvador. Des marques de couteau et de balles grêlaient les murs, et, dans un coin, il repéra une tache sombre qu'il préféra ne pas examiner de trop près.

– Où est ton père maintenant ? demanda-t-il, nerveux.

– Je ne t'autorise plus de questions, tu as oublié ?

Elle n'était plus la Reine Racaille hautaine et satisfaite, mais une femme d'affaires prête à négocier.

– Tu vas me dire où tu étais et pourquoi. Et ensuite tu me diras pourquoi tu es là et ce que tu attends de moi.

Il tenta de ne pas tressaillir. Il aurait dû se douter qu'il n'y échapperait pas.

– C'est… une longue histoire.

– On a tout notre temps.

Cayo soupira. Il ne pouvait pas tout lui dire, ce serait trop risqué pour Amaya et les autres. Il raconta par conséquent des bribes des dernières semaines. Comment il était allé à Baleine, comment il avait découvert l'existence du bénéficiaire, comment les contrefaçons et l'épidémie se propageaient. Il ne raconta pas que Soria était partie avec lui. Il ne voulait pas savoir ce qui se passerait s'il prononçait le nom de sa sœur à haute voix.

– Je suis revenu parce que je pense qu'il y a des informations cruciales dans un des Caveaux des Veuves. Ça pourrait nous donner des indices pour guérir la fièvre des cendres.

Romara tapotait sur son bureau en le dévisageant. Cayo n'avait jamais su lire les signes qui la trahissaient. C'en était peut-être un.

La porte s'ouvrit grand et Jacques apparut.

– Vos ravioles, Votre Majesté !

Dans sa précipitation, il trébucha et renversa quelques ravioles sur le plancher.

– Oh, zut !

Romara poussa un soupir exaspéré.

– Jacques, je suis occupée.

Le jeune homme se tourna vers la porte.

– Je suis vraiment confus, Votre Majesté, je vais…

– *Laisse les ravioles !*

Jacques posa l'assiette sur la table, avant d'esquisser une révérence et de repartir en fermant derrière lui.

– Tu ne peux pas savoir combien c'est difficile de trouver du bon personnel, expliqua Romara alors qu'elle s'emparait d'une raviole fumante entre deux ongles tranchants. Sers-toi.

– Non, merci, ça va.

– Donc, tu cherches un moyen pour entrer dans les Caveaux des Veuves, résuma Romara en se balançant sur son fauteuil. Pas du tout évident comme opération. Même mon père ne voulait pas s'y risquer.

– Ce qui ne veut pas dire que c'est impossible.

Romara rit.

– Tu comprends vite. Mais sérieusement, Cayo, je ne pense pas que tu possèdes les qualités pour ça.

– Je ne serai pas seul.

– Quand bien même.

Romara termina sa raviole et s'avança, les deux pieds avant du fauteuil claquant au sol.

– Si je t'aide, ça restera entre nous. Quoi qu'il t'arrive, je ne serai responsable de rien, compris ?

– Ça veut dire que tu sais comment y entrer ?

– Peut-être.

De nouveau, elle lui décocha un sourire radieux, reflet de son assurance et de son ambition.

– Qu'est-ce que tu veux ?

Il avait déjà dansé cette petite valse avec elle par le passé. Bien évidemment, elle ne l'aiderait pas au nom de l'amitié qui les avait unis, il en était tout à fait conscient.

– Quelque chose d'assez simple, si on y réfléchit.

Son visage s'adoucit.

– Je cherche un certain Boon. Et j'ai des raisons de croire que tu as été en contact avec lui.

– Boon ? répéta-t-il sans parvenir à cacher sa surprise. Qu'est-ce que tu lui veux ?

– Beaucoup de monde ici, dans le quartier du vice, sait que mon père travaillait avec le tien – à cause de toi, d'ailleurs – mais mon père a révélé que Mercado collaborait également avec ce sans-terre, Boon, pour faire circuler les fausses pièces dans la ville. Et, maintenant, l'Empire de Pluie déclare que les contrefaçons sont à l'origine de l'épidémie de fièvre des cendres.

Une lueur s'alluma dans les yeux de Romara.

– Les gens sont furieux, Cayo. Ils veulent que justice soit faite.

Il pensa aux pauvres suppliciés dans les sous-sols et frémit.

– La vraie justice, ou ta version personnelle ?

– Peu importe.

Elle se leva et arpenta la pièce, les bras croisés.

– Si je parviens à mettre la main sur cet homme et à le faire payer, toute la ville sera à mes pieds. Le règne de mon père sera bel et bien terminé. Ce sera le dernier clou sur le cercueil qu'il s'est fabriqué lui-même.

– Pourquoi détestes-tu tant ton père ?

Il ne lui avait jamais posé cette question, de peur qu'elle lui lacère le visage s'il l'osait.

Romara se figea, les doigts resserrés sur ses bras.

– Ça ne te suffit pas qu'il ait été un vrai monstre ?

– C'est plus que ça.

– D'accord, concéda-t-elle en riant. Il…

Elle détourna les yeux.

– Il a fait exiler ma mère.

– Quoi ?

Dans la liste de tout ce qu'il se serait attendu à entendre, cette explication venait en dernier.

– Comment ?

– C'était une criminelle. Jusqu'à ce qu'elle s'associe avec mon père. Je refuse de penser qu'il y ait eu de l'amour entre eux. Mais elle lui a tout de même donné trois enfants, mes frères et moi. Et, un jour, il a découvert qu'elle volait de l'argent dans ses coffres privés pour les envoyer dans son village de Réhan. Il lui a dit que, si elle aimait tant cet endroit, elle n'avait qu'à y retourner et y rester. Il l'a dénoncée aux autorités portuaires et on l'a exilée de Moray. J'avais dix ans.

Elle lui avait dit qu'elle programmait la chute de son père depuis ses dix ans. Cayo savait que Salvador était impitoyable, mais même de sa part cela semblait affreusement cruel.

– Je ne savais pas. Je suis désolé.

– Dès que j'aurai acquis un peu plus d'influence, je pourrai, je l'espère, révoquer son statut de sans-terre pour la faire revenir.

Son visage se durcit.

– Si elle est encore en vie.

– Je dirais que tu as largement assez d'influence.

– Tu as vu combien s'opposent encore à mes lois, Cayo. Je n'ai pas perdu mon temps, crois-moi. J'ai même infiltré les autorités portuaires pour leur fournir les noms des officiers qui travaillaient en douce pour mon père.

Incroyable !

– Nawarak. C'est toi son contact dans le quartier du vice.

– Elle s'est montrée d'une grande efficacité pour éliminer les plus proches associés de mon père, et ça lui a valu une belle promotion.

Elle lui décocha un clin d'œil.

– Être en bons termes avec ses ennemis, c'est la clé.

Cayo lâcha un rire creux. Ne pouvait-il donc se fier à personne dans cette ville ?

Il se reprit. Bien sûr que non ! Il avait déjà appris cette leçon.

– Si je leur montre à tous que je peux faire ce dont mon père a été incapable, j'obtiendrai leur loyauté pour toujours. Je veux un procès public pour Boon, qui a semé la fièvre des cendres dans Moray.

– Et mon père ? demanda-t-il, les sourcils levés. Tu le feras juger, lui aussi.

– J'attends d'abord de voir s'il peut encore me servir.

En d'autres termes, elle voulait garder Kamon Mercado sous le coude au cas où elle aurait besoin d'un moyen de pression.

– Au fait, tu es allé rendre visite à ton papounet depuis ton retour ? reprit-elle en se penchant sur son bureau, la fente de sa robe révélant toute la longueur de sa cuisse. Ou à ta petite sœur ?

La gorge de Cayo se serra. Il tenta de déglutir, bouleversé à la pensée du sac qui l'attendait à l'auberge.

– Elle est morte, murmura-t-il.

Romara ne dit rien. Cayo garda son regard rivé sur le sol, souhaitant plus que tout être ailleurs. Quand il finit par relever la tête, il s'attendait à ce qu'elle lui ouvre la porte pour le congédier.

Mais sûrement pas à ce qu'elle pose une main sur son épaule. Il la regarda, étonné par le voile sombre sur ses traits.

– Je suis désolée, lâcha-t-elle. Tu aurais dû commencer par ça, Cayo. Par tous les dieux et leurs saints, quelle horreur.

– Je sais, confirma-t-il en lâchant un soupir tremblant. C'est pour ça que je suis ici. Je dois faire tout ce que je peux pour mettre fin à cette tragédie, Romara. C'est pour ça que j'ai besoin de savoir comment entrer dans ces caveaux. Avec un peu de chance, le remède nous attend là-bas.

La main de Romara se resserra sur l'épaule de Cayo.

– Et c'est pour ça que j'ai besoin de savoir où se trouve Boon. Ne veux-tu pas venger ta sœur ?

Soria n'aurait vu aucun intérêt à la vengeance. Il l'imaginait en train de le sermonner et de le convaincre que ce n'était pas la voie à emprunter. Seulement la brûlure dans sa poitrine lui disait tout le contraire.

– Il est dans les bidonvilles, à la lisière de la ville.

C'était ce que l'ami d'Amaya leur avait dit sur le *Saumâtre*.

Il sentit le sourire de Romara au moment où elle lui serrait l'épaule.

– Merci, Cayo.

Ce serait peut-être mieux ainsi, se dit-il alors que

Romara fouillait dans un meuble. À présent, Amaya et ses compagnons n'auraient pas à se salir les mains avec Boon.

Et pourtant il éprouvait un malaise qu'il n'aurait su définir.

Romara lui tendit un parchemin.

– Ce sont les plans des Caveaux des Veuves. Ils ne sont pas totalement à jour, mais c'est ce que j'ai de mieux.

Cayo s'empara du lourd document scellé par de la cire.

– Merci.

– C'est le moins que je puisse faire.

Elle hésita, et, l'espace d'un instant terrifiant, Cayo craignit qu'elle ne le prenne dans ses bras. Mais elle lui attrapa la mâchoire pour lui secouer légèrement la tête.

– Je suis vraiment désolée pour ta sœur.

Ses ongles pointus lui piquaient la peau.

– Mais fais attention. Quels que soient tes objectifs, la prudence avant tout. D'accord ?

– Tu te fais du souci pour moi, Romara ?

– Toujours.

Elle le libéra et retourna à ses ravioles.

– Tu n'es pas encore un grand molosse, Cayo. Et on sait tous que les chiots s'attirent des problèmes trop gros pour eux.

***

Cayo prit une profonde inspiration avant d'entrer dans la chambre de l'auberge. Toutes les têtes se tournèrent dans sa direction. Il brandit son parchemin.

– J'ai les plans des caveaux. Ça peut aider ?

Liesl éclata d'un rire de satisfaction et prit le rouleau.

– Comment est-ce que t'as réussi à les avoir ?

– Je vous l'ai dit, j'ai un contact.

– La fille des autorités portuaires ? demanda Rémy en fronçant les sourcils.

Cayo préféra éviter de tout leur avouer, malgré la pointe de culpabilité qui le tenaillait.

– Je l'ai, c'est tout ce qui compte, non ?

Liesl étala les plans sur la table. Cayo repéra Amaya assise sur le bord d'un lit. Elle regardait dans le vide. Elle semblait perdue, absente. Cayo sentit son malaise revenir.

Il s'installa à côté d'elle et elle se tourna vers lui.

– Apparemment, le rendez-vous s'est bien passé, lança-t-elle.

Même sa voix était dépourvue d'émotions.

– Bien joué.

Il aurait dû lui dire la vérité, lui avouer qu'il avait rendu visite à Romara, même s'il avait promis de ne plus jamais remettre les pieds dans le quartier du vice, et qu'il lui avait livré Boon en échange des plans. Mais il s'était enfin montré utile. Grâce à lui, ils approchaient du but. Il ne voulait pas ternir cette prouesse.

– Oui, acquiesça-t-il avec un sourire forcé. On est enfin sur la bonne voie.

Le faible sourire d'Amaya en réponse ne fit qu'enfoncer la pointe de culpabilité plus profondément.

29

> Quelle est la meilleure façon de découvrir la vraie nature d'un homme ? Facile : ouvrez le coffre qu'il garde enfermé derrière les plus lourdes serrures.
>
> *Proverbe de Moray*

Le lendemain soir, ils étaient prêts à entrer dans les caveaux.

Amaya fut tentée de demander pourquoi elle ne pouvait pas simplement dire qu'elle était l'héritière de sa mère, mais comprit que cela ne rendrait service à personne. La ville avait certainement appris la véritable identité de la comtesse Yamaa.

Elle laissa donc Liesl étudier les plans pour préparer leur expédition. Cayo lui avait paru un peu ailleurs, la veille, quand il était rentré, une demi-heure après elle. Mais elle n'avait aucun droit de l'interroger sur son escapade, alors qu'elle était encore obnubilée par sa rencontre avec Boon.

La lune se cachait derrière les nuages au moment où ils se mirent en route. Amaya avait l'impression de se déplacer dans un rêve. Elle observait la scène sans se préoccuper des conséquences. Rémy avait dû remarquer son état, parce qu'il lui entoura le poignet de sa main.

– Tu es prête à affronter ce qu'on risque de trouver ? demanda-t-il. Ou de ne pas trouver ?

– Je suis prête. Je veux juste en finir avec ça.

Son père l'avait déjà déçue plus qu'elle ne l'aurait cru possible. Quoi que sa mère ait pu cacher, ce ne serait pas pire.

Le quartier des affaires était désert et tranquille à cette heure de la nuit. Et pourtant, même si toute la ville semblait endormie, des gardes continuaient à faire leur ronde dans les rues ou restaient plantés devant l'immeuble sous lequel s'étendaient les Caveaux des Veuves.

L'architecture rappelait le style de l'Empire de Pluie, avec des colonnades, du marbre et des ornements absurdes. Une volée de larges marches peu élevées menait aux portes principales, verrouillées pour la nuit. Sous un fronton décoré de bas-reliefs, une phrase accueillait les visiteurs :

Sang pour sang, nom pour nom, os pour os

Le groupe patienta dans une allée sombre, le temps que Liesl compte les gardes.

– Rappelez-vous ce qu'on a prévu, murmura-t-elle. S'il se passe quelque chose, on se sépare. On trouve une nouvelle planque. On ne se contacte pas avant le retour au calme.

– Et si on se fait prendre ? demanda Cayo.

– Tu as dit que tu avais un contact qui travaille aux autorités portuaires, non ?

– Oui, mais…

– Une patrouille approche, annonça Deadshot doucement.

– Allez-y, siffla Liesl.

Ils traversèrent la rue en courant et contournèrent le bâtiment. D'après les plans, les caveaux étaient construits dans les sous-sols et s'étendaient bien au-delà des bureaux en surface. Sur le papier, on aurait dit une fourmilière. Mais, pour trouver le caveau de la mère d'Amaya, ils devaient avoir accès aux bureaux.

– Pas de porte à l'arrière, avait dit Liesl en préparant l'opération. Mais regardez ça.

Elle avait désigné du doigt, au-dessus de la corniche de l'immeuble, un parapet entouré de lanternes en marbre.

– Des fenêtres qui mènent au grenier. Et vous voyez ce carré ? C'est une trappe, certainement pour y glisser un tuyau en cas d'incendie. C'est notre seul accès.

Amaya n'aimait pas avoir à fonder tous leurs espoirs sur une petite ouverture de pierre, mais c'était leur unique solution.

Bien qu'il n'y eût pas de porte à cet endroit, trois gardes surveillaient l'arrière du bâtiment. L'un d'eux tenait un long fusil effilé, les deux autres portaient une épée sur la hanche.

Liesl fit un signe de la tête à Rémy, qui prit son élan avant de sortir de l'allée en direction des gardes. Amaya sentit son cœur se serrer en voyant les trois hommes tourner directement la tête vers lui.

– Bonsoir, salua Rémy dans son meilleur réhanais.

Même si sa langue maternelle était le circíran, la plupart des Bestioles parlaient réhanais et Rémy l'avait rapidement appris.

Par conséquent, son accent ne pouvait pas expliquer que le garde dirige son fusil vers la poitrine de Rémy. Immédiatement, il leva les deux mains pour montrer qu'il n'était pas armé.

– Oh, non ! lâcha Liesl. Les uniformes.

Amaya comprit tout de suite. L'uniforme que Liesl avait réussi à dénicher plus tôt dans la journée – sans révéler aux autres comment elle avait réussi, mentionnant juste la blanchisserie la plus proche – ne correspondait pas aux uniformes des gardes des caveaux. Celui de Rémy était d'un bleu plutôt azur avec un écusson argenté sur le revers, alors que les gardes portaient un uniforme franchement bleu marine aux écussons dorés.

Cayo avait posé une main tremblante sur Jazelle, son front dégoulinant de sueur, tandis que Deadshot quitta le groupe qu'ils formaient. Amaya ne comprit ce qu'elle avait en tête que lorsqu'elle entendit une déflagration.

Les gardes postés devant l'immeuble poussèrent des cris de surprise. Profitant de la diversion, Rémy bondit vers le garde armé d'un fusil pour lui faire une clé de cou. Amaya balaya les jambes de celui de droite pour qu'il s'écroule. Une fois qu'il fut au sol, elle l'assomma comme le lui avait appris Avi.

La dernière garde était sur le point de dégainer son épée quand Deadshot la neutralisa d'un coup sur la tête avec la crosse de son revolver.

– Ils vont le sentir demain, commenta Liesl, qui fit signe à ses camarades de traîner les corps dans l'allée. J'espère que vous ne leur avez pas fait trop mal.

– Je sais ce que je fais, merci, répliqua Deadshot en glissant les mains sous les aisselles de la garde. Une méchante migraine, une grosse bosse. Quelques jours de repos, et ils seront sur pied.

Liesl s'agenouilla pour déshabiller un des hommes.

– J'aurais juré que c'était le bon uniforme, grogna-t-elle. Désolée, Rémy.

– Pas grave, assura ce dernier en se changeant rapidement.

L'habit était trop grand pour lui au niveau des épaules, et il dut retrousser les manches.

– Cayo, enfile l'autre.

– Pourquoi moi ?

– J'ai l'impression que c'est ta taille.

Malgré la peur qui la rongeait, Amaya frissonna en voyant Cayo déboutonner sa chemise. Elle se détourna alors que le froissement de ses vêtements résonnait contre les murs de l'allée.

Devant le bâtiment, les gardes étaient retournés à leurs postes, rassurés.

– Très bien, murmura Liesl une fois Cayo habillé. Allons-y.

Liesl crocheta la serrure de l'immeuble le plus proche et appela les autres. Ils montèrent un escalier imprégné de l'odeur des parchemins et de l'encre pour se retrouver sur le toit, à un peu plus d'un mètre de la terrasse en marbre des Caveaux des Veuves.

Deadshot sauta la première et se réceptionna avec grâce. Elle vérifia si les gardes dans la rue ne l'avaient pas entendue, avant de faire signe à ses compagnons. Liesl la suivit, moins à l'aise. Ensuite, ce fut le tour de Rémy, puis celui de Cayo, qui inspira profondément avant de s'élancer. Quand il arriva sur le toit, Rémy le rattrapa, lui évitant de tomber à genoux.

Amaya se sentit de nouveau évoluer dans un rêve insensé et flou. Elle mit un moment à se rendre compte que tout le monde l'appelait sur l'autre immeuble. Dans un sursaut, elle recula de quelques pas avant de courir et de sauter.

Elle avait calculé trop court et son pied dérapa sur la balustrade. Elle glissa et se serait écrasée au sol si Rémy et Cayo n'avaient pas bondi à temps pour lui agripper les bras et la hisser jusqu'à eux. Mais elle avait poussé un cri de panique.

– C'était quoi ? demanda un garde.

– Il se passe quelque chose. Va faire le tour du bâtiment.

Le cœur d'Amaya se déchaîna dans sa poitrine, mais

elle finit par retrouver son souffle. Liesl lui décocha un regard sévère pour la presser de se reprendre.

– Désolée, lâcha Amaya.

Ils se faufilèrent à travers les fenêtres arrondies sous les tours en marbre, et arrivèrent sous une petite colonnade vide. Liesl attendit que les gardes finissent leur patrouille avant de taper du pied sur la trappe. Deadshot la tira avec peine, étonnée par son poids, et un nuage de poussière se souleva quand elle la déposa aussi prudemment que possible. L'un après l'autre, ils se raccrochèrent au rebord avant de se laisser tomber à l'intérieur, sur le palier du premier étage.

Amaya repensa au soir où elle avait fouillé le bureau de change à Baleine avec Rémy. Le même souvenir dut lui traverser l'esprit, à lui aussi, parce qu'il lui adressa un rapide coup d'œil.

Mais, contrairement à cette nuit-là, ils n'avaient aucun piège à contourner, pour la bonne et simple raison, comme ils le découvrirent rapidement, qu'il y avait des gardes dans le bâtiment également. Deux hommes bavardaient tranquillement en jouant aux cartes. Et au fond de la pièce, dans un bureau séparé, à travers une fenêtre éclairée par une lumière jaune, ils aperçurent deux employés restés travailler tard.

– Bon sang ! pesta Liesl. Ça, les plans ne peuvent pas le prévoir.

– Qu'est-ce qu'on fait ? demanda Amaya.

– Laissez-moi réfléchir. Pendant ce temps…

Elle désigna une pièce devant eux.

– Les archives sont ici. Rémy et Amaya, allez y faire un tour.

Cayo tenta de les suivre, mais Liesl l'arrêta et montra du doigt l'extrémité du palier pour qu'il garde un œil sur les gardes. Il obéit sans entrain.

Liesl crocheta la porte dans un silence absolu. Quand un petit clic retentit, ils se figèrent tous, mais les gardes étaient trop occupés par leur discussion pour l'entendre. Amaya et Rémy disparurent aussitôt derrière la porte.

– Cr-, Ci-, Ca-…, murmura Rémy en parcourant les étagères. Ch-, ça y est !

Il s'empara du classeur. Comme ils se trouvaient dans une pièce aveugle, Amaya sortit de sa poche les allumettes qu'ils avaient volées dans l'auberge.

Quand elle la gratta, la petite flamme dansa entre ses doigts. Rémy feuilleta rapidement le dossier, retourna en arrière et marqua une page de son index.

– Chandra, murmura-t-il en lisant. Arun Chandra est enregistré ici. Ainsi que Rin Chandra.

– C'est elle, confirma Amaya d'une voix chevrotante.

– Elle a acheté son caveau l'année où on a été vendus au *Saumâtre*.

Ils échangèrent un regard entendu.

– Caveau numéro cinquante-sept.

La flamme mordit tout à coup la peau d'Amaya. Elle lâcha l'allumette et Rémy l'écrasa sous son pied avant de la ramasser.

– Ça va ? demanda-t-il, mais elle savait qu'il ne parlait pas de la brûlure. Tu es trop distraite…

– Je vais bien, se fâcha-t-elle.

Ils sortirent discrètement de la pièce après avoir replacé le classeur sur son étagère et elle referma la porte derrière eux. Ils rapportèrent le résultat de leurs recherches à Liesl, qui prit un instant pour se remémorer les caveaux.

– Je sais où ça se trouve, murmura-t-elle. Mais d'abord on doit passer ces gardes.

De temps en temps, les deux hommes levaient la tête vers les employés. Deadshot toucha son pistolet avec un regard interrogateur, mais Liesl secoua la tête. Moins ils laisseraient de traces, mieux ce serait.

Rémy se pencha vers Cayo pour chuchoter à son oreille. Le jeune homme grimaça, mais acquiesça d'un hochement de tête. Les deux garçons descendirent l'escalier vers le rez-de-chaussée, tentant de se fondre dans le décor, même s'ils n'étaient clairement pas à leur place, ici. Amaya n'arrivait pas à se faire à l'image de Cayo dans un uniforme aussi austère.

– Messieurs, appela Rémy avec un sourire désarmant. On vient prendre la relève.

Les gardes examinèrent avec surprise les deux intrus, puis lancèrent un coup d'œil vers l'escalier. Liesl, Deadshot et Amaya se baissèrent aussitôt.

– Comment est-ce… ? balbutia un des hommes avant de poser ses cartes. Il n'est que minuit. La relève, c'est pas avant une heure !

– Désolé. On nous a dit minuit, lança Rémy en haussant les épaules comme s'il était parfaitement à l'aise, alors qu'un filet de sueur froide coulait sur ses tempes. C'est sûrement une erreur.

Les gardes semblaient tendus, sur le qui-vive. Amaya posa une main sur le couteau dans sa manche, prête à le lancer et à sauter par-dessus la balustrade…

– Vous voulez vraiment rester ici alors que vous pourriez aller vous boire un verre à la Palourde Timide ? Ils ferment dans une heure environ.

Un des gardes lâcha un petit grognement d'envie.

– J'ai toujours voulu y aller, mais ils sont jamais ouverts après notre service.

– Vous inquiétez pas pour nous, assura Rémy. On surveille les scribouillards insomniaques, ajouta-t-il en montrant les employés dans le bureau éclairé.

Les gardes hésitèrent quelques secondes, avant de reculer leurs chaises.

– Prenez une Huître Salée, conseilla Cayo. C'est du costaud.

– D'accord. Mais veillez à bien fermer la porte après leur départ.

Ils attendirent tous dans un silence crispé que les deux hommes disparaissent. Cayo poussa un soupir de soulagement et s'essuya le front.

– Bien joué, le félicita Liesl en sortant de sa cachette. Maintenant, il ne nous reste que ces deux employés à écarter pour entrer dans les caveaux.

– Oui, facile, grommela Rémy. On devrait simplement leur dire de dégager ?

– On aura peut-être besoin que l'un d'eux nous donne les codes d'accès, contredit Liesl. Entrez, faites diversion, on s'occupe du reste.

Amaya sortit un couteau, tandis que Rémy guidait Cayo dans le bureau.

– Désolé, les gars, mais il va falloir que vous arrêtiez pour ce soir, annonça Rémy.

Un froissement de papier parvint au petit groupe recroquevillé sous la fenêtre.

– Quoi ? Pourquoi ?

– Mesures de sécurité. On a entendu des bruits suspects venant de dehors. On nous a demandé d'évacuer.

Plus de froissement. Amaya tenta de contrôler sa respiration. Les employés grommelèrent. L'ombre de Cayo remua.

Dès que le premier employé quitta le bureau, Deadshot l'attrapa par les bras et lui colla une main sur la bouche pour l'empêcher de crier.

– Pas de mouvement brusque, ordonna Liesl à l'autre, qui ouvrit de grands yeux en voyant Deadshot poser un pistolet sur la tempe de son collègue. On veut juste une info. Vous nous la donnez et vous êtes libres.

L'autre employée s'agita soudain et, sans réfléchir, Amaya lui envoya son couteau dans l'épaule. La femme hurla et Rémy l'agrippa pour la faire taire. Une petite fiole tomba de sa main. Cayo la ramassa, les yeux plissés.

Sûrement du poison. Ceux qui travaillaient ici devaient avoir été entraînés à garder les caveaux quoi qu'il en coûte. Les richesses des citoyens fortunés de Moray comptaient plus que leurs vies à eux.

Cayo croisa rapidement le regard d'Amaya. Elle se demanda si ça lui rappelait, à lui aussi, comment Florimond avait avalé sans hésiter une fiole de mercure.

– Pas besoin, assura Liesl calmement. Donnez-nous juste le code du caveau cinquante-sept et vous aurez la vie sauve.

En pleurant, la femme se débattait dans les bras de Rémy. Son collègue, qui avait le pistolet de Deadshot sur la tempe, prit une profonde inspiration.

– Je connais le code. Laissez-la. S'il vous plaît.

Liesl fit un signe à Rémy, qui emmena la femme dans son bureau et déchira un pan de son uniforme pour s'en servir de lien et la ligoter à sa chaise. Elle sanglotait, du sang coulant de sa plaie, et Amaya évita de croiser son regard assassin quand elle lui banda l'épaule.

– Je suis désolée, murmura-t-elle, même si cela ne réparait rien.

Rémy enfonça un bout de tissu dans la bouche de la femme et ferma la porte derrière eux. Le deuxième employé les conduisit vers les caveaux, le pistolet de Deadshot dans son dos.

Amaya se rappela la dernière fois qu'elle avait descendu ces marches. Elle s'y était précipitée après avoir découvert que son père possédait un caveau et que Mercado en avait acquis l'usufruit afin de se débarrasser de tous les documents incriminants qui s'y trouvaient. Elle avait l'impression de sentir l'Amaya de l'époque à côté d'elle, le fantôme de la fille qui ne savait pas qui elle était, qui avait été manipulée et trompée.

Dans un certain sens, elle était toujours cette fille.

– Amaya.

Cayo se tenait à côté d'elle, la chaleur de sa main frôlant son dos sans oser s'y poser.

– Tu es sûre que tu vas bien ?

Elle n'allait pas bien. Elle voulait fracasser les murs. Elle voulait s'arracher de sa propre peau de traîtresse. Elle voulait tout avouer à Cayo.

– Sûre et certaine.

Ils suivirent l'employé dans les couloirs bordés de portes couleur or. Au bout d'un moment, les portes devinrent plus ternes, la peinture usée laissant la place au métal.

Les caveaux bon marché, songea Amaya, *si tant est qu'un caveau puisse l'être*. Tout au fond, ils trouvèrent les plus petits et les plus sales. Pas étonnant.

Ils s'arrêtèrent devant la porte du numéro cinquante-sept. Le mécanisme de verrouillage était connecté à deux cadrans, de chaque côté.

– Une combinaison double, commenta Liesl. Intéressant.

Ils poussèrent l'employé vers un cadran, tandis que Liesl se chargeait de l'autre.

Elle s'immobilisa soudain et se tourna vers Amaya.

– À toi l'honneur.

Amaya fixait les chiffres d'un regard vide. Quelques tours, et cette porte s'ouvrirait. Il n'y aurait plus de retour en arrière.

– Amaya, murmura Liesl.

La mâchoire serrée, elle avança d'un pas, sa vision se brouillant déjà.

L'employé donna le code lentement. Ils tournèrent le mécanisme de façon parfaitement synchronisée. Amaya appuya sur la poignée, priant pour que ce soit le dernier secret. La dernière fois qu'elle affrontait le terrible héritage dont ses parents l'avaient accablée.

Elle poussa la porte. Le caveau puait le renfermé et le moisi. Il n'avait pas été ouvert depuis des années. Étrangement, cette odeur évoqua à Amaya le *Saumâtre*, et une violente nausée l'envahit.

Sur le mur, elle repéra une torche éteinte. Avec une allumette, Liesl baigna la minuscule pièce d'une lueur orange. Amaya retint sa respiration et osa enfin regarder autour d'elle. Elle s'attendait à trouver des caisses d'or, un laboratoire d'alchimiste comme celui de Florimond, ou encore un coffre rempli de schémas et de plans.

Mais il n'y avait qu'un gros rouleau de tissu.

Rien d'autre.

Personne ne prononça un mot, la confusion faisant peu à peu place à l'incrédulité. Liesl souleva un pan du tissu, lourd et foncé comme de la toile. Elle le secoua, mais aucun secret n'en sortit. Rien d'écrit ou de cousu dessus, aucun papier caché dans ses plis. Juste des rangées bien ordonnées de fils épais, qui formaient un assemblage quelconque.

Pas d'expérience. Pas d'indice.

Pas de remède.

– Ça n'a aucun sens, lâcha Cayo en s'agenouillant pour toucher le tissu. Pourquoi dépenser tant d'argent pour ça ? Tu le sais, toi ? demanda-t-il à Amaya.

Elle secoua la tête en silence. Une douleur insoutenable lui tenaillait la poitrine.

Liesl tenta de cacher sa déception.

– Emportons-le.

Alors qu'elle rangeait l'étoffe dans son sac, Rémy s'approcha d'Amaya.

– Ça avait une valeur pour elle. Elle voulait peut-être en faire quelque chose pour toi ?

Amaya lui était reconnaissante pour ses efforts, mais en même temps elle aurait voulu le repousser, lui et tous les autres aussi. Elle voulait s'asseoir dans cette pièce où sa mère était autrefois entrée. Et attendre dans l'espoir de comprendre enfin.

Doucement, elle balaya le caveau des yeux, comme pour y découvrir des notes que sa mère aurait gravées dans la pierre.

Elle ne trouva aucun mot, mais repéra un cadre rectangulaire posé contre le mur à côté de la porte. Elle le ramassa et le tourna.

Trois visages souriants. Le portrait d'une famille disparue.

Les mains d'Amaya se resserrèrent sur la toile. Elle se souvenait du jour où ils avaient posé. Elle avait cinq ans et sa mère avait insisté pour qu'ils aillent ensemble à un festival au quartier des arts. Malgré les réticences de son époux, elle avait réussi à le traîner dehors, en l'alléchant avec les victuailles qu'on y servait.

Une fois sur place, elle avait repéré un artiste des rues et lui avait demandé de les peindre, ignorant les jérémiades de son mari. Amaya avait gigoté du début à la fin sur les genoux de son père, réclamant plus de beignets. L'artiste s'était montré patient et rapide et, ravie du résultat, la mère d'Amaya avait fièrement accroché le tableau au mur de leur maison.

Des yeux, Amaya caressa l'arrondi du visage de sa mère. Elle semblait si jeune, son âge était impossible à définir. Elle tenait la main d'une Amaya de cinq ans, dodue et radieuse.

Et son père. Il s'était un peu laissé pousser les cheveux à cette époque, ainsi qu'une petite barbe. Il n'avait pas l'air aussi jeune que sa femme, mais il était loin du visage buriné et ridé de Boon. Et, s'il esquissait un sourire plus discret, moins affirmé, la lueur dans ses yeux prouvait qu'il était heureux de poser là.

Plus elle l'observait, plus elle distinguait l'homme qui allait devenir Boon. Ils avaient les mêmes yeux noirs, le même front large et la même carrure solide.

C'était son père. Et, malgré tout, elle l'aimait encore.

Son épaule cogna le mur, alors qu'elle pressait le tableau contre son cœur, les yeux fermés et humides. Elle serra les dents pour éloigner la douleur qui lui enserrait la gorge. Son dos tremblait de l'effort qu'elle devait déployer pour ne pas plonger dans le désespoir.

Il avait été si facile autrefois de regarder le ciel et de croire que les étoiles brillaient pour elle. Que rien de mal ne pourrait lui arriver et que l'amour la sauverait de tout.

Mais les étoiles étaient si froides et si loin, et l'amour juste une notion abstraite, insaisissable.

– Amaya ?

La voix de Cayo, sa présence chaleureuse.

Une partie d'elle voulait qu'il se rapproche, une autre voulait qu'il s'en aille. Elle ne souhaitait pas être seule, mais en avait besoin. Juste un instant, pour sa famille et elle, de l'unique manière encore possible.

Avant qu'il puisse ajouter un mot, une déflagration retentit dans le couloir.

– Ici ! appela l'employé en tentant de se dégager de l'emprise de Deadshot. Ici !

Amaya fit volte-face et brandit le tableau à temps. Une balle se logea dans le bois et la toile, coincée entre sa mère et son père.

Elle posa le tableau et vit se précipiter vers eux les deux gardes qui jouaient aux cartes plus tôt dans la soirée. Deadshot fut la plus rapide, tirant dans la jambe de l'un d'eux, et Rémy fit une cravate au deuxième. Ils prirent aussitôt la fuite.

– Je ne les avais même pas entendus, se justifia Liesl en s'élançant vers l'escalier. Ils se doutaient que quelque chose ne tournait pas rond, ça se voyait…

– Garde ton souffle pour courir, lança Deadshot alors qu'un autre garde arrivait.

Elle prit à peine le temps de s'arrêter pour viser et le toucha à l'épaule.

En bas de l'escalier, Liesl passa à Amaya le sac dans lequel elle avait fourré le tissu.

– C'est à toi de le garder.

Deadshot et Rémy montèrent l'escalier pour s'assurer que la voie était libre.

– Mais…

– Nous ignorons pourquoi il était là, mais c'était à ta mère, n'est-ce pas ? Ce qui veut dire qu'il a de la valeur, même si toi seule peux la voir.

Amaya passa la bandoulière autour de ses épaules.

– Merci.

– Du renfort arrive ! avertit Deadshot.

Elles suivirent les autres. Deadshot s'écarta de la fenêtre et pointa le toit avec son arme.

– C'est notre seule issue.

Cayo pesta en montant l'escalier vers le premier étage. Quand les portes d'entrée claquèrent en bas, il bouscula Amaya.

– Dépêchez-vous ! cria Deadshot en se servant de ses mains comme d'un marchepied.

Liesl aida Amaya à se hisser sur le toit. Celle-ci agrippa le rebord et se souleva, ses bras tremblant d'effort. Une fois en haut, elle se pencha pour prêter main-forte à Cayo. Liesl fut la suivante.

Amaya tendit ensuite la main vers Rémy, mais une silhouette noire apparut derrière lui et le tira en arrière.

– Rémy ! hurla Amaya, prête à descendre pour lui venir en aide.

Cayo et Liesl la retinrent.

– Allez-y ! leur cria Rémy alors que les gardes le plaquaient au sol.

Deadshot assomma les gardes qui se jetaient sur elle et sauta dans l'ouverture avant de refermer la lourde trappe.

– Non ! hurla Amaya.

Elle tenta de soulever la trappe. Quand une balle siffla au-dessus de sa tête, Cayo la poussa au sol.

– On ne pourra pas l'aider si on se fait attraper, nous aussi ! hurla Liesl.

Secouée par les sanglots, Amaya se débattait dans les bras de Cayo qui essayait de la faire avancer. Il grogna quand elle lui enfonça son coude dans les côtes, mais parvint à l'entraîner avec une force étonnante. Deadshot ne prit même pas la peine de rengainer son pistolet en passant d'un bâtiment à un autre.

Mais, quand ils redescendirent vers la rue, ils furent accueillis par un nouveau groupe de gardes.

– On se sépare ! ordonna Liesl.

Cayo prit Amaya par la main et s'engagea dans une petite allée. Une balle heurta le mur sur sa droite. Il chancela, retenant toujours fermement Amaya qui voulait se libérer.

– On ne peut pas revenir en arrière !

– Ils ont Rémy ! Il faut y retourner, on n'a pas le choix !

– Pour avoir toutes les autorités portuaires sur le dos ? Sûrement pas.

Amaya était perdue dans le dédale de rues, mais Cayo se repérait mieux qu'elle dans la ville. Il tourna à droite, à gauche, traversa un carrefour, et ils arrivèrent enfin dans le quartier des affaires. Ils avaient semé les gardes.

Et pourtant ils continuèrent à courir sans s'arrêter jusqu'à leur auberge. Haletants, ils se précipitèrent dans leur chambre, mais Liesl et Deadshot n'y étaient pas.

– Bon sang ! jura Cayo en passant une main dans ses cheveux trempés de sueur.

Dès qu'Amaya réussit à reprendre son souffle, elle se tourna vers la porte. Cayo la bloqua avec son corps.

– Je dois aider Rémy.

– Il faut d'abord réfléchir à un plan d'action. Il ne risque rien d'ici là. C'est un officier de marine de l'Empire de Pluie. Les autorités portuaires ne lui feront aucun mal.

– Et ton contact ? implora Amaya. C'est elle qui nous a donné les plans, n'est-ce pas ? Elle peut le libérer, non ?

Cayo dut détourner les yeux. Amaya sentit sa poitrine se serrer, ses poumons toujours en feu après leur course folle.

– Attendons Liesl et Deadshot avant de prendre des décisions.

Elle était trop épuisée et trop sonnée pour répliquer. Elle posa son sac et l'ouvrit, pour toucher le tissu.

Ils avaient perdu Rémy pour cette chose ?

Ils attendirent en silence toute la nuit. Amaya avait beau tenter de contrôler sa respiration, elle n'arrivait pas à ralentir les battements de son cœur. Elle arpentait la pièce, jetant un coup d'œil à la fenêtre chaque fois qu'elle passait devant.

Les heures passèrent. Liesl et Deadshot ne rentraient toujours pas.

– Que leur est-il arrivé ? murmura Amaya. Et si…

Cayo s'assit sur le lit, une main sur la bouche. Il s'était changé, abandonnant l'uniforme austère pour ses vêtements habituels. Il avait les joues creuses, les yeux injectés de sang et une barbe naissait sur son menton et sa lèvre supérieure.

Amaya se planta devant lui. Il leva les yeux.

– On doit passer à l'action. On ne peut plus attendre. Allons trouver ton contact.

Il laissa échapper un soupir d'épuisement.

– On… on ne peut pas s'adresser aux autorités portuaires. Mon contact n'est pas fiable. Mais je sais qui pourra nous aider.

Amaya serra les poings. Elle avait vu juste.

– Cayo…

– Je n'avais pas le choix, se défendit-il en se levant, si bien qu'ils n'étaient séparés que par quelques centimètres.

Il baissa les yeux sur elle comme pour la mettre en défi de le rabrouer.

– Je te l'ai dit, mon contact chez les autorités portuaires n'est plus digne de confiance. Et on avait besoin d'un moyen pour s'introduire dans les caveaux. Je l'ai trouvé. J'ai rempli ma part du marché.

– Tu es allé voir Romara, rétorqua-t-elle, dégoûtée. Elle est dangereuse, Cayo !

– Tu crois que je ne le sais pas ? Tu ne la connais même pas !

– Je la connais assez pour me douter qu'elle ne t'a pas donné ces plans gratuitement.

Cayo hésita et quelque chose en elle se déchira. Elle avait pensé qu'il n'y aurait plus de secrets entre eux, que les dernières barrières étaient sur le point de s'écrouler. Apparemment elle s'était trompée.

Elle l'attrapa par la chemise et l'attira à elle.

– Que lui as-tu donné, Cayo ? Que voulait-elle en échange de ces plans ?

Cayo sentit les muscles de sa mâchoire tressaillir. Ils se regardèrent en silence pendant un long moment.

– Elle voulait que je lui dise où est Boon, avoua-t-il enfin. Elle sait qu'il a participé au trafic de contrefaçons. Maintenant qu'elle est la Reine Racaille, elle veut montrer à ses sujets qu'elle sait rendre justice, contrairement à son père. Et, à ce que j'ai vu, sa justice est lente et méthodique.

Amaya le libéra et recula, un lancinement lui déchirant le crâne.

– Tu… tu lui as dit où il était ?

– Qu'est-ce que je pouvais faire d'autre ? Boon a ruiné nos vies, Amaya ! Tu ne pourras pas être celle qui le tuera, je suis désolé, mais je pensais que tu serais contente de savoir qu'il aura enfin la punition qu'il mérite.

Amaya se sentit nauséeuse. Elle se détourna, les horreurs de la nuit passée se transformant en bile noire dans sa gorge. Elle eut un haut-le-cœur, trébucha et se retint au mur de la chambre.

– Amaya…

– Ne me touche pas, grogna-t-elle avant qu'il puisse faire un pas vers elle. Tu n'as aucune idée de ce que tu as fait !

– Qu'est-ce que tu racontes ?

Il ne comprenait rien, sa voix montait dans les aigus.

– As-tu oublié ce que Boon a fait ? La ville est dans cet état en grande partie à cause de lui ! Tu étais aussi prête que moi à le lui faire payer, alors pourquoi…

– *C'est mon père !*

Les mots résonnèrent sur les murs. Cayo recula comme s'ils l'avaient frappé.

– Quoi ? souffla-t-il.

– C'est mon père. Arun Chandra.

Le cœur d'Amaya se fissura. Elle repensa au portrait de famille, à l'homme que son père avait été, celui qu'elle espérait encore enfoui en lui. Elle ravala ses larmes et regarda Cayo.

– Tu as dit à Romara où il se trouve. Tu m'as menti. Encore.

– Tu… tu ne m'as rien dit, bredouilla Cayo. Quand l'as-tu découvert ?

La culpabilité finit par ressurgir en elle.

– À Baleine. La nuit de la rencontre au casino.

Il ouvrit de grands yeux avant de pousser un rire de stupéfaction.

– Et tu n'as pas jugé nécessaire de m'en parler ?

Amaya secoua la tête, parce qu'elle n'avait aucune idée de ce qu'elle aurait dû faire. Elle voulait accuser Cayo, et ne s'en privait pas, mais c'était de sa faute à elle aussi.

Peut-être qu'ils n'apprendraient jamais à se faire confiance. C'était leur malédiction. Ils retomberaient toujours dans leur vieux travers.

Amaya s'empara du sac et passa la bandoulière autour de ses épaules.

– Où vas-tu ? demanda-t-il.

– Prévenir Boon. Trouver Liesl et Deadshot. Sauver Rémy.

Cayo sortit son propre sac de sous son lit.

– Je viens avec toi.

– Non.

Elle se tourna et son cœur se serra en voyant avec quelle précaution il tenait les cendres de sa sœur contre son cœur. Exactement comme elle avait tenu le tableau trouvé dans le caveau de sa mère.

– Non ? répéta-t-il.

– Il y a…

La voix d'Amaya se cassa et elle se força à déglutir.

– Ça ne pourra pas marcher, Cayo. Comment pourrions-nous être ensemble, alors que nous sommes incapables de nous faire confiance ?

Il serra son sac plus fort, comme s'il redoutait qu'elle ne le lui arrache. Elle s'attendit à ce qu'il proteste, qu'il explose de rage, qu'il la supplie, mais il ne dit rien. Il le savait, lui aussi. Il n'y aurait rien de bon entre eux aussi longtemps qu'ils restaient le fils du marchand et la fille aux multiples noms.

Dans un dernier effort, Amaya se détourna et quitta l'auberge, laissant Cayo derrière elle.

***

Elle ratissa les bidonvilles jusqu'à ce qu'elle tombe sur un petit groupe réuni autour d'une cabane délabrée.

Se frayant un chemin dans la foule, elle ouvrit grand la porte, et comprit tout de suite qu'elle était arrivée trop tard.

Elle repéra des signes de lutte partout à l'intérieur, du mobilier renversé aux bouteilles cassées par terre. Une mare de sang noir stagnait à côté de la porte, froide et sèche. L'odeur de la transpiration et de l'eau de mer imprégnait le lieu, bien trop familière.

Romara avait déjà trouvé Boon.

Amaya s'écroula et les curieux s'éloignèrent les uns après les autres. Rémy avait été attrapé. Liesl et Deadshot étaient introuvables. Cayo lui avait menti. Leur mission virait à l'échec total.

Tout ce qui lui restait était un rouleau de tissu.

Elle ouvrit le sac et examina l'étoffe foncée, se demandant quoi faire, comment réparer cette catastrophe.

Mais c'était peut-être son destin : être seule, abandonnée dans sa propre ville, exactement comme son père. Sans amour et trahie, endurcie par la haine jusqu'à devenir la pire version d'elle-même.

Quand les larmes se déversèrent de nouveau, elle les laissa couler librement, tout son corps secoué de sanglots. Il ne lui restait plus personne, elle n'avait plus à se cacher.

30

Solas : Vous ne nierez pas que vous me devez plus que vous ne pouvez me payer. Braegen : Que voulez-vous de moi, alors ? Solas : Votre sang, monsieur.

La valeur du marchand, pièce de théâtre de l'Empire de Pluie

Alors qu'il remontait la colline vers le manoir des Mercado, Cayo se mit à saigner du nez.

– Manquait plus que ça !

Il arrêta l'écoulement avec son poignet. Depuis leur retour à Moray, sa tête était dans le brouillard, une pression désagréable s'exerçait sur ses oreilles et sa poitrine. Il se sentait constamment au bord du vertige et de la migraine.

Soria lui aurait dit que c'était à cause du climat. Que son corps devait simplement se réadapter à l'humidité de Moray. Elle aurait sorti de sa manche un mouchoir, qu'elle aurait pressé contre son nez, et l'aurait taquiné gentiment.

Mais Soria n'était plus là, et une grosse tache rouge maculait désormais la chemise de Cayo. La bouche envahie d'un goût de cuivre, il continua l'ascension.

Il faisait encore noir. L'aube n'arriverait pas avant deux heures au moins. Comment croire que, cette même nuit, il avait participé à un cambriolage et avait dû s'enfuir pour avoir la vie sauve ? Seule la douleur dans ses jambes et ses pieds en feu l'attestaient.

Rémy s'était fait arrêter, et Liesl et Deadshot avaient probablement connu le même sort, ou alors elles avaient trouvé un endroit pour se cacher. Le caveau de la mère d'Amaya n'avait été qu'une source de déception, engendrant plus de questions que de réponses.

Et Amaya l'avait quitté pour de bon.

Les mains de Cayo se resserrèrent sur les sangles de son sac. Il n'aurait su dire quel sentiment, de la colère ou de la honte, lui faisait le plus mal. Il avait sa part de responsabilité dans le fiasco qu'ils vivaient, tout comme Amaya. De nouveau, ils se retrouvaient au même stade d'aigreur, de mépris et de défiance.

Il valait mieux qu'il en soit ainsi, tentait-il de se convaincre. Mais le fantôme excédé de Soria lui soufflait en soupirant qu'il n'apprendrait jamais.

Il s'arrêta au sommet de la colline pour calmer sa respiration. Le silence et l'obscurité enveloppaient le manoir. Étonnamment, se retrouver là ne provoqua aucune des émotions auxquelles il s'était attendu. Les souvenirs ne déferlèrent pas, il n'éprouva aucun pincement au cœur à l'idée de tout ce qui avait disparu.

Jamais il n'aurait cru ne rien ressentir. Il observait sa maison natale avec une froideur terrifiante, comme si elle était pour lui morte depuis longtemps.

Cayo ne savait pas vraiment pourquoi il était venu jusque-là. Après le départ d'Amaya, il était resté un moment dans l'auberge à réfléchir à ce qu'il allait faire. Il aurait pu aller chez Romara, mais à quoi bon ? Elle avait obtenu de lui ce qu'elle voulait. Il n'avait plus rien à lui offrir.

Si seulement Amaya lui avait confié qui était Boon, il aurait compris pourquoi elle n'était pas venue à temps au casino. Il aurait pu lui parler de ce que lui-même avait ressenti en découvrant le vrai visage de son père. Il aurait pu…

Les yeux fermés, il soupira et laissa la brise ébouriffer ses cheveux. Il était fatigué. Tant de choses qu'il aurait pu faire, tant de choses qu'il n'avait pas faites. Quel intérêt de les ressasser, désormais ?

Quand il ouvrit les paupières, il sut ce qui lui restait à faire : disperser les cendres de Soria dans la mer.

Mais le manoir l'attirait comme un tombeau dont il n'arriverait pas à lire le nom sur la plaque. Il s'approcha des portes principales, contemplant les colonnes en marbre, le chandelier en fer éteint qui pendait de travers au-dessus de sa tête. Contrairement à ce qu'il avait imaginé, les portes s'ouvrirent facilement.

En entrant, il buta sur un vase ébréché qui roula sur un sol jonché de débris.

Cayo s'empara de Jazelle. Retenant sa respiration, il tendit l'oreille mais ne perçut pas un seul bruit. Même la grande pendule contre le mur de droite ne marquait plus le temps, sa vitre brisée, son mécanisme abîmé.

Qui avait pu causer ces dégâts ? Des citoyens enragés ? Romara ? Son père ?

Il se dirigea prudemment vers l'antichambre, slalomant entre les éclats de verre et de porcelaine. On aurait dit que quelqu'un avait soigneusement fracassé toutes les assiettes de la cuisine aux endroits où elles feraient le plus de bruit. Les œuvres d'art avaient été arrachées du mur et piétinées. Il repéra le tableau préféré de Soria : une sirène lovée sur un rocher, qui appelait un navire au loin.

Il s'engagea dans l'escalier, le bruit de ses pas étouffé par la moquette verte. Pas un son ne résonnait dans le couloir à l'étage. Il tourna à gauche, sans qu'il l'ait décidé, son corps l'emmenant vers sa chambre, comme s'il revenait en douce d'une nuit au quartier du vice. Il poussa la porte, et sa poitrine se serra quand il vit son lit, son armoire, son étagère. Vides.

La dernière fois qu'il s'était trouvé là, Boon les avait enlevés, Soria et lui. Les sourcils froncés, il sortit et ferma la porte derrière lui.

L'idée de retourner dans la chambre de Soria suffit à lui couper les jambes. S'armant de courage, il s'y dirigea tout de même, dans l'espoir de retrouver quelque chose d'elle.

Soudain il se figea. Une faible lueur filtrait sous la porte du bureau de son père.

Pas rassuré, il saisit la poignée, son autre main sur Jazelle.

Les lanternes allumées projetaient des ombres irrégulières dans la pièce. La lumière se reflétait sur la bouteille d'alcool à moitié vide posée sur la table de travail.

Et, dans son fauteuil, Kamon Mercado avait les yeux rivés sur le mur d'en face. Il ne prit même pas la peine de regarder son fils quand celui-ci se planta devant lui.

Il n'avait rien de l'homme dont Cayo se rappelait et qu'il avait respecté, le puissant homme d'affaires. Il avait désormais les cheveux en pagaille, les vêtements froissés et sales. Son visage était plus dur, émacié, avec de la crasse sur les joues.

Il avait l'air... abattu. Pitoyable.

Cayo attendit qu'il s'apperçoive de sa présence. Il attendit de trouver quoi lui dire. Sa main ne quittait pas son pistolet, et dans son dos le sac lui parut brusquement deux fois plus lourd.

– Soria est morte, annonça-t-il enfin.

Kamon tressaillit imperceptiblement et ferma les yeux. Mais il ne dit toujours rien. Cayo bouillonnait de haine.

– Vous l'avez tuée, murmura-t-il, ravalant les larmes qui menaçaient de se déverser. Voici ce que font vos contrefaçons. Vous le saviez ?

Sans entrain, Kamon tendit la main vers sa bouteille et l'approcha de ses lèvres.

– Quand je l'ai appris, il était déjà trop tard.

Cayo serra les dents si fort qu'il s'attendit à ce que sa mâchoire craque.

Meurtrier. Monstre.

– Vous n'avez vraiment rien à dire ? demanda Cayo d'une voix enrouée. Je porte les cendres de votre fille, et tout ce que vous faites, c'est rester assis là à m'ignorer ?

Kamon souleva la bouteille pour boire, mais la baissa aussitôt, manquant de force même pour cela. Une larme coula sur sa joue.

– Qu'y a-t-il à dire ?

Cayo se sentit plonger dans un trou sans fond. Sa vision se brouilla, son esprit se vida. Quand il revint à lui, il agrippait son père par le col de sa chemise et lui décochait une gifle.

Kamon s'écroula au sol avec son fauteuil. La bouteille tomba de sa main et le contenu se renversa lentement. Cayo releva son père pour lui assener un coup de poing dans la tempe et dans la mâchoire. Ses phalanges se déchirèrent douloureusement, laissant des traînées de sang sur le visage de son père.

Quand il le libéra, ce dernier s'effondra sur le plancher, les cheveux sur le visage. Hors d'haleine, Cayo se redressa en chancelant.

– Et maintenant, vous n'avez toujours rien à dire ? gronda-t-il.

Kamon cracha du sang et finit par le regarder. Un de ses yeux gonflait déjà, et l'autre était noir et injecté de sang. Cayo ne put lire aucun remords sur son visage. Tout ce qu'il voyait, c'était un homme brisé qui avait déjà accepté son destin.

Cayo s'empara de Jazelle et pointa le canon sur son père. Il arma le chien avec son pouce et ressentit une pointe de satisfaction en voyant la terreur dans les yeux du vieil homme.

Tout à coup, le marchand éclata d'un rire grave.

– Vas-y, tire, murmura-t-il. Finissons-en.

Cayo prit une profonde inspiration pour tenter de calmer le tremblement de sa main. Il visa la poitrine de son père afin de le frapper en plein cœur et d'offrir à Soria la vengeance qui lui était due.

Mais le fantôme de sa sœur l'accompagnait encore. Il la sentit poser les mains sur ses épaules, appuyer le front sur son dos, entre ses omoplates, là où étaient les cendres, et l'implorer en silence.

Les larmes inondaient ses joues, mais il ne baissa pas son arme.

– Pourquoi avez-vous fait ça ?

Kamon s'assit en grimaçant.

– Tu ne comprendrais pas.

– Essayez de m'expliquer.

Kamon inspira, résigné.

– Améliorer sa situation… ce n'est pas facile. Je voulais une meilleure vie que celle de mes parents, qui devaient économiser, se limiter. Ils crachaient sur l'idée même de bourgeoisie, mais moi, j'avais l'intelligence de comprendre que c'était la seule façon de s'en sortir. Je suis devenu marchand. J'ai rencontré les bonnes personnes, établi un réseau influent. Mais ce n'était pas suffisant.

Il fixait de son regard songeur la grande fenêtre et l'immensité de la mer au-delà.

– J'ai enfreint les lois. J'ai fait affaire avec l'Empire de Pluie. J'ai importé des marchandises illégales à Moray. J'ai infiltré des voies navigables qui n'appartiennent qu'à l'Empire de Soleil. J'ai bâti un petit empire, *mon* empire, et j'ai commencé à prêter de l'argent dans le but que les intérêts remplissent mes coffres. *Nos* coffres. Mais ça n'était toujours pas suffisant.

Cayo secoua la tête. Comment l'ampleur de la cupidité de son père pouvait-elle encore le surprendre ? Il avait toujours cru que Soria et lui avaient de la chance de vivre dans un tel faste. Mais les dorures et le luxe cachaient la pourriture.

Il faut ce qu'il faut, répétait fièrement son père.

– Arun Chandra est alors apparu, continua Kamon – sa lèvre inférieure se mit à trembler, une pointe d'émotion s'affichant enfin sur ses traits. Il a souscrit chez moi un emprunt pour son affaire de perles précieuses. Un navire, peut-être… je ne m'en souviens plus. Il payait en retard. J'étais sur le point de doubler les intérêts, quand, subitement, il m'a tout remboursé en une seule fois.

Mais Amaya lui avait raconté ce qu'avait vécu son père – ou du moins ce qu'elle en savait – les retards de versement, la lente descente vers un endettement abyssal.

– C'était la première fois qu'un client me remboursait la totalité de sa dette, expliqua Kamon, sans se préoccuper du pistolet que Cayo pointait toujours sur lui. Alors, bien sûr, ça a éveillé mes soupçons. Et j'ai fini par comprendre comment il avait fait. L'or n'était qu'un revêtement. Il avait fait ses propres contrefaçons.

C'était donc Boon qui avait tout commencé.

– Et vous l'avez poursuivi pour lui extorquer la recette.

– Il m'a échappé pendant un long moment et a réuni un tas de documents incriminants contre moi. Mais les créanciers l'ont attrapé avant qu'il puisse me dénoncer. Alors je lui ai donné le choix : la recette des contrefaçons et un statut de sans-terre, ou la pendaison. Il s'est montré sage. Enfin, c'est ce que je pensais. Il aurait dû disparaître de la circulation.

Au moins, sur ce point, ils étaient d'accord.

– Et vous avez utilisé la recette pour fabriquer vos fausses pièces.

– Au début. Mais je devais aussi de l'argent à mon contact dans l'Empire de Pluie. Il me fournissait des navires, des marchandises illégales. J'ai essayé de le payer avec les contrefaçons, mais il s'en est aperçu. Il a voulu la recette.

Cayo repensa à la boutique de Florimond, aux lettres dans la boîte en bois. Même de l'autre côté de la pièce, il avait reconnu l'écriture de son père.

– Les alchimistes ont fabriqué des fausses pièces que vous deviez distribuer.

– Oui, reconnut Kamon en baissant les yeux.

– Pourquoi avez-vous accepté ?

Kamon poussa un soupir. Cayo ne l'avait jamais vu aussi vieux.

– Parce que l'argent et le pouvoir, c'est la même chose, Cayo. Et nous en avions besoin. Ce manoir… la plupart des navires… j'avais mes propres dettes, et c'était le seul moyen de les rembourser. Soit j'obéissais, soit tous mes secrets étaient révélés au grand jour.

Cayo resserra la main sur son pistolet.

– Par le bénéficiaire, c'est ça ? Qui est-ce ? Qui vous envoyait les contrefaçons ?

Kamon poussa un rire sans joie.

– Si seulement je le savais.

– Comment pouvez-vous l'ignorer ?

– Il ne m'a jamais révélé son identité. Il ne voulait pas qu'on apprenne son nom à Moray, au cas où il se passerait quelque chose avec l'Empire de Soleil. Il voulait laisser le moins de traces possible. Je ne communiquais qu'avec un alchimiste, un certain Florimond. C'était une sorte d'intermédiaire entre nous.

– Bon sang !

Cayo se détourna enfin de son père. Tant qu'ils n'arriveraient pas à identifier le bénéficiaire, le trafic de fausses pièces continuerait. Moray était tout près de tomber entre les mains de l'Empire de Pluie. Si l'Empire de Soleil voulait annexer la ville, une guerre éclaterait inévitablement.

– Une seule personne pourrait savoir qui est le bénéficiaire, lança Kamon dans son dos.

Cayo se tourna et attendit. Son père affichait un sourire terne.

– Arun Chandra. Il a accumulé des montagnes de documents pour me faire chanter. S'il pouvait…

Amaya lui avait dit avoir vu Boon à Baleine. Celui-ci aurait pu mener son enquête sur Deirdre de son côté. Il pouvait peut-être leur dire si elle était la bénéficiaire.

Et Romara s'apprêtait à faire de lui un exemple, comme ces pauvres âmes qu'il avait vues dans les sous-sols de son casino.

Le pistolet pesait lourd dans la main de Cayo. Il le souleva une nouvelle fois. Que ressentirait-il s'il appuyait sur la gâchette ? Sa douleur serait-elle en partie soulagée si son père disparaissait ?

Il faut ce qu'il faut.

Mais il connaissait déjà la réponse. S'il avait bien appris une chose grâce à Amaya, c'était la vacuité de la vengeance. S'il s'autorisait à y recourir, il ne vaudrait pas mieux que Boon ou que son père.

Soria avait toujours voulu qu'il soit meilleur. Alors il le serait.

Il baissa son arme. Kamon se détendit, ce qui couvrit Cayo de honte.

Il poussa la porte, s'attendant à ce que son père le rappelle ou même lui dise qu'il était désolé. Mais il le laissa partir sans un mot.

Cayo l'abandonna dans les ruines de ce qu'il avait construit, et perdu.

***

Il n'y avait qu'un seul endroit où Amaya aurait pu se rendre.

La passerelle du *Saumâtre* avait été relevée. Cayo lança un cri depuis le quai, sous un ciel que l'aube peignait en un gris pâle et nacré. Un instant plus tard, celui qu'Amaya avait appelé Cicada apparut derrière le bastingage, ses boucles épaisses tombant sur ses épaules.

– Le gars à la pièce, le salua-t-il.

– Amaya est ici ?

Cicada prit le temps de l'examiner.

– Qu'est-ce que vous lui voulez ?

– J'ai des nouvelles qui l'intéresseront.

Comme Cicada ne bougeait pas, Cayo insista :

– C'est urgent.

Cicada s'éloigna du bastingage avec un rictus. Cayo arpenta nerveusement le quai, serrant et desserrant les poings pendant ce qui lui parut des heures. Enfin, la passerelle s'abaissa.

Amaya et deux enfants attendaient à bord. Elle croisait les bras, sans aucune expression sur le visage. La petite fille à côté d'elle sourit quand elle le vit.

– Tu me fais un autre tour ? demanda-t-elle.

– Plus tard, peut-être, répondit-il en s'approchant d'Amaya. On doit parler.

– Ce que tu as à me dire, tu peux le dire ici.

Cayo inspira, tâchant de ne pas se laisser intimider par les regards curieux.

– Je suis allé voir mon père, dit-il tout bas. Il ignore qui est le bénéficiaire, mais il est très probable qu'une personne en ville le sache.

– Qui ?

– Boon.

L'attitude d'Amaya changea immédiatement. Son dos se redressa, ses bras tombèrent.

– Je lui ai parlé, dit-elle lentement. Ici, à Moray. Mais je suis partie avant… Il m'appelait pour que je revienne, mais…

Une main sur la bouche, elle jura tout bas.

– Je suis désolé de ne pas t'avoir dit la vérité, s'excusa-t-il en tendant une main.

Les enfants les observaient, fascinés.

– Et toi, reprit-il, tu avais le sentiment que tu ne pouvais pas me parler de ton père. Je ne sais pas si je peux te promettre de ne plus jamais te mentir, mais je ferai de mon mieux. Et je ferai tout ce que je peux pour t'aider à le retrouver.

Amaya le scruta, contempla sa main. Un gouffre s'était ouvert entre eux, qui s'était élargi de plus en plus à force de tristesse, de colère et de douleur. Le pont entre eux n'était qu'à moitié reconstruit, fragile. Il ne lui en voudrait pas si elle décidait de l'abandonner.

Mais elle ne se détourna pas. Elle le traversa pour prendre sa main, et presser sa paume contre la sienne.

– Allons présenter nos hommages à la Reine Racaille, proposa-t-elle.

31

Même s'il amusait encore la foule, Tricheur savait que son temps était compté. Il sentait constamment sur lui le regard scrutateur de Protecteur, qui surveillait ses moindres pas, toutes ses tromperies et ses mensonges. Bientôt, les dieux le contraindraient enfin à se taire et à rester en place.

Mythe kharien

– Tu penses vraiment que Boon saura nous dire avec certitude si Deirdre est la bénéficiaire ? demanda Amaya en regardant Cayo rouler une pièce sur ses phalanges.

Fera l'observait également avec des yeux ronds d'admiration. Ils étaient tous les trois assis contre le bastingage du *Saumâtre*, en attendant la tombée du jour. Matthieu avait filé en ville s'assurer que Romara ne réglerait pas définitivement le compte de son nouveau prisonnier.

– Je l'ignore, mais il n'y a plus d'alternative. Il faut découvrir ce qu'il sait. S'il a réussi à rassembler toutes ces preuves contre mon père, je ne vois pas pourquoi il n'en aurait pas fait autant contre le bénéficiaire.

Il tendit la main vers Fera pour lui donner la pièce qu'il avait conservée depuis Baleine.

– Comme ça.

Il lui montra comment la garder entre le pouce et l'index pour la faire tourner sur les phalanges. Profondément concentrée, sa langue ressortant légèrement entre ses lèvres, la petite tenta de l'imiter, sans succès. La pièce tomba sur le pont.

– Aucune importance, la rassura Cayo quand elle poussa un grognement découragé. Je me suis beaucoup entraîné pour réussir.

Amaya les observait sans rien dire. Elle aurait voulu être encore furieuse contre lui après ce qu'il avait fait, mais sa colère se dissipait comme la brume matinale. Ils avaient tous les deux menti. Ils avaient tous les deux été trahis. Mais, avec les pères qu'ils avaient, auraient-ils pu seulement faire mieux ?

Des pas retentirent sur la passerelle et Matthieu apparut.

– Allez-y vite ! les pressa-t-il. Ça commence à chauffer dans le quartier du vice.

Après un rapide coup d'œil au ciel qui s'assombrissait, Amaya échangea un regard avec Cayo.

– Attends ici, lança-t-elle à Cicada qui s'apprêtait à les accompagner. Les enfants ont besoin de quelqu'un pour veiller sur eux.

À contrecœur, le jeune homme acquiesça d'un hochement de tête, et laissa Amaya et Cayo partir seuls.

À cause du couvre-feu que les autorités portuaires avaient établi, les rares personnes encore dehors se dépêchaient de rentrer chez elles. Amaya vérifiait constamment si elle avait bien ses couteaux sur elle : dans sa manche, sur sa hanche, dans ses bottes. Déterminé, Cayo gardait, lui aussi, une main sur son pistolet.

Elle se demanda s'il avait déjà tiré sur quelqu'un.

– Je n'ai pas pu m'y résoudre, dit-il, comme s'il avait lu dans ses pensées.

– Te résoudre à quoi ?

– Le tuer, répondit-il en serrant le poing. Mon père. J'étais prêt à le faire. J'en mourais d'envie. Mais je n'ai pas pu.

Amaya se revit, son couteau appuyé contre la gorge de Boon.

– Pourquoi ? demanda-t-elle, tout bas.

Le silence et l'obscurité régnaient sur les rues, peuplées de quelques ombres à peine. Amaya avait l'impression que Cayo et elle étaient les derniers êtres humains sur Terre.

Sans ralentir, Cayo prit une profonde inspiration.

– La mort serait une punition trop clémente pour lui. Vivre dans la misère, ça a toujours été son pire cauchemar. Alors j'ai préféré l'y abandonner.

Était-ce une pointe de fierté qu'Amaya sentait grossir dans son cœur ?

Ils n'échangèrent plus un mot sur le chemin. Plus ils approchaient du quartier du vice, plus le bruit de la fête leur parvenait, et bientôt ils aperçurent des gens qui accouraient vers la rue des Diamants malgré le couvre-feu.

L'imposante artère grouillait de badauds qui hurlaient et riaient. Ce n'était pas la foule habituelle, mais une sorte d'attroupement féroce. Des animaux domestiques en train de devenir sauvages.

Amaya posa une main sur son couteau à la hanche. Nerveuse, elle scruta les lieux, se laissant petit à petit engloutir par les passants.

Soudain elle vit Romara sur le toit du bâtiment devant eux, impressionnante et effrayante dans son pantalon noir et sa tunique assortie avec un col montant de style réhanais. Elle s'était attaché les cheveux, ce qui mettait en valeur son visage émacié et vorace. Elle ne s'adressait pas directement à la foule ; elle regardait à peine ses sujets avec un sourire satisfait, telle une reine surveillant son domaine. À côté d'elle, un jeune homme aux yeux grands ouverts d'excitation tenait un verre dans ses mains.

Parfois, il est plus sage de mettre un genou à terre que de perdre la tête, l'avait avertie Liesl.

– Qu'est-ce que tu as fait, Romara ? grommela Cayo.

Tu l'as aidée à en arriver là, songea Amaya, mais son ressentiment ne dura pas. Elle avait d'autres sujets de préoccupation pour le moment.

Et pour commencer, la cage au milieu de la rue.

– Oh, non ! laissa échapper Cayo, alors qu'Amaya se frayait un chemin à coups de coudes et d'épaules.

Haute et étroite, avec d'épais barreaux en métal rouillé, la cage semblait sortie d'un cachot d'antan. Boon s'y tenait agenouillé, les mains liées dans le dos, le visage tuméfié et sanguinolent. Les passants hurlaient autour de lui, secouaient la cage, jetaient des détritus. Un homme cogna une tasse en métal contre les barreaux et Boon sursauta.

Amaya attrapa l'inconnu et pointa un couteau sur son torse.

– Continue si tu veux perdre ta main.

L'homme recula précipitamment et trébucha. Amaya s'accroupit devant la cage, tandis que Cayo la protégeait de toute sa hauteur, décochant des regards meurtriers à qui faisait mine de s'approcher.

– Boon, l'appela-t-elle.

Elle ne parvenait pas à l'appeler *papa*, sa bouche s'y refusait.

Il leva les yeux, stupéfait. Les sujets de Romara l'avaient passé à tabac. Des taches de sang maculaient ses vêtements, sa lèvre était fendue et il avait un œil gonflé et noir. Romara leur avait offert le responsable de ce que Moray était devenu pour décharger leur frustration.

– Qu'est-ce que tu fais ici ? demanda-t-il.

– Je suis venue te sortir de là.

Boon tenta de pousser son rire tonitruant, mais grimaça à la place.

– Je crois pas, non.

– Il a raison, confirma Cayo derrière elle. Si on l'enlève à Romara, j'ignore comment elle va se venger. Elle a trop de pouvoir.

– Elle fait peur, vraiment, murmura Boon. Elle ira loin.

– Je me fiche de ce que Romara fera. On te sort d'ici.

Mais Boon secoua la tête. Elle ne l'avait jamais vu aussi abattu.

– Pas la peine. Ce qu'elle compte faire de moi, je l'aurai bien mérité.

– Pour une fois, ce n'est pas toi qui décides, protesta Amaya en cherchant la serrure. C'est moi.

– Amaya…

– Non.

Elle avait crié plus fort qu'elle ne le voulait. Elle se força à le regarder dans les yeux. Ses yeux.

– Je sais que tu as provoqué une réelle catastrophe. Tu as causé un raz-de-marée, alors que tu ne voulais faire qu'une petite vague. Tu n'es pas parfait et tu ne l'as jamais été.

Elle prit une inspiration pour continuer.

– Mais, à ta façon, tu m'as offert une seconde chance en me transformant en comtesse. À mon tour de le faire pour toi. Ce n'est pas de la miséricorde, c'est ce que je te dois. Et je refuse d'avoir des dettes.

Boon ouvrit la bouche pour protester et la manipuler comme il savait si bien le faire. Mais Amaya l'en empêcha.

– Je ne te laisse pas ici, répéta-t-elle, fermement. Tu es mon père. Je n'en ai pas fini avec toi.

Les épaules de Boon s'affaissèrent.

– Tu as la voix de ta mère, tu sais ?

Amaya se leva en déglutissant.

– Elle a quitté le toit, l'avertit Cayo. Elle nous a sûrement vus.

– Alors nous n'avons pas beaucoup de temps. Vite, trouve la serrure…

Mais Cayo avait déjà dégainé son pistolet. La foule autour d'eux, recula, effrayée.

– Puis-je vous demander ce que vous faites ?

Romara, droite dans ses bottes, traversait la foule, les talons cliquetant sur les pavés dans un rythme macabre. Son valet de pied la suivait de près, le verre toujours à la main. Elle dévisagea tour à tour Cayo et Amaya.

– Qu'est-ce que ça veut dire, Cayo ?

– C'est à moi de te le demander.

Amaya ne le reconnut pas quand il s'adressa à Romara. Sa confrontation avec son père l'avait transformé.

– D'abord ton petit repaire de tortures, et maintenant ce spectacle ?

– Je te l'ai dit, la ville est assoiffée de sang.

Autour d'elle retentirent des hurlements approbateurs et Romara esquissa un sourire.

– J'accomplis ce dont mon père a été incapable. Je leur donne exactement ce qu'ils veulent.

– Tu n'as pas à faire ça. Parlons. Toi et moi. On peut trouver un arrangement.

– Tu n'as rien à offrir.

– Je peux te donner mon père.

Amaya se figea et, pour une fois, Romara ne cacha pas sa surprise. Mais elle afficha aussitôt un rictus méprisant et secoua la tête.

– Je pourrai le trouver toute seule, le temps venu, ronronna-t-elle. Il ne représente plus aucune menace.

Cayo lâcha un juron et arma le chien de son pistolet. Romara fronça les sourcils.

– Sérieusement. Tu ne le feras jamais.

– Tu as raison.

Il fit volte-face et tira sur la serrure de la cage.

Les oreilles d'Amaya continuèrent à vibrer même après la déflagration. La porte était ouverte. Autour d'eux, les gens hurlaient d'indignation.

Amaya aida Boon à se lever et à sortir. Il parvint à tenir sur ses pieds, son souffle court et humide.

– Le bénéficiaire, dit rapidement la jeune fille, alors que Romara avançait vers eux, arrêtée sur sa lancée par Cayo. Tu as essayé de me le dire, n'est-ce pas ? As-tu découvert que c'était Deirdre qui…

Elle fut interrompue par des coups de feu.

Romara se tourna vers les détonations, tandis que les passants poussaient des cris de terreur. Depuis l'autre extrémité de la rue des Diamants, un groupe approchait. Leurs habits complétés d'un brassard rouge, ils étaient armés de couteaux, de pistolets et de poignards.

Au centre, Amaya reconnut l'homme au beau visage balafré qu'elle avait rencontré lors de sa première nuit au quartier du vice. Il venait vers eux sans se presser, avec assurance, comme s'il avait déjà remporté la victoire.

Le Roi Racaille.

– Il a bien choisi son moment pour riposter, l'ordure, lâcha Romara en direction de Cayo. Quel don pour la mise en scène !

Romara n'était plus la Reine Racaille, mais une petite fille cherchant l'aide d'un ami.

– C'est toi qui as orchestré son arrivée ?

– Absolument pas. Qu'est-ce qu'on fait ?

Romara sortit un couteau de sa manche alors que les passants, affolés, couraient dans tous les sens, à l'instar d'une fourmilière attaquée. Même son domestique semblait prêt à se sauver. Terrorisé, il regardait le petit bataillon approcher.

– On les achève, lança Romara.

Amaya trancha les liens autour des poignets de Boon. Il frotta sa peau endolorie.

– Vous n'envisagez tout de même pas d'éliminer Salvador, si ? demanda-t-il.

– Ce n'est pas mon combat, répondit Amaya simplement.

Mais Jun Salvador avait hâté le pas, un couteau dans une main, un pistolet dans l'autre. Ses traits étaient déformés par une rage meurtrière et il se frayait un passage en abattant ceux qui se mettaient sur sa route, ou qui avaient simplement eu la malchance de s'y trouver. Romara l'attendait de pied ferme, pendant que son valet priait tous les dieux et leurs saintes étoiles de l'épargner.

Amaya repéra une allée où ils pourraient s'abriter, mais, quand elle voulut tirer sur le bras de Cayo pour l'y entraîner, il résista.

– Cayo, tu ne peux pas l'aider, supplia-t-elle. Ça te dépasse.

– Elle ne devrait pas avoir à l'affronter seule, riposta-t-il en armant le chien de son pistolet. Il m'a pris beaucoup, à moi aussi.

– Mais…

Un homme jaillit de la foule et se rua sur Cayo pour le plaquer contre le mur. Cayo grogna quand il sentit la lame d'un couteau s'enfoncer dans son épaule et le sang éclabousser son menton.

Amaya fit un pas, mais Cayo avait déjà appuyé sur la gâchette. L'homme chancela en hurlant, un trou sur la hanche. Amaya l'assomma d'un coup dans la tempe.

Cayo fixa la jeune femme, le souffle court, le visage taché de sang. Leurs regards se croisèrent et, l'espace d'un court instant, ils parlèrent le même langage sans avoir à échanger un mot.

Amaya sentit une main ferme lui saisir le bras.

– Partez, gronda Boon. C'est moi qu'il veut.

– Qu'est-ce que tu attends pour te sauver ? demanda Amaya en lui montrant l'allée dans laquelle se précipitaient des fuyards.

– Ça suffit. Et…

Amaya ne vit pas l'homme qui se jetait sur elle, à sa droite. Il tenait un long couteau déjà trempé de sang.

Son visage était tordu par la haine. Boon se tourna, plus vite qu'elle ne l'en aurait cru capable et cogna l'homme de toutes ses forces. Il fut alors pris d'une quinte de toux qui le fit cracher du sang. Elle l'aida à s'asseoir, son dos appuyé contre les barreaux de la cage.

– Reste à l'écart, lui ordonna-t-elle. Après on parlera.

– À vos ordres, capitaine, grommela-t-il.

Les loyalistes du Roi Racaille gagnaient du terrain. Plusieurs sujets de Romara s'interposaient pour protéger leur reine. Quand les brassards rouges arrivèrent à son niveau, Cayo tira en l'air. La détonation en fit partir certains, mais il visa ceux qui étaient restés.

– Reculez ! Partez ! Je n'hésiterai pas à vous abattre ! menaça-t-il.

Amaya restait devant Boon, en position de défense. Sa lame brillait dans la faible lumière des lanternes. Les clans rivaux continuaient à s'affronter, visiblement soulagés de se défouler.

Un fumigène explosa en libérant un brouillard noir qui dissimula les combats et couvrit l'odeur de la poudre et du sang.

Le Roi Racaille émergea de ce nuage nauséabond tel un démon tout droit sorti des contes du père d'Amaya. Ses vêtements étaient couverts du sang de ses victimes.

– Romara, l'interpella-t-il. Tu peux mettre fin à ce massacre. Le quartier du vice est à moi et l'a toujours été. Rends-le-moi et je t'autorise à quitter la ville.

Romara tira son couteau du corps d'un loyaliste avec un bruit humide, s'éclaboussant la joue de sang. Son sourire trahissait une détermination implacable. Tout dans son corps témoignait d'une détermination farouche, comme si elle allait enfin pouvoir honorer une promesse qu'elle s'était faite il y a bien longtemps. Amaya comprit soudain qui était Romara : une fille vivant dans l'ombre de son père, coincée par ses erreurs, désespérée de les réparer.

– Comme tu l'as fait avec maman ? demanda Romara sur un ton cajoleur. Tu préfères m'exiler plutôt que m'éliminer ?

Le Roi Racaille lui adressa un sourire glaçant et leva son arme sur elle.

– Je ne voulais pas en arriver là, Romara.

– Ah non ? Moi si.

– Petite entêtée.

Le sourire de Salvador se transforma en grimace sévère et son doigt se resserra sur la gâchette.

Quand la détonation retentit, Boon attrapa Amaya par-derrière. Le bruit était venu de plus près que là où se tenait Salvador.

Elle se tourna et comprit pourquoi : une volute de fumée s'échappait du pistolet de Cayo. Il le tenait fermement dans ses deux mains, alors que son épaule saignait toujours abondamment. Une lueur féroce brillait dans ses yeux et ses lèvres étaient pincées en une ligne fine.

Le Roi Racaille laissa échapper un grognement et s'écroula. Il lâcha ses armes et examina son genou en miettes.

Romara le contempla un moment avant de regarder Cayo. Il avait dans les yeux une lueur ébahie et sauvage.

Mais le Roi Racaille était encore en vie, geignant de douleur sur sa jambe détruite. Romara aboya un ordre rapide. Aussitôt, ses sujets indemnes se précipitèrent sur son père pour écarter ses armes et le saisir. Des corps jonchaient la rue, en majorité munis de brassards rouges. Le combat était enfin terminé.

Romara avança vers Salvador, victorieuse, son couteau toujours dans sa main.

– Comment as-tu osé pointer ton pistolet sur moi ? Père, tu es faible, tu mérites de te faire détrôner.

Le Roi Racaille respirait bruyamment, ses cheveux toujours si soigneusement peignés tombant désormais sur ses yeux.

– Tu cours à ta ruine, la mit-il en garde. La ville est de toute façon déjà condamnée. Elle s'effritera entre tes doigts comme du sable.

– On verra, répliqua-t-elle, prête à enfoncer sa lame dans le torse de son père.

– Attends !

Cayo se précipita vers elle. Le Roi Racaille lui décocha un rictus méprisant.

– Le rejeton de Mercado, cracha-t-il. Ça te va si bien de suivre les traces de ton père.

Cayo le gratifia d'un coup d'œil glacial.

– Remerciez-moi de ne pas avoir tiré plus haut, après ce que vous avez fait à Sébastien, lâcha-t-il, avant de s'adresser à Romara : Ne le tue pas, on peut encore l'utiliser.

Amaya s'attendait à ce que Romara s'impatiente, mais elle la vit baisser son arme.

– Je t'écoute.

Elle n'entendit pas la suite, car les mots de Cayo étaient couverts par la toux humide de Boon à côté d'elle.

Son cœur se figea quand elle le vit, une main sur le ventre, sa chemise trempée de sang.

Le Roi Racaille. Quand Cayo avait tiré, le coup de feu de Salvador avait dû être dévié.

– Non ! s'exclama-t-elle.

Boon tomba à genoux dans une mare de sang.

– J'ai connu pire, la rassura-t-il en claquant la langue contre son palais.

Il avait les lèvres rouges.

– Et mieux… aussi…

– Tais-toi, dit-elle en l'attrapant par les épaules pour le forcer à s'allonger.

La balle était entrée en haut de son abdomen. Amaya déchira sa chemise pour arrêter l'hémorragie, ce qui n'eut pour effet que d'arracher à Boon un hurlement de douleur.

– Cayo ! appela-t-elle, désespérée.

Il arriva à ses côtés en un instant, le visage blême.

– Il me faut un linge, ou autre chose, bafouillait-elle, confuse. La balle est encore à l'intérieur. On doit la sortir…

– Amaya, lâcha Boon en tentant de lui prendre le poignet.

Du sang coulait dans sa barbe.

– C'est fini.

– Je…

Elle leva les yeux vers Cayo, mais les baissa aussitôt.

– Non. *Non.*

Elle avait retrouvé son père, et maintenant elle le perdait de nouveau.

Injuste.

– Si ça n'avait pas été la balle, ça aurait été la fièvre, lui rappela Boon d'une voix rauque et faible. Amaya, écoute. Ce que tu as dit sur cette deuxième chance…

Un frémissement le parcourut.

– Je ne savais pas moi-même… combien je voulais l'entendre…

Amaya secoua la tête, étourdie et hagarde. Sa bouche s'ouvrait, mais aucun son n'en sortait.

– Je suis désolé, murmura-t-il. De ne pas t'avoir… avoué plus tôt… qui j'étais. Je ne suis pas…

Son visage se crispa, il respirait de plus en plus mal.

– … fier de qui je suis devenu. Je ne voulais pas… que tu me voies… dans cet état.

Combien de temps auraient-ils eu pour arranger la situation, s'il s'était confié plus tôt ?

L'hébétement qu'elle avait ressenti laissa la place à l'horreur, à un incendie intérieur, à une violente rage. Elle l'attrapa de nouveau par les épaules.

– Tu ne peux pas ! sanglotait-elle. Tu ne peux pas me dire la vérité et mourir ! Ce n'est pas possible… Tu ne peux pas m'abandonner encore une fois !

Le souffle court, il lui prit le visage dans les mains. Du sang lui tacha la mâchoire.

– Je déteste... te décevoir, dit-il d'une voix plus faible encore. Une dernière chance ? Pour réparer.

Il réprima une toux. Grimaça.

– Le bénéficiaire. Pas Deirdre.

Cayo se pencha.

– Deirdre n'est pas la bénéficiaire ?

Le filet de voix qui sortait de Boon était à présent à peine audible, mais ils entendirent tous les deux le nom qu'il réussit à articuler.

– André Basque.

Cayo se redressa en jurant. Mais Amaya n'en avait plus rien à faire. Son père agonisait.

– Amaya, dit-il en posant une main sur son épaule. Tikha. Je suis désolé.

– Chut, répliqua-t-elle en enfouissant les doigts dans sa chemise.

Mais sa respiration s'accéléra jusqu'à ce qu'il pousse son dernier souffle et s'effondre. Il avait toujours le regard rivé sur elle, comme si elle était la dernière chose qu'il avait voulu voir.

En même temps qu'elle sentit les bras de Cayo l'entourer, Amaya sentit sa gorge se déchirer. Elle laissa tomber son couteau. Le monde s'écroulait de nouveau sous elle, encore une fois, parce que rien ne durait, rien n'était jamais simple et rien ne lui appartenait.

Elle laissa Cayo l'enlacer, mais un cri de désespoir s'échappa de sa poitrine. La rue était jonchée de morts et de blessés, tous enveloppés dans leur propre misère. Les étoiles au-dessus d'eux les observaient sans rien dire et Cayo ne parla pas non plus, parce qu'aucun mot ne pouvait décrire l'horreur de ce qu'elle vivait.

Son père était mort. Il n'y avait plus personne dans ce monde pour l'aimer.

***

Amaya ne savait pas comment elle avait fait pour se retrouver assise dans une allée du quartier des affaires à attendre le retour de Cayo et Romara. Elle fixait juste d'un regard vide un mur sale, pour ne pas regarder le corps couvert d'un linceul à côté d'elle.

C'est Romara qui l'avait enveloppé d'un drap pour qu'Amaya puisse faire de lui ce qu'elle voudrait.

Des pas. Cayo et Romara revenaient, accompagnés d'une troisième personne.

– Rémy, murmura-t-elle.

Il se jeta sur elle et l'étreignit. Elle s'agrippa à lui comme si elle se noyait, parce que c'était ce qu'elle ressentait vraiment.

– Je suis désolée, murmura-t-elle contre son épaule.

– Mais non. Il fallait que tu te sauves. Et je n'ai rien.

Il recula et elle remarqua le coup d'œil rapide qu'il avait lancé au corps. Il avait l'air épuisé.

– Cayo m'a raconté ce qui s'était passé. Je suis désolé, Amaya.

Elle se contenta de hocher la tête, incapable de répondre.

Heureusement, Cayo se racla la gorge.

– Ça a marché, annonça-t-il. Comme vous pouvez le constater, Nawarak a accepté de l'échanger contre Salvador.

– Après une petite négociation, précisa Romara, maussade, les bras croisés.

– Tu l'as mérité, répliqua Cayo. Si tu veux être la Reine Racaille, tu as besoin de tous les alliés possibles.

– Au prix de contrôles renforcés dans le quartier du vice ? pesta-t-elle. J'aurais dû poignarder mon père sur le moment et en finir. Désolée, ajouta-t-elle en direction d'Amaya.

– Vous avez une dette envers moi, Romara, lâcha la jeune femme.

– J'imagine, oui, concéda-t-elle, les sourcils froncés.

– Il faut que vous retrouviez deux personnes. Et...

La voix d'Amaya faiblit, mais Rémy passa un bras autour de ses épaules pour lui donner du courage. Elle se força à regarder la dépouille.

– Je voudrais... qu'il soit incinéré.

Romara poussa un soupir.

– *Jacques !* hurla-t-elle.

Le jeune homme arriva en courant.

– Oui, Votre Majesté !

Amaya lui décrivit Liesl et Deadshot, et il repartit. Quelques instants plus tard, elle regarda Cayo et Rémy étendre le corps sur une charrette.

Elle posa une main sur le torse de son père.

– Je te pardonne, murmura-t-elle.

Cela suffirait. Il le fallait bien.

***

Le lendemain, le valet de pied de Romara monta à bord du *Saumâtre*, accompagné de Liesl et Deadshot.

– Quel bonheur de te voir ! s'écria Liesl en se jetant au cou d'Amaya.

Elle l'attira contre elle et Amaya la serra dans ses bras en retour.

– Nous ne savions pas ce qui vous était arrivé, alors nous avons décidé de nous cacher.

– Je suis si contente que vous alliez bien !

Liesl recula, sans lui lâcher les épaules.

– On a appris ce qui s'est passé au quartier du vice.

Amaya leva la tête vers Cayo, qui se mordit la lèvre.

– On a… beaucoup à rattraper.

Jacques approcha en esquissant une petite révérence. Il lui tendit une petite boîte.

– La Reine Racaille vous transmet ses condoléances.

Prudemment, elle lui prit des mains la boîte, plus lourde qu'elle ne l'aurait pensé.

Elle la déposa sous son hamac et rejoignit les autres dans la cambuse, tandis que les Bestioles montaient la garde sur le pont. Malgré son épaule bandée et ses yeux marqués par de profonds cernes, Cayo mena la discussion, laissant Amaya regarder fixement le mur. Elle sentait que les autres lui jetaient de petits coups d'œil de temps à autre. La main de Liesl se posa sur la sienne et Amaya l'attrapa pour la serrer.

– André Basque, répéta Rémy une fois que Cayo eut expliqué pourquoi ils étaient partis retrouver Boon. Vous pensez qu'on peut croire ce qu'il dit ?

– Le blason que j'ai vu sur l'*Étoile Argentée* est aussi sur le *Saumâtre*. André Basque possède une flotte de bateaux de créanciers, n'est-ce pas ? Mercado a dû en acheter un à Basque, et c'est ainsi qu'ils ont commencé à faire affaire. Basque a vu en lui un marchand influent de Moray qu'il pourrait utiliser à son avantage et Mercado est tombé droit dans le piège.

Liesl se radossa, son regard trahissant sa satisfaction. Deadshot lui caressa le dos.

– Et Basque est suffisamment riche, respecté et puissant à Baleine pour que les autorités refusent d'enquêter, pesta Rémy.

– Il faut que tu les convainques, supplia Amaya. Tu dois y retourner. Tu peux le faire condamner.

– Deadshot et moi, on viendra avec toi, proposa Liesl. Tu vas avoir besoin d'aide, et j'ai attendu assez longtemps pour le voir tomber.

– Je suis complètement d'accord, affirma Deadshot. Mais comment va-t-on faire pour mettre au jour ses agissements ? Comme a dit Rémy, il est riche et respecté. On aurait eu le même problème avec Deirdre.

Rémy claqua des doigts.

– Le bureau de change. On doit leur retirer toutes les contrefaçons et établir le lien avec Basque.

Ils se mirent à élaborer un plan. Vidée et exténuée, Amaya ne fit qu'écouter. De l'autre côté de la table, Cayo l'observait. Il ne tentait pas de sourire, ne prenait pas un air triomphant. Il était aussi vide qu'elle. Triste consolation.

***

Ils ne pouvaient pas prendre la mer. Les sentinelles étaient encore stationnées le long de la Baie du Levant, interdisant aux bateaux de quitter Moray. Ils devraient faire la route à pied, en évitant les gardes qui patrouillaient à la frontière, pour atteindre le premier port et se procurer une petite embarcation. Ensuite, ils navigueraient vers Viariche afin de demander leur aide à Adrienne et Jasper et récupérer l'*Étoile Argentée*.

Personne ne savait combien de temps cela leur prendrait.

Dans l'obscurité qui précédait l'aube, Amaya regarda ses trois compagnons se préparer. Cayo et elle avaient décidé de rester à Moray. Un groupe passerait difficilement inaperçu. De toute façon, avec sa blessure, Cayo n'était pas en état de voyager. Et elle ne voulait pas le laisser seul.

Mais, surtout, elle était fatiguée. Son esprit, son cœur, ses os. Tout ce qu'elle voulait, c'était s'allonger et laisser la terre l'engloutir.

Elle ravala ses larmes quand Liesl et Deadshot l'enlacèrent pour lui dire au revoir.

– S'il te plaît, ne fais rien que je ne ferai pas, implora Liesl. Tu as eu assez de soucis pour toute une vie.

Amaya parvint à esquisser un faible sourire.

– Promis, mais seulement si toi, tu me jures d'être prudente.

– Bien sûr. Ne le suis-je pas toujours ?

– Et sinon…, intervint Deadshot en posant une main sur son pistolet.

– Donnez-nous des nouvelles dès que possible. Et quand vous verrez Avi…

– Nous lui raconterons tout, assura Liesl en lui serrant le bras. On se reverra, Amaya.

Amaya l'espérait, elle aussi, mais elle ne croyait plus aux promesses.

Rémy passa la bandoulière de son sac par-dessus ses épaules et vint la prendre dans ses bras. Elle le retint aussi longtemps qu'elle le put. L'espace d'un instant, elle se souvint du jour où elle avait pensé quitter le *Saumâtre* pour de bon, juste avant que Zharo pointe son arme sur elle. Elle ressentit le même mélange amer de soulagement et de regret à la perspective de cette nouvelle aventure qui devait les séparer.

– Je ne sais pas quand je pourrai revenir, murmura Rémy.

Amaya resserra son étreinte.

– Ne t'en fais pas. C'est moi qui te retrouverai, cette fois.

Il rit tout bas.

– D'accord.

Il recula, une lueur dans les yeux quand il lui adressa leur signe de reconnaissance. Elle lui répondit de la même façon, persuadée qu'ils se reverraient. Elle ferait tout ce qui serait en son pouvoir pour y parvenir.

Cayo et elle les regardèrent disparaître sur les docks, vers la plage, d'où ils graviraient la falaise pour s'enfoncer dans l'épaisse végétation de la jungle.

Au-dessus d'eux, le ciel se striait d'argent. À leurs pieds, Amaya gardait les cendres de son père.

Et entre eux restaient suspendus les mots qu'ils ne pouvaient pas encore prononcer.

32

Le magicien s'adressa aux étoiles. Il les supplia de ramener Neralia dans les nuages, de lui accorder le royaume qui lui revenait de droit. Mais les étoiles refusèrent. « Elle a tué un de ses semblables en essayant de prendre la lumière pour elle toute seule, répondirent-elles. Elle n'est plus la bienvenue ici. » Elles le jetèrent dehors et il tomba, comme Neralia, droit dans la mer. Mais elle l'y attendait, et malgré son échec, ils étaient enfin réunis et ils décidèrent qu'ils pouvaient se passer des étoiles. Ils avaient toute la douceur de l'obscurité pour établir leur propre royaume.

Neralia des nuages, conte des îles de Lede

La première semaine à bord du *Saumâtre* fut difficile.

Les Bestioles ne connaissaient pas Cayo. Il leur fallut un moment pour s'habituer à sa présence. Elles n'étaient pas très nombreuses, mais elles se mettaient parfois à faire tant de bruit que le bateau semblait plein à craquer.

Cela avait été le cas, se rappela Cayo, quand ce navire avait appartenu à son père.

Il décida de penser le moins possible à lui.

Fera, la fille qui voulait apprendre ses tours de passe-passe, ne le quittait pas d'une semelle. Quand il la voyait au comble de la concentration pour faire rouler une pièce sur ses phalanges, il ne pouvait réprimer un sourire. Il se rappelait alors comment sa sœur se plaignait toujours qu'il avait hérité des doigts de fée de la famille et pas elle.

Les cendres de Soria n'avaient pas encore quitté leur boîte. Bien qu'il fût de retour à Moray, il n'arrivait pas à se résoudre à les disperser. Dans ses moments de solitude, il s'asseyait avec le sac sur les genoux, les yeux rivés sur l'océan, assez longtemps pour le voir passer de gris sombre à bleu cristallin. Sa mère l'avait si souvent fait. Elle fixait du regard un point au large que ni lui ni sa sœur ne réussissait à apercevoir.

Et il y avait Amaya.

Il faisait de son mieux. Il la laissait tranquille, sans jamais lui imposer sa présence. Il s'entraînait à préparer le thé et apportait des tasses fumantes à côté de son hamac quand elle était trop fatiguée pour se rendre dans la cambuse.

Elle ne parlait pas beaucoup. Ce n'était pas nécessaire. Son père était mort dans ses bras, lui tachant la peau de son sang. Cela avait asséché quelque chose en elle, tout comme perdre Soria avait asséché quelque chose en Cayo.

C'est le problème avec le deuil : il ne vous quitte plus. Il sommeille toujours au plus profond de vous, s'enfonce dans votre cœur. La douleur flamboie puis finit par s'apaiser, pour rejaillir à la moindre occasion.

Amaya flamboyait et Cayo parvenait à peine à la regarder. Il savait que, s'il lui adressait la parole, lui aussi s'embraserait, jusqu'à ce que tous les deux se consument entièrement.

Alors ils faisaient leur deuil, chacun de son côté, en silence, l'oreille tendue vers les vagues au loin, vers leur rythme régulier et ininterrompu.

***

Au cours de la deuxième semaine, Matthieu revint de la ville en annonçant que des soldats de l'Empire de Soleil avaient commencé à s'infiltrer dans Moray par la terre et établi une barrière à l'ouest. Des panaches de fumée s'élevaient de plusieurs endroits dans la ville, et Cicada expliqua que des brasiers géants avaient été allumés pour brûler les victimes de la fièvre.

Cayo partit discrètement constater par lui-même ce qu'il en était, mais les rues grouillaient de gardes masqués qui écartaient les curieux des secteurs barricadés. Des coups de feu retentissaient plus loin.

Ils entendaient régulièrement des sirènes et des alarmes qui rendaient les enfants nerveux et agités. Heureusement, ils se détendaient ensuite rapidement et jouaient aux cartes, faisaient tourner des pièces sur leurs doigts (Fera avait initié les autres), ou se racontaient des histoires d'exploits impossibles et de lieux improbables.

Une nuit où l'air sentait bon la douceur de vivre, les yeux fermés, Cayo laissa le vent caresser son visage. Le pont était éclairé par quelques lanternes pareilles à des yeux vigilants brillant dans l'obscurité. En bas, Cicada apprenait aux enfants un nouveau jeu de cartes. Assis en rond, ils glapissaient comme un troupeau de chiots.

Sa blessure à l'épaule lui faisait mal. C'était la première fois qu'on le poignardait, rien n'aurait pu le préparer à la douleur lancinante provoquée par le couteau. Il avait l'impression de l'avoir encore dans sa chair. La plaie avait guéri, mais il ne pouvait toujours pas bouger le bras comme avant.

Il sentit une présence à côté de lui et n'eut pas besoin d'ouvrir les yeux pour savoir que c'était Amaya. Il reconnaissait sa manière de se déplacer, pareille à une lame dans l'eau.

– Je suis inquiète, lâcha-t-elle.

Il la regarda. Elle avait le visage blême, les cheveux en pagaille. Elle était tellement mince – ils avaient très peu à manger, même si Cicada rapportait de la nourriture de la ville. On aurait dit qu'elle essayait de disparaître de la surface de la Terre.

Cayo ne la laisserait pas faire.

– Ils sont sûrement encore en route, dit-il. Baleine est à au moins une semaine de mer, et ils ont commencé leur voyage à pied.

Elle se mordit la lèvre, ses yeux noirs illuminés par le clair de lune. Elle jouait avec la bague en jade autour de son doigt. Cayo voulut lui prendre les mains pour qu'elle tourne la tête vers lui, mais il n'en fit rien.

– Tout se passera bien, assura-t-il.

Amaya inspira profondément. Depuis qu'il la connaissait, elle s'était toujours montrée mystérieuse, renfermée, énigmatique, mais récemment elle avait commencé à s'ouvrir, à révéler ce qu'elle cachait en elle.

Au tout début de leur relation, Cayo aurait pu se laisser impressionner. À présent, il l'acceptait comme un joyau brut, d'une valeur inestimable.

– Je suis fatiguée, murmura-t-elle, le regard perdu vers les eaux noires.

Le phare sur la falaise la plus proche projetait sa lumière à un rythme régulier.

– Je suis fatiguée de ce que je ressens.

– Je sais.

– Pourquoi m'a-t-il menti ?

Une larme coula lentement sur sa joue.

– Pourquoi ne m'a-t-il pas dit la vérité dès le début ?

Cayo craignit de la toucher et de se faire incendier par la rage qui l'animait. Pourtant, il essuya sa peau avec le pouce.

– Il avait peur, répondit-il.

Il n'avait pas connu Boon comme Amaya, mais c'était ce qu'il comprenait. La vérité est souvent terrifiante, il n'est pas facile de savoir quand la divulguer et quand la garder pour soi.

– Moi aussi, dit-elle tout bas.

Et elle tourna très légèrement la tête pour poser la joue sur sa main. Cayo sentit son cœur s'emballer si subitement qu'il se demanda si celui-ci avait réellement battu jusque-là.

Il s'approcha et elle le laissa faire. C'était tellement plus simple qu'il ne l'avait redouté : tous les deux seuls sur le pont, leurs corps serrés, à partager leur chaleur, leur souffle et leur lumière.

***

La cinquième semaine, Cayo fut réveillé en sursaut dans son hamac, qu'Amaya secouait.

– Des nouvelles, annonça-t-elle simplement.

Il la suivit sur le pont, où les rayons du soleil matinal étaient filtrés par d'épais nuages gris. Un inconnu les attendait sur la passerelle, une enveloppe à la main. Amaya lui lança une pièce. Il mordit dedans avant de lui remettre le courrier et de filer.

Amaya sortit la lettre pliée à l'intérieur. Cayo lut par-dessus son épaule.

A.

C'est fait. R. a eu l'excellente idée de piller tous les bureaux de change de la ville pour récupérer les contrefaçons.

*J. et ma sœur nous ont amenés à Baleine à bord de l'*Étoile Argentée. *Après avoir récolté toutes les fausses pièces sur lesquelles nous avons pu mettre la main, nous les avons chargées sur le bateau, que nous avons laissé au port. R. a dit qu'il s'était* *inspiré du* Vaisseau Fantôme. *Il a rédigé un rapport pour ses supérieurs. Le navire a été confisqué et les contrefaçons découvertes.*

*Et, bien sûr, tout est retombé sur Basque, puisqu'il est le propriétaire de l'*Étoile Argentée. *Les officiers ont fait une descente dans son manoir et l'ont interrogé. Tu n'imagines pas les secrets que cachait cette maison. Les autorités ont même trouvé un laboratoire. Deirdre et ses alchimistes ont découvert quelques notes et ingrédients intéressants pour l'élaboration d'un remède.*

Depuis tout ce temps, Deirdre cherchait à séduire Basque afin de lui soutirer de l'argent pour financer ses recherches, mobiliser les alchimistes contre l'Empire de Pluie et le faire quitter Chalier. Tu ne me croiras peut-être pas, mais elle et moi, nous sommes du même côté. Je pense même lui proposer qu'on s'associe, à l'avenir.

Basque a été arrêté. Ses bateaux ont été saisis et les contrats avec les créanciers annulés. Ma sœur est libre et n'a plus à s'enfuir. Encore mieux, les liens de Basque avec Moray sont brisés.

Basque a été condamné à la pendaison sur le Banc des Pêcheurs. J'ai demandé à Deadshot de m'y emmener en barque pour que j'assiste en personne à son exécution. Il faisait un beau cadavre. Au moins, maintenant, R. peut demander à ses supérieurs de révoquer mon statut de sans-terre, grâce à ma contribution dans son arrestation.

Le remède est en cours de développement pour être distribué en masse, et les alchimistes de Deirdre et les médecins travaillent pour accélérer le processus. A. a intégré le premier groupe de cobayes. Il te salue et te promet qu'il se sent en état de faire des dizaines de saltos arrière. (Je lui ai demandé de les faire pour moi, mais il m'a sorti une excuse à coucher dehors et il est parti.)

Maintenant, les mauvaises nouvelles, parce qu'on ne peut pas les éviter. Même si le remède arrivera sûrement à Moray, et même si Basque est hors d'état de nuire, la ville restera ravagée pour un certain temps. On voit déjà cela se profiler ici, à Baleine. Le retrait de toutes les fausses pièces met l'économie sous tension. J'imagine à peine l'impact que cela aura sur Moray. Il faudra sûrement des années, une génération même, pour que la ville s'en remette.

Mais, au moins, c'est le début de la reconstruction. Le pire du cauchemar est derrière nous, si j'ose espérer.

Je ne peux pas te dire ce que tu as à faire, à présent, mais sache que, quoi que tu décides, tu auras toujours ta place auprès de D., A. et moi à Viariche. (Et aussi de J., s'il survit à mon interrogatoire.) R. dit qu'il doit rester à Baleine, mais je vous souhaite de vous retrouver rapidement.

Je suis fière de toi. Et de C. aussi. Je ne sais pas si je te l'ai déjà dit. Prenez soin de vous et rappelez-vous qui sont vos amis.

L.

Amaya sentit sa gorge se serrer. Elle relut la lettre plusieurs fois avant de la replier soigneusement.

– Un remède, murmura-t-elle. André Basque avait depuis toujours les ingrédients pour le mettre au point.

La rage enflamma le cœur de Cayo.

– Il voulait se débarrasser d'eux.

– Se débarrasser de qui ?

– Des pauvres. Les hôpitaux de Baleine regorgeaient de ceux qui pouvaient se payer un traitement.

Elle se tourna vers lui, ses traits déformés par le chagrin et la fureur que Cayo éprouvait.

– Les plus pauvres mouraient dans les rues. Il ne s'est pas préoccupé de mettre au point un remède, parce qu'il voulait les éliminer.

Les mains sur le plat-bord, Cayo respira l'air chargé d'embruns. Cela ne suffit pas à le calmer. Il éclata en sanglots.

Si un traitement avait été proposé quelques semaines plus tôt, Soria serait encore en vie.

Amaya l'enlaça par derrière, et ils se balancèrent, le feu qui brûlait en eux plus étincelant que le soleil.

***

– Je veux enterrer les cendres de mon père.

Cayo leva les yeux du journal que Matthieu avait volé. Cicada l'avait lu à haute voix pour les Bestioles qui ne savaient pas lire, révélant la nouvelle que leur avait déjà annoncée Liesl : un remède avait été trouvé et l'Empire de Pluie en envoyait des cargaisons entières à Moray. Il le présentait comme une faveur gratuite, mais espérait certainement un retour le moment venu. À condition que l'Empire de Soleil laisse passer leurs navires, le traitement arriverait rapidement.

Mais cela ne sortirait pas Moray du désastre financier qui l'attendait. Les contrefaçons continuaient d'y circuler.

Cayo avait relu l'article en détail, jusqu'à ce qu'Amaya l'interpelle, son sac sur les épaules.

– Les enterrer ? répéta-t-il.

– J'ai pensé à les disperser, mais ce n'est pas ce que je veux. Il a déjà passé trop de temps loin de chez lui. Tu veux bien m'accompagner ? demanda-t-elle avant de se diriger vers la passerelle.

Une question toute simple, et pourtant tellement complexe. Il se demanda s'il devait prendre son sac, si c'était le bon jour pour faire ses adieux, mais en décida autrement. C'était le jour d'Amaya, pas le sien.

Elle le conduisit dans un quartier résidentiel. Cayo le reconnut tout de suite. Ils étaient déjà venus là, à l'époque où ils avaient été comtesse et fils de marchand. Elle était furieuse contre lui… pourquoi, il ne s'en souvenait plus. C'était il y a des siècles, quand il portait une autre peau.

Elle s'arrêta devant une maison modeste, avec une porte rouge. Elle resta un instant à la contempler, les bras le long du corps, le visage impassible.

– C'est ici que tu habitais ?

Elle hocha la tête et ils contournèrent le bâtiment en passant par un étroit passage. À l'arrière, un jardin laissé à l'abandon, délimité par une clôture en bois vermoulu, était envahi par les plantes sauvages et les mauvaises herbes. Les buissons n'avaient plus été taillés depuis des années et le liseron semblait vouloir s'échapper vers la maison.

Amaya passa par-dessus la clôture et Cayo l'imita, un peu inquiet que le bois ne résiste pas sous son poids. Au milieu du jardin, Amaya s'agenouilla et posa son sac. Elle se mit alors à creuser.

Cayo s'accroupit à ses côtés, mais elle refusa son aide. Il s'assit et regarda ses ongles devenir noirs, la terre, fraîche et molle, s'accrocher à ses mains.

Quand elle sortit la boîte de son sac, Cayo aperçut l'étoffe de sa mère. Elle ne lui avait trouvé aucune utilité jusque-là. Mais elle avait tenu à l'emporter. La présence de sa mère en cet instant lui avait semblé indispensable.

Elle inspira profondément. Une fois encore. Elle ouvrit la boîte et regarda les cendres de son père. C'était tout ce qu'il restait de l'homme qui l'avait élevée, et détruite.

– J'étais sincère, murmura-t-elle, et Cayo comprit qu'elle ne s'adressait pas à lui. Quand je t'ai dit que je te pardonnais. Le monde t'a démoli, comme il m'a démolie. Je comprends.

Sa voix se cassa et elle resserra les mains autour de la boîte.

– Je t'ai aimé. Je t'aime toujours. J'espère que tu le sais.

Cayo la regarda renverser le contenu de la boîte dans le trou qu'elle avait creusé.

– Tu es de retour chez toi. Enfin.

Elle recouvrit les cendres de terre. Cayo ne dit pas un mot, témoin silencieux de la cérémonie, jusqu'à ce qu'un froissement lui fasse tourner la tête. Il sursauta en voyant une douzaine d'araignées dans le buisson, tout près.

– N'aie pas peur, le rassura Amaya, un rire s'échappant de sa gorge. C'est ce que ma mère te dirait. Elle adorait les araignées.

– Vraiment ? demanda Cayo en examinant les triangles bleus sur les corps bulbeux.

– Elle disait toujours qu'il y avait quelque chose de spécial dans leur soie.

Amaya passa sa manche sur ses yeux, avant de tasser la terre.

– Embrasse-la pour moi là-haut, d'accord ?

Elle faillit s'effondrer, mais se ressaisit aussitôt et se redressa. Ils franchirent la clôture dans l'autre sens pour regagner la rue principale.

– Je pensais que j'éprouverais autre chose, admit-elle en arpentant le trottoir vide. Mais c'est juste la fin d'une histoire que je connaissais déjà.

Cayo n'aurait su dire s'il comprenait, si ce serait pareil pour lui quand il dirait enfin adieu à Soria. Il leva une main, et Amaya la prit, de la terre humide coincée entre leurs paumes.

33

Le sang est plus coûteux que n'importe quel objet précieux.

Proverbe réhanais

– Tu saignes.

Amaya s'arrêta. Ils étaient encore loin du bateau, mais elle venait de remarquer l'entaille sur la main de Cayo, et son sang qui coulait sur la sienne.

– J'ai dû me couper sur la clôture.

Il s'apprêtait à déchirer un morceau de sa chemise pour se confectionner un bandage de fortune, mais elle l'en empêcha.

– C'est trop sale. La plaie va s'infecter.

Elle le fit s'asseoir et fouilla dans son sac, mais elle en avait retiré toutes ses affaires pour laisser de la place à l'étoffe de sa mère. Après une légère hésitation, elle en coupa un carré avec son couteau.

– Tu n'avais pas à faire ça, se désola Cayo en la regardant le soigner.

– Aucun problème. Ça ne sert à rien, de toute façon.

Mais, en lui bandant la main, elle remarqua pour la première fois quelque chose d'étrange avec le tissu. Là où il n'était pas encore taché par le sang, il scintillait.

Les nuages avaient laissé la place à un soleil de plomb. Plus les rayons frappaient fort, plus l'étoffe luisait. Amaya en attrapa davantage dans les mains et une sensation de picotement envahit ses paumes.

Le tissu absorbait la lumière du soleil.

Un nuage traversa le ciel et rompit le lien, mais une énergie mystérieuse vibrait encore.

Elle échangea un regard stupéfait avec Cayo.

– Eh bien, lâcha-t-il faiblement. Ça, c'est inattendu.

***

Ce fut Cicada qui comprit.

Sur le pont du *Saumâtre*, ils étalèrent le tissu, immense carré de toile miroitant au soleil. Les enfants poussaient des exclamations de surprise, mais Cicada se frotta le menton, perplexe.

– J'ai jamais vu une étoffe pareille.

– On dirait qu'elle absorbe la lumière, commenta Amaya. Plus elle reste au soleil, plus elle brille.

– C'est trop bizarre ! s'écria Matthieu, une main sur le tissu. J'ai l'impression que des insectes grimpent sur moi !

– Beurk, lâcha Fera.

Cicada tourna autour, sourcils froncés. Quand il souleva le bord, tout le reste ondula.

Le *Saumâtre* s'agita alors, et ils faillirent tous perdre l'équilibre.

– Qu'est-ce que c'était ? s'étonna Amaya en jetant un coup d'œil aux eaux calmes par-dessus le bastingage.

Cicada recommença et le navire remua de nouveau, mais l'ancre le retenait sur place. Le garçon échangea un regard avec Amaya.

– C'est impossible, lança-t-elle.

– Tu as dit que c'était de l'alchimie, déclara Cicada. Dans les îles, on appelle ça de la sorcellerie, mais maintenant je commence à penser comme toi.

Amaya passa une main sur le tissu, laissant des traînées noires rapidement avalées par la lumière.

Elle repensa à ce qu'Avi lui avait dit sur sa mère et ce que lui répétait sa mère : il ne fallait pas craindre les araignées parce que leurs toiles étaient des œuvres d'art.

– Ce sont des voiles, dit-elle enfin. Ou, du moins, on peut s'en servir pour naviguer. Elles stockent l'énergie du soleil et font avancer le bateau quand le vent ne souffle pas.

Cicada siffla, impressionné.

– Ta mère devait être une sorcière sacrément puissante.

Cayo n'avait pas dit un mot jusque-là, se contentant d'observer. Quand il prit enfin la parole, il dit ce qu'Amaya avait le moins envie d'entendre :

– Il faut appeler Romara.

***

La Reine Racaille ne fut pas enchantée d'être ainsi convoquée.

Elle fit irruption dans la cambuse, alors que Cayo posait une tasse devant Amaya. Il faillit renverser sur elle le thé fumant qu'il venait de préparer.

– Que se passe-t-il ? demanda-t-elle.

Jacques, son valet de pied, apparut derrière elle.

– Je me régalais d'un délicieux petit-déjeuner quand un gamin des rues débraillé est venu exiger que je vienne sur cette épave.

– Content de te voir, Romara, grommela Cayo en s'asseyant à côté d'Amaya. Installe-toi.

– Je reste debout. Alors ? insista-t-elle en regardant tour à tour la main bandée de Cayo et Amaya. Tu as enfin décidé de l'épingler ?

Amaya leva les yeux au ciel.

– J'ai un dernier service à te demander, lança Cayo. Après tout, je t'ai aidée à établir ton pouvoir sur le quartier du vice.

– Ce que je t'ai remboursé en livrant mon père contre votre ami maigrelet.

Elle croisa les bras et lui décocha un regard mauvais.

– Tu veux un service, il faudra payer pour ça, Cayo. Tu le sais.

Il échangea un coup d'œil rapide avec Amaya.

– D'accord, concéda-t-il en soupirant. Mais, une fois qu'on t'aura associée à notre plan, tu ne pourras plus faire machine arrière.

Il avait réussi à piquer sa curiosité.

– Je vois, répliqua-t-elle, intriguée.

Ils lui parlèrent du tissu et de ce qu'ils voulaient qu'elle en fasse. Au début, elle lâcha simplement un rire incrédule.

– Vous vous moquez de moi ?

– Pas du tout, assura Cayo.

Amaya montra à Romara le petit carré qu'elle avait coupé pour bander la main de Cayo. Il brillait encore du soleil auquel elle l'avait exposé toute la matinée.

Romara s'en empara, les lèvres entrouvertes d'émerveillement. Même Jacques ne put s'empêcher de s'approcher pour l'admirer.

– Trente pour cent, lâcha alors Romara.

– Cinq, contra Cayo.

– Je ne crois pas, toutou. Ce sera trente ou rien.

– Alors on ne quitte pas ce navire.

Elle se crispa, mais Amaya la convainquit en approchant une main de son couteau.

– Vingt-cinq pour cent.

– Sept.

– Quinze.

– Dix.

– Douze.

– *Dix.*

– Onze ! cria Jacques avant de se ratatiner sous le regard de Romara. Désolé. Je pensais que je pouvais contribuer.

– Dix, déclara Cayo fermement.

Romara grimaça avant de jeter le tissu sur la table.

– D'accord, mais seulement parce que je vous plains.

Une fois qu'ils se furent mis d'accord, Romara quitta le navire avec la plus grande partie de l'étoffe. Amaya la regarda s'éloigner. Ses doigts la démangeaient, comme si elle se retenait de la rattraper pour récupérer ce qui avait appartenu à sa mère. Ce qui aurait dû lui revenir.

Mais elle en avait gardé pour elle, parce qu'elle savait que cela ne suffirait pas. Il restait une dernière étape, une dernière chance de réparer la situation.

Amaya partit en ville, le morceau de tissu de sa mère plié dans sa poche. Elle mit des heures à trouver un magasin d'alchimiste, marqué du même symbole qu'elle avait vu sur la porte à Baleine.

Elle mit plus de temps encore à convaincre la propriétaire qu'elle disait vrai et à lui expliquer comment c'était possible.

– Des mygales bleues de Réhan, répéta l'alchimiste en caressant le tissu miroitant pour sentir les fils solides et épais. Elles n'existent que dans le sud de Réhan. Si vous en parlez publiquement…

– On peut demander que ce soit une espèce protégée, termina Amaya.

Ainsi, seul Moray aurait accès à ce produit précieux, ce qui donnerait à la ville une monnaie d'échange contre les empires. Les yeux de l'alchimiste scintillèrent d'une excitation mêlée à une pointe de cupidité.

Amaya tourna la bague en jade sur son doigt. C'était la meilleure chose à faire, se rappela-t-elle. C'était ce que sa mère aurait voulu, l'héritage de ses parents.

Un moyen de sauver la ville qui les avait réunis, détruits, rejetés et réunis de nouveau.

34

> J'ai utilisé ce que tu m'as montré et je l'ai transformé à ma façon. J'ai pris la soie pour la tisser et j'ai trempé le tissu dans une solution que j'avais concoctée. Je pense que tu aurais été fier de moi. J'aurais aimé te l'entendre dire.
>
> *Lettre de Rin à Arun Chandra. Jamais envoyée*

Sans-terre.

Cayo s'était attendu à une peine plus sévère, plus marquante. Une condamnation sur un bateau de créancier ou la pendaison.

Mais, quand il vit son père être escorté dehors par les autorités portuaires, il sut que la sentence était appropriée. Combien de gens Kamon Mercado avait-il rendus sans-terre ? Combien en avait-il envoyés en exil afin de protéger ses secrets ?

Amaya lui toucha l'épaule, mais Cayo secoua la tête, comme si tout allait bien. Il avait eu besoin de venir sur place, d'entendre le verdict par lui-même.

Ils marchèrent ensuite le long du port. Amaya ne lui lâcha pas la main, ne prononça pas un mot, le laissant à ses pensées.

Romara avait vendu les voiles pour une somme plus élevée encore qu'ils l'avaient espéré. Elle avait veillé à ce que tout le monde soit mis au courant, et s'était même arrangée pour faire venir des acheteurs des deux empires. Amaya avait assisté aux enchères et avait tout raconté à Cayo en détail, mais rien n'aurait pu le préparer au prix qu'elle finit par lui annoncer.

Cela ne suffisait pas pour racheter toutes les contrefaçons, mais c'était un début. Au moins, cela freinerait la chute de Moray au profit d'un empire ou de l'autre.

Amaya lui expliqua alors la deuxième partie du plan :

– Les alchimistes se sont réunis et mis d'accord pour envoyer une pétition à l'État. Ils veulent que les mygales bleues de Réhan soient classées espèce protégée. Et ils utiliseront leur soie pour confectionner de nouvelles voiles et d'autres tissus.

– Ce qui contribuera à rembourser la dette de Moray, avait compris Cayo.

Il éprouva un réel soulagement de savoir qu'ils faisaient tout ce qui était en leur pouvoir pour réparer les erreurs de son père.

Les navires de l'armée ne patrouillaient pratiquement plus dans la baie, maintenant que le traitement était arrivé grâce aux efforts de Deirdre. Des cliniques d'urgence établies dans toute la ville administraient gratuitement des doses du remède pour guérir la fièvre. Contrairement aux craintes de Cayo, Moray avait préféré ne pas faire payer ses citoyens déjà au bord du gouffre et prêts à se rebeller au moindre abus de pouvoir.

Amaya et Cayo s'approchèrent d'un navire dans lequel montaient des prisonniers. Entouré de deux gardes, Kamon Mercado avait les mains et les pieds entravés par des chaînes, les cheveux emmêlés et les joues assombries par une barbe de quelques jours. Cayo ne l'avait jamais vu aussi négligé.

Ses yeux se posèrent sur son fils, qui s'arrêta à bonne distance. Amaya resta en retrait.

– Père, je ne dirai pas que je suis désolé de vous voir partir.

Kamon inspira et tourna la tête. Il ne répondit rien.

Cayo ne lui montra pas que son attitude l'affectait.

– Je suis juste venu dire au revoir. Alors…

Il recula, hocha la tête.

– Au revoir, père.

Il repartait quand Kamon se décida enfin à parler :

– Je ne voulais pas qu'elle meure.

Cayo serra les poings.

– Mais elle est morte. À cause de vous.

Son père tressaillit, frappé par la violence de ces mots.

– J'espère que nos routes ne se croiseront plus jamais.

Parce que je ne sais pas ce que je ferai.

Kamon gratifia Cayo d'un regard qui lui oppressa la poitrine. Il refusa de l'interpréter comme de l'amour.

Ce n'était pas à cela que ressemblait l'amour. Il y avait assez goûté pour connaître la différence.

Il retourna auprès d'Amaya, tandis que son père montait sur le bateau qui l'emmènerait loin de Moray pour toujours. Elle lui entoura la taille de son bras et il s'appuya sur elle.

Il ne prit pas la peine de regarder en arrière.

***

Maintenant que Kamon avait été exilé, son manoir était en vente. Cayo se rendit dans le quartier des affaires pour se renseigner sur les démarches à faire, mais découvrit qu'il ne pouvait pas en hériter. Le manoir appartenait désormais à la ville de Moray, qui le cèderait au plus offrant.

Par un matin ensoleillé, il monta sur la colline jusqu'au manoir et regarda des déménageurs sortir ce qu'il restait des meubles, des œuvres d'art et de tous les vestiges de sa vie passée. Ici, la chaise sur laquelle sa mère s'asseyait pour lire. Là, les livres de sa bibliothèque, des romans d'aventure et d'action. Et puis, le tableau préféré de Soria, celui de la sirène.

La douleur lui empoigna le cœur et il faillit tomber à la renverse. Mais que ferait-il de tout cela ? Il laissa le déménageur emporter le tableau, qu'il ne reverrait sûrement jamais.

Sa maison, démantelée, morceau par morceau, sans qu'il puisse rien faire.

Cayo ferma les yeux. Le vide l'envahit, comme si on lui retirait également ses os et ses organes pour les empiler à côté des meubles.

– J'ai tout perdu, murmura-t-il, submergé par le chagrin.

Amaya posa une main sur son bras, la tête sur son épaule. *Moi aussi,* disait ce geste.

***

Cayo contourna le manoir pour descendre les falaises. Amaya le suivit en silence. Il se demanda si elle se souvenait du jour où ils avaient nagé dans la crique et avaient pour la première fois laissé entrevoir qui ils étaient vraiment.

Le soleil commençait à se coucher, le vent soufflait depuis la mer. L'eau chaude et accueillante étincelait de reflets orange et rouges.

Il sortit la boîte de son sac, la garda une dernière fois dans les mains. Il posa le front sur sa surface froide.

– Je suis désolé, murmura-t-il. Tu méritais tellement mieux.

Sa gorge se serra, des larmes inondèrent ses joues. Il sentit la main d'Amaya dans son dos.

– Je t'aime, Soria. Et je t'aimerai toujours.

Il ouvrit la boîte et s'arma de courage pour y plonger la main. Puis il la sortit et écarta les doigts pour que le vent emporte les cendres et les disperse dans l'air comme de la poussière d'étoiles.

Amaya fouilla dans sa bourse pour en sortir des pétales de soucis. C'était la tradition kharienne pour le deuil. Les fleurs orange vif s'envolèrent.

Ils observèrent les cendres et les pétales se mêler dans une danse folle qui les guidait vers le ciel infini et l'immensité de l'océan.

35

> J'aimerais voyager, un jour. Avoir mon propre navire et découvrir de nouvelles îles, me lier d'amitié avec des monstres marins. Je veux sentir que le monde m'appartient. Que j'ai ma place en son sein.
>
> *Journal intime de Cayo Mercado, 10 ans*

Avec l'argent qui restait des enchères, ils se procurèrent assez de provisions pour leur long voyage à venir.

Amaya et Cicada se chargèrent des préparatifs, tandis que Cayo s'occupait de l'itinéraire. D'abord, ils déposeraient Cicada et les Bestioles sur les îles de Lede. Là, ils vendraient le *Saumâtre*, et Amaya s'achèterait son propre bateau. Une embarcation plus petite, adaptée à deux marins.

Cayo et elle vogueraient jusqu'à Viariche et habiteraient quelque temps chez Liesl et sa sœur. Peut-être qu'ils feraient un saut à Baleine pour prendre des nouvelles de la ville et voir Rémy.

Et, quand elle serait prête, Amaya mettrait en œuvre le projet de sa vie : s'attaquer au plus grand nombre possible de bateaux de créanciers pour en libérer leurs esclaves et offrir à ces malheureux une seconde chance.

Le jour où ils levèrent enfin les voiles, les enfants hurlèrent de joie et firent leurs adieux à Moray. Incroyable, comme ce navire qui avait autrefois été leur prison leur servait désormais à retrouver la liberté.

La ville s'effaçait au loin. Amaya appuya le pouce sur le tatouage de couteau qu'elle avait au poignet. Elle savait qu'elle voyait Moray pour la dernière fois.

Elle avait connu la ville en tant qu'Amaya, Anguille et Comtesse Yamaa. Elle l'avait vue sous son meilleur jour et sous le pire. Moray lui avait tout pris. Amaya lui avait tout donné. Elle n'avait plus rien à y faire.

Quand la ville disparut complètement à l'horizon, Amaya se tourna et vit Cayo à la proue. Sans se soucier du vent dans ses cheveux, il semblait attendre que quelque chose se soulève des profondeurs pour les avaler.

Quand elle s'approcha de lui, il se détendit. Il laissa même échapper un petit rire.

– C'est drôle. J'ai toujours voulu être marin, partir à l'aventure. Je n'imaginais pas que ce serait si épuisant.

Elle ne put réprimer un sourire.

– J'aurais pu te le dire quand on s'est rencontrés.

Regrettez-vous de m'avoir rencontrée ? lui avait-elle demandé, à Baleine. Il ne lui avait jamais répondu.

– Mmm, lâcha-t-il en lui décochant un regard de travers. J'aurais dû m'en douter, la première fois.

– Pourquoi ?

– Tu avais de la nourriture dans les poches. Ce n'est pas trop le genre de l'aristocratie.

– Il faut s'adapter pour survivre.

– C'est vrai.

Il poussa un nouveau soupir et Amaya pensa qu'il n'avait jamais semblé aussi à sa place que là, devant l'océan, sous les gréements.

– Nous allons devoir beaucoup nous adapter, maintenant, n'est-ce pas ?

– Nous y arriverons. Tu es prêt ?

– À vrai dire, je ne crois pas.

Il ne la regardait plus de la même façon. La chaleur qui se dégageait de lui embrasa les veines d'Amaya.

– Mais nous trouverons un moyen. Comme toujours.

Nous trouverons un moyen.

Elle en était persuadée. Ils n'étaient pas à l'abri d'imprévus, de plans soigneusement réfléchis qui tournaient mal. Le vent changerait et le ciel se couvrirait de nuages de tempête.

Mais elle l'acceptait. Elle ne serait plus seule pour l'affronter.

Cayo glissa une boucle des cheveux d'Amaya derrière son oreille, frôlant sa joue au passage. Une question sans mot, une supplique silencieuse.

Elle posa une main sur son torse et l'autre derrière sa nuque. Il l'embrassa, doucement, tendrement, comme s'ils avaient l'éternité pour savourer. Assez de temps pour pardonner et apprendre. Pour avancer au rythme qu'ils voulaient.

Ses baisers s'intensifièrent, enflammant le corps d'Amaya. Elle glissa les doigts dans les cheveux de Cayo, se délecta des battements de son cœur contre sa poitrine. Un rappel qu'ils avaient survécu, qu'une partie du monde n'appartenait qu'à eux seuls.

Ils appuyèrent leurs fronts l'un contre l'autre et se laissèrent bercer par les mouvements du navire.

– Je suis heureux de t'avoir rencontrée, déclara Cayo, et elle le crut, consciente que cette vérité valait plus que des montagnes d'or.

Remerciements

Quand j'ai commencé l'ébauche de *La revanche des ténèbres* en 2019, j'ignorais complètement qu'une pandémie allait bouleverser le monde et que ce que j'imaginais dans ce livre prendrait vie. Tandis que j'écris ces mots, nous sommes encore loin d'en être sortis. Alors, même si ce n'est pas directement lié à ce roman, je voudrais remercier le personnel soignant, les ambulanciers, les employés de supermarchés, les postiers, les vendeurs et les livreurs, qui se sont sacrifiés pendant cette période difficile.

Ce livre est passé entre les mains de plusieurs éditeurs. Hannah Allaman, merci pour ton incroyable perspicacité et ton aide précieuse. Grâce à toi, mon brouillon grossier a pu s'approcher d'un vrai livre. Hannah Milton, merci de t'être assurée que tous les coins étaient bouchés, toutes les fissures colmatées. Patrice Caldwell, merci d'avoir lancé cette série, merci pour ton soutien depuis. Un grand, GRAND merci à Kat Cho, sans qui je serais morte depuis longtemps.

Merci à l'équipe de Disney et Little Brown, en particulier Melissa Lee, Morgan Maple et Alvina Ling.

Merci à l'équipe de Glasstown, qui m'a soutenue, et en particulier Jenna Brickley qui m'a aidée à manœuvrer ce roman dans une mer déchaînée.

Traci Chee, Emily Skrutskie, Jessica Cluess : au cours du processus, on en est arrivées à passer d'amies autrices à amies amies qui s'envoient des insultes et des extraits de *Cats* et je trouve ça incroyable. Merci pour votre amour, vos blagues et votre Crack Pie.

Au Cult – Akshaya Raman, Katy Rosé Pool (oui, Rosé), Kat Cho, Mara Fitzgerald, Christine Lynn Herman, Amanda Foody, Amanda Haas, Axie Oh, Alex Castellanos, Meg Kohlmann, Melody Simpson, Janella Angeles, Ashley Burdin, Claribel Ortega et Maddy Colis –, merci d'être toujours là pour moi, merci pour nos happy hours Zoom et pour nos hilarantes stories TMI.

Merci à Margaret Owen d'être si patiente malgré mes hurlements et merci d'avoir lu mes affreux brouillons. Merci à Ellen Gavazza, Meagan Cupka et Jamie Lynn Saunders pour les rendez-vous *Animal Crossing*. J'ai adoré vendre mes cerises sur vos îles.

Merci à mes parrains, ceux qui ont promis cinq dollars et plus : Ash Hardister, Susan Hamm, Mae Nouwen, Sen

Scherb, Caitlin O'Connell, Amanda Wheeler, Carolyn, Sylph, Ellen et Common Spence.

Merci à *The Untamed* de m'avoir permis de traverser des moments vraiment difficiles.

Aux lecteurs, critiques, BookTubeurs, blogueurs et artistes, etc., des milliers de mercis. Votre soutien est tout pour moi.

Et enfin, merci à ma famille qui a toujours été là pour me porter et me faire sourire. Comme pour Amaya, mes parents m'ont appris la valeur de l'amour et des histoires, et c'est une richesse que je garderai toujours en moi.

Cet ouvrage a été mis en pages
par DV Arts Graphiques à La Turballe

Impression réalisée par
GRAFICA VENETA
en septembre 2022
pour le compte des Éditions Bayard

Imprimé en Italie